Daniel Silva Der Botschafter

Daniel Silva

Der Botschafter

Roman

Aus dem Amerikanischen
von Wulf Bergner

Piper
München Zürich

Die Originalausgabe erschien 1999
unter dem Titel »The Marching Season«
bei Random House, New York.

Von Daniel Silva liegen auf deutsch vor:
»Double Cross – Falsches Spiel« (SP 3094)
»Der Maler« (SP 3084)

ISBN 3-492-04182-5
2. Auflage 2000
© Daniel Silva 1999
Deutsche Ausgabe:
© Piper Verlag GmbH, München 2000
Satz: Dr. Ulrich Mihr GmbH, Tübingen
Druck und Bindung: GGP Media, Pößneck
Printed in Germany

Für Ion Trewin, für seine Freundschaft
und sein Vertrauen, und wie immer
für meine Frau Jamie und meine Kinder
Lily und Nicholas

Die als »die Unruhen« bekannte gegenwärtige Periode der Gewalt hat in Nordirland im August 1969 begonnen. Grob gesagt handelt es sich dabei um einen Konflikt zwischen den Republikanern, die überwiegend katholisch sind und die Vereinigung des Nordens mit der Republik Irland anstreben, und den Unionisten oder Loyalisten, die überwiegend protestantisch sind und die Union zwischen der Provinz Ulster und dem Vereinigten Königreich erhalten wollen. Beide Seiten haben eine regelrechte Buchstabensuppe aus paramilitärischen Gruppierungen und terroristischen Organisationen hervorgebracht. Die berühmteste ist natürlich die provisorische Irisch-Republikanische Armee, die IRA. Sie hat in Nordirland und Großbritannien Hunderte von Attentaten und Tausende von Bombenanschlägen verübt. 1984 wäre es ihr fast gelungen, Premierministerin Margaret Thatcher und ihre Regierung in einem Hotel im englischen Seebad Brighton in die Luft zu jagen. Und 1991 hat sie die Downing Street, das britische Regierungszentrum, mit einem Granatwerfer beschossen. Auch die Loyalisten haben ihre Hekkenschützen und Bombenleger – die UVF, die UDA und die UFF, um nur einige von ihnen zu nennen –, auf deren Konto ebenfalls gräßliche Terroranschläge gehen. Tatsächlich sind die meisten der seit Ausbruch der Unruhen ermordeten dreieinhalbtausend Menschen Katholiken gewesen.

Aber die Gewalttätigkeiten haben nicht erst 1969 begonnen. In Nordirland haben Katholiken und Protestanten einander nicht erst seit Jahrzehnten, sondern seit Jahrhunderten umge-

bracht. *Geschichtliche Wendemarken sind manchmal schwer zu fixieren, aber für die Protestanten bezeichnet das Jahr 1690 den Beginn ihrer Vorherrschaft im Norden. In diesem Jahr besiegte Wilhelm von Oranien in Irland den katholischen König Jakob II. in der Schlacht am Boyne. Bis heute feiern die Protestanten Wilhelms Sieg über die Katholiken mit einer Reihe von lärmenden und manchmal provozierenden Umzügen. In Nordirland heißt diese Zeit »die Marschsaison«.*

Am 22 Mai 1998 stimmte die Bevölkerung Nordirlands für die Annahme des am Karfreitag geschlossenen Friedensabkommens, das eine gleichberechtigte Partnerschaft zwischen Katholiken und Protestanten vorsieht. Aber die Menschen in Ulster vergessen nicht leicht, und keine der beiden Seiten hat sich bisher zu der Erklärung durchgerungen, der Bürgerkrieg sei nun wirklich beendet. Tatsächlich hat es seit dem Referendum mehrere abscheuliche Terroranschläge gegeben, darunter den Bombenanschlag in Omagh mit achtundzwanzig Toten – der blutigste einzelne Terrorakt in der Geschichte der Unruhen – und einen Brandanschlag in Ballymoney, bei dem drei katholische Kinder verbrannten. In beiden nordirischen Konfliktparteien – Katholiken und Protestanten, Republikaner und Unionisten – gibt es offenbar weiterhin gewaltbereite Männer, die nicht vergessen können und nicht zu vergeben bereit sind. Einige dieser Männer sind im Untergrund aktiv, um das Friedensabkommen zu torpedieren.

Das könnte etwa folgendermaßen ablaufen...

Januar

I

Belfast · Dublin · London

Eamonn Dillon von der Sinn Fein starb als erster, und er fand den Tod, weil er auf ein Glas Lager in die Celtic Bar gehen wollte, bevor er die Falls Road hinauf weiterging, um an einer Versammlung in Andersontown teilzunehmen. Zwanzig Minuten vor Dillons Tod hastete sein Mörder etwas weiter östlich in kaltem Regen über die Gehsteige des Stadtzentrums von Belfast. Er trug eine dunkelgrüne Öljacke mit braunem Cordsamtkragen. Sein Deckname war Black Sheep.

Die Luft roch nach Meer und schwach nach den verrostenden Werften am Belfast Lough. Es war erst kurz nach vier, aber bereits dunkel. An Winterabenden in Belfast sinkt die Nacht früh herab; der Morgen dämmert nur zögernd herauf. Das Stadtzentrum lag im gelben Licht von Natriumdampflampen, aber Black Sheep wußte, daß West Belfast, sein Ziel, wie während der Verdunklung im Krieg aussehen würde.

Er folgte der Great Victoria Street weiter nach Norden, vorbei an der seltsamen Mischung aus alt und neu, die für das Belfaster Stadtzentrum charakteristisch ist – eine ständige Erinnerung daran, daß diese wenigen Straßenblocks unzählige Male durch Bombenanschläge zerstört und wiederaufgebaut worden sind. Er kam an der prachtvollen Fassade des Hotels Europa vorbei, das als das am häufigsten durch Bombenanschläge beschädigte Hotel der Welt gilt. Er kam an der neuen Oper vorbei und fragte sich, wieso jemand in Belfast den Wunsch haben konnte, sich die Musik zur Tragödie anderer Menschen anzuhören. Und er kam an einem gräßlichen Shop vorbei, der amerikanische Doughnuts verkaufte und voller lachender protestantischer Schulkinder war, die Blazer mit dem Wappen ihrer Schule trugen. Ich tue das für euch, sagte er sich, damit ihr nicht in einem von den gottverdammten Katholiken beherrschten Ulster leben müßt.

Die größeren Gebäude im Stadtzentrum blieben zurück, und der Fußgängerverkehr auf den Gehsteigen wurde allmählich weniger, bis er schließlich ganz allein war. Er ging etwa eine Viertelmeile weiter und überquerte die Autobahn M1 in der Nähe der Hochhäuser der Wohnanlage Divis Flats. Die Überführung war mit Parolen beschmiert: WÄHLT SINN FEIN; BRITISCHE TRUPPEN RAUS AUS NORDIRLAND; FREIHEIT FÜR ALLE KRIEGSGEFANGENEN. Auch wenn Black Sheep nichts von der komplexen sektiererischen Geographie der Großstadt gewußt hätte, was gewiß nicht der Fall war, wären diese Anzeichen unübersehbar gewesen. Er hatte soeben die Grenze zu feindlichem Gebiet überschritten – zum katholischen West Belfast.

Der Stadtteil Falls breitet sich fächerförmig nach Westen aus: schmal in der Nähe des Stadtzentrums, breit im Westen unter dem Black Mountain. Die Falls Road – im Sprachgebrauch der katholischen Einwohner von West Belfast einfach »the road« – durchschneidet dieses Gebiet wie ein Fluß, dessen Zuflüsse aus dicht mit Terrassenhäusern bebauten Gebieten kommen, in denen britische Soldaten und katholische Freischärler sich seit drei Jahrzehnten einen Guerillakrieg liefern. Das Geschäftszentrum von Falls befindet sich an der Kreuzung von Springfield Road und Grosvenor Road. Dort gibt es

Supermärkte, Textilgeschäfte, Pubs und Läden für Haushaltswaren. Mit Fahrgästen besetzte Taxis fahren die Straße hinauf und hinunter. Das alles sieht nicht viel anders aus als ein Arbeiterviertel in irgendeiner britischen Großstadt, außer daß die Hauseingänge mit schwarzen Stahlkäfigen gesichert sind und die Taxis die Falls Road wegen protestantischer Killerkommandos nie verlassen.

Die heruntergekommenen weißen Terrassen der Wohnsiedlung Ballymurphy beherrschen den Westrand von Falls. Ballymurphy ist das ideologische Kerngebiet von West Belfast und stellt der IRA seit Jahren einen stetigen Strom von Freiwilligen zur Verfügung. Kriegerische Wandmalereien starren über die Whiterock Road hinweg zu den sanften grünen Hügeln des Städtischen Friedhofs hinüber, auf dem viele Männer aus Ballymurphy unter schlichten Grabsteinen liegen. Jenseits der Springfield Road steht im Norden eine riesige Kaserne mit einer Polizeistation wie eine belagerte Festung auf feindlichem Gebiet. Fremde, selbst katholische Fremde, sind in »the Murph« nicht willkommen. Britische Soldaten wagen sich dort nur in ihren riesenhaften Schützenpanzerwagen des Typs Saracen hin – »Pigs« für die Einwohner von Ballymurphy.

Black Sheep hatte nicht die Absicht, auch nur in die Nähe von Ballymurphy zu kommen. Sein Ziel lag weiter östlich: die Zentrale der Sinn Fein, des politischen Arms der Irisch-Republikanischen Armee, 51–55 Falls Road. Als er weiter nach Falls hineinging, ragten links von ihm die Türme der Kathedrale St. Peter auf. Drei britische Soldaten, die auf Fußstreife über den häßlichen, asphaltierten Platz vor der Kathedrale schlenderten, blieben zwischendurch stehen, um durch die Infrarotvisiere ihrer Gewehre zu sehen, oder machten unvermittelt kehrt, um festzustellen, ob ihnen jemand folgte. *Sprich nicht mit ihnen*, hatten seine Führungsoffiziere ihm eingetrichtert. *Sieh sie nicht mal an. Siehst du sie an, wissen sie, daß du kein Einheimischer bist.* Black Sheep ließ seine Hände in den Jackentaschen und hielt seinen Blick aufs Pflaster gerichtet.

Er bog in den Dunville Park ab und setzte sich dort auf eine Bank. Trotz des Regens spielten Schuljungen im schwachen Licht der Straßenbeleuchtung Fußball. Eine Gruppe von Frauen – offenbar Mütter und ältere Schwestern – beobachtete sie von imaginären Seitenlinien aus wachsam. Zwei britische Soldaten marschierten mitten durchs Spiel, aber die Jungen spielten um sie herum, als seien sie unsichtbar. Black Sheep griff in seine Jacke und nahm seine Zigaretten heraus – eine Zehnerpackung Benson & Hedges, ideal für die arbeitende Klasse von West Belfast, die stets knapp bei Kasse war. Er zündete sich eine an und steckte die Packung wieder ein. Dabei streifte seine Hand den Griff seiner Pistole, einer deutschen Walther.

Von seinem Beobachtungsposten auf der Parkbank aus konnte der Mann die Falls Road genau überblicken: die Sinn-Fein-Zentrale, in der die Zielperson jeden Tag arbeitete, und die Celtic Bar, in der sie jeweils am Spätnachmittag trank.

Dillon spricht um siebzehn Uhr auf einer Bürgerversammlung in Andersontown, hatten seine Führungsoffiziere ihm gesagt. *Das bedeutet, daß er heute abend nicht viel Zeit hat. Er wird die Zentrale um sechzehn Uhr dreißig verlassen und in die Celtic Bar gehen, um rasch ein Bier zu trinken.*

Die Eingangstür der Sinn-Fein-Zentrale wurde geöffnet. Für einige Augenblicke fiel Licht aus dem Gebäude auf den regennassen Gehsteig. Black Sheep erkannte die Zielperson: Eamonn Dillon, den nach Gerry Adams und Martin McGuinness dritten Mann in der Führungsspitze der Sinn Fein, zu deren Verhandlungsteam bei den Friedensgesprächen er gehört hatte. Und auch ein bekannt guter Familienvater mit Frau und zwei Kindern, dachte Black Sheep. Er verdrängte dieses Bild wieder. Für solche Gedanken war jetzt nicht der richtige Zeitpunkt. Dillon wurde von einem Leibwächter begleitet. Die Tür fiel wieder ins Schloß, und die beiden Männer gingen die Falls Road nach Westen entlang.

Black Sheep warf seine Zigarettenkippe weg, stand auf und durchquerte den Park. Er stieg eine Treppe mit wenigen Stufen hinauf und blieb an der Kreuzung Falls/Grosvenor Road stehen. Er drückte auf den Knopf der Fußgängerampel und wartete gelassen darauf, daß die Ampel von Rot auf Grün umsprang. Dillon und sein Leibwächter waren noch immer etwa hundert Meter von der Celtic Bar entfernt. Die Ampel sprang um. Auf der Falls Road waren keine britischen Soldaten unterwegs, nur die beiden, die in der Nähe der fußballspielenden Jungen unten im Park standen. Als Black Sheep die andere Straßenseite erreichte, ging er nach Osten weiter und befand sich so auf Kollisionskurs zu Dillon und seinem Leibwächter.

Er ging jetzt schneller, hatte den Kopf gesenkt und hielt den Griff seiner Walther mit der rechten Hand umklammert. Er sah auf, um Dillons Position zu kontrollieren, und senkte sofort wieder den Kopf. Dreißig, höchstens fünfunddreißig Meter. Er dachte an die protestantischen Schulkinder, die auf der Great Victoria Street Doughnuts gegessen hatten.

Ich tu's für euch. Ich tu's für Gott und Ulster.

Er zog seine Walther, zielte auf den Leibwächter und drückte zweimal ab, bevor der Mann seine eigene Waffe aus dem Schulterhalfter unter seinem Regenmantel ziehen konnte. Die Schüsse trafen seinen Oberkörper und ließen ihn auf dem regennassen Pflaster zusammenbrechen.

Black Sheep wechselte das Ziel und hatte nun Eamonn Dillons Gesicht im Visier. Er zögerte eine Zehntelsekunde. Das konnte er nicht, nicht ins Gesicht. Er senkte seine Pistole etwas und drückte zweimal ab.

Die Schüsse durchschlugen Dillons Herz.

Er fiel rückwärts auf den Gehsteig, wo er mit einem Arm über den blutbedeckten Oberkörper seines Leibwächters geworfen liegenblieb. Black Sheep setzte die Mündung der Walther an Dillons Schläfe und gab einen letzten Schuß ab.

Der zweite Akt spielte sich genau im selben Augenblick hundert Meilen weiter südlich in Dublin ab, wo ein kleiner Mann im Dauerregen auf einem Fußweg durchs St. Stephen's Green hinkte. Sein Deckname war Master. Er hätte für einen Studenten des benachbarten Trinity Colleges gelten können, was beabsichtigt war. Er trug eine Tweedjacke mit hochgeklapptem Kragen und eine abgewetzte ausgebeulte Cordhose. Er hatte die dunklen Augen und den struppigen Vollbart eines frommen Moslems, der er nicht war. In der rechten Hand trug er eine vollgepackte Aktentasche, die so alt war, daß sie mehr nach Moder als nach Leder roch.

Er erreichte die Kildare Street und kam am Eingang des Hotels Shelbourne vorbei, der mit Statuen von nubischen Prinzessinnen und ihren Sklaven geschmückt war. Er hielt den Kopf gesenkt, als er sich durch eine Gruppe von Touristen drängte, die zum Tee in der Lord Mayor's Lounge wollten.

Als er dann die Molesworth Street erreichte, war es fast unmöglich, weiter so zu tun, als sei die Aktentasche, die an seinem rechten Arm hing, nicht anomal schwer. Seine

Schultermuskeln brannten, und er spürte Feuchtigkeit unter seinen Armen. Vor ihm ragte der mächtige Bau der Nationalbibliothek auf. Er hastete hinein und durchquerte die Eingangshalle, in der in Vitrinen einige Manuskripte von George Bernard Shaw ausgestellt waren. Bevor er an den Tisch des Aufsehers trat, nahm er die Aktentasche von der rechten in die linke Hand.

»Bitte eine Tageskarte für den Lesesaal«, sagte er, wobei er darauf achtete, seinen harten Akzent aus West Belfast durch den sanfteren Singsang des Südens zu ersetzen. Der Aufseher schob ihm die Karte hin, ohne ihn auch nur anzusehen.

Master stieg die Treppe in den zweiten Stock hinauf, betrat den berühmten Lesesaal und fand einen freien Arbeitsplatz neben einem pedantisch wirkenden kleinen Mann, der nach Mottenkugeln und Leinsamenöl roch. Er öffnete ein Seitenfach der Aktentasche, zog einen schmalen Band mit gälischen Gedichten heraus und legte ihn lautlos auf die lederbezogene Tischplatte. Dann schaltete er die Leselampe mit dem grünen Glasschirm ein. Der pedantisch wirkende Mann blickte auf, runzelte die Stirn und vertiefte sich wieder in seine Arbeit.

Ungefähr eine Viertelstunde lang gab Master vor, in seinen Gedichtband vertieft zu sein, während in Wirklichkeit seine erhaltenen Anweisungen wie Lautsprecherdurchsagen auf einem Bahnhof durch seinen Kopf hallten. *Der Zeitzünder ist auf fünf Minuten eingestellt,* hatte sein Führungsoffizier ihm bei ihrer letzten Besprechung mitgeteilt. *Genug Zeit, damit du in aller Ruhe die Bibliothek verlassen kannst, aber nicht genug, daß der Sicherheitsdienst noch etwas tun kann, falls die Aktentasche jemandem auffällt.*

Er hielt seinen Kopf gesenkt, den Blick starr auf den Text gerichtet. Alle paar Minuten hob er seine Hand und kritzelte etwas in sein kleines Notizbuch mit Spiralbindung. Um sich herum hörte er leise Schritte, das Rascheln beim Umblättern von Buchseiten, das Kratzen von Bleistiften auf Papier, diskretes Hüsteln und Schnüffeln – eine Folge des berüchtigt feuchten Dubliner Winterwetters. Er widerstand dem unheimlichen Drang, sich diese Menschen anzusehen. Er wollte anonym, gesichtslos bleiben. Er hatte nichts gegen das irische Volk, nur gegen die irische Regierung. Die Vorstellung, das Blut Unschuldiger zu vergießen, machte ihm keinen Spaß.

Er sah auf seine Armbanduhr – 16.45 Uhr. Unter dem Vorwand, einen weiteren Gedichtband herausholen zu wollen, griff er unter den Tisch, aber sobald seine Hand sich in der modrigen alten Aktentasche befand, ließ er sich einen Augenblick länger Zeit, bis er den kleinen Plastikschalter ertastet hatte, der den Zeitzünder aktivierte. Er legte ihn behutsam um und hielt den Kippschalter dabei sorgfältig zwischen Daumen und Zeigefinger fest, um das Klicken zu dämpfen. Dann zog er seine Hand heraus und legte den zweiten Gedichtband unaufgeschlagen neben den ersten. Er sah erneut auf seine Armbanduhr, eine Analoguhr aus rostfreiem Stahl mit großem Sekundenzeiger, und merkte sich genau, wann er den Zeitzünder aktiviert hatte.

Dann sah er zu dem pedantischen kleinen Mann am Tisch nebenan hinüber, der seinen Blick so aufgebracht erwiderte, als habe er Freiübungen gemacht. »Können Sie mir sagen, wo die Toilette ist?« flüsterte Master.

»Was?« fragte der pedantische kleine Mann und bog seine rote Ohrmuschel mit dem abgekauten Ende seines gelben Bleistifts nach vorn.

»Die Toilette«, wiederholte Master, etwas lauter, aber noch immer flüsternd.

Der Mann nahm den Bleistift vom Ohr, runzelte nochmals die Stirn und zeigte mit der Bleistiftspitze auf einen Durchgang am anderen Ende des Lesesaals.

Während Master den Saal durchquerte, sah er wieder auf seine Armbanduhr. Erst vierzig Sekunden verstrichen. Er hinkte etwas schneller auf den Durchgang zu, aber fünf Sekunden später hörte er einen ohrenbetäubenden Knall wie einen Donnerschlag und spürte, daß der Gluthauch der Detonation ihn hochriß und wie ein welkes Blatt in einem Herbststurm durch den riesigen Saal wirbelte.

In London bahnte sich eine hochgewachsene Frau, die zu Jeans Trekkingstiefel und eine schwarze Lederjacke trug, ihren Weg durch das Gedränge auf dem Gehsteig der Brompton Road. Hinter sich zog sie einen auf Rollen laufenden schwarzen Nylonkoffer mit einschiebbarem Griff her. Ihr Deckname war Dame.

Das über Irland und Schottland liegende Regengebiet hatte den Süden noch nicht erfaßt, und der Londoner Spätnachmittag war klar und windig: der Himmel im Westen in Richtung Notting Hill und Kensington rosa und orangerot, im Osten über der City bläulich schwarz. Es war für die Jahreszeit zu warm und drückend schwül. Dame ging rasch an den glitzernden Auslagen von Harrods vorbei und wartete mit anderen Passanten am Hans Crescent.

Als die Fußgängerampel auf Grün umsprang, überquerte sie die kleine Straße, bahnte sich ihren Weg durch eine Horde japanischer Touristen, die zu Harrods wollten, und erreichte den Abgang zur U-Bahn-Station Knightsbridge. Sie zögerte einen Augenblick und sah die kurze, gefliste Treppe zu den Fahrkartenschaltern hinunter. Dann setzte sie sich wieder in Bewegung und zog dabei ihren Koffer hinter sich her, so daß er von der obersten auf die nächste Stufe krachte.

Auf diese Weise hatte sie erst drei Stufen bewältigt, als ein junger Mann mit schütterem blonden Haar hinter ihr die Treppe herunterkam. Er lächelte sie an, als wolle er mit ihr flirten, und sagte: »Kommen Sie, ich helfe Ihnen mit Ihrem Koffer.«

Sein Akzent klang mitteleuropäisch, leicht skandinavisch, als sei er Deutscher oder Holländer, vielleicht Däne. Sie zögerte. Durfte sie sich von einem Unbekannten mit dem Koffer helfen lassen? War es verdächtiger, sein Angebot auszuschlagen?

»Oh, vielen Dank«, antwortete sie schließlich. Sie sprach mit flachem, tonlosem amerikanischen Akzent. Sie hatte lange Zeit in New York gelebt und konnte ihren nordirischen Akzent nach Belieben ablegen. »Das wäre großartig.«

Er packte den Koffer am Griff und hob ihn hoch.

»Großer Gott, was haben Sie da drin, Ziegelsteine?«

»Tatsächlich gestohlene Goldbarren«, behauptete Dame, und sie lachten beide.

Er trug ihren Koffer die Treppe hinunter und stellte ihn dort ab. »Noch mal vielen Dank«, sagte Dame, nahm den Griff wieder selbst in die Hand, wandte sich ab und ging weiter. Sie spürte seine Gegenwart dicht hinter sich. Sie ging rascher und warf einen betont auffälligen Blick auf ihre Uhr, um zu signalisieren, sie habe es eilig. Sie erreichte den Vorraum und fand einen freien Fahrkartenautomaten. Sie warf drei Pfund dreißig ein und drückte auf den entsprechenden Knopf. Der hilfsbereite junge Mann trat an den Automaten neben ihr und warf ebenfalls einige Münzen ein, ohne noch einmal zu ihr hinüberzusehen. Er kaufte eine Fahrkarte für ein Pfund zehn, was bedeutete, daß er nur eine kurze Strecke fahren würde, wahrscheinlich zu irgendeinem Ziel im Stadtzentrum. Er nahm seine Fahrkarte aus dem Automaten und verschwand im Gewühl des Berufsverkehrs.

Sie ging durchs Drehkreuz und fuhr auf der langen Rolltreppe zum Bahnsteig hinunter. Im nächsten Augenblick spürte sie einen starken Luftzug und hörte das Rattern der einfahrenden U-Bahn. Wie durch ein Wunder waren noch ein paar Sitzplätze frei. Sie ließ ihren Koffer in der Nähe der Tür stehen und setzte sich. Als der Zug Earl's Court erreichte, war der Wagen dicht besetzt, und Dame hatte ihren Koffer aus den Augen verloren. Der Zug tauchte aus dem Untergrund auf und raste durch die westlichen Vororte von London. Auf windigen Bahnsteigen in Boston Manor, Osterley und Hounslow East stiegen müde Pendler aus.

Als der Zug sich seinem ersten Halt in Heathrow näherte – dem Bahnsteig von Terminal Vier –, sah Dame sich die in ihrer Nähe sitzenden Fahrgäste an. Zwei junge englische Geschäftsleute, von deren Korrektheit einem fast übel werden konnte, eine mürrische Gruppe deutscher Touristen und vier Amerikaner, die lautstark darüber diskutierten, ob die Londoner Aufführung von *Miss Saigon* wirklich besser als die am Broadway sei. Dame sah wieder weg.

Der Plan war einfach. Sie hatte Anweisung, am Terminal Vier auszusteigen und den Koffer zurückzulassen. Bevor sie den Zug verließ, würde sie auf den Knopf eines kleinen Senders in ihrer Jackentasche drücken. Dieser als Fernbedienung für die Zentralverriegelung einer japanischen Luxuslimousine getarnte Sender würde den Zeitzünder aktivieren. Fuhr der Zug fahrplanmäßig weiter, würde der Sprengsatz detonieren, sobald er einige Sekunden am Bahnsteig für die Eins, Zwei und Drei gehalten hatte. Der bei der Detonation angerichtete Sachschaden würde Hunderte von Millionen Pfund betragen und die Flugreisenden monatelang behindern.

Der Zug wurde langsamer, als er sich dem Halt für Terminal Vier näherte. Sobald das Schwarz des Tunnels dem grellen Licht der Bahnsteigbeleuchtung wich, stand die Frau auf. Als die Türen aufgingen, drückte sie den Knopf des Senders und machte die Bombe scharf. Sie trat auf den Bahnsteig hinaus und ging rasch in Richtung Ausgang davon. Dann hörte sie jemanden gegen eines der Zugfenster hämmern. Sie drehte sich um und sah, daß einer der jungen englischen Geschäftsleute mit der Faust an die Scheibe schlug. Sie konnte nicht hören, was er sagte, aber sie konnte ihm die Worte von den Lippen ablesen. *Ihr Koffer!* rief er laut. *Sie haben Ihren Koffer vergessen!*

Dame reagierte jedoch nicht darauf. Der Gesichtsausdruck des Engländers verwandelte sich von milder Besorgnis abrupt in blankes Entsetzen, als ihm klar wurde, daß die Frau ihren Koffer absichtlich zurückgelassen hatte. Er war mit einem Satz an der Tür und bemühte sich, sie mit beiden Händen aufzureißen. Aber selbst wenn es ihm gelungen wäre, jemanden auf sich aufmerksam zu machen und den Zug anzuhalten, hätte die verbleibende Zeit – eine Minute und fünfzehn Sekunden – nicht ausgereicht, um die Detonation des Sprengsatzes zu verhindern.

Dame beobachtete, wie der Zug anfuhr. Sie wandte sich gerade ab, als der U-Bahnhof nur wenige Sekunden später von einer gewaltigen Explosion erschüttert wurde. Der Zug entgleiste, und eine glühend heiße Druckwelle brauste über sie hinweg. Dame bedeckte ihr Gesicht instinktiv mit beiden Händen. Über ihr stürzte das Tunnelgewölbe ein. Die Druckwelle riß sie von den Beinen. Einen Augenblick lang sah sie alles erschreckend klar vor sich – das Feuer, die herabbrechenden Betontrümmer und die Menschen, die wie sie selbst im feurigen Mahlstrom der Detonation gefangen waren.

Das Ende kam sehr rasch. Sie wußte nicht, in welcher Lage sie zur Ruhe gekommen war; wie ein Taucher, der zu lange unter Wasser geblieben ist, hatte sie jedes Gefühl für oben und unten verloren. Sie wußte nur, daß sie unter Trümmern begraben war, keine Luft mehr bekam und auch keinen Teil ihres Körpers mehr fühlen konnte. Sie versuchte um Hilfe zu rufen, brachte aber keinen Ton heraus. Ihr Mund begann sich mit ihrem eigenen Blut zu füllen.

Ihre Gedanken blieben bis zuletzt klar. Sie fragte sich, wie die Bombenbauer einen solchen Fehler gemacht haben konnten, und in den letzten Augenblicken vor ihrem Tod fragte sie sich, ob es wirklich nur ein Fehler gewesen war.

2

London

Innerhalb einer Stunde ordneten die Regierungen in London und Dublin eine der umfangreichsten polizeilichen Ermittlungen in der Geschichte Großbritanniens und Irlands an. Die britischen Ermittlungen wurden von Downing Street aus koordiniert, wo Premierminister Tony Blair sich ständig mit den zuständigen Ministern und den Leitern der britischen Polizei- und Sicherheitsdienste beriet. An diesem Abend trat der Premierminister kurz vor neun bei strömendem Regen aus der Tür von Nr. 10 vor die Reporter und Kameras, die darauf warteten, seine Äußerungen weltweit zu übertragen. Ein Mitarbeiter wollte seinen Schirm über ihn halten, aber der Premierminister schob ihn ruhig beiseite, und Sekunden später waren sein Haar und die Schultern seines Anzugs durchnäßt. Er äußerte seine tiefe Betroffenheit über die erschreckend zahlreichen Attentatsopfer – vierundsechzig Tote in Heathrow, achtundzwanzig in Dublin und zwei weitere in Belfast – und versprach, seine Regierung werde nicht ruhen, bis die feigen Mörder vor Gericht gebracht seien.

In Belfast äußerten führende Politiker der großen Parteien – Katholiken und Protestanten, Republikaner und Loyalisten – sich empört über die Anschläge. Bevor genauere Informationen vorlagen, wollten sie nicht öffentlich darüber spekulieren, aus welchem Lager die Terroristen kamen. Unter Ausschluß der Öffentlichkeit

beschuldigten beide Seiten sich gegenseitig. Alle forderten zu Ruhe und Besonnenheit auf, aber noch vor Mitternacht randalierten katholische Jugendliche entlang der Falls Road, und auf der protestantischen Shankill Road wurde eine britische Militärstreife beschossen.
Bis zum frühen Morgen des nächsten Tages hatten die Ermittler gewaltige Fortschritte gemacht. In London kamen Spurensicherer und Sprengstoffexperten zu dem Schluß, die Sprengladung sei im sechsten Wagen des Zugs nach Heathrow detoniert. Nach ersten Schätzungen hatte sie aus zwanzig bis vierzig Kilogramm Semtex bestanden. Am Tatort entdeckte Materialspuren ließen darauf schließen, die Bombe sei in einem schwarzen Nylonkoffer – vermutlich ein Modell mit Rollen – transportiert worden. Bei Tagesanbruch schwärmten Polizeibeamte entlang der Piccadilly Line zwischen Heathrow im Westen und Cockfosters im Nordosten aus, um auf allen Bahnhöfen Pendler zu befragen. Die Polizei sammelte knapp dreihundert Meldungen über Fahrgäste, die am Spätnachmittag auf dieser Strecke mit Koffern – darunter gut hundert mit Rollen – unterwegs gewesen waren.
Durch einen glücklichen Zufall meldete sich kurz vor Mittag der holländische Tourist Jacco Krajicek bei der Polizei und sagte aus, er habe am Spätnachmittag einer Frau geholfen, einen großen Rollenkoffer aus schwarzem Nylon zum U-Bahnhof Knightsbridge hinunterzutragen. Er beschrieb ihr Aussehen und ihre Kleidung genau, aber das Interesse der Ermittler wurde durch zwei weitere Einzelheiten geweckt. Obwohl die Unbekannte den Fahrkartenautomaten mit der flinken Selbstsicherheit einer Londonerin bedient hatte, die täglich U-Bahn fährt, hatte sie anscheinend nicht gewußt, daß zur Station Knightsbridge nur eine Treppe hinunterführt – denn

hätte sie sich sonst mit ihrem schweren Koffer nicht eine Rolltreppe gesucht? Sie habe mit amerikanischem Akzent gesprochen, sagte Krajicek weiter aus, aber ihr Akzent sei nur eine schlechte Imitation gewesen. Der Kriminalinspektor, der seine Aussage zu Protokoll nahm, wollte wissen, wie er zu dieser Schlußfolgerung gelangt sei. Krajicek antwortete, er sei Linguist und Sprachtherapeut und beherrsche mehrere Sprachen fließend.

Nach Krajiceks Angaben erstellten die Kriminalbeamten ein Phantombild der Frau aus der U-Bahn. Diese Skizze erhielten in der ersten Phase nur die Special Branch der Royal Ulster Constabulary und die Zentralen der Geheimdienste MI5 und MI6. Dort gingen Mitarbeiter ihre Akten mit den Fotos aller bekannten Mitglieder paramilitärischer Gruppen der Loyalisten und Republikaner durch. Erst als sich keine Entsprechung fand, wurde das Phantombild weiter verbreitet. Die Polizei vermutete, die Frau sei nach dem Bombenanschlag vom Flughafen Heathrow aus mit der nächsten Maschine ins Ausland geflüchtet. Das Phantombild wurde dem Personal an Ticketschaltern, Gepäckkontrolleuren und Sicherheitsbeamten des Flughafens gezeigt. Sämtliche Fluggesellschaften, die von Heathrow aus ins Ausland flogen, erhielten eine Kopie. Alle Videofilme der Überwachungskameras auf dem Flughafen wurden wieder und wieder genauestens kontrolliert. Die befreundeten Geheimdienste in Westeuropa, aber auch der israelische Mossad erhielten das Phantombild ebenfalls.

Kurz vor 19 Uhr nahm die Fahndung nach der Frau ein abruptes Ende, als unter den Trümmern auf dem Bahnsteig eine weitere Leiche entdeckt wurde. Ihr Gesicht war überraschend wenig entstellt, und die Ähnlichkeit mit dem nach Krajiceks Angaben erstellten Phantombild war unverkennbar. Der Holländer wurde nach

Heathrow gebracht, um sich die Tote anzusehen. Er nickte grimmig und wandte sich ab. Dies war die Frau, der er auf dem U-Bahnhof Knightsbridge geholfen hatte.

Ähnliche Ereignisse spielten sich jenseits der Irischen See in Dublin ab. Nicht weniger als ein Dutzend Zeugen sagten aus, sie hätten kurz vor dem Bombenanschlag einen bärtigen Mann mit einer großen, offenbar schweren Aktentasche in die Nationalbibliothek gehen sehen. Einige Stunden nach dem Attentat lieferte der Portier des Hotels Shelbourne zwei Kriminalbeamten der Garda eine genaue Personenbeschreibung des Verdächtigen.

Der Aufseher, der ihm eine Tageskarte für den Lesesaal gegeben hatte, hatte den Bombenanschlag mit nur leichten Schnittwunden und Prellungen überlebt. Er half der Polizei, den Verdächtigen auf dem Film einer der Überwachungskameras der Nationalbibliothek zu finden. Die Garda veröffentlichte ein Phantombild und ein verschwommenes Foto nach einer Videoaufnahme. Kopien davon wurden nach London gefaxt. Auch in Dublin bargen die Rettungsmannschaften am frühen Abend aus den Trümmern eine Leiche, die der Personenbeschreibung des Verdächtigen zu entsprechen schien. Als ein Pathologe dem Toten die Kleidungsstücke wegschnitt, entdeckte er am rechten Knie eine massive Gelenkstütze. Die anwesenden Kriminalbeamten ließen das Knie röntgen. Der Pathologe konnte keine Verletzung an Knochen, Knorpeln oder Bändern feststellen, die eine so massive Stütze erfordert hätte. »Ich vermute, daß der Mann diese Stütze getragen hat, um ein Hinken *hervorzurufen*, statt ein geschädigtes Knie zu stützen«, sagte der Pathologe, indem er das Bein des Toten anstarrte. »Und Ihr bisher einziger Verdächtiger in dieser Sache ist mausetot, fürchte ich.«

Im Norden, in Ulster, fingen Sachbearbeiter der Special Branch der Royal Ulster Constabulary an, in den Bars und Nebenstraßen von West Belfast und bis hin zu lehmfarbenen Farmhäusern bei Portadown und Armagh ihre Spitzel und Zuträger zu befragen. Aber niemand wußte etwas Brauchbares. Eine Überwachungskamera der Armee hatte den Mord an Eamonn Dillon aufgezeichnet, und die Sicherheitskamera über dem Eingang der Celtic Bar hatte die Flucht des Attentäters festgehalten. Keine der beiden Kameras lieferte jedoch ein für Fahndungszwecke verwendbares Bild des Täters. Die RUC veröffentlichte wieder ihre Vertrauliche Nummer – eine spezielle Hotline für Informanten, die der Polizei anonyme Hinweise geben wollen –, aber keiner der rund vierhundertfünfzig Anrufe, die daraufhin eingingen, führte zu einer heißen Spur. Zwölf Bekennerschreiben wurden unter die Lupe genommen und als Schwindel zu den Akten gelegt. Die für technische Aufklärung – Videoüberwachung und Lauschangriffe – zuständigen Stellen überprüften hastig ihre Aufnahmen aus den letzten Wochen und suchten nach übersehenen Hinweisen auf einen bevorstehenden Anschlag. Die Überprüfung blieb ergebnislos.

Anfangs gab es langwierige Diskussionen über die möglichen Hintermänner der Anschläge. Steckte dahinter eine Gruppe oder zwei? Waren sie koordiniert oder zufällig gleichzeitig verübt worden? Waren sie das Werk einer schon bestehenden paramilitärischen Gruppe oder einer neuen? Von Republikanern oder Loyalisten? Die Ermordung Eamonn Dillons und der Bombenanschlag auf die Nationalbibliothek ließen darauf schließen, die Terroristen seien protestantische Loyalisten. Der Bombenanschlag auf die Londoner U-Bahn ließ darauf schließen, die Terroristen seien katholische Republikaner, denn die paramilitärischen Einheiten der Loyalisten kämpften nur vereinzelt gegen die britische Ordnungsmacht und hatten noch nie Anschläge in Großbritannien verübt. Bekannte Aktivisten der Irisch-Republikanischen Armee und der protestantischen Ulster Volunteer Force wurden unauffällig zum Verhör geholt. Sie alle bestritten, etwas über diese Anschläge zu wissen oder gar an ihnen beteiligt gewesen zu sein.

Um acht Uhr an diesem Abend kamen die Minister und Leiter der Sicherheitsdienste im Cabinet Room, Nr. 10 Downing Street, zu einer Lagebesprechung mit Premierminister Blair zusammen. Alle Beteiligten gestanden widerstrebend ein, keine handfesten Beweise zu haben, die auf eine bestimmte Gruppierung oder einen Einzeltäter hinwiesen. Kurz gesagt: Sie tappten völlig im dunkeln.

Um drei Viertel neun änderte sich das schlagartig.

Mitten in dem Trubel, der in der Nachrichtenredaktion von BBC Television herrschte, zirpte ein Telefon. Die *Nine O'Clock News,* das wichtigste abendliche Nachrichtenmagazin, gingen in einer Viertelstunde auf Sendung. Der Produzent wollte die erste Hälfte des Abendprogramms mit Liveberichten über die Terroranschläge bestreiten. In Belfast und Dublin, auf dem Flughafen Heathrow und in der Downing Street standen Reporter und Kamerateams bereit. Wegen der chaotischen Atmosphäre in der Redaktion klingelte das Telefon zehnmal, bevor eine junge Produktionsassistentin namens Ginger den Hörer abnahm und sich meldete.

»Ich rufe an, um die Verantwortung für die Hinrichtung Eamonn Dillons in Belfast und die Bombenanschläge auf dem Flughafen Heathrow und in Dublin zu übernehmen.« Ginger registrierte die Stimme des Anrufers: männlich, emotionslos, irischer Dialekt, dem Klang nach aus West Belfast. »Sind Sie bereit, meine Mitteilung entgegenzunehmen?«

»Wir haben hier ziemlich viel Arbeit, Schätzchen«, sagte Ginger. »Für so was habe ich im Augenblick wirklich keine Zeit. Nett, daß Sie angerufen haben ...«

»Legen Sie jetzt auf, machen Sie den größten Fehler Ihrer Laufbahn«, behauptete der Unbekannte. »Was ist, wollen Sie meine Mitteilung aufnehmen – oder soll ich lieber bei ITN anrufen?«

»Also gut«, sagte Ginger und wickelte sich eine rote Locke um ihren angekauten Zeigefinger.

»Haben Sie was zu schreiben?«

Ginger hatte drei Filzschreiber an Kordeln um ihren Hals hängen. »Natürlich.«

»Die Hinrichtung des IRA-Terroristen Eamonn Dillon, der Bombenanschlag auf die Nationalbibliothek in Dublin und der Bombenanschlag auf die U-Bahn am Flughafen Heathrow sind auf Befehl des Militärrats der Ulster Freedom Brigade ausgeführt worden. Die Ulster Freedom Brigade ist eine neugegründete protestantische paramilitärische Organisation, kein Pseudonym für eine bereits existierende Organisation wie die Ulster Volunteer Force oder die Ulster Defense Association.«

»Langsam, sonst komme ich nicht mit«, sagte Ginger ruhig, während sie eifrig mitschrieb. Der Mann, den sie beinahe als Spinner abgewimmelt hatte, schien tatsächlich echt zu sein!

»Gut, ich hab's. Bitte weiter.«

»Die Ulster Freedom Brigade kämpft für die Erhaltung der protestantischen Lebensart in Nordirland und die Fortsetzung der britischen Herrschaft über die Provinz. Wir werden nicht untätig zusehen, wie die britische Regierung Verrat an ihrer historischen Verpflichtung gegenüber der protestantischen Bevölkerung Nordirlands übt, und niemals zulassen, daß Ulster vom Süden annektiert wird. Die Ulster Freedom Brigade wird ihren bewaffneten Widerstand fortsetzen, bis das sogenannte Karfreitagsabkommen außer Kraft gesetzt wird. Alle, die diesen Verrat an der protestantischen Bevölkerung Nordirlands unterstützen, sollten diese Mitteilung als faire Warnung betrachten.« Der Mann machte eine Pause, dann fragte er: »Haben Sie alles?«

»Ja, ich denke schon.«

»Gut«, sagte er und legte auf.

Alan Ramsey, der verantwortliche Redakteur von *Nine O'Clock News,* saß an seinem Schreibtisch, auf dem sich Manuskripte stapelten, und preßte zwei Telefonhörer gleichzeitig an seine Ohren. Ginger marschierte quer durch die Redaktion, baute sich vor ihm auf und wedelte mit den Händen, um seine Aufmerksamkeit zu erregen. Er sah sie an und sagte: »Ich habe Belfast an einem Apparat und Dublin am anderen. Hoffentlich ist Ihre Sache wirklich wichtig.«

»Das ist sie.«

»Ich rufe sofort zurück!« rief er in beide Sprechmuscheln. Dann sah er wieder Ginger an. »Also los!«

»Gerade hat ein Mann angerufen, um die Verantwortung für die Bombenanschläge zu übernehmen.«

»Wahrscheinlich ein Spinner.«

»Das glaube ich nicht. Die Mitteilung klingt echt.«

»Haben Sie schon mal einen *echten* Terroristen am Telefon gehabt?«

»Nein, aber...«

»Wie können Sie sich Ihrer Sache dann so sicher sein?«

»Er hat was an sich gehabt«, sagte Ginger. »Ich weiß nicht, wie ich's ausdrücken soll, Alan, aber er hat mir echt Angst eingejagt.«

Ramsey streckte eine Hand aus, und sie gab ihm den Zettel mit dem Text des Bekenneranrufs. Er warf einen Blick auf ihr hingeschmiertes Stenogramm, runzelte die Stirn und legte ihr den Zettel wieder hin. »Jesus, entziffern Sie mir das, ja?«

Sie las ihm das Statement vor.

»Hat er Dialekt gesprochen?« fragte Ramsey.

Sie nickte.

»Irischen?«

»Nordirischen«, antwortete Ginger. »West Belfast, würde ich sagen.«

»Wie können Sie das beurteilen?«

»Weil ich in Belfast geboren bin. Wir haben bis zu meinem zehnten Lebensjahr dort gewohnt. Hat man diesen Dialekt erst mal im Ohr, vergißt man ihn nicht so leicht.«

Er sah auf die große Digitaluhr an der Wand: zehn Minuten bis Sendebeginn.

»Wie lange brauchen Sie, um das abzutippen?«

»Ungefähr fünfzehn Sekunden.«

»Sie haben genau zehn.«

»Okay«, sagte sie und setzte sich an einen Computer. Alan Ramsey zog einen elektronischen Terminplaner aus seiner Jackentasche und gab den Nachnamen eines Studienfreundes aus Cambridge ein, der beim MI5 arbeitete. Er nahm den Hörer ab, tippte die Nummer ein und trommelte mit den Fingern auf der Schreibtischplatte, während er wartete.

»Hallo, Graham, hier ist Alan Ramsey. Hör zu, alter Junge, wir haben eben einen recht interessanten Anruf bekommen, und ich wollte dich um einen Gefallen bitten.«

Ginger legte ihm einen Ausdruck der Mitteilung hin. Ramsey las seinem Freund den Text übers Telefon vor. Dann machte er sich eine Minute lang eifrig Notizen.

»Vielen Dank«, sagte er. »Ruf mich bitte an, wenn ich mich dafür revanchieren kann.« Ramsey knallte den Hörer auf den Apparat und stand auf. »Alle mal herhören!« rief er laut, und das Stimmengewirr in der Redaktion verstummte schlagartig. »Eben hat ein Mann in einem offenbar echten Bekenneranruf die Verantwortung für die Attentate in Belfast, Dublin und Heathrow übernommen: im Namen einer neuen Gruppierung, der Ulster Freedom Brigade. Wir nehmen seine Erklärung als Aufmacher. Hängt euch ans Telefon und trommelt mir sämtliche Experten für irischen Terrorismus – vor allem für *protestantischen* Terrorismus – zusammen. Wir haben fünf Minuten, Ladies und Gentlemen. Wer noch halbwegs krächzen kann, muß uns ein Telefoninterview geben!«

3

Portadown, Nordirland

Der Mann, auf den die Ermittlungen sich konzentrierten, saß in diesem Augenblick in Portadown in seinem Wohnzimmer vor dem Fernseher. Die Bewohner der Wohnsiedlung Brownstown lassen keinen Zweifel daran, wem ihre Loyalität gehört. Über vielen Häusern flattern ausgebleichte Union Jacks, und die Randsteine sind mit roten, weißen und blauen Streifen bemalt. Kyle Blake hielt nichts von demonstrativen Treuebekundungen, sondern neigte dazu, seine politischen Überzeugungen – und übrigens auch alles andere, was er für wichtig hielt – bewußt für sich zu behalten. Er gehörte keiner unionistischen Vereinigung an, ging nur selten in die Kirche und sprach niemals in der Öffentlichkeit über Politik. Trotzdem wußte oder vermutete man innerhalb der Mauern von Brownstown relativ viel über ihn: Er war ein harter Bursche, ein ehemaliger hoher Offizier der Ulster Volunteer Force, der wegen der Ermordung von Katholiken im Gefängnis »the Maze« gesessen hatte.

Kyle Blake sah den Aufmacher der heutigen *Nine O'Clock News*.

Vor wenigen Augenblicken ist bei der BBC *der Anruf einer protestantischen Gruppe eingegangen, die sich Ulster Freedom Brigade nennt. Die Gruppe bekämpft das Karfreitagsabkommen. Sie hat die Verantwortung für die Attentate übernommen und ist entschlossen, mit Terror-*

anschlägen weiterzukämpfen, bis das Friedensabkommen außer Kraft gesetzt wird.

Kyle Blake hielt es für überflüssig, sich den Rest der Sendung anzusehen, deshalb stellte er sich an die offene Terrassentür, die in den verwilderten Garten hinausführte, und rauchte eine der unzähligen Zigaretten, die er täglich qualmte. Die Luft roch nach feuchter Erde mit einem Hauch von Meeresduft. Blake warf den Zigarettenstummel in ein mit Unkraut überwuchertes Blumenbeet und hörte dabei mit halbem Ohr die Reaktion eines Nordirlandexperten des Londoner University Colleges. Er schloß die Terrassentür und schaltete den Fernseher aus.

Dann ging er in die Küche und führte mehrere kurze Telefongespräche, während seine Frau Rosemary, mit der er seit zwanzig Jahren verheiratet war, das Geschirr abwusch. Da sie wußte, was ihr Ehemann machte – sie hatten keine Geheimnisse voreinander, außer was die exakten operativen Einzelheiten seiner Arbeit betraf –, kamen ihr solche Telefongespräche in verschleierter Sprache völlig normal vor. Nach dem vierten Anruf legte er den Telefonhörer auf und nahm seinen Regenmantel vom Haken an der Tür.

»Ich gehe noch mal weg.«

Rosemary nahm seinen Schal vom Haken, band ihn ihm um den Hals und sah ihm dabei ins Gesicht, als sehe sie es zum ersten Mal. Er war ein kleiner Mann, nicht viel größer als sie selbst, und durch sein Kettenrauchen hager wie ein Langstreckenläufer. Er hatte wachsame graue Augen, die tief in ihren Höhlen lagen, und markant hervortretende Backenknochen. In seinem scheinbar schmächtigen Körper steckten Riesenkräfte, und als Rosemary ihn jetzt umarmte, konnte sie seine Schulter- und Rückenmuskeln als sehnige Stränge fühlen.

»Sei vorsichtig«, flüsterte sie ihm ins Ohr. Blake zog seinen Mantel an und küßte sie auf die Wange. »Schließ die Tür ab, und wart nicht auf mich.«

Kyle Blake hatte eine kleine Druckerei, und das einzige Auto des Ehepaars, ein kleiner Ford Kombi, war mit dem Namen seiner Firma in Portadown beschriftet. Er sah automatisch unter den Wagen, um eine etwa dort angebrachte Autobombe zu entdecken, bevor er einstieg und den Motor anließ. Dann fuhr er durch die Wohnsiedlung Brownstown. Das riesige Gesicht Billy Wrights, eines fanatischen protestantischen Killers, der im »Maze« von katholischen Attentätern ermordet worden war, starrte von der Außenwand eines der Terrassenhäuser. Blake sah stur geradeaus. Er bog auf die Armagh Road ab und folgte einem britischen Schützenpanzer in Richtung Stadtmitte.

Er stellte Radio Ulster an, das eine Sondermeldung über die Übernahme der Verantwortung für die jüngsten Bombenanschläge durch die Ulster Freedom Brigade brachte. Die RUC hatte für Teile der Counties Antrim und Down verschärfte Kontrollen angeordnet. Autofahrer wurden gewarnt, sie müßten wegen der Straßensperren mit Verzögerungen rechnen. Anderswo bringt das Radio Staumeldungen, dachte Kyle Blake, in Ulster wird vor Straßensperren gewarnt. Er stellte das Radio ab und hörte dem gleichmäßigen Rhythmus der Scheibenwischer auf der regennassen Windschutzscheibe zu.

Obwohl Kyle Blake nicht studiert hatte, war er ein profunder Kenner der Geschichte Nordirlands. Er mußte lachen, wenn es hieß, die Unruhen in der Provinz hätten 1969 begonnen; im Norden des Countys Armagh hatten Protestanten und Katholiken sich gegenseitig seit Jahrhunderten ermordet. Weltreiche waren entstanden und zerfallen, zwei Weltkriege waren geführt worden, Menschen waren auf dem Mond gelandet und heil zurückgekommen, aber in dem sanften Hügelland zwischen den Flüssen Bann und Callon hatte sich nie viel verändert.

Kyle Blake konnte seine Familiengeschichte im County Armagh vier Jahrhunderte weit zurückverfolgen. Seine Vorfahren waren während der großen Kolonisierung Ulsters, die 1609 begonnen hatte, aus dem schottischen Hochland gekommen. Sie hatten neben Oliver Cromwell gekämpft, als er in Ulster gelandet war, um die katholische Rebellion niederzuschlagen. Sie waren an den Massakern an Katholiken in Drogheda und Wexford beteiligt gewesen. Als Cromwell den Landbesitz von Katholiken beschlagnahmte, bestellten Blakes Vorfahren die Felder und machten das Land zu ihrem Besitz. Als im 18. und 19. Jahrhundert in Armagh religiös motivierte Gewalt wütete, schlossen Angehörige der Familie Blake sich den Peep O'Day Boys an, die so genannt wurden, weil sie katholische Häuser kurz vor Tagesanbruch überfielen. 1795 waren die Blakes Gründungsmitglieder des Oranierordens.

Fast zwei Jahrhunderte lang waren die Oranier von Portadown am Sonntag vor dem 12. Juli – dem Jahrestag des Sieges Wilhelms von Oranien über den katholischen Jakob II. in der Schlacht am Boyne 1690 – zur Pfarrkirche von Drumcree marschiert. Aber letzten Sommer, in der ersten Marschsaison nach dem Friedensabkommen, hatte die Regierung den Forderungen der Katholiken nachgegeben und den Oraniern verboten, auf der überwiegend katholischen Garvaghy Road nach Portadown zurückzumarschieren. Das Verbot führte in ganz Ulster zu Ausschreitungen, auf deren Höhepunkt drei kleine katholische Jungen starben, als Loyalisten eine Benzinbombe durch ein Fenster ihres Elternhauses in Ballymoney warfen.

Kyle Blake war kein Oranier mehr – er war schon vor Jahren aus dem Orden ausgetreten, als er sich erstmals einer protestantischen paramilitärischen Gruppe angeschlossen hatte –, aber dieses Schauspiel, daß britische Soldaten loyalistischen Marschierern den Weg versperrten, war zuviel für ihn. Seiner Überzeugung nach hatten die Protestanten das Recht, auf öffentlichen Straßen zu marschieren, wann und wohin sie wollten. Seiner Überzeugung nach waren ihre jährlichen Paraden ein legitimer Ausdruck protestantischer Tradition und Kultur in Nordirland. Und seiner Überzeugung nach war jede Einschränkung ihres Marschrechts bloß ein weiteres Zugeständnis an die gottverdammten Taigs.

Nach Blakes Auffassung sagte das Marschverbot in Drumcree etwas weit Bedrohlicheres über die politische Landschaft Nordirlands aus: Die protestantische Vorherrschaft in Ulster bröckelte, und die Katholiken befanden sich auf der Siegesstraße.

Blake hatte dreißig Jahre lang zugesehen, wie die Briten den Katholiken und der IRA ein Zugeständnis nach dem anderen machten, aber das Friedensabkommen vom Karfreitag war mehr, als er ertragen konnte. Seiner Überzeugung nach konnte es nur zu einem führen: zum Rückzug der Briten aus Nordirland und zur Vereinigung Ulsters mit der Republik Irland. Zwei frühere Versuche, die Provinz Ulster zu befrieden – das Sunningdale-Abkommen und das Anglo-Irische Abkommen –, waren durch protestantische Unnachgiebigkeit torpediert worden. Kyle Blake hatte sich geschworen, auch das Karfreitagsabkommen zu Fall zu bringen.

Letzte Nacht hatte er den ersten Schritt dazu getan. Er

hatte einen der spektakulärsten internationalen Terroranschläge organisiert, der gleichzeitig die Sinn Fein, die irische Regierung und die Briten getroffen hatte.
Die Türme der St. Mark's Church waren jetzt zu sehen, die über der Market High Street aufragten. Blake parkte vor seiner Druckerei, obwohl sie mehrere Straßen von seinem Ziel entfernt war. Während er an mit Rolläden und Scherengittern gesicherten Ladentüren und Schaufenstern vorbeiging, achtete er sorgfältig darauf, ob er beschattet wurde.

Ironischerweise war Blakes Taktik nicht von protestantischen paramilitärischen Gruppen, sondern von den Männern der IRA inspiriert, die in seiner Heimatstadt Portadown immer wieder Bombenanschläge verübt hatten. Seit Ausbruch der gegenwärtigen Unruhen im Jahre 1969 hatte die IRA ihre Feinde – die britische Armee und die Royal Ulster Constabulary – bekämpft und darüber hinaus spektakuläre Terroranschläge verübt. Obwohl sie britische Soldaten erschossen, Lord Mountbatten ermordet und sogar versucht hatte, das gesamte britische Kabinett in die Luft zu jagen, war es ihr gelungen, sich ihr Image als Verteidigerin eines unterdrückten Volkes zu bewahren.

Blake wollte die britische Nordirlandpolitik vom Kopf auf die Füße stellen. Er wollte der Weltöffentlichkeit vor Augen führen, daß die protestantische Lebensart in Ulster sich im Belagerungszustand befand. Und um das zu erreichen, war er bereit, die Terrorkarte auszuspielen – nachdrücklicher und besser, als die IRA sich jemals hatte träumen lassen.

Blake bog in eine Seitenstraße ab und betrat McConville's Pub. Das Lokal war düster, überfüllt und bläulich verqualmt. Entlang der holzgetäfelten Wände waren Sitznischen mit hohen Trennwänden und Türen, die jeweils einem halben Dutzend Gäste Platz boten.

Der Barkeeper hinter der polierten Messingtheke sah auf, als er hereinkam. »Hast du die Meldung gehört, Kyle?«

Blake schüttelte den Kopf. »Welche Meldung?«

»Ein Anrufer hat die Verantwortung übernommen. Es sollen Prods gewesen sein. Irgendeine neue Gruppe, die sich Ulster Freedom Brigade nennt.«

»Was du nicht sagst, Jimmie.«

Der Barkeeper nickte zur hintersten Ecke des Lokals hinüber. »Gavin und Rebecca warten auf dich.«

Blake nickte dankend und schlängelte sich durch die Reihen der Gäste. Er klopfte einmal an die Tür der Sitznische und trat ein. An dem kleinen Tisch saßen zwei Personen: ein großgewachsener Mann, der einen schwarzen Rollkragenpullover und ein Sportsakko aus grauem Cordsamt trug, und eine attraktive Frau in einem dicken beigen Wollpullover. Der Mann war Gavin Spencer, der Operationsoffizier der Brigade. Die Frau war Rebecca Wells, der Nachrichtenoffizier der Brigade.

Blake zog den Mantel aus und hängte ihn an einen Wandhaken. Der Barkeeper tauchte auf.

»Drei Guinness, Jimmie«, sagte Blake.

»Wenn ihr Hunger habt, kann ich nach nebenan laufen und ein paar Sandwiches holen.«

»Sandwiches wären gut.«

Blake gab Jimmie einen Zehnpfundschein; dann verriegelte er die Tür und setzte sich an den Tisch. Die drei saßen einen Augenblick lang schweigend da und betrachteten einander. Dies war seit den Anschlägen das erste Mal, daß sie sich zu treffen wagten. Obwohl sie vom Erfolg des Unternehmens begeistert waren, waren sie auch nervös. Ihnen war bewußt, daß es jetzt kein Zurück mehr gab.

»Was sagen deine Männer?« erkundigte Blake sich bei Gavin Spencer.

»Sie wollen unbedingt weitermachen«, antwortete Spencer. Er hatte die kräftige Statur eines Hafenarbeiters und leicht konfuse Art eines Dichters. Sein schwarzes Haar war grau meliert, und eine üppige Tolle fiel ihm ständig in die Stirn über seinen leuchtendblauen Augen. Wie Blake hatte er in der britischen Armee gedient und später der Ulster Volunteer Force angehört. »Aber sie machen sich verständlicherweise Sorgen, ob unsere Zeitzünder auch wirklich zuverlässig arbeiten.«

Blake zündete sich eine Zigarette an und rieb sich müde die Augen. Er hatte die Entscheidung getroffen, die Bombenleger von Dublin und London durch zu kurz eingestellte Zeitzünder ihrer Bomben zu opfern. Dahinter steckte eine ebenso einfache wie machiavellistische Überlegung. Er hatte es mit dem britischen Geheimdienst- und Sicherheitsestablishment zu tun, das in Europa zu den tüchtigsten und skrupellosesten gehörte. Die Ulster Freedom Brigade mußte überleben, wenn sie ihren Terrorfeldzug weiterführen wollte. Wäre einer der beiden Bombenleger der Polizei in die Hände gefallen, wäre die Brigade ernstlich gefährdet gewesen.

»Schieb's auf die Bombenbauer«, sagte Blake. »Erklär ihnen, daß dieses Spiel für uns noch neu ist. Die IRA hat eine eigene technische Abteilung, die nichts anderes tut, als immer noch bessere Bomben zu entwickeln. Aber sogar die IRA macht Fehler. Als sie sechsundneunzig den Waffenstillstand gebrochen hat, haben ihre ersten Bomben versagt. Ihre Bombenbauer sind außer Übung gewesen.«

»Das sage ich meinen Männern«, bestätigte Gavin Spencer. »Einmal glauben sie es uns, aber falls es sich wiederholt, werden sie mißtrauisch. Wenn wir diesen Kampf gewinnen wollen, brauchen wir Männer, die bereit sind, den Abzug durchzudrücken und die Bombe zu legen.«

Blake wollte etwas fragen, aber in diesem Augenblick wurde leise an die Tür geklopft. Er stand auf und zog den Riegel zurück. Der Barkeeper reichte ihm eine Tüte mit Sandwiches.

»Und was ist mit Bates?« fragte Blake, als sie wieder allein waren.

»Mit dem kann's Probleme geben«, sagte Rebecca Wells.

Blake und Spencer sahen sie fragend an. Rebecca war groß und durchtrainiert, und auch der dicke Wollpullover konnte ihre breiten Schultern nicht verbergen. Schulterlanges schwarzes Haar umrahmte ein Gesicht mit breiten Backenknochen. Ihre Augen waren oval, die Iris grau wie ein wolkenverhangener Wintertag. Wie unzählige Frauen in Nordirland war sie viel zu jung Witwe geworden. Ihr Mann war beim Nachrichtendienst der UVF gewesen, bis ein IRA-Attentäter ihn in West Belfast erschossen hatte. Rebecca, die damals schwanger gewesen war, hatte noch in derselben Nacht eine Fehlgeburt gehabt. Nach ihrer Genesung hatte sie sich der UVF angeschlossen und die Arbeit ihres Mannes fortgeführt. Sie war aus der UVF ausgetreten, als sie einem Waffenstillstand zustimmte, und hatte sich einige Monate später heimlich mit Kyle Blake verbündet.

Das Hauptverdienst an der Ermordung Eamonn Dillons konnte Rebecca Wells für sich beanspruchen. Sie hatte sich mit viel Geduld eine Informantin in der Sinn-Fein-Zentrale in der Falls Road herangezogen – eine ziemlich unattraktive junge Frau, die dort als Büroangestellte arbeitete. Rebecca hatte sich mit ihr angefreundet, sie zu Drinks eingeladen und sie mit Männern bekannt gemacht. Nach einigen Monaten begann ihre

Freundschaft Früchte zu tragen. Die junge Frau hatte Rebecca unabsichtlich fortlaufend mit wertvollen Informationen über die Sinn Fein und ihre führenden Männer versorgt – über Strategien, interne Dispute, persönliche Angewohnheiten, sexuelle Vorlieben, geplante Termine und Sicherheitsmaßnahmen. Diese Informationen hatte Rebecca an Gavin Spencer weitergegeben, der dann die Ermordung Dillons geplant hatte.

»Die Polizei hat ein Phantombild von ihm erstellt«, fuhr sie fort. »Jeder Polizeibeamte in der Provinz hat eines in der Tasche. Wir können ihn nicht wieder umquartieren, bevor die Dinge sich beruhigt haben.«

»Sie werden sich nie beruhigen, Rebecca«, sagte Blake.

»Je länger er in seinem Versteck bleibt, desto höher ist die Wahrscheinlichkeit, daß er aufgespürt wird«, sagte sie.

»Und falls er entdeckt wird, sind wir ernstlich gefährdet.«

Blake sah zu Gavin Spencer hinüber. »Wo ist Bates jetzt?«

Der Mann in der aus Natursteinen erbauten Scheune außerhalb von Hillsborough war seit der Ermordung Eamonn Dillons auf der Falls Road ein halbes dutzendmal umquartiert worden. Weil die Gefahr bestand, daß die ausgezeichnet arbeitenden Horchgruppen des Nachrichtendienstes der britischen Armee das Geräusch orten würden, durfte er kein Radio haben. Weil die Gefahr bestand, daß die Infrarotsensoren des Militärs eine ungewöhnliche Wärmequelle orten würden, durfte er keine Kochstelle haben. Sein Bett war ein steinhartes Feldbett mit einer Wolldecke, die kratzig wie Stahlwolle war; seine grüne Öljacke, die er bei dem Attentat getragen hatte, diente ihm als Kopfkissen. Er lebte von Trockennahrung – Biskuits, Kräcker, Kekse, Nüsse – und Büchsenfleisch. Rauchen durfte er, aber er sollte vorsichtig sein, damit er das Heu nicht in Brand setzte. Sein Klo war ein Blecheimer. Der Gestank war anfangs unerträglich gewesen, aber er hatte sich allmählich daran gewöhnt. Er hätte das verdammte Ding gern öfters ausgeleert, aber seine Führungsoffiziere hatten ihm eingeschärft, er dürfe die Scheune auf keinen Fall verlassen, auch nachts nicht.

Sie hatten ihm eine merkwürdige Zusammenstellung von Büchern dagelassen: Biographien von Wolfe Tone, Eamon de Valera und Michael Collins sowie einige zerlesene Bände mit holprigen republikanischen Gedichten. In einem der Bücher steckte eine handschriftliche Notiz: *Kenne deinen Feind, sagt Sun Tsu. Lies diese und lerne.* Aber der Mann lag die meiste Zeit nur auf seinem Feldbett, starrte in die Dunkelheit, rauchte seine Zigaretten und durchlebte nochmals die entscheidenden Augenblicke auf der Falls Road.

Bates hörte das Nageln eines Dieselmotors. Er stand auf und sah durch ein kleines Fenster nach draußen. Ein Lieferwagen kam ohne Licht den Feldweg entlang und hielt auf der Mischung aus Schlamm und Kies vor dem Scheunentor. Zwei Personen stiegen aus; der Fahrer war groß und muskelbepackt, sein Beifahrer kleiner und leichtfüßiger. Einige Sekunden später hörte Bates, wie ans Tor geklopft wurde. »Leg dich auf's Bett – mit dem Gesicht nach unten«, forderte eine Stimme ihn auf.

Bates tat wie ihm geheißen. Er hörte seine Besucher eintreten. Im nächsten Augenblick wies dieselbe Stimme ihn an, er solle sich aufsetzen. Der große Mann hockte auf einem Stapel leerer Futtersäcke; die kleinere Gestalt ging wie das personifizierte schlechte Gewissen hinter ihm auf und ab.

»Entschuldigt den Gestank«, sagte Bates unbehaglich. »Ich rauche, um ihn zu überdecken. Darf ich?«

Im Lichtschein des aufflammenden Streichholzes sah Bates, daß seine Besucher Sturmhauben trugen, die nur ihre Augen freiließen. Er führte die Flamme ans Ende seiner Zigarette, blies sie dann aus, und die Scheune versank erneut in Dunkelheit.
»Wann bringt ihr mich hier raus?« fragte er.
Vor der Hinrichtung Dillons war Bates versprochen worden, er werde aus Nordirland herausgebracht, sobald die Dinge sich etwas beruhigt hatten. Die UFB habe Freunde, die in einem einsamen Teil des schottischen Hochlands lebten und ihn bei sich aufnehmen würden, hatte man ihm gesagt. Dort würden die Sicherheitsdienste ihn nie finden.
»Es wäre noch zu gefährlich, dich zu verlegen«, sagte der große Mann. »Die RUC hat ein Phantombild von dir herstellen lassen. Wir müssen abwarten, bis die Dinge sich ein bißchen mehr abgekühlt haben.«
Bates stand ruckartig auf. »Jesus, in diesem Loch drehe ich durch! Könnt ihr mich nicht woanders unterbringen?«
»Vorläufig bist du hier sicher. Wir dürfen nicht riskieren, dich noch mal zu verlegen.«
Bates sank deprimiert auf sein Feldbett. Er ließ seine erst halb gerauchte Zigarette auf den festgestampften Lehmboden fallen und trat sie mit dem Schuhabsatz aus. »Was ist mit den anderen?« erkundigte er sich. »Mit den Agenten, die in London und Dublin im Einsatz gewesen sind?«
»Die halten sich auch versteckt«, antwortete der Mann. »Mehr kann ich dazu nicht sagen.«
»Hat schon jemand die Verantwortung übernommen?«
»Wir haben's heute abend getan. Draußen ist der Teufel los – Straßensperren und Kontrollen vom County

Antrim bis zur Grenze. Bevor die Aufregung nicht abgeklungen ist, können wir nicht mal daran denken, dich zu verlegen.«

Bates riß erneut ein Streichholz an, das die Szene für einen Augenblick erhellte: die maskierten Besucher, einer sitzend, einer stehend, beide an Statuen in einem Park erinnernd. Er zündete sich eine weitere Zigarette an und blies das Streichholz aus.

»Können wir dir irgendwas mitbringen, damit du dich weniger langweilst?«

»Ein Mädchen mit lockerer Moral wäre nett.«

Diese Bemerkung wurde schweigend aufgenommen.

»Leg dich aufs Feldbett«, wies der Sitzende ihn erneut an. »Auf den Bauch.«

Charles Bates tat wie ihm geheißen. Er hörte das Rascheln der Futtersäcke, als der große Mann mit den Tätowierungen auf den Händen aufstand. Und er hörte, wie das Scheunentor geöffnet wurde.

Im nächsten Augenblick spürte er etwas Kaltes und Hartes, das an seinen Hinterkopf gedrückt wurde. Er hörte ein leises Klicken und sah einen gleißend hellen Lichtblitz, dann wurde es dunkel um ihn.

Rebecca Wells steckte die Walther mit Schalldämpfer wieder in ihre Manteltasche, bevor sie in den Lieferwagen stieg. Gavin Spencer ließ den Motor an, wendete und fuhr auf dem mit Schlaglöchern übersäten Feldweg zur B177 zurück. Sie warteten, bis sie an der Farm vorbei waren, bevor sie ihre Sturmhauben abnahmen. Rebecca Wells starrte aus dem Fenster, während Spencer die kurvenreiche Strecke durch hügeliges Gelände rasch und sicher bewältigte.

»Das hättest du nicht zu tun brauchen, Rebecca. Ich hätt's für dich getan.«

»Willst du damit sagen, daß ich meinem Job nicht gewachsen bin?«

»Nein, ich sage nur, daß das nicht recht ist.«

»Was ist nicht recht?«

»Daß eine Frau tötet«, sagte Spencer. »Das ist nicht recht.«

»Und was ist mit Dame?« fragte Rebecca und gebrauchte dabei den Decknamen der Frau, die den Bombenanschlag auf die Londoner U-Bahn verübt hatte. »Sie hat mehr Menschen getötet als ich heute nacht, und sie hat außerdem ihr eigenes Leben geopfert.«

»Ein gutes Argument.«

»Ich bin für Aufklärung und innere Sicherheit zuständig«, sagte sie. »Kyle wollte ihn tot haben. Also ist's mein Job gewesen, ihn totzumachen.«

Spencer verfolgte dieses Thema nicht weiter. Er stellte das Radio an, um sich die Zeit zu vertreiben. Er bog auf die A1 ab und fuhr in Richtung Banbridge. Kurz darauf ächzte Rebecca: »Halt mal.«

Er bremste und hielt auf dem Standstreifen an. Rebecca stieß ihre Tür auf und torkelte in den Regen hinaus. Sie fiel im Licht der Autoscheinwerfer auf Hände und Knie und übergab sich.

4

Washington, D.C.

Das Gespräch zwischen dem britischen Premierminister Tony Blair und Präsident James Beckwith war schon vor längerer Zeit vereinbart worden; daß es jetzt nur eine Woche nach der Terroroffensive der Ulster Freedom Brigade stattfand, war reiner Zufall. Tatsächlich waren beide Männer sehr bemüht, ihr Gespräch als Routinekonsultation zwischen guten Freunden hinzustellen, was es zum größten Teil auch war. Als der Premierminister aus dem Blair House, dem Gästehaus auf der anderen Straßenseite, ins Weiße Haus herüberkam, versicherte sein Gastgeber ihm, die Villa sei ihm zu Ehren so benannt worden. Der Premierminister ließ sein berühmtes strahlendes Lächeln aufblitzen und versicherte Beckwith, bei seinem nächsten Londonbesuch werde eine britische Sehenswürdigkeit *ihm* zu Ehren umbenannt.

Präsident und Premierminister setzten sich im Roosevelt Room des Weißen Hauses mit ihren Mitarbeitern und Assistenten zu einer zweistündigen Besprechung zusammen. Die Tagesordnung war sehr weit gespannt: Koordinierung der Verteidigungs- und Außenpolitik, Finanz- und Handelspolitik, die ethnischen Spannungen auf dem Balkan, der Friedensprozeß im Nahen Osten und natürlich die Nordirlandfrage. Kurz nach Mittag zogen die beiden Politiker sich zu einem privaten Lunch ins Oval Office zurück.

Schnee trieb über den South Lawn, als die beiden

Männer am Fenster hinter dem Schreibtisch des Präsidenten standen und die Aussicht bewunderten. Im Kamin brannte ein helles Feuer, vor dem ein Tisch gedeckt war. Der Präsident faßte seinen Gast ungezwungen am Arm und führte ihn durch den Raum. Nach einem in der Politik verbrachten Leben waren James Beckwith die zeremoniellen Aspekte seines Jobs längst vertraut. Das Washingtoner Pressekorps schrieb regelmäßig, nach Ronald Reagan sei er der beste Präsidentendarsteller im Oval Office.

Trotzdem war er allmählich amtsmüde. Er war nur sehr knapp wiedergewählt worden und hatte während des gesamten Wahlkampfs hinter seinem Konkurrenten, dem demokratischen Senator Andrew Sterling aus Nebraska, gelegen, bis dann ein arabischer Terrorist vor Long Island ein Verkehrsflugzeug abgeschossen hatte. Beckwith' geschicktes Krisenmanagement – und seine raschen Vergeltungsschläge gegen die Terroristen – hatten dazu beigetragen, das Blatt zu wenden.

Jetzt hatte er sich im Status eines Präsidenten, der nicht wiedergewählt werden konnte, behaglich eingerichtet. Der von den Demokraten beherrschte Kongreß hatte das wichtigste Projekt seiner zweiten Amtszeit, den Aufbau eines nationalen Raketenabwehrsystems, zu Fall gebracht. Seine nicht allzu wichtigen sonstigen Vorhaben betrafen eine Reihe kleinerer konservativer Initiativen, die er ohne die Unterstützung des Kongresses verwirklichen konnte. Zwei seiner Minister waren wegen schwerer finanzieller Unregelmäßigkeiten unter Beschuß geraten. Beckwith und seine Frau Anne sprachen abends beim Essen immer weniger über Politik und mehr darüber, wie sie ihren Ruhestand in Kalifornien genießen würden. Er hatte sogar zugestimmt, Anne einen langgehegten Wunsch zu erfüllen und mit ihr an den oberitalienischen Seen Urlaub zu machen. Früher hatten seine Strategen ihm abgeraten; ein Auslandsurlaub wäre eine politische Katastrophe. Inzwischen war Beckwith das gleichgültig. Enge Freunde schrieben seine Ziellosigkeit dem Verlust seines Freundes und Stabschefs Paul Vandenberg zu, der sich im Vorjahr auf Roosevelt Island im Potomac River erschossen hatte.

Die beiden Männer setzten sich zum Lunch. Tony Blair, der ein berüchtigt schneller Esser war – was Beckwith aus dem von seinem Stab zusammengestellten Dossier über seinen Gast wußte –, verschlang seine gegrillte Hühnerbrust mit Pilaw, bevor Beckwith seinen Teller zu einem Viertel geleert hatte. Andererseits war der Präsident nach den intensiven Diskussionen dieses Vormittags hungrig, deshalb ließ er den britischen Premierminister seelenruhig warten, bis er mit seinem Essen fertig war.

Ihr Verhältnis hatte sehr gelitten, seit Blair voriges Jahr Beckwith wegen seiner Luftangriffe auf Ausbildungslager des Schwerts von Gaza – die palästinensische Terrororganisation, die das Verkehrsflugzeug der TransAtlantic Airlines vor Long Island abgeschossen haben sollte – öffentlich kritisiert hatte. Einige Wochen später hatte das Schwert von Gaza sich durch einen Vergeltungsangriff auf den Ticketschalter der TransAtlantic auf dem Londoner Flughafen Heathrow gerächt, bei dem mehrere britische und amerikanische Flugreisende umgekommen waren. Beckwith hatte Blair diese Zurechtweisung nie vergessen. Obwohl er die weitaus meisten Staats- und Regierungschefs der Welt mit ihrem Vornamen ansprach, blieb Blair für ihn bewußt »Mr. Prime Minister«. Blair zahlte ihm das mit gleicher Münze heim, indem er Beckwith stets nur mit »Mr. President« ansprach.

Beckwith aß langsam seinen Teller leer, während Blair ihm von einem »wirklich faszinierenden« Wirtschaftsfachbuch erzählte, das er auf seinem Flug von London nach Washington gelesen hatte. Blair war ein leidenschaftlicher Vielleser, und Beckwith hatte Hochachtung vor seinem scharfen Verstand. Jesus, sagte er sich, ich habe schon Mühe, abends meine Dossiers durchzulesen, ohne dabei einzuschlafen.

Ein Steward räumte des Geschirr ab. Beckwith trank Tee, Blair Kaffee. Als die Getränke serviert waren, trat eine kurze Pause ein. Das Kaminfeuer prasselte wie Kleinkaliberfeuer. Blair sah angelegentlich aus dem Fenster zum Washington Monument hinüber, bevor er das Wort ergriff.

»Ich möchte ein Thema sehr offen mit Ihnen besprechen, Mr. President«, sagte Blair, indem er sich vom Fenster abwandte und den Blick von Beckwith' hellblauen Augen erwiderte. »Ich weiß, daß unser Verhältnis nicht immer so gut gewesen ist, wie es sein sollte, aber ich möchte Sie trotzdem um einen großen Gefallen bitten.«

»Unser Verhältnis ist nicht so gut, wie es sein könnte, Mr. Prime Minister, weil Sie sich öffentlich von den Vereinigten Staaten distanziert haben, als ich Luftangriffe gegen die Ausbildungslager des Schwerts von Gaza befohlen habe. Damals hätte ich Ihre Unterstützung gebraucht, aber Sie haben sie mir verweigert.«

Ein Steward betrat den Raum, um das Dessert zu servieren; er merkte jedoch, daß ernste Dinge besprochen wurden, und zog sich rasch wieder zurück. Blair senkte den Kopf, schien sich bewußt zu beherrschen und sah wieder auf.

»Mr. President, was ich damals geäußert habe, ist Ausdruck meiner *Überzeugung* gewesen. Ich habe diese Luftangriffe für übertrieben, vorschnell und bestenfalls dürftig begründet gehalten. Ich habe befürchtet, sie würden die Spannungen nur erhöhen und dem Friedensprozeß im Nahen Osten schaden. Ich glaube, die Ereignisse haben mir rechtgegeben.«

Beckwith wußte, daß Blair damit den Vergeltungsangriff des Schwerts von Gaza auf dem Flughafen Heathrow meinte. »Mr. Prime Minister, wenn Sie besorgt gewesen sind, hätten Sie nach dem Telefonhörer greifen und mich anrufen sollen, statt zum nächstbesten Reporter zu laufen. Gute Verbündete halten zusammen, auch wenn ihre Führer von entgegengesetzten Enden des politischen Spektrums kommen.«

Blairs kalter Blick ließ deutlich erkennen, daß er Beckwith' Vortrag über die Grundlagen der Staatskunst nicht goutierte. Er trank einen kleinen Schluck Kaffee, während der Präsident fortfuhr.

»Tatsächlich vermute ich sogar, daß das Schwert von Gaza seinen Vergeltungsschlag bewußt auf britischem Boden geführt hat, weil es wegen Ihrer Kommentare gehofft hat, einen Keil zwischen zwei alte Verbündete treiben zu können.«

Blair sah gekränkt von seinem Kaffee auf. »Sie wollen doch nicht etwa behaupten, ich sei für den Anschlag in Heathrow verantwortlich?«

»Natürlich will ich das nicht, Mr. Prime Minister. Das würde sich für alte Freunde nicht ziemen.«

Blair stellte die Tasse ab und schob sie etwas von sich weg. »Mr. President, ich möchte mit Ihnen über Botschafter Hathaways Nachfolger reden.«

»Das ist Ihr gutes Recht«, sagte Beckwith.

»Ich will ganz offen sein, Mr. President. Ich kenne einige der Namen, die Sie anscheinend in Betracht ziehen, und bin ehrlich gesagt nicht schrecklich beeindruckt.« Beckwith lief rot an, aber Blair sprach unbeirrbar weiter. »Ich hatte auf jemanden mit etwas mehr Talent gehofft.«

Beckwith schwieg, während Blair seine Argumente vortrug. Die *New York Times* hatte Anfang der Woche in einem Artikel ein halbes Dutzend Kandidaten für den Posten des Botschafters in London genannt. Die Namen stimmten, weil sie der Zeitung auf Beckwith' Anweisung zugespielt worden waren. Auf der Liste standen mehrere große Gönner der Republikanischen Partei, zur Tarnung aber auch einige hohe Berufsdiplomaten. London war schon traditionell ein politischer Posten, und Beckwith wurde vom Republican National Comittee unter Druck gesetzt, damit einen großzügigen Wohltäter zu belohnen.

»Mr. President, Sie kennen doch den Ausdruck *in die Fresse hauen?*« fragte Blair.

Beckwith nickte, aber seine Miene zeigte deutlich, daß ihm solche derben Ausdrücke zuwider waren.

»Mr. President, diese Gruppe, die sich als Ulster Freedom Brigade bezeichnet, hat ihre Terrorkampagne begonnen, weil sie den Friedensprozeß, den wir in Nordirland endlich in Gang gebracht haben, rückgängig machen will. Ich will diesen feigen Terroristen und der ganzen Welt demonstrieren, daß ihnen das niemals gelingen wird. *Ich will sie in die Fresse hauen,* Mr. President, und dazu brauche ich Ihre Hilfe.«

Beckwith lächelte erstmals. »Wie kann ich Ihnen helfen, Mr. Prime Minister?«

»Indem Sie einen Superstar zu Ihrem nächsten Botschafter in London ernennen. Jemanden, den alle Beteiligten respektieren können. Jemanden mit einem prominenten Namen, den jeder kennt. Ich will keinen Mann, der bloß den Sessel wärmt, bis Sie aus dem Amt scheiden. Ich will jemanden, der mir helfen kann, mein großes Ziel zu erreichen, den Nordirlandkonflikt dauerhaft zu lösen.«

Die Eindringlichkeit und Aufrichtigkeit der Argumentation des Jüngeren waren beeindruckend. Aber

Beckwith war ein zu erfahrener Politiker, um nicht zu wissen, daß man in diesem Geschäft nie etwas verschenken sollte.

»Was bekomme ich dafür, wenn ich einen Superstar nach London schicke?«

Blair grinste breit. »Meine rückhaltlose Zustimmung zu Ihrer europäischen Handelsinitiative.«

»Abgemacht«, sagte Beckwith, nachdem er so getan hatte, als überlege er kurz.

Ein Steward betrat den Raum.

»Bitte zwei Gläser Brandy«, bestellte Beckwith. Die Drinks wurden sofort serviert. Der Präsident hob sein Glas. »Auf gute Freundschaft.«

»Auf gute Freundschaft.«

Blair nippte an seinem Brandy mit der Zurückhaltung eines Mannes, der selten Alkohol trinkt. Er stellte den Schwenker bedächtig vor sich ab und fragte: »Haben Sie schon an bestimmte Kandidaten gedacht, Mr. President?«

»Wissen Sie, Tony, ich glaube, daß ich genau den richtigen Mann für diesen Job habe.«

5

Shelter Island, New York

Viele Jahre lang hatte wenig an dem großen weißen Holzhaus mit Blick über Dering Harbor und den Shelter-Island-Sund darauf hingedeutet, daß es Senator Douglas Cannon gehörte. Gelegentlich kamen Gäste, die durch den Secret Service geschützt werden mußten, und manchmal fanden große Parties statt, wenn Douglas wieder für den Senat kandidierte und für seinen Wahlkampf Geld brauchte. Im allgemeinen sah das Landhaus wie alle anderen entlang der Shore Road aus – nur etwas größer und etwas gepflegter. Nach seinem Ausscheiden aus der Politik und dem Tod seiner Frau hatte der Senator mehr in Cannon Point als in seinem weitläufigen Apartment in der Fifth Avenue in Manhattan gelebt. Er bestand darauf, daß die Nachbarn ihn Douglas nannten, was ihnen anfangs nicht leicht über die Zunge gegangen war. Cannon Point war nun leichter zugänglich als je zuvor. Machten Touristen davor halt, um das Haus anzugaffen oder zu fotografieren, erschien manchmal der Senator von seinen übermütigen Retrievern begleitet auf dem gepflegten Rasen und verwickelte sie freundlich in ein kurzes Gespräch.

Mit all dem hatten die Eindringlinge Schluß gemacht.

Zwei Wochen nach dem Überfall hatte die Polizei dem Senator gestattet, alle sichtbaren Spuren des Vorfalls beseitigen zu lassen, so daß äußerlich nichts mehr an ihn erinnerte. Ein auf der Insel völlig unbekanntes auswärtiges Bauunternehmen, das auch nicht im Telefonbuch zu stehen schien, führte diese Arbeiten aus.

Auf der Insel kursierten Gerüchte, Cannon Point sei schwer beschädigt worden. Harry Carp, der rotgesichtige Besitzer der Eisenwarenhandlung in The Heights, hatte gehört, die Wände in Küche und Wohnzimmer seien von einem Dutzend Kugeln durchsiebt gewesen. Patty McLean, die Kassiererin im Mid-Island Market, hatte gehört, die Blutflecken im Gästehaus seien so riesig gewesen, daß man den Fußboden habe herausreißen und die Wände neu streichen müssen. Martha Creighton, die prominenteste Immobilienmaklerin der Insel, sagte vertraulich voraus, Cannon Point werde innerhalb von sechs Monaten auf den Markt kommen. Natürlich, murmelte Martha bei einem Cappuccino im Village Coffeehouse, würden der Senator und seine Familie anderswo einen neuen Anfang machen wollen.

Der Senator, seine Tochter Elizabeth und sein Schwiegersohn Michael entschlossen sich jedoch zum Bleiben. Cannon Point, das früher offen und frei zugänglich gewesen war, erinnerte jetzt an eine Siedlung in besetztem Gebiet. Ein weiteres obskures Bauunternehmen umgab das Grundstück mit einem drei Meter hohen Zaun mit Klinkersäulen und massiven Eisenstangen und stellte am Tor ein Holzhäuschen im Zuckerbäckerstil für einen ständigen Wachposten auf. Nach Abschluß dieser Arbeiten machte ein weiteres Team sich daran, das Grundstück mit Kameras und Bewegungsmeldern zu sichern. Die Nachbarn beschwerten sich, die neuen Sicherheitsmaßnahmen des Senators versperrten ihnen die Aussicht auf Dering Harbor und den Sund. Es gab Gerede über eine Petition, aber auch Beschwerden im Gemeinderat und sogar ein paar unfreundliche Leserbriefe im *Shelter-*

Island-Reporter. Aber bis zum Sommer hatten alle sich an den neuen Zaun gewöhnt, und niemand konnte sich mehr daran erinnern, warum die Leute sich einmal darüber aufgeregt hatten.

»Das kann man ihnen kaum verübeln«, sagte Martha Creighton. »Will er einen Scheißzaun haben, soll er seinen Scheißzaun haben. Teufel, ich ließe ihn einen Burggraben anlegen, wenn er einen wollte.«

Über Michael Osbourne war auf der Insel nur wenig bekannt. Allgemein wurde angenommen, er sei in der Wirtschaft tätig – im internationalen Vertrieb eines Konzerns oder in der nicht recht überschaubaren Welt einer Consultingfirma. Kamen seine Frau Elizabeth und er übers Wochenende auf die Insel, blieb er im allgemeinen sehr zurückhaltend. Frühstückte er in The Heights im Drugstore oder trank im Dory ein Bier, brachte er immer einige Zeitungen mit, um sich dahinter zu verschanzen. Die weibliche Bevölkerung der Insel fand ihn attraktiv und verzieh ihm seine Zurückhaltung als Anzeichen einer gewissen Schüchternheit. Harry Carp, der für seine freimütige Ausdrucksweise bekannt war, bezeichnete Michael gewohnheitsmäßig als »diesen hochnäsigen Hundesohn aus der City«.

Seit der Schießerei wurde Michael Osbourne selbst von Harry Carp milder beurteilt. Gerüchten nach war er in dieser Nacht dreimal fast an seiner Schußwunde gestorben – einmal auf dem Bootssteg von Cannon Point, einmal im Hubschrauber, einmal auf dem Operationstisch im Stony Brook Hospital. Nach seiner Entlassung aus dem Krankenhaus hatte er sich zunächst nur im Haus aufgehalten, war dann aber bald bei Spaziergängen auf dem Grundstück gesehen worden, bei denen er seinen rechten Arm unter einer alten ledernen

Bomberjacke in einer Schlinge trug. Manchmal stand er am Ende des Bootsstegs und blickte über den Sund hinaus. Und manchmal, meistens abends, schien er alles um sich herum zu vergessen und blieb dort – wie Gatsby, pflegte Martha Creighton zu sagen –, bis die Nacht herabsank.

»Ich verstehe nicht, warum Mitte Januar so viel Verkehr ist«, sagte Elizabeth Osbourne und trommelte mit dem Nagel ihres Zeigefingers auf die Lederstütze zwischen den Sitzen. Sie krochen auf dem Long Island Expressway nach Osten: mit dreißig Meilen in der Stunde durch die Kleinstadt Islip.

Michael, den die Central Intelligence Agency vor einem Jahr zwangsweise in den Ruhestand versetzt hatte, bedeutete Zeit nicht viel – nicht einmal Zeit, die er im Stau vergeudete. »Heute ist Freitag«, sagte er. »Am Freitagabend ist's immer schlimm.«

Der Verkehr ließ nach, als sie aus den bis zur Inselmitte reichenden New Yorker Vororten herauskamen. Die Nacht war klar und bitterkalt; ein bleicher Dreiviertelmond hing tief über dem nördlichen Horizont. Sobald die Straße frei wurde, trat Michael das Gaspedal durch. Der Motor röhrte auf, und die Tachonadel bewegte sich zögernd auf siebzig zu. Nachdem er Vater geworden war, hatte er sich gezwungen gesehen, seinen schnittigen, silbernen Jaguar für ein Ungetüm von einem ordentlichen, funktionalen Van in Zahlung zu geben.

Die Zwillinge in ihren rosa und blauen Schlafsäcken dösten in ihren Kindersitzen. Maggie, das englische Kindermädchen, lag in der dritten Sitzreihe und schlief fest. Elizabeth griff im Dunkel nach links und nahm Michaels Hand. Nach dreimonatigem Mutterschaftsurlaub hatte sie diese Woche wieder zu arbeiten angefangen. In dieser arbeitsfreien Zeit hatte sie nur Flanellhemden, ausgebeulte Jogging- oder weite Khakihosen getragen. Jetzt trug sie die Uniform einer hochbezahlten New Yorker Anwältin: anthrazitgraues Kostüm, geschmackvolle goldene Armbanduhr, Perlohrringe. Die in der Schwangerschaft angesetzten Pfunde hatte sie sich in vielen Stunden auf dem Laufband im Schlafzimmer ihres Apartments in der Fifth Avenue wieder abtrainiert.

Unter den schlichten Linien ihres Calvin-Klein-Kostüms war Elizabeth schlank wie ein Model. Trotzdem waren ihr der Streß und die Belastung durch ihre ungewohnte neue Rolle als berufstätige Mutter anzumerken. Ihr kurzes aschblondes Haar wirkte leicht zerzaust; ihre Augen waren so stark gerötet, daß sie auf ihre Kontaktlinsen verzichtete und lieber eine Hornbrille trug. Michael fand, damit sehe sie wie eine fürs Examen büffelnde Jurastudentin aus.

»Wie ist's, wieder in der Tretmühle zu sein?« fragte er.

»Als ob man nie weggewesen wäre. Kannst du bitte irgendwo anhalten, damit ich eine Zigarette rauchen kann? Mit den Kindern im Wagen möchte ich nicht rauchen.«

»Ich möchte nicht unnötig halten.«

»Komm schon, Michael!«

»In Riverhead muß ich ohnehin tanken. Dort kannst du deine Zigarette rauchen. Diese Kiste braucht auf hundert Kilometer ungefähr hundert Liter. Wahrscheinlich muß ich zwischen hier und der Insel noch ein paarmal volltanken.«

»O Gott, du fängst doch nicht wieder an, wegen des Jaguars zu jammern?«

»Ich verstehe bloß nicht, warum du deinen Mercedes behalten durftest und ich dieses Ungetüm fahren muß. Damit komme ich mir wie eine Fußballmutti vor.«

»Wir haben ein größeres Auto gebraucht, und der Mechaniker hat mehr Zeit mit deinem Jaguar verbracht als du.«
»Ich bin trotzdem nicht glücklich damit.«
»Alles nur Gewohnheit, Darling.«
»Wenn du so weiterredest, kriegst du mich heute abend nicht in die Falle.«
»Vorsicht mit leeren Drohungen, Michael.«
Der Expressway endete in der Kleinstadt Riverhead. Michael hielt an einem nachts geöffneten Supermarkt mit Tankstelle und füllte den Tank. Elizabeth ging einige Schritte von der Zapfsäule weg, um zu rauchen, und trat von einem Fuß auf den anderen, um sich warmzuhalten. Sie hatte dem Rauchen in der Schwangerschaft abgeschworen, aber als sie zwei Wochen nach ihrer Entbindung erneut von Alpträumen geplagt wurde, rauchte sie wieder, um ihre Nerven zu beruhigen.

Michael raste über die North Fork von Long Island nach Osten weiter, vorbei an endlosen Weideflächen und wie schlafend daliegenden Weingärten. Ab und zu sah er links von sich den Long-Island-Sund: schwarz, im Mondschein glänzend. Michael erreichte das Dorf Greenport und fuhr durch stille Straßen zur Anlegestelle der North Ferry.

Elizabeth schlief. Michael zog seine Lederjacke an und stieg an Deck aus. Schaumgekrönte Wogen brandeten gegen den Bug der Fähre an und ließen Gischt bis an Deck stieben. Es war bitterkalt, aber die Motorhaube fühlte sich angenehm warm an. Michael setzte sich darauf und vergrub seine Hände in den Jackentaschen. Vor ihm lag Shelter Island jenseits des Sunds: eine dunkle Masse, aus der sich nur ein angestrahltes großes weißes Sommerhaus etwas außerhalb von Dering Harbor abhob. Cannon Point.

Als die Fähre anlegte, stieg Michael wieder ein und ließ den Motor an. »Ich hab' dich beobachtet, Michael«, sagte Elizabeth, ohne ihre Augen zu öffnen. »Du hast wieder daran gedacht, stimmt's?«

Es hatte keinen Zweck, sie zu belügen. Er *dachte* daran – an die Nacht vor einem Jahr, als ein ehemaliger KGB-Attentäter mit dem Decknamen Oktober in Cannon Point versucht hatte, sie beide zu ermorden.

»Tust du das oft?« fragte sie, indem sie sein Schweigen als Bejahung auffaßte.

»Das kommt von selbst, wenn ich hier auf der Fähre bin und zum Haus deines Vaters hinübersehe.«

»Ich denke ständig daran«, stellte sie nüchtern fest. »Ich frage mich jeden Morgen, wenn ich aufwache, ob dies der Tag sein wird, an dem ich endlich nicht mehr daran denken muß. Aber die Erinnerung daran verblaßt nie.«

»Das braucht Zeit«, sagte Michael. Nach einer Pause fügte er hinzu: »Sehr viel Zeit.«

»Glaubst du wirklich, daß er tot ist?«

»Oktober?«

»Ja.«

»Die Agency geht davon aus.«

»Was ist mir dir?«

»Mir wäre wohler, wenn seine Leiche auftauchen würde, aber das tut sie bestimmt nicht.«

In Shelter-Island-Heights fuhren sie an den viktorianischen Landhäusern und den holzverkleideten Läden vorbei und rasten die Winthrop Road entlang. Dering Harbor lag im Mondschein vor ihnen; die weite Wasserfläche war leer bis auf Cannons Slup *Athena,* die mit dem Bug in den Wind gedreht an ihrer Boje lag. Michael folgte der Shore Road ins Dorf hinein und hielt wenig später am Tor von Cannon Point.

Der Wachmann am Tor trat aus seiner Hütte und leuchtete den Wagen mit seiner Stabtaschenlampe ab. Seit dem Mordversuch ließ Douglas sich die Sicherheitsmaßnahmen in Cannon Point jeden Monat mehrere tausend Dollar kosten. Die CIA hatte ihm angeboten, sich an den Kosten zu beteiligen, aber Douglas, dem die Geheimdienste immer suspekt gewesen waren, trug sie lieber allein. Michael folgte der kiesbestreuten Auffahrt durchs Grundstück und hielt vor dem Eingang des Haupthauses. Der Senator, der eine alte gelbe Öljacke trug, erwartete sie auf den Stufen vor der Haustür, während seine Retriever vor ihm herumtollten.

The New Yorker hatte Douglas Cannon einmal mit Perikles verglichen, und obwohl der Senator immer so tat, als sei ihm dieser Vergleich etwas peinlich, unternahm er nichts, um ihn zurückzuweisen. Er hatte ein riesiges Vermögen geerbt und frühzeitig erkannt, nur für dessen Vermehrung zu arbeiten, sei eine allzu deprimierende Aussicht. So widmete er sich seiner ersten Liebe, der Geschichte, lehrte an der Columbia University und schrieb Bücher. Seine große Wohnung an der Fifth Avenue war ein Treffpunkt für Dichter, Maler und Musiker. Als kleines Mädchen hatte Elizabeth dort Jack Kerouac, Huey Newton und einen exzentrischen kleinen Blonden mit Sonnenbrille kennengelernt, der Andy hieß. Erst Jahre später wurde ihr bewußt, daß das Andy Warhol gewesen war.

Der Watergate-Skandal zeigte Douglas, daß er nicht mehr nur am Spielfeldrand stehen, als ewiger Zuschauer auf den Rängen bleiben konnte. Er kandidierte in Manhattan-Mitte in einem liberalen Wahlbezirk, in dem die Demokraten eine sichere Mehrheit hatten, und zog 1974 als junger Reformer ins Abgeordnetenhaus ein.

Zwei Jahre später wurde er in den Senat gewählt. In seinen vier Amtsperioden hatte Senator Cannon als Vorsitzender des Streitkräfteausschusses, des Ausschusses für Auswärtige Angelegenheiten und des Geheimdienstausschusses fungiert.

Douglas hatte schon immer etwas von einem Bilderstürmer an sich gehabt, aber seit er sich aus dem politischen Leben zurückgezogen hatte, waren seine Kleidung und seine ganze Lebensweise noch seltsamer als früher geworden. Er trug nur noch zerschlissene Cordhosen, ausgelatschte Bootsschuhe und Pullover, denen man wie ihrem Besitzer ihr Alter ansah. Da er sich einbildete, kalte Meeresluft sei der Schlüssel zur Langlebigkeit, zog er sich einen Bronchialkatarrh nach dem anderen zu, weil er den ganzen Winter hindurch segelte und auf gefrorenen Wegen endlose Wanderungen durch die Mashomack Preserve unternahm.

Elizabeth stieg aus, legte einen Zeigefinger auf die Lippen und begrüßte ihn mit einem Kuß auf die Wange. »Ganz leise, Daddy«, flüsterte sie. »Die beiden schlafen fest.«

Michael und Elizabeth hatten hier eine Suite mit Meerblick: Schlafzimmer, Bad und Wohnzimmer mit Fernseher. Das Schlafzimmer nebenan war in ein provisorisches Kinderzimmer verwandelt worden. Aus irgendeinem Aberglauben heraus hatte Elizabeth nicht zuviel planen wollen, bevor die Zwillinge nicht wirklich geboren waren, so daß in dem spartanisch eingerichteten Raum nur zwei Kinderbetten und ein Wickeltisch standen. Die Wände waren noch immer hellgrau und ebenso nackt wie der Fußboden. Damit das Zimmer nicht ganz so kahl war, hatte der Senator einen alten Schaukelstuhl aus Rohrgeflecht von der Veranda heraufgeholt. Maggie half Elizabeth, die Kinder ins Bett zu bringen, während

Michael und Douglas unten am Kamin ein Glas Merlot tranken. Dort gesellte Elizabeth sich einige Minuten später zu ihnen.
»Wie geht's mit den beiden?« fragte Michael.
»Gut. Maggie bleibt noch ein paar Minuten bei ihnen sitzen, um sicher zu sein, daß sie weiterschlafen.« Elizabeth ließ sich auf die Couch fallen. »Bist du so lieb und schenkst mir ein großes Glas von eurem Wein ein, Michael?«
»Wie kommst du zurecht, Sweetheart?« fragte Douglas.
»Ich habe nicht geahnt, wie anstrengend alles sein würde.« Sie nahm einen großen Schluck Merlot und schloß die Augen, als der Wein durch ihre Kehle floß. »Ohne Maggie wäre ich völlig aufgeschmissen.«
»Das ist ganz normal. Du hast auch eine Babyschwester und später ein Kindermädchen gehabt, obwohl deine Mutter nicht gearbeitet hat.«
»Sie hat gearbeitet, Daddy! Sie hat mich aufgezogen und drei Haushalte geführt, während du in Washington gewesen bist.«
»Kein guter Zug, Douglas«, murmelte Michael.
»Du weißt, was ich meine, Elizabeth. Deine Mutter hat auch *gearbeitet,* aber nicht in einem Büro. Ich weiß offen gesagt nicht, ob Mütter überhaupt arbeiten sollten. Kinder brauchen ihre Mütter.«
»Ich glaube, ich höre nicht recht!« rief Elizabeth lachend aus. »Douglas Cannon, das große liberale Vorbild, ist der Meinung, Mütter sollten nicht arbeiten, sondern zu Hause bei ihren Kindern bleiben. Wenn die National Organization for Women das erst mal mitbekommt… Mein Gott, unter dieser unverbesserlich liberalen Schale schlägt also doch das Herz eines Konservativen, der die alten Familienwerte hochhält.«

»Und was ist mit Michael?« fragte Douglas. »Er lebt im Ruhestand. Hilft er nicht mit?«

»Ich spiele nur jeden Nachmittag eine Partie Boccia mit den anderen Jungs aus dem Dorf.«

»Michael hat eine wunderbare Art mit Kindern«, antwortete Elizabeth. »Aber entschuldigt, wenn ich das ehrlich sage ... Väter haben auch ihre Grenzen.«

»Und was soll das wieder heißen?« fragte Douglas.

Bevor Elizabeth antworten konnte, klingelte das Telefon.

»Durch den sprichwörtlichen Gong gerettet«, stellte Michael fest.

Elizabeth nahm den Hörer ab und sagte: »Hallo.« Sie hörte einen Moment aufmerksam zu, dann sagte sie: »Ja, er ist da. Augenblick, bitte.« Sie hielt Douglas den Hörer hin und bedeckte die Sprechmuschel mit einer Hand. »Für dich, Daddy. Ein Anruf aus dem Weißen Haus.«

»Was zum Teufel will das Weiße Haus an einem Freitagabend um zehn Uhr von mir?«

»Der Präsident möchte dich sprechen.«

Douglas stemmte sich hoch, wobei sein Gesichtsausdruck eine Mischung aus Neugier und Gereiztheit zeigte, und kam mit dem Weinglas in der Hand zu Elizabeth.

»Douglas Cannon ... Gut, ich warte ...«

Er hielt die Sprechmuschel zu und sagte: »Sie müssen den Dreckskerl erst mit mir verbinden.«

Elizabeth und Michael kicherten lautlos. Die persönliche Animosität zwischen den beiden Männern war in Washington legendär. Früher waren sie die einflußreichsten Mitglieder des Streitkräfteausschusses gewesen. Douglas hatte diesen Ausschuß mehrere Jahre lang geleitet, und Beckwith war als ranghöchster Vertreter der Republikaner sein Stellvertreter gewesen. Nachdem die Republikaner im Senat wieder die Mehrheit errungen hatten, hatten die beiden Männer ihre Plätze getauscht. Als Douglas sich aus dem politischen Leben zurückgezogen hatte, waren Beckwith und er so zerstritten gewesen, daß sie kaum mehr miteinander gesprochen hatten.

»Guten Abend, Mr. President«, sagte Douglas jovial und so laut, als erstatte er auf dem Paradeplatz Meldung.

Maggie tauchte oben an der Treppe auf und zischte: »Leise, sonst wachen die Kinder auf.«

»Er telefoniert mit dem Präsidenten«, flüsterte Elizabeth hilflos.

»Sagen Sie ihm, daß er das etwas leiser tun soll«, verlangte Maggie, bevor sie kehrtmachte und ins Kinderzimmer zurückging.

»Danke, ausgezeichnet, Mr. President«, sagte Douglas gerade. »Was kann ich für Sie tun?«

Douglas hörte kurz zu, ohne selbst etwas zu sagen, und fuhr sich dabei geistesabwesend mit einer Hand durch sein dichtes graues Haar.

»Nein, nein, das wäre durchaus kein Problem, Mr. President. Es wäre mir im Gegenteil ein Vergnügen... Natürlich... Ja, Mr. President... Also gut, auf Wiedersehen bis dahin.«

Douglas legte den Hörer auf und sagte: »Beckwith will etwas mit mir bereden.«

»Was denn?« fragte Michael.

»Das hat er nicht gesagt. Das ist typisch seine Art.«

»Wann mußt du nach Washington?« fragte Elizabeth.

»Überhaupt nicht«, antwortete Douglas. »Der Hundesohn kommt am Sonntag morgen nach Shelter Island.«

6

TAFRAOUTE, MAROKKO

Die verschneiten Gipfel des Atlasgebirges leuchteten, als die Range-Rover-Kolonne auf der mit Schlaglöchern übersäten Piste zu der neuen Villa am Ende des Tals hinauffuhr. Die Geländewagen waren identisch: schwarz mit getönten Scheiben, damit die Insassen nicht zu sehen waren. Jeder dieser Männer war aus einem anderen Teil der Erde nach Marokko gekommen: aus Südamerika, den Vereinigten Staaten, dem Nahen Osten und Westeuropa. Sie alle würden nach nur sechsunddreißig Stunden wieder abreisen, wenn die Konferenz zu Ende war.

In Tafraoute hielten sich wie immer um diese Jahreszeit nur wenige Fremde auf – ein Bergsteigerteam aus Neuseeland und eine Gruppe ältlicher Hippies aus Berkeley, die in die Berge gezogen waren, um zu beten und Haschisch zu rauchen –, und die Range-Rover-Kolonne zog auf ihrer raschen Fahrt das Tal entlang neugierige Blicke auf sich. Kinder in grellbunten Gewändern standen am Rand der Piste und winkten aufgeregt, als die Geländewagen in einer graugelben Staubwolke an ihnen vorbeiröhrten. Keiner der Insassen winkte zurück.

Die Gesellschaft für internationale Entwicklung und Zusammenarbeit war eine rein private Organisation, die keine fremden Geldspenden akzeptierte und nur streng ausgewählte neue Mitglieder aufnahm. Ihren offiziellen Sitz hatte sie in Genf, in einem kleinen Büro mit einem geschmackvollen Messingschild an einer schlichten Tür, hinter der sich eine diskrete Schweizer Bank hätte befinden können, was auch oft vermutet wurde.

Trotz des wohltätig klingenden Namens war die Gesellschaft, wie ihre Mitglieder sie einfach nannten, keineswegs ein altruistischer Orden. Sie war in den Jahren unmittelbar nach dem Zusammenbruch der Sowjetunion und dem Ende des Kalten Kriegs gegründet worden. Zu ihren Mitgliedern gehörten mehrere aktive und ehemalige Angehörige westlicher Geheim- und Sicherheitsdienste, Waffenhersteller und Waffenhändler und auch Gangsterbosse wie die Chefs der russischen und sizilianischen Mafia, südamerikanischer Drogenkartelle und asiatischer Verbrecherbanden.

Alle Entscheidungen über die Politik der Gesellschaft traf der achtköpfige Exekutivrat. Ihr Geschäftsführer war ein ehemaliger Chef des britischen Geheimdiensts, der legendäre »C« vom MI6. Er war nur als »der Direktor« bekannt und wurde nie mit seinem wahren Namen angesprochen. Als erfahrener Außendienstmann, der sich seine Sporen in Berlin und Moskau verdient hatte, überwachte der Direktor die Verwaltung der Gesellschaft und koordinierte ihre Aktionen von seiner mit modernster Technik geschützten Villa im Londoner Wohnviertel St. John's Wood aus.

Das Glaubensbekenntnis der Gesellschaft verkündete, daß es auf der Welt mit dem Ende des Ost-West-Konflikts gefährlicher geworden war. Der Kalte Krieg hatte für Stabilität und Klarheit gesorgt; die neue Weltordnung hatte zu Aufruhr und Unklarheit geführt. Große Nationen waren phlegmatisch geworden; große Armeen waren kastriert worden. Daher war die Gesellschaft bemüht, durch Geheimoperationen ständige, kontrollierte globale Spannungen zu erzeugen. Und sie verstand es, dabei auch riesige Gewinne für ihre Mitglieder und Investoren zu erzielen.

In letzter Zeit hatte der Direktor versucht, die Rolle und die Aktivitäten der Gesellschaft auszubauen. Er hatte sie äußerst raffiniert zu einem Geheimdienst für Geheimdienste gemacht – zu einer ultrageheimen Einsatzabteilung, die jeden Auftrag übernehmen konnte, der einem staatlichen Dienst zu riskant oder unappetitlich erschien.

Der Direktor und sein Mitarbeiterstab hatten umfangreiche Sicherheitsvorkehrungen getroffen. Die Villa stand am Ende des Tals, von einem Elektrozaun umgeben, auf einem kleinen Hochplateau. Die Wüste rund um die Villa war ein felsiges Niemandsland, das durch Dutzende von Überwachungskameras und Bewegungsmelder kontrolliert wurde. Schwerbewaffnete Wachmänner des Sicherheitsdiensts der Gesellschaft, lauter ehemalige Angehörige der britischen Elitetruppe SAS, patrouillierten auf dem Gelände. Störsender unterbanden jeden Versuch, das Treffen aus größeren Entfernungen abzuhören. Bei Sitzungen des Exekutivrats wurden niemals Klarnamen benutzt, deshalb hatte jedes Mitglied einen Decknamen erhalten: Rodin, Monet, van Gogh, Rembrandt, Rothko, Michelangelo und Picasso.

Die acht verbrachten den Tag an dem großen Swimmingpool und entspannten sich in der kühlen, trockenen Wüstenluft. In der Abenddämmerung gab es Drinks auf der weiten Steinterrasse, auf der Propanstrahler die nächtliche Kühle wegheizten, und danach als einfaches Abendessen marokkanischen Kuskus.

Pünktlich um Mitternacht eröffnete der Direktor die Sitzung.

Eingangs referierte der Direktor fast eine Stunde lang über die finanzielle Lage der Gesellschaft. Er verteidigte seine Entscheidung, die Organisation von einem bloßen Katalysator für globale Instabilität in eine Geheimarmee umzuwandeln. Gewiß, er hatte damit seine Befugnisse überschritten, die ihm die Statuten einräumten, aber dafür war es ihm in dieser kurzen Zeitspanne gelungen, der Gesellschaft viele Millionen Dollar Risikokapital zu verschaffen, das sich nun zweckmäßig einsetzen ließ.

Die acht Mitglieder des Exekutivrats quittierten seine Ausführungen wie bei einer beliebigen Vorstandssitzung mit höflichem Beifall. Am Konferenztisch saßen Waffenhändler und Rüstungsindustrielle, deren Umsätze drastisch zurückgegangen waren, Lieferanten von Chemie- und Atomtechnologie, die ihre Produkte den Streitkräften von Dritte-Welt-Staaten verkaufen wollten, und Geheimdienstchefs, die mit Haushaltskürzungen, Machtverlust und schwindendem Einfluß in ihren Hauptstädten zu kämpfen hatten.

In der folgenden Stunde leitete der Direktor eine Diskussion über den Stand globaler Konflikte. Tatsächlich schien die Welt nicht länger mit ihnen kooperieren zu wollen. Gut, in Westafrika herrschten bürgerkriegsähnliche Zustände, die Äthiopier und Eritreer schlugen wieder aufeinander ein, und Südamerika schien interessante Betätigungsmöglichkeiten zu bieten. Aber der Friedensprozeß im Nahen Osten ging weiter, auch wenn er teilweise nur stockend vorankam. Die Iraner und Amerikaner führten Gespräche über eine Wiederannäherung, und sogar die nordirischen Katholiken und Protestanten schienen ihre Differenzen beilegen zu wollen.

»Vielleicht wird es Zeit für ein paar Investitionen«, sagte der Direktor abschließend und betrachtete seine sorgfältig manikürten Hände, während er sprach. »Viel-

leicht wird es Zeit, einen Teil unserer Gewinne wieder ins Geschäft zu stecken. Ich glaube, daß jeder einzelne von uns verpflichtet ist, alle sich bietenden Gelegenheiten zu nutzen.«
Wieder unterbrach ihn höflicher Beifall. Als er verklungen war, gab der Direktor die Diskussion frei.

Rembrandt, einer der weltweit größten Hersteller von Handfeuerwaffen, räusperte sich und sagte: »Vielleicht gibt es eine Möglichkeit, die Flammen in Nordirland erneut anzufachen.«

Der Direktor zog die Augenbrauen hoch. In seiner Zeit beim MI6 hatte er mit Nordirland zu tun gehabt. Wie die meisten Angehörigen der Geheim- und Sicherheitsdienste betrachtete er die IRA als gleichwertigen Gegner, als professionelle, disziplinierte Guerillastreitmacht. Im Gegensatz dazu hatten die paramilitärischen Gruppierungen der Protestanten bisher hauptsächlich aus Gangstern und Schlägern bestanden, die eine reine Terrorkampagne gegen die Katholiken führten. Aber diese neue Gruppe, die Ulster Freedom Brigade, schien anders zu sein – und das interessierte ihn.

»Für Leute in meiner Branche ist der Nordirlandkonflikt nie besonders lukrativ gewesen«, fuhr Rembrandt fort, »weil er einfach zu klein ist. Mich beunruhigt jedoch die von dem Friedensabkommen ausgehende Botschaft an den Rest der Welt. Wenn die nordirischen Katholiken und Protestanten nach vier Jahrhunderten Blutvergießens schließlich doch lernen können, friedlich zusammenzuleben ... nun, Sie verstehen, was ich meine, Direktor.«

»Tatsächlich wirkt diese Botschaft schon«, sagte Rodin, ein hoher französischer Geheimdienstler. »In Spanien haben die baskischen Separatisten der ETA einen Waffenstillstand verkündet. Sie sagen, daß das nordirische Friedensabkommen sie dazu inspiriert hat.«

»Was schlagen Sie vor, Rembrandt?« fragte der Direktor.

»Vielleicht sollten wir uns mit der Ulster Freedom Brigade in Verbindung setzen, ihr unsere Unterstützung anbieten«, antwortete Rembrandt. »Wenn man aus der Vergangenheit schließen kann, handelt es sich vermutlich um eine sehr kleine Gruppe mit wenig Kapital und nur sehr geringen Vorräten an Waffen und Sprengstoffen. Um ihre Kampagne wirkungsvoll fortsetzen zu können, braucht sie Unterstützung von außen.«

»Ich glaube sogar, daß wir schon Zugang zu ihr haben«, warf Monet ein.

Monet und der Direktor hatten gegen die palästinensischen Guerillas zusammengearbeitet, die London in den siebziger Jahren in einen Tummelplatz für Terroristen verwandelt hatten. Monet war Ari Shamron, der die Operationsabteilung des israelischen Geheimdiensts Mossad leitete.

»Vor sechs Wochen haben unsere Leute in Beirut über einen Mann namens Gavin Spencer aus Ulster berichtet, der im Libanon Waffen kaufen will. Tatsächlich ist er dort mit einem unserer Agenten zusammengetroffen, der sich als Waffenhändler ausgegeben hat.«

»Hat Ihr Agent diesem Spencer Waffen verkauft?« erkundigte der Direktor sich.

»Die Gespräche laufen noch, Direktor«, sagte Monet.

»Haben Sie diese Informationen an Ihre britischen Kollegen weitergegeben?«

Monet schüttelte den Kopf.

»Vielleicht könnten Sie dafür sorgen, daß die Ulster Freedom Brigade eine Waffenlieferung erhält«, schlug der Direktor vor. »Und vielleicht könnten Sie Ihre Verbindungen zu Banken nutzen, um die Lieferung zu Vorzugsbedingungen finanzieren zu lassen.«

»Das ließe sich bestimmt leicht arrangieren, Direktor«, bestätigte Monet.
»Also gut«, sagte der Direktor. »Ich bitte alle, die dafür sind, unsere Kontakte zur Ulster Freedom Brigade auszubauen, um ihr Handzeichen.«
Acht Hände wurden gehoben.
»Noch irgendwelche Fragen, bevor wir mit der Tagesordnung fortfahren?«
Monet ergriff erneut das Wort.
»Ich wäre Ihnen für einen Zwischenbericht über Fortschritte im Fall Achmed Hussein dankbar, Direktor.«
Als Führer der moslemischen Fundamentalistengruppe Hamas war Achmed Hussein für Bombenanschläge in Jerusalem und Tel Aviv verantwortlich. Der Mossad wollte ihn beseitigen, aber Monet hatte gezögert, damit ein Killerkommando seines Dienstes zu beauftragen. Im September 1997 hatte der Mossad versucht, in Amman den Hamas-Funktionär Chaled Meschal zu ermorden. Das Attentat war fehlgeschlagen, und die jordanische Polizei hatte zwei Mossad-Agenten verhaftet. Da Monet keinen weiteren peinlichen Fehlschlag riskieren wollte, hatte er sich an die Gesellschaft gewandt, um Hussein liquidieren zu lassen.
»Ich habe den Auftrag dem Mann erteilt, der Colin Yardley und Eric Stoltenberg nach der TransAtlantic-Sache beseitigt hat«, antwortete der Direktor. »Er fliegt demnächst nach Kairo, und ich rechne damit, daß Achmed Hussein in wenigen Tagen mausetot sein wird.«
»Ausgezeichnet«, sagte Monet. »Nach unseren Erkenntnissen dürfte der Friedensprozeß im Nahen Osten keinen weiteren schweren Schlag mehr überleben. Gelingt dieses Unternehmen, explodieren die besetzten Gebiete. Dann bleibt Arafat nichts anderes übrig, als die Gespräche abzubrechen. Ich erwarte, daß der Friedens-

prozeß bis zum Ende dieses Winters nur noch eine schlimme Erinnerung sein wird.«

Auch dafür gab es verhaltenen Beifall.

»Der nächste Tagesordnungspunkt betrifft unsere Bemühungen, den Konflikt zwischen Indien und Pakistan anzufachen«, fuhr der Direktor nach einem Blick in seine Unterlagen fort. »Die Pakistaner haben gewisse Schwierigkeiten bei der Entwicklung ihrer Mittelstrekkenraketen, deshalb haben sie uns gebeten, ihnen beim Aufspüren der Schwachstellen zu helfen.«

Die Besprechung endete kurz nach Tagesanbruch.

Das Mitglied des Exekutivrats mit dem Decknamen Picasso fuhr in einem Range Rover mit Chauffeur über die rosenfarbene Ebene zwischen dem Atlasgebirge und Marrakesch. Picasso war mit einem auf den Namen Lisa Bancroft ausgestellten falschen Paß in Marokko eingereist. Ihr echter Paß lag im Safe ihres Zimmers in dem Fünfsternehotel La Mamounia. Als sie später an diesem Morgen dorthin zurückkam, gab sie den Zahlencode ein, der die Tür aufspringen ließ. In dem Safe lagen außer ihrem Reisepaß auch Geld und etwas Schmuck.

Ihr Flug ging erst in sechs Stunden, reichlich Zeit, um ein Bad zu nehmen und ein bis zwei Stunden zu schlafen. Picasso nahm die Sachen aus dem Safe, zog sich aus und streckte sich auf dem Bett aus. Sie schlug ihren Paß auf und betrachtete das Foto.

Komisch, dachte sie, ich sehe Picasso nicht gerade ähnlich.

7

SHELTER ISLAND, NEW YORK

Das Vorauskommando aus dem Weißen Haus traf am Samstagmorgen ein und buchte sämtliche freien Zimmer im Manhanset Inn, dem Hotel im viktorianischen Zukkerbäckerstil in The Heights mit Blick über Dering Harbor. Jake Ashcroft, ein ausgebrannter Investmentbanker, der sich das Hotel von einem einzigen Jahresbonus gekauft hatte, wurde vom Stab des Weißen Hauses höflich gebeten, die Sache vertraulich zu behandeln. Der Präsident komme zu einem streng privaten Besuch, hieß es, und wolle jegliches Aufsehen vermeiden. Aber Shelter Island war schließlich eine Insel, auf der wie auf jeder Insel viel geklatscht wurde, und gegen Mittag wußte bereits die halbe Insel, daß der Präsident kommen würde.

Nachmittags hatte Jake Ashcroft die ersten Befürchtungen, dieser Besuch werde ein Alptraum werden. Sein geliebtes Hotel war auf den Kopf gestellt worden. Der preisgekrönte Speisesaal, dessen schöne Eichentische gräßlichen gemieteten Bankettischen mit weißen Plastikdecken hatten weichen müssen, fungierte jetzt als Pressezentrum. Ein Team der Telefongesellschaft hatte fünfzig kurzfristige Anschlüsse installiert. Ein weiteres Team hatte das Kaminzimmer ausgeräumt und in ein Fernsehstudio verwandelt. Dicke Kabel schlängelten sich durch die elegante Hotelhalle, und auf dem Rasen vor dem Gebäude stand jetzt eine Satellitenschüssel.

Die Kamerateams der großen Fernsehgesellschaften

trafen am frühen Abend ein – teils aus New York, teils aus Washington. Sie machten Jake Ashcroft so wütend, daß er sich in sein Zimmer zurückzog, dort in Jogahaltung saß und immer wieder das Gebet um heitere Gelassenheit aufsagte. Die Produzenten waren hohlwangig und reizbar. Die Kameramänner erinnerten an Fischer aus Greenport: stämmig und bärtig, in ausgemusterten Militärklamotten. Sie pokerten bis weit nach Mitternacht und tranken dazu Bier, bis es keines mehr gab.

Bei Tagesanbruch schwärmten Secret-Service-Agenten auf der Insel aus. Sie bezogen Posten an beiden Anlegestellen der Fähre und errichteten auf allen Zufahrten zu Cannon Point Straßensperren. Scharfschützen gingen auf dem Dach des alten Hauses in Stellung, und zu Bombenschnüfflern abgerichtete Schäferhunde patrouillierten auf den weiten Rasenflächen und erschreckten die Eichhörnchen und die Weißwedelhirsche. Die Fernsehteams fielen wie ein Stoßtrupp in Coecles Harbor ein und charterten sämtliche Boote, deren sie habhaft werden konnten. Die Preise zogen augenblicklich an. Das CNN-Team mußte sich mit einem altersschwachen dreieinhalb Meter langen Zodiac-Schlauchboot zufriedengeben, für das es erstaunliche fünfhundert Dollar zahlte. Im Shelter-Island-Sund waren zwei Küstenwachkutter postiert. Um halb zehn traf der gemietete Bus mit dem Pressekorps des Weißen Hauses im Manhanset Inn ein. Die Reporter stolperten in Jake Ashcrofts leergeräumten Speisesaal wie Bürgerkriegsflüchtlinge in ein Aufnahmezentrum.

Und so schien alles bereit zu sein, als kurz nach zehn Uhr von der Little Peconic Bay herüber das gedämpfte *wup-wup-wup* von Hubschrauberrotoren zu hören war. Der Sonntag war feucht und bewölkt angebrochen, aber um diese Zeit hatten sich die Wolken aufgelöst, und die Osthälfte von Long Island lag in hellem Wintersonnenschein. Auf Chequit Point knatterte eine amerikanische Fahne im Wind. Auf dem Dach des Shelter-Island-Yacht-Clubs lag ein riesiges Spruchband mit der Aufschrift WELCOME PRESIDENT BECKWITH, das der Präsident lesen konnte, wenn sein Hubschrauber darüberflog. Viele neugierige Inselbewohner säumten die Shore Road, und die Kapelle der High School spielte begeistert, wenn auch nicht ganz tonrein »Hail to the Chief«.

Marine One flog über Nassau Point und Great Hog Neck an. Die Gaffer an der Shore Road bekamen den Präsidentenhubschrauber erstmals zu sehen, als er tief über dem Shelter-Island-Sund heranschwebte. Die Fernsehteams in den Booten richteten ihre Kameras auf ihn und hielten den Anflug fest. Dann schwebte Marine One über Dering Harbor, wo der Rotorabwind Wellen auf der Wasseroberfläche hervorrief, und setzte gleich hinter der Kaimauer auf dem Rasen von Cannon Point auf.

Dort wartete Douglas Cannon gemeinsam mit Elizabeth, Michael und den beiden Retrievern. Die Hunde rasten los, als James und Anne Beckwith ausstiegen – beide mit frischgebügelten Khakihosen und jagdgrünen, wasserdichten Jacken aus England für eine Landpartie gekleidet.

Eine kleine Gruppe von Reportern – der sogenannte engste Kreis – hatte das Grundstück betreten dürfen, um die Ankunft mitzuerleben. »Wozu sind Sie hier?« rief der Korrespondent von ABC News laut.

»Wir wollen nur einen alten Freund in seinem Haus auf dem Land besuchen«, rief der Präsident lächelnd zurück.

»Was machen Sie jetzt?«

Douglas Cannon trat vor. »Wir fahren in die Kirche.«

First Lady Anne Beckwith – oder Lady Anne Beckwith, wie sie bei den Washingtoner Klatschbasen hieß – reagierte auf diese Antwort des Senators sichtlich betroffen. Wie ihr Mann war sie praktisch eine Atheistin, die nichts mehr haßte als den sonntäglichen Ausflug über den Lafayette Square in die St. John's Episcopal Church, um dort eine Stunde lang scheinbar zu beten und eine erbauliche Predigt anzuhören. Aber zehn Minuten später war eine improvisierte Wagenkolonne auf der Manhanset Road zu St. Mary's Church unterwegs. Wenig später standen die beiden alten Widersacher Schulter an Schulter in der ersten Bankreihe – Beckwith in einem blauen Blazer, Cannon in einer abgetragenen Tweedjacke mit Löchern in den Ellbogen – und sangen lauthals »Ein feste Burg ist unser Gott«.

Mittags beschlossen Beckwith und Cannon, nun sei ein kleiner Segeltörn fällig, obwohl die Lufttemperatur kaum fünf Grad betrug und mäßiger Wind mit Stärke vier über den Shelter-Island-Sund wehte. Zum Entsetzen der Secret-Service-Agenten gingen die beiden Männer tatsächlich an Bord der *Athena* und legten ab.

Sie liefen mit Motor durch den engen Kanal zwischen Shelter Island und der North Fork von Long Island und setzten erst Segel, als die *Athena* das offene Wasser der Gardiners Bay erreichte. Hinter ihnen folgten ein Küstenwachkutter, zwei mit Secret-Service-Agenten besetzte Boston Whaler und ein halbes Dutzend Fernsehboote. Es gab nur eine Havarie: Das von CNN gecharterte Zodiac-Schlauchboot schlug voll und sank vor den Felsen von Cornelius Point.

»Also gut, Mr. President«, sagte Douglas Cannon. »Nachdem wir den Medien jetzt viele nette Aufnahmen ermöglicht haben, könnten sie mir doch endlich erzählen, was zum Teufel das Ganze soll.«

Mit Kurs auf Plum Island flog die *Athena* hart am Wind und weit nach Steuerbord krängend über die Gardiners Bay. Cannon saß an der Pinne, Beckwith auf dem Cockpitsitz neben dem Niedergang. »Wir sind nie die besten Freunde gewesen, Mr. President. Soweit ich mich erinnere, ist das einzige gesellschaftliche Ereignis, an dem wir beide teilgenommen haben, die Beerdigung meiner Frau gewesen.«

»Damals im Senat sind wir Konkurrenten gewesen«, antwortete Beckwith. »Das liegt schon lange zurück. Und lassen Sie den Mr.-President-Scheiß, Douglas. Dafür kennen wir uns wirklich schon zu lange.«

»Wir sind nie Konkurrenten gewesen, Jim. Sie und Anne haben in Washington von Anfang an nur ein Ziel im Auge gehabt: das Weiße Haus. Ich dagegen wollte im Senat bleiben und Gesetze machen. Mir hat die Arbeit als Gesetzgeber gefallen.«

»Und Sie sind ein verdammt guter Gesetzgeber gewesen. Einer der besten, die's jemals gegeben hat.«

»Danke für das Kompliment, Jim.« Cannon betrachtete seine Segel und runzelte die Stirn. »Unsere Fock macht am Vorliek ein paar Falten, Mr. President. Setzen Sie das Fall bitte steifer durch?«

An Backbord tauchte Orient Point auf. Die Nebelhörner an der Küste tuteten zur Begrüßung. Plum Island lag genau voraus. Cannon fiel in Richtung Gardiners Island nach Süden ab und brachte die *Athena* auf einen bequemen Raumschots-Kurs.

»Ich möchte, daß Sie für mich arbeiten«, sagte Beckwith plötzlich. »Ich brauche Sie, und Ihr Land braucht Sie auch.«

»Was soll ich tun?«

»Ich möchte, daß Sie als mein Botschafter nach London gehen, Douglas. Ich kann nicht untätig zusehen, wie eine Bande protestantischer Terroristen den Friedensprozeß sabotiert. Ich brauche in London jetzt einen Mann von politischem Gewicht – und Tony Blair braucht ihn auch.«

»Jim, ich bin einundsiebzig. Ich bin pensioniert und damit glücklich.«

»Scheitert das Friedensabkommen für Nordirland, wird es wieder ein Blutvergießen wie seit den siebziger Jahren nicht mehr geben. Das will ich nicht auf meinem Gewissen haben, und ich denke, daß Sie das auch nicht wollen.«

»Aber warum ich?«

»Weil Sie ein hervorragender und allgemein geachteter amerikanischer Staatsmann sind. Weil Ihre Familie einst aus Nordirland eingewandert ist. Weil Sie in Ihren öffentlichen Äußerungen zu diesem Konflikt die Gewalttaten der IRA ebenso wie die der protestantischen Mehrheit verurteilt haben. Weil beide Seiten darauf vertrauen, daß Sie fair sind.« Beckwith zögerte kurz und blickte übers Wasser hinaus. »Und weil Ihr Präsident Sie bittet, etwas für Ihr Land zu tun. In Washington hat das früher etwas bedeutet. Ich glaube, daß es Ihnen noch immer etwas bedeutet, Douglas. Zwingen Sie mich nicht dazu, meine Bitte zu wiederholen.«

»Es gibt noch etwas, das Sie zu erwähnen vergessen haben, Jim.«

»Das Attentat, das letztes Jahr auf Ihren Schwiegersohn verübt worden ist?«

»Und auf meine Tochter. Ich bin sicher, daß ein Exemplar von Michaels Bericht das Oval Office erreicht hat. Michael ist der Überzeugung, daß einer Ihrer größten Geldgeber hinter dem Abschuß von TransAtlantic Flight 002 gestanden hat. Und ich glaube ihm das ehrlich gesagt.«

»Ich kenne diesen Bericht«, sagte Beckwith und runzelte die Stirn. »Michael ist ein ausgezeichneter Geheimdienstoffizier gewesen, aber seine Schlußfolgerungen sind phantastisch und falsch. Die Idee, ein Mann wie Mitchell Elliott könnte etwas mit dem Abschuß der Verkehrsmaschine zu tun gehabt haben, ist geradezu absurd. Hätte ich den geringsten Verdacht, er könnte irgendwas damit zu tun gehabt haben, würde ich alles in meiner Macht Stehende tun, damit er seine Strafe erhält. Aber es stimmt einfach nicht, Douglas. Das Schwert von Gaza hat dieses Flugzeug abgeschossen.«

»Ernennen Sie mich, drehen Ihre Sponsoren durch. London geht immer an einen großzügigen Spender.«

»Das beste daran, daß ich nicht wiedergewählt werden kann, Douglas, ist die Tatsache, daß mir scheißegal sein kann, was die Geldleute sagen.«

»Was ist mit dem Bestätigungsverfahren?«

»Entschuldigen Sie meinen Kalauer, aber da rauschen Sie mit vollen Segeln durch.«

»Da wäre ich mir nicht so sicher. Der Senat hat sich seit unserem Ausscheiden ziemlich verändert. Ihre Partei hat eine Horde Jungtürken hineingeschickt, und ich habe den Eindruck, daß sie vorhaben, das Kapitol niederzubrennen.«

»Die Jungtürken können Sie mir überlassen.«

»Ich will nicht, daß sie mich in die Mangel nehmen, nur weil ich ein paarmal gekifft habe. Gott, ich bin in den sechziger und siebziger Jahren Universitätsprofessor in New York City gewesen. Da hat jeder gekifft.«

»Ich nicht.«

»Na ja, das erklärt vieles.«

Beckwith lachte. »Mit dem führenden Republikaner im Ausschuß für Auswärtige Angelegenheiten spreche ich persönlich. Ich erkläre ihm klipp und klar, daß ich für Ihre Nominierung die rückhaltlose Zustimmung der Republikaner erwarte. Und die ist Ihnen sicher.«

Cannon tat so, als lasse er sich die Sache sorgfältig durch den Kopf gehen, aber beide Männer wußten, daß er sich längst entschieden hatte. »Ich brauche Bedenkzeit. Ich muß erst mit Elizabeth und Michael reden. Ich habe zwei Enkelkinder. In meinem Alter ist ein Umzug nach London nichts, was man auf die leichte Schulter nehmen könnte.«

»Lassen Sie sich soviel Zeit, wie Sie brauchen, Douglas.«

Cannon sah sich nach der kleinen Flotte von Booten um, die ihnen über die Gardiners Bay folgte. »Den Küstenwachkutter hätte ich vor ein paar Jahren brauchen können.«

»Ah, ganz recht«, sagte der Präsident. »Ich habe von Ihrer kleinen Havarie vor dem Leuchtturm Montauk gelesen. Wie ein Segler mit Ihrer Erfahrung von schlechtem Wetter überrascht werden konnte, ist mir unbegreiflich.«

»Das ist ein plötzlich aufkommendes Gewitter gewesen!«

»Plötzlich aufkommende Gewitter gibt's nicht. Sie hätten den Himmel beobachten und den Wetterbericht hören sollen. Wo haben Sie überhaupt segeln gelernt?«

»Ich habe den Himmel beobachtet. Das ist eine Böenfront aus heiterem Himmel gewesen.«

»Böenfront, daß ich nicht lache!« sagte der Präsident. »Muß an dem vielen Gras gelegen haben, das Sie in den Sechzigern geraucht haben.«

Beide Männer lachten schallend.

»Ich denke, wir sollten jetzt umkehren«, sagte Cannon. »Klar zum Halsen, Mr. President.«

»Er will, daß ich nach London gehe und Edward Hathaway als Botschafter ablöse«, verkündete Cannon, als er mit einer staubigen Flasche Bordeaux aus dem Weinkeller heraufkam. Der Präsident und die First Lady waren wieder fort; die Kinder schliefen oben. Michael und Elizabeth saßen gemütlich auf den Couches am Kaminfeuer. Cannon entkorkte die Flasche und schenkte drei Gläser ein.

»Was hast du ihm geantwortet?« fragte Elizabeth.

»Ich habe ihm erklärt, daß ich die Sache mit meiner Familie besprechen muß.«

»Warum du?« erkundigte Michael sich. »James Beckwith und Douglas Cannon sind nie dicke Freunde gewesen.«

Cannon wiederholte die Gründe, die der Präsident angeführt hatte. »Beckwith hat recht«, meinte Michael. »Du hast alle Seiten wegen ihres Verhaltens angeprangert – die IRA, die paramilitärischen Gruppen der Protestanten und die Briten. Außerdem wirst du als ehemaliger Senator respektiert. Damit bist du im Augenblick der ideale Mann als Vertreter Amerikas am Hof von St. James.«

Elizabeth runzelte die Stirn. »Andererseits ist Daddy auch einundsiebzig, lebt im Ruhestand und hat gerade zwei Enkel bekommen. Dies ist nicht der richtige Zeitpunkt, um nach London zu verschwinden und Botschafter zu spielen.«

»Dem Präsidenten kann man nichts abschlagen«, sagte Cannon.

»Das hätte der Präsident bedenken sollen, bevor er dich gefragt hat«, sagte Elizabeth. »Außerdem ist London immer ein politischer Posten gewesen. Soll Beckwith ihn doch mit einem seiner großen Geldgeber besetzen.«

»Blair hat Beckwith gebeten, diesmal keine parteipolitische Wahl zu treffen. Er will einen Berufsdiplomaten oder einen Politiker von Statur – wie deinen Vater«, sagte Cannon etwas in die Defensive gedrängt.

Er trat ans Kaminfeuer und stocherte mit dem Schürhaken in der Glut herum.

»Du hast recht, Elizabeth«, sagte er, während er in die Flammen starrte. »Ich *bin* einundsiebzig und wahrscheinlich zu alt, um eine so anspruchsvolle Aufgabe zu übernehmen. Aber mein Präsident hat mich darum gebeten, und ich *will* sie übernehmen, verdammt noch mal! Es fällt mir schwer, ständig nur am Spielfeldrand zu sitzen. Könnte ich dazu beitragen, Nordirland Frieden zu bringen, wäre das viel mehr wert als alles, was ich jemals im Kongreß erreicht habe.«

»Das klingt ganz so, als hättest du dich schon entschieden, Daddy.«

»Das habe ich, aber ich möchte deinen Segen.«

»Was ist mit deinen Enkeln?«

»Meine Enkel sind noch ein halbes Jahr nicht imstande, mich von einem meiner Hunde zu unterscheiden.«

»Aber du mußt noch etwas anderes bedenken, Douglas«, warf Michael ein. »Vor kaum einem Monat hat eine neue protestantische Terrororganisation bewiesen, daß sie bereit und fähig ist, wichtige Ziele anzugreifen.«

»Mir ist klar, daß dieser Job nicht ungefährlich ist. Offen gesagt wüßte ich gern, welche Gefahren mir drohen können – und ich möchte eine Beurteilung, auf die ich mich verlassen kann.«

»Was willst du damit sagen, Daddy?«

»Damit will ich sagen, daß mein Schwiegersohn früher bei der Central Intelligence Agency gearbeitet und Terrorgruppen infiltriert hat. Er versteht etwas von diesem Geschäft und hat ausgezeichnete Verbindungen. Ich möchte, daß er seine Verbindungen nutzt, um herauszufinden, mit welchen Leuten ich es zu tun habe.«

»Dazu muß ich nur ein paar Tage nach London«, sagte Michael. »Hin und zurück.«

Elizabeth zündete sich eine Zigarette an und blies den Rauch an die Decke. »Ja, ich erinnere mich noch an das letzte Mal, als du das gesagt hast.«

8

Mykonos · Kairo

Die weiße Villa klebte wie ein Schwalbennest an den Felsen von Kap Mavros über der Einfahrt zur Panormosbucht. Sie hatte fünf Jahre lang leergestanden und war in dieser Zeit nur an einen Clan junger britischer Börsenmakler vermietet worden, die jeden August für drei Besäufniswochen die Insel unsicher machten. Die Vorbesitzer, einen amerikanischen Schriftsteller und seine schöne mexikanische Frau, hatte der ewige Wind vertrieben. Sie hatten ihre Villa Stavros, dem bekanntesten Immobilienmakler an der Nordküste von Mykonos, anvertraut und waren in die Toskana geflüchtet.

Den Franzosen namens Delaroche – zumindest hielt Stavros ihn für einen Franzosen – schien der Wind nicht zu stören. Er war im vorigen Winter mit dick verbundener rechter Hand nach Mykonos gekommen und hatte die Villa nach nur fünfminütiger Besichtigung gekauft. Seinen Glückstreffer hatte Stavros am selben Abend mit zahllosen Runden Wein und Ouzo – natürlich zu Ehren des Franzosen – für die Stammgäste der Taverne in Ano Mera gefeiert. Von diesem Augenblick an war der geheimnisvolle Monsieur Delaroche der beliebteste Mann an der Nordküste von Mykonos, obwohl ihn außer Stavros noch niemand persönlich gesehen hatte.

Binnen weniger Wochen nach der Ankunft des Franzosen wurde auf Mykonos viel darüber spekuliert, wovon er eigentlich seinen Lebensunterhalt bestritt. Er malte göttlich, aber als Stavros ihm anbot, eine Ausstellung seiner Gemälde in der Galerie eines Freundes in Chora zu organisieren, erklärte ihm der Franzose, seine Arbeiten seien nicht zu verkaufen. Delaroche raste mit seinem Rennrad wie ein Dämon über die Insel, aber als Kristos, der Besitzer der Taverne in Ano Mera, ihn für den dortigen Club anzuwerben versuchte, sagte der Franzose, er fahre lieber allein. Manche vermuteten, er stamme aus einer reichen Familie, aber er erledigte alle Reparaturen an der Villa selbst und war in den Geschäften im Dorf als sparsamer Kunde bekannt. Er hatte nie Besuch, gab keine Parties und hatte keine Freundin, obwohl viele der einheimischen Mädchen ihm gern gefällig gewesen wären. Sein Tagesablauf hatte etwas von der Regelmäßigkeit eines Uhrwerks an sich. Er fuhr mit seinem italienischen Rennrad, er malte seine Bilder, er kümmerte sich um seine vom Wind umbrauste Villa. An den meisten Tagen war er in der Abenddämmerung zu sehen, wie er bei Linos auf den Felsen saß und übers Meer hinausstarrte. Der Sage nach hatte Poseidon dort Ajax den Kleinen wegen der Vergewaltigung Kassandras vernichtet.

Delaroche hatte tagsüber auf Syros gemalt. Als an diesem Abend die Sonne im Meer versank, kam er mit der Fähre nach Mykonos zurück. Er stand auf dem Vorderdeck und rauchte eine Zigarette, als das Schiff in die Korfosbucht einlief und in Chora anlegte. Er wartete, bis alle von Bord waren, bevor er selbst an Land ging.

Für Tage, an denen es für Radtouren zu kalt und regnerisch war, hatte er sich einen gebrauchten Volvo Kombi gekauft. Der Wagen stand auf einem um diese Zeit leeren Parkplatz am Fährhafen. Delaroche öffnete die Heckklappe und legte seine Sachen auf die hintere

Ladefläche: eine große flache Tasche mit Leinwänden und seiner Palette, eine kleinere Tasche mit Pinseln und Farben. Dann setzte er sich ans Steuer und ließ den Motor an.

Die Fahrt nach Kap Mavros an der Nordküste dauerte nur ein paar Minuten; Mykonos ist eine kleine Insel, etwa zehn mal fünfzehn Kilometer groß, und auf der Straße herrschte in dieser Jahreszeit nur wenig Verkehr. Die Mondlandschaft der Insel zog im gelblichen Licht der Autoscheinwerfer an ihm vorbei – baumlos, kahl, mit kantigen Felsformationen, die Jahrtausende menschlicher Besiedlung nur wenig abgeschliffen hatten.

Delaroche hielt in der kiesbestreuten Einfahrt der Villa und stieg aus. Wegen des Windes mußte er sich kräftig gegen die Autotür stemmen, um sie überhaupt öffnen zu können. Von der ins Ionische Meer übergehenden Panormosbucht leuchteten schaumgekrönte Wellen herauf. Delaroche ging den kurzen gepflasterten Weg zur Haustür und steckte seinen Schlüssel ins Schloß. Bevor er die Tür öffnete, zog er eine Pistole, eine italienische Beretta, aus dem Schulterhalfter unter seiner Lederjacke. Die Alarmanlage zirpte leise, als er das Haus betrat. Er schaltete die Anlage aus, machte Licht und ging durch sämtliche Räume der Villa, bis er sicher war, daß niemand im Haus war.

Da er nach seinem langen Maltag hungrig war, ging er in die Küche und bereitete sich ein Abendessen zu: ein Omelett mit Zwiebeln, Champignons und Käse, einen Teller Parmaschinken, dazu eingelegte Oliven, griechische Peperoni und in Olivenöl mit Knoblauch gebackenes Brot.

Er trug die Teller zu dem rustikalen Eßtisch hinüber. Dann schaltete er seinen Laptop ein, loggte sich ins Internet ein und las Zeitungen, während er aß. Im Haus war es still bis auf den Wind, der an den aufs Meer hinausführenden Fenstern rüttelte.

Als er seine Lektüre beendet hatte, sah er nach, ob eine E-Mail für ihn eingegangen war. Er hatte eine, aber als er sie auf den Bildschirm holte, schien sie nur aus einer Folge willkürlich aneinandergereihter Buchstaben zu bestehen. Erst als er sein Kennwort eingab, wurde daraus Klartext. Delaroche aß langsam weiter, während er das Dossier des Mannes studierte, den er als nächsten ermorden würde.

Obwohl Jean-Paul Delaroche den größten Teil seines Lebens in Frankreich verbracht hatte, war er kein Franzose. Unter dem Decknamen Oktober hatte er als Berufskiller für den KGB gearbeitet. Er hatte ausschließlich in Westeuropa und im Nahen Osten gelebt und operiert, und sein Auftrag war einfach gewesen: Chaos innerhalb der NATO zu erzeugen, indem er die Spannungen innerhalb ihrer Mitgliedsstaaten anheizte. Als die Sowjetunion zusammenbrach, wurden Männer wie Delaroche nicht vom Auslandsgeheimdienst, dem weniger anrüchigen KGB-Nachfolger, übernommen; also machte er sich selbständig und avancierte rasch zum gefragtesten Auftragsmörder der Welt. Jetzt arbeitete er ausschließlich für einen Mann, den er nur als den Direktor kannte. Für seine Dienste erhielt er eine Million Dollar im Jahr.

Seenebel hing über den Klippen, als Delaroche am nächsten Tag mit einem kleinen italienischen Motorroller die schmale Küstenstraße über der Panormosbucht entlangfuhr. Mittags aß er in Ano Mera in der Taverne: Fisch, Reis, Brot und Salat mit Olivenöl und keilförmig geschnittenen Eierscheiben. Nach dem Essen schlenderte er durchs Dorf auf den Obstmarkt. Dort kaufte er mehrere Melonen, die er in einer großen Papiertüte zwischen seine Beine stellte, als er zu einem einsamen, unbefestigten Straßenstück in den kahlen Hügeln über der Merdiasbucht hinauffuhr.

Oben hielt Delaroche neben einem Felsvorsprung an. Er nahm eine Melone aus seiner Tüte und stellte sie so auf den Felsen, daß sie ungefähr in Kopfhöhe stand. Dann stellte er drei weitere Melonen wie Gummihütchen auf einem Slalomkurs mit etwa zwanzig Metern Abstand auf der Straße auf. Seine Beretta steckte im Schulterhalfter unter seinem linken Arm. Er fuhr zweihundert Meter weiter, hielt an, wendete und zog ein Paar schwarzer Lederhandschuhe aus der Innentasche seiner Jacke.

Bei seinem letzten Auftrag vor einem Jahr hatte der Mann, den er hätte liquidieren sollen, ihn mit einem Schuß durch die rechte Hand verletzt. Das war das einzige Mal gewesen, daß Delaroche einen übernommenen Auftrag nicht wie vereinbart durchgeführt hatte. Die Schußwunde hatte eine häßliche wulstige Narbe zurückgelassen. Er konnte viel tun, um sein Aussehen zu verändern – sich einen Bart stehen lassen, eine Mütze und eine Sonnenbrille tragen, sich die Haare färben –, aber an der Narbe ließ sich nichts ändern; er konnte sie nur verbergen.

Delaroche gab plötzlich Vollgas, raste mit dem Motorroller die Straße entlang und zog eine lange Staubfahne hinter sich her. Er lenkte geschickt um die drei Hindernisse herum. Dann griff er unter seinen linken Arm, zog die Pistole heraus und nahm das näher kommende Ziel ins Visier. Im Vorbeirasen gab er drei Schüsse darauf ab.

Delaroche bremste, wendete und fuhr zurück, um die Melone zu inspizieren.

Keiner der drei Schüsse hatte getroffen.

Mit einem halblauten Fluch ging Delaroche den ganzen Ablauf nochmals durch und versuchte festzustellen, warum er nicht getroffen hatte. Er betrachtete seine Hände. Er hatte früher nie Handschuhe getragen und konnte sich auch jetzt nicht damit anfreunden: Sie machten seine Hände weniger empfindlich und erschwerten es seinem Zeigefinger, den Druckpunkt am Abzug zu finden. Er zog die Handschuhe aus, steckte die Beretta ins Schulterhalfter zurück, fuhr wieder zum Ausgangspunkt und wendete.

Dann gab er wieder Vollgas und umkurvte die Melonen auf der Straße mit voller Geschwindigkeit. Er zog seine Beretta und schoß im Vorbeifahren auf das Ziel. Diesmal zerplatzte es in einem Schauer aus blaßgelben Melonenstücken.

Delaroche raste davon.

Achmed Hussein residierte in einem gedrungenen dreistöckigen Apartmentgebäude in Ma'adi, einem staubigen Vorort am Nil, einige Kilometer südlich der Innenstadt von Kairo. Hussein war kleinwüchsig, kaum einen Meter fünfundsechzig groß, und schmächtig. Er trug sein Haar ziemlich kurz und seinen Bart als äußeres Zeichen der Frömmigkeit unfrisiert lang. Sein Apartment, in dem er alle Mahlzeiten einnahm und Besucher empfing, verließ er nur, um fünfmal am Tag in die Moschee auf der anderen Straßenseite zu gehen und zu beten. Manchmal trank er in dem Kaffeehaus neben der Moschee noch ein Glas Tee, aber meistens drängte seine aus Amateuren bestehende Leibwache ihn dazu, schnell in die Wohnung zurückzukehren. Manchmal quetschten die Männer sich für die kurze Fahrt zur Moschee in einen dunkelblauen Fiat; manchmal gingen sie zu Fuß. Das stand alles in dem Dossier.

Delaroche trat seine Reise nach Kairo drei Tage später

an einem bewölkten, fast windstillen Morgen an. Er trank seinen Kaffee auf der Terrasse über Kap Mavros mit Blick aufs nur leicht bewegte Meer, fuhr dann mit dem Volvo nach Chora und ließ ihn auf dem Parkplatz am Hafen stehen. Er hätte direkt nach Athen fliegen können, aber er wollte lieber mit der Fähre nach Paros übersetzen und von dort aus fliegen. Er hatte es nicht eilig und wollte in aller Ruhe prüfen, ob er etwa beschattet wurde. Als das Schiff aus der Korfosbucht auslief und die kleine Insel Delos passierte, schlenderte er über die Decks, beobachtete unauffällig seine Mitreisenden und merkte sich ihre Gesichter.

Auf Paros nahm Delaroche ein Taxi vom Fährhafen zum Flugplatz. Dort lungerte er in einer Telefonzelle, am Zeitungsstand und in einem Café herum, während er die Gesichter in seiner Nähe kontrollierte. Als er die Maschine nach Athen bestieg, war niemand an Bord, der schon auf der Fähre gewesen war. Delaroche lehnte sich zurück und genoß den kurzen Flug, indem er das tief unter ihm liegende graugrüne winterliche Meer betrachtete.

Er verbrachte den Nachmittag in Athen, dessen berühmteste Baudenkmäler er besichtigte, und flog am frühen Abend nach Rom weiter. Dort nahm er sich in einem kleinen Hotel in einer Seitenstraße der Via Veneto unter dem Namen Karel van der Stadt ein Zimmer und begann Englisch mit holländischem Akzent zu radebrechen.

In Rom war es kalt und regnerisch, aber da er Hunger hatte, lief er im Nieselregen zu einem guten Restaurant, das er in der Via Borghese kannte. Der Ober servierte ihm Rotwein und verschiedene Vorspeisen: Mozzarella mit Tomaten, gebratene Auberginen, in Olivenöl eingelegte Peperoni, Omelett mit Schinken. Nach diesen Vorspeisen trat der Ober an seinen Tisch und fragte einfach:

»Fisch oder Fleisch?« Delaroche aß Seebarsch mit Salzkartoffeln und Gemüse.

Nach dem Abendessen ging er ins Hotel zurück. Er setzte sich an den kleinen Schreibtisch, schaltete seinen Laptop ein, loggte sich ins Internet ein und lud eine verschlüsselte Datei herunter. Erst als er sein Kennwort eingab, verwandelte das Buchstabengewirr sich wieder in Klartext. Diese neue Datei enthielt einen auf den neuesten Stand gebrachten Bericht über Achmed Husseins Aktivitäten in Kairo. Delaroche, der für einen professionellen Geheimdienst gearbeitet hatte, erkannte gute Ermittlungsarbeit, wenn er sie vor sich hatte. Hussein wurde in Kairo von erstklassigen Leuten überwacht – vermutlich von Mossad-Agenten.

Am nächsten Vormittag nahm Delaroche ein Taxi zum Flughafen Leonardo da Vinci, um mit Egypt Air nach Kairo zu fliegen. Dort quartierte er sich in einem kleinen Hotel außerhalb des Stadtzentrums ein und zog als erstes leichtere Kleidung an. Spätnachmittags fuhr er mit einem Taxi nach Ma'adi hinaus. Der Fahrer raste die Corniche entlang und wich unterwegs mit halsbrecherischen Manövern Radfahrern und Eselskarren aus, während die untergehende Sonne den Nil in ein goldenes Band verwandelte.

In der Abenddämmerung saß Delaroche bei süßem Tee und Gebäck in dem Kaffeehaus gegenüber von Achmed Husseins Wohnung. Der Muezzin rief zum Abendgebet, und die Gläubigen strömten zur Moschee. Auch Achmed Hussein mit seiner Leibwache, die nicht gerade professionell wirkte, war unter ihnen. Delaroche beobachtete Hussein aufmerksam. Er ließ sich noch einen Tee bringen und stellte sich vor, wie er ihn morgen erschießen würde.

Am nächsten Tag ging Delaroche zum Mittagessen ins sonnige Terrassencafé des Hotels Nile Hilton. Er sah den Blonden mit der Sonnenbrille zwischen Touristen und reichen Ägyptern allein an einem Tisch sitzen, auf dem eine große Flasche Stella und ein halbleeres Glas standen. Auf dem Stuhl neben ihm lag ein schmaler schwarzer Aktenkoffer.

Delaroche trat an seinen Tisch. »Stört es Sie, wenn ich mich zu Ihnen setze?« fragte er auf englisch mit holländischem Akzent.

»Tatsächlich wollte ich gerade gehen«, sagte der Blonde und stand auf.

Delaroche nahm Platz und bestellte ein Mittagessen.

Den Aktenkoffer stellte er auf den Boden neben seinen Füßen.

Nach dem Mittagessen stahl Delaroche einen Motorroller. Das Fahrzeug stand vor dem Nile Hilton am Rand des chaotischen Tahrirplatzes, und er brauchte nur wenige Sekunden, um die Zündung kurzzuschließen und den Motor anzulassen. Der Motorroller war dunkelblau lackiert und mit einer dünnen Schicht des puderfeinen Kairoer Staubs bedeckt. Technisch schien er in Ordnung zu sein, und an dem dafür vorgesehenen Haken hing sogar ein Sturzhelm mit dunklem Visier.

Delaroche fuhr durch Garden City nach Süden – vorbei an der festungsartigen US-Botschaft, vorbei an verfallenen Villen, den traurigen Zeugen größerer Zeiten. Der Inhalt des schwarzen Aktenkoffers, eine 9-mm-Beretta mit Schalldämpfer, steckte jetzt in dem Schulterhalfter unter seinem linken Arm. Er fuhr rasch durch die schmale Gasse hinter dem alten Shepheard's Hotel, bog auf die Corniche ab und raste den Nil entlang nach Süden weiter.

Er erreichte Ma'adi vor Sonnenuntergang. Er wartete ungefähr zweihundert Meter von der Moschee entfernt, kaufte bei einem Bauernjungen an der Straßenecke Fladenbrot und Limonellen und ließ dabei seinen Helm auf. Die elektronisch verstärkte Stimme des Muezzins erklang, und der Gebetsruf hallte übers ganze Viertel.

Allah ist groß
Ich bezeuge, daß es keinen Gott außer Allah gibt.
Ich bezeuge, daß Mohammed der Prophet Allahs ist.
Kommt zum Gebet.
Kommt zum Erfolg.
Allah ist groß. Es gibt keinen Gott außer Allah.

Delaroche sah Achmed Hussein von seinen Leibwächtern umringt aus dem Apartmenthaus kommen. Er überquerte die Straße und verschwand in der Moschee. Delaroche gab dem Jungen ein paar zerknüllte Piaster für das Brot und die Limonellen, setzte sich auf den Motorroller und ließ den Motor an.

Den Berichten nach blieb Achmed Hussein jedesmal mindestens zehn Minuten in der Moschee. Delaroche fuhr einen halben Straßenblock weit und hielt an einem Kiosk. Dort kaufte er in aller Ruhe ägyptische Zigaretten, eine Tüte Bonbons und ein Päckchen Rasierklingen. Auch diese Einkäufe verstaute er in der Plastiktüte, die schon das Brot und die Limonellen enthielt.

Die ersten Gläubigen tauchten wieder aus der Moschee auf.

Delaroche ließ den Motor an.

Achmed Hussein und seine Leibwächter traten aus der Moschee in die rosenfarbene Abenddämmerung hinaus.

Der Motorroller schoß vorwärts, als Delaroche Gas gab. Er raste die staubige Straße entlang und wich Fußgängern und langsam fahrenden Autos aus – genau wie beim Training über der Merdiasbucht – und brachte das Fahrzeug vor der Moschee mit quietschenden Reifen schleudernd zum Stehen. Husseins Leibwächter, die Gefahr witterten, bemühten sich, ihren Mann so gut wie möglich abzuschirmen.

Delaroche griff in seine Jacke und zog die Beretta.

Er zielte mit der Waffe auf Hussein, hatte erst sein Gesicht im Visier, senkte den Lauf etwas und gab rasch nacheinander drei Schüsse ab. Alle drei trafen Achmed Husseins Brust.

Zwei der vier Leibwächter waren dabei, Pistolen aus ihren Gewändern zu ziehen. Delaroche schoß den einen durchs Herz, den anderen durch die Kehle. Die beiden Überlebenden warfen sich neben den Leichen ihrer Kameraden zu Boden. Delaroche gab Vollgas und raste davon.

Er tauchte in den von Menschen wimmelnden Slums von Südkairo unter, ließ den Motorroller in einer Gasse stehen und warf die Beretta in den nächsten Gully. Zwei Stunden später ging er an Bord einer Alitalia-Maschine nach Rom.

9

LONDON

»Wie lange bleiben Sie in Großbritannien?« fragte der Beamte an der Paßkontrolle gelangweilt.
»Nur einen Tag.«
Michael Osbourne reichte seinen Paß durchs Fenster. Dieser Reisepaß war auf seinen richtigen Namen ausgestellt, denn bei seinem Ausscheiden hatte die Agency seine falschen Pässe eingezogen – zumindest die, von denen sie wußte. Im Lauf der Jahre hatten mehrere befreundete Geheimdienste ihm aus kollegialer Gefälligkeit ebenfalls Pässe ausgestellt. Damit konnte er als Spanier, Italiener, Israeli oder Franzose reisen. Ein CIA-Agent, den er im ägyptischen Geheimdienst geführt hatte, hatte ihm sogar einen ägyptischen Reisepaß beschafft, mit dem er in manche Nahoststaaten als arabischer Bruder statt als mißtrauisch beäugter Ausländer einreisen konnte. Nach Michaels Abschied aus der Geheimdienstwelt war keiner dieser Reisepässe von den Ausstellern zurückgefordert worden. Sie lagen sicher in Douglas Cannons Safe auf Shelter Island.
Die Paßinspektion dauerte länger als üblich. Offenbar hatten die britischen Sicherheitsdienste seinen Namen auf ihre Überwachungsliste gesetzt. Beim letzten Englandbesuch war Michael mitten in den Terroranschlag des Schwerts von Gaza auf den Flughafen Heathrow geraten. Und er hatte sich unerlaubt mit einem gewissen Iwan Drosdow getroffen – einem KGB-Überläufer, für

den der MI6 zuständig war –, der nur wenig später ermordet worden war.

»Wo halten Sie sich in Großbritannien auf?« Das fragte der Uniformierte ausdruckslos, als lese er die Frage von seinem kleinen Monitor ab.

»In London«, sagte Michael.

Der Beamte sah auf. »Wo in London, Mr. Osbourne?«

Michael gab ihm die Adresse seines Hotels in Knightsbridge, die er sich pflichtbewußt aufschrieb. Michael wußte, daß er die Adresse seinem Vorgesetzten geben würde, der sie an den britischen Sicherheitsdienst MI5 weitergeben würde.

»Haben Sie dort ein Zimmer reserviert, Mr. Osbourne?«

»Ja, das habe ich.«

»Auf Ihren Namen?«

»Ja.«

Der Uniformierte gab ihm seinen Paß zurück. »Ich wünsche Ihnen einen angenehmen Aufenthalt.«

Michael griff nach seinem schmalen Kleidersack, ging durch die Zollkontrolle und betrat die Ankunftshalle. Vom Flugzeug aus hatte er die Londoner Firma angerufen, von der er früher oft einen Wagen mit Chauffeur gemietet hatte. Er suchte die Reihen der Wartenden nach seinem Fahrer ab und achtete dabei instinktiv auf Anzeichen für eine Überwachung: ein bekanntes Gesicht, eine Gestalt, die durch irgend etwas aus dem Rahmen fiel, ein Augenpaar, das ihn beobachtete.

Er sah einen kleinen Mann, der einen dunklen Anzug trug und ein Pappschild mit der Aufschrift MR. STAFFORD hochhielt. Michael durchquerte die Halle und sagte: »Also, dann los.«

»Soll ich Ihr Gepäck nehmen, Sir?«

»Nein, danke.«

Michael lehnte entspannt auf dem Rücksitz des Rovers, als die Limousine im starken Morgenverkehr in Richtung West End kroch. Sie waren nicht mehr auf der Stadtautobahn, sondern zwischen den um die Jahrhundertwende erbauten Hotels an der Cromwell Road unterwegs. Michael kannte London nur allzu gut, denn als CIA-Agent im Außendienst hatte er über zehn Jahre in Chelsea gewohnt. Im Ausland arbeiten CIA-Offiziere meistens von US-Botschaften aus und haben zur Tarnung einen Diplomatenjob. Aber Michael war auf Terrorismusbekämpfung spezialisiert gewesen und hatte in Europa und dem Nahen Osten Agenten angeworben und geführt. Weil das für einen »Diplomaten« fast unmöglich gewesen wäre, hatte Michael als NOC gearbeitet – unter »nonofficial cover«, das heißt ohne Legende. Er gab sich als Repräsentant einer Firma aus, die Computersoftware entwickelte und verkaufte. Sie war eine CIA-Tarnfirma, aber dieser Job verschaffte Michael die Möglichkeit, durch Europa und den Nahen Osten zu reisen, ohne Verdacht zu erregen.

Adrian Carter, Michaels Führungsoffizier, pflegte zu sagen, wenn je ein Mann zum Spion geboren und erzogen worden sei, dann sei das Michael Osbourne. Sein Vater hatte im Zweiten Weltkrieg beim OSS gearbeitet und war nach dem Krieg in die Nachfolgeorganisation CIA übergewechselt. Michael und seine Mutter Alexandra hatten ihn von einem Dienstort zum anderen begleitet – Rom, Beirut, Athen, Belgrad und Madrid –, wenn er nicht manchmal kurzzeitig in der Zentrale gearbeitet hatte. Während sein Vater russische Spione führte, hatten Michael und seine Mutter fremde Sprachen und Kulturen in sich aufgesogen.

Mit seinem dunklen Teint und dem schwarzen Haar konnte Michael sich als Italiener oder Spanier, notfalls sogar als Libanese ausgeben. In Cafés und auf Märkten hatte er sich oft selbst auf die Probe gestellt, nur um zu sehen, wie lange er als Einheimischer durchgehen konnte. Er sprach italienisch mit römischem Tonfall und spanisch wie ein Madrilene. Griechisch fiel ihm ziemlich schwer, aber arabisch sprach er zuletzt so fließend, daß die Händler im Beiruter Suk ihn für einen Libanesen hielten und nicht übers Ohr hauten.

Die Limousine hielt vor seinem Hotel. Michael entlohnte den Fahrer und stieg aus. In diesem kleinen Hotel gab es weder Portier noch Empfangschef – nur eine hübsche Polin hinter einer Eichentheke mit den Zimmerschlüsseln an Haken hinter sich. Michael trug sich ins Gästebuch ein und bat darum, um zwei Uhr geweckt zu werden.

Auch im Ruhestand hatte Michael seine gesunde professionelle Paranoia keineswegs verloren. Er durchsuchte fünf Minuten lang das Zimmer, drehte Lampen um, öffnete Schranktüren, zerlegte das Telefon und setzte es dann sorgfältig wieder zusammen. Dieses Ritual hatte er schon in tausend Hotelzimmern in hundert Städten absolviert. Aber nur einmal hatte er tatsächlich eine Wanze entdeckt: ein Museumsstück aus sowjetischer Produktion, das in seinem Hotelzimmer in Damaskus primitiv am Telefon angebracht gewesen war.

Seine Suche blieb ergebnislos. Michael schaltete den Fernseher ein, um sich die BBC-Morgennachrichten anzusehen. *Mo Mowlam, die Staatssekretärin für Nordirland, hat versichert, man werde niemals zulassen, daß die Ulster Freedom Brigade, die neue protestantische paramilitärische Gruppe, das Karfreitagsabkommen torpediere. Sie hat an Ronnie Flanagan, den Chief Constable der RUC, appelliert, seine Anstrengungen bei der Fahndung nach den Anführern dieser Gruppe zu verdoppeln...* Michael schaltete den Fernseher aus und legte sich ins Bett, ohne die Sachen auszuziehen, die er im Flugzeug getragen hatte. Er schlief unruhig, kämpfte mit seiner Decke und schwitzte in seinen zu warmen Sachen, bis das Telefon ohrenbetäubend laut schrillte.

Einen Augenblick lang glaubte er sich hinter den Eisernen Vorhang verschleppt, aber am Apparat war nur die strohblonde Polin, die ihm freundlich mitteilte, es sei jetzt zwei Uhr.

Er bestellte Kaffee, duschte und zog Jeans, Slipper, einen schwarzen Rollkragenpullover und seinen blauen Blazer an. Dann hängte er das Schild BITTE NICHT STÖREN an den Türknopf und steckte ein winziges Stück Papier in den Türspalt, das herunterfallen würde, falls die Zimmertür geöffnet wurde.

Der Himmel war bleigrau, und ein kalter Wind heulte durch die Bäume im Hyde Park. Er schlug seinen Mantelkragen hoch, band seinen Schal fester und schritt aus – erst die Knightsbridge Street, dann die Brompton Road entlang. Schon bald entdeckte er den ersten Mann, der ihn beschattete: Stirnglatze, Mitte vierzig, Lederjacke, Stoppelbart. Anonym, durchschnittlich, in keiner Weise bedrohlich, der ideale Typ für Überwachungsaufträge.

In einem Café in der Brompton Road aß er ein Omelett und las den *Evening Standard*. In Ägypten war einer der führenden Männer der fundamentalistischen Gruppierung Hamas ermordet worden. Michael las die Meldung, las sie nochmals und dachte über sie nach, während er zu Harrods weiterging. Der Mann mit Stirnglatze war durch einen Kollegen abgelöst worden – der gleiche Typ, aber diesmal mit einer tannengrünen Barbour-Jacke statt einer Lederjacke. Er betrat Harrods, stattete der Gedenkstätte für Dodi und Diana den obligatorischen Besuch ab und fuhr mit der Rolltreppe nach oben. Der Mann mit der Barbour-Jacke folgte ihm. Michael kaufte ein Paar

Ohrringe für Elizabeth und einen schottischen Pullover für Douglas. Dann fuhr er wieder nach unten und machte einen Rundgang durch die Lebensmittelabteilung. Dabei wurde er von jemand anderem beschattet: von einer recht aparten jungen Frau, die Jeans, Springerstiefel und eine beige Daunenjacke trug.

Draußen war es dunkel geworden, und der stürmische Wind hatte Regen gebracht. Michael ließ die Tragetasche von Harrods an der Rezeption seines Hotels und hielt draußen ein Taxi an. In den folgenden eineinhalb Stunden war er mit Taxi, Bus und U-Bahn kreuz und quer durchs Londoner West End unterwegs – durch Belgravia, Mayfair und Westminster, bis er schließlich den Sloane Square erreichte. Von dort aus ging er nach Süden zum Chelsea Embankment weiter.

Michael stand im Regen und sah zu den Lichtern der Chelsea Bridge hinüber. Seit dem Abend, an dem Sarah Randolph an dieser Stelle erschossen worden war, waren über zehn Jahre vergangen, aber die Szene stand ihm so deutlich vor Augen, als sehe er einen Videofilm. Er sah sie auf sich zukommen, sah ihren langen Rock um ihre Wildlederstiefel wippen, sah das Embankment im Flußnebel feucht glänzen. Dann tauchte der Mann auf, der schwarzhaarige Mann mit den leuchtend blauen Augen und der Pistole mit Schalldämpfer: der KGB-Killer, den Michael nur als Oktober kannte, derselbe Mann, der letztes Jahr auf Shelter Island versucht hatte, Elizabeth und ihn zu ermorden. Michael schloß unwillkürlich die Augen, als Sarahs explodierendes Gesicht vor ihm erschien. Die Agency hatte ihm mehrmals versichert, Oktober sei tot, aber seit er den Zeitungsbericht über die Ermordung Achmed Husseins in Kairo gelesen hatte, glaubte er das nicht mehr so recht.

»Ich glaube, ich werde beschattet«, sagte Michael, der am Fenster mit Blick auf den Eaton Place stand.

»Du wirst beschattet«, bestätigte Graham Seymour. »Das Department hat dich auf die Überwachungsliste gesetzt. Bei deinem letzten Besuch auf unserer schönen Insel bist du ein sehr unartiger Junge gewesen. Wir beschatten dich, seit du heute morgen in Heathrow angekommen bist.«

Michael nahm dankend ein Glas Scotch an und ließ sich damit in den Ohrensessel am Kamin sinken. Graham Seymour klappte eine Zigarettenbox aus Ebenholz auf dem Couchtisch auf und nahm zwei Dunhill heraus – eine für Michael, eine für sich. Sie saßen schweigend da: Zwei alte Kumpel, die sich längst alle Geschichten erzählt haben, die sie kennen, und jetzt damit zufrieden sind, einfach zusammenzusitzen. Aus den Lautsprechern von Grahams teurer deutscher Stereoanlage kam leise Vivaldi. Graham schloß seine grauen Augen und genoß seinen Whisky und seine Zigarette.

Seymour arbeitete in der Abteilung Terrorismusbekämpfung des MI5. Wie Michael war er ein Wunderkind gewesen. Im Krieg hatte sein Vater bei dem Unternehmen Double Cross, bei dem der MI5 deutsche Spione geschnappt, umgedreht und gegen ihre Auftraggeber von der Abwehr in Berlin eingesetzt hatte, eng mit John Masterman zusammengearbeitet. Nach dem Krieg war er beim MI5 geblieben und hatte gegen die Russen gearbeitet. Harold Seymour war eine Legende, und sein Sohn war in der Zentrale ständig mit der Erinnerung an ihn konfrontiert; immer wieder stieß er in alten Fallakten auf seine Erfolge. Michael wußte, unter welchen Druck Graham dadurch geraten war, weil er in der Agency das gleiche erlebt hatte. Die beiden Männer waren Freunde geworden, als Michael in London stationiert gewesen war. Sie hatten von Zeit zu Zeit Informationen ausgetauscht und sich gegenseitig den Rücken freigehalten. Trotzdem haben Freundschaften in der Geheimdienstbranche klar definierte Grenzen, und Michael hatte sich Graham Seymour gegenüber ein gesundes professionelles Mißtrauen bewahrt. Er wußte genau, daß Graham ihn von hinten erdolchen würde, falls der MI5 ihm den Befehl dazu erteilte.

»Kannst du's dir überhaupt leisten, mit einem Leprakranken wie mir gesehen zu werden?« fragte Michael.

»Dinner mit einem alten Freund, Schätzchen. Völlig harmlos. Außerdem habe ich vor, einen Bericht mit allerhand Tratsch über die inneren Abläufe in Langley zu erstatten.«

»Ich bin seit über einem Jahr nicht mehr in Langley gewesen.«

»In dieser Branche geht man nie *wirklich* in den Ruhestand. Das Department hat meinen Vater bis zuletzt nicht in Ruhe gelassen. Wenn irgendwas Besonderes passiert ist, hat es ein paar nette Männer vorbeigeschickt, die dann zu Füßen des großen Harolds gesessen haben.«

Michael hob sein Glas. »Auf den großen Harold.«

»Hört, hört!« Graham trank einen Schluck Whisky. »Na, wie ist der Ruhestand?«

»Beschissen.«

»Wirklich?«

»Ja, wirklich«, sagte Michael. »Anfangs ist er in Ordnung gewesen, vor allem während meiner Genesungszeit, aber nach einer Weile habe ich einen Lagerkoller bekommen. Ich habe versucht, ein Buch zu schreiben, aber dann ist mir klar geworden, daß jemand, der mit achtundvierzig seine Memoiren schreibt, schon extrem introvertiert sein muß. Also lese ich anderer Leute Bücher, beschäftige mich mit allem möglichen Kram und mache lange Spaziergänge durch Manhattan.«

»Was ist mit den Kindern?« Graham stellte diese Frage mit der ganzen Skepsis eines Mannes, der Kinderlosigkeit zu einem Glaubensgrundsatz erhoben hat. »Wie ist es, in deinem Alter erstmals Vater zu sein?«

»Was zum Teufel meinst du mit *meinem* Alter?«

»Damit meine ich, daß du achtundvierzig bist, Schätzchen. Versuchst du erstmals, mit deinen Kindern Tennis zu spielen, läufst du Gefahr, mit einem Herzschlag umzukippen.«

»Es ist wundervoll«, sagte Michael einfach. »Das Beste, was ich je getan habe.«

»Aber?« fragte Graham.

»Aber ich bin den ganzen Tag mit den Kindern in der Wohnung eingesperrt und habe das Gefühl, allmählich durchzudrehen.«

»Was willst du mit dem Rest deines Lebens anfangen?«

»Alkoholiker werden. Bitte noch etwas Scotch.«

»Klar«, sagte Graham. Er machte eine Show daraus, wie er mit seinen langen Händen nach der Flasche griff und Michael zwei Fingerbreit Whisky einschenkte. Graham hatte eine angeborene Eleganz, die sich allen seinen Bewegungen mitteilte. Michael hatte schon immer gefunden, für einen Spion sei er etwas zu hübsch: seine immer halb geschlossenen grauen Augen, die gelangweilte Überheblichkeit projizierten, seine schmalen Züge, die auch bei einer Frau attraktiv gewesen wären. Im Grunde seines Wesens war er ein Künstler, ein hochbegabter Pianist, der sich seinen Lebensunterhalt ebensogut auf dem Konzertpodium wie auf der Geheimdienstbühne hätte verdienen können. Michael vermutete, Graham sei durch die Heldentaten seines Vaters – »sein verdammter wundervoller Krieg«, hatte Graham einmal

nach übermäßig viel Bordeaux geknurrt – zur Geheimdienstarbeit getrieben worden.
»Als der Senator dich gebeten hat, freiberuflich ein paar Nachforschungen über die Ulster Freedom Brigade anzustellen...«, sagte Graham.
»Habe ich nicht gerade mit dem Fuß aufgestampft und mich geweigert.«
»Hat Elizabeth dein kleines Spiel durchschaut?«
»Elizabeth durchschaut alles. Sie ist Anwältin, oder hast du das vergessen? Und eine verdammt gute. Sie hätte auch eine hervorragende CIA-Agentin abgegeben.«
Michael zögerte einen Augenblick. »Also, was kannst du mir über die Ulster Freedom Brigade erzählen?«
»Ausgesprochen wenig, fürchte ich.« Graham machte eine Pause und sah seinen Freund mit hochgezogenen Augenbrauen an. »Wieder die üblichen Spielregeln, einverstanden, Michael? Was ich an Informationen für dich habe, ist allein für dich bestimmt. Du darfst sie an keinen Angehörigen deines früheren Diensts weitergeben – oder eines anderen Diensts.«
Michael hob seine rechte Hand. »Pfadfinderehrenwort«, sagte er.
Graham sprach zwanzig Minuten ohne Pause. Die britischen Geheimdienste und Sicherheitsbehörden wußten nicht einmal, ob die Ulster Freedom Brigade fünf Mitglieder hatte oder fünfhundert. Hunderte von Mitgliedern protestantischer paramilitärischer Organisationen waren vernommen worden, aber keiner hatte einen brauchbaren Hinweis geliefert. Die Tatausführung ließ darauf schließen, daß die Gruppe Erfahrung hatte und über erhebliche Geldmittel verfügte. Und es gab deutliche Hinweise darauf, daß ihre Führer vor nichts zurückschreckten, wenn es darum ging, die Sicherheit der Gruppe zu gewährleisten. Charlie Bates, ein Protestant,

der verdächtigt wurde, der Mörder Eamonn Dillons zu sein, war in einer Scheune bei Hillsborough im County Armagh erschossen aufgefunden worden, und beide Bombenleger von Dublin und London waren bei den Explosionen umgekommen – eine Tatsache, die bisher nicht bekanntgegeben worden war.

»Wir reden von Nordirland, nicht von Beirut«, sagte Graham. »Die Nordiren verüben keine Selbstmordanschläge. Das paßt einfach nicht ins dortige Konfliktschema.«

»Die Führer der Ulster Freedom Brigade werben also Agenten an, die bisher nichts mit paramilitärischen Organisationen zu tun gehabt haben, und sorgen dann dafür, daß niemand am Leben bleibt, der sie verraten könnte.«

»Richtig, so sieht's aus«, bestätigte Graham.

»Und was will diese Ulster Freedom Brigade erreichen?«

»Nimmt man sie beim Wort, hat sie vor, den Friedensprozeß zu torpedieren. Beurteilt man sie nach ihren Taten, wird sie sich nicht wie ihre protestantischen Brüder in der Loyalist Volunteer Force damit zufriedengeben, ein paar gewöhnliche Katholiken zu ermorden. Sie hat demonstriert, daß sie bereit ist, wichtige ungeschützte Ziele anzugreifen und dabei keine Rücksicht auf Unbeteiligte zu nehmen.«

»Mir kommt's so vor, als wollte sie *alle* am Friedensprozeß beteiligten Parteien bestrafen.«

»Genau«, sagte Graham. »Die irische Regierung, die britische Regierung, die Sinn Fein. Und ich glaube, die Führer der protestantischen Parteien, die das Friedensabkommen unterschrieben haben, sollten sich ebenfalls vorsehen.«

»Was ist mit den Amerikanern?«

»Euer Senator George Mitchell hat das Karfreitagsabkommen vermittelt, und die protestantischen Hardliner sind noch nie große Freunde der Amerikaner gewesen. Sie werfen euch vor, daß ihr zu eindeutig auf seiten der Katholiken steht und die Vereinigung des Nordens mit der Republik Irland anstrebt.«

»Also müßte der amerikanische Botschafter in London damit rechnen, ein potentielles Ziel zu sein.«

»Die Ulster Freedom Brigade hat bewiesen, daß sie willens und imstande ist, spektakuläre Terroranschläge zu verüben. Angesichts ihrer bisherigen Erfolge wäre es denkbar, daß sie eines Tages versuchen wird, den amerikanischen Botschafter auszuschalten.«

Eine Stunde später trafen sie sich mit Grahams Ehefrau Helen in dem französischen Restaurant Marcello's in Covent Garden. Helen trug Schwarz: einen engen schwarzen Pullover, einen schwarzen Minirock, schwarze Strümpfe und schwarze Pumps mit unmöglich klobigen Absätzen. Bei Michaels letztem Besuch hatte Helen sich mitten in ihrer mediterranen Phase befunden – sie hatte sich wie eine griechische Bäuerin gekleidet und nur mit Olivenöl gekocht. Nachdem sie lange pausiert hatte, hatte sie erst vor kurzem einen Job als Art Director eines erfolgreichen Verlags angenommen. Zu ihrem neuen Job gehörte einer der begehrten Plätze auf dem Firmenparkplatz. Helen hatte Grahams BMW beschlagnahmt und fuhr jeden Morgen in den Verlag, wobei sie ihre gräßlichen CDs mit alternativem Rock hörte und übers Autotelefon mit ihrer Mutter stritt, obwohl eine U-Bahnfahrt nur halb so lange gedauert hätte. Sie war die Art Ehefrau, die der Personalabteilung Sorgen bereitete. Graham sah ihr alles nach, weil sie schön und begabt war. Sie besaß die Lebensfreude, die der Geheimdienst ihm längst ausgetrieben hatte. Er trug sie wie eine grellbunte Krawatte zur Schau.

Helen saß bereits an einem Fenstertisch und trank Sancerre. Sie stand auf, küßte Michael auf die Wange und drückte ihn kurz an sich. »Gott, es ist wundervoll, dich mal wieder zu sehen, Michael.«

Marcello erschien, ganz Lächeln und Jovialität, und schenkte Michael und Graham Wein ein.

»Die Speisekarte braucht ihr nicht«, sagte Helen, »weil ich schon für euch bestellt habe.«

Graham und Michael klappten ruhig ihre Speisekarten zu und gaben sie widerstandslos ab. Seit Helen wieder berufstätig war, hatte sie keine Zeit mehr für ihre große Leidenschaft, das Kochen. Leider endete ihre Begabung an der Schwelle ihrer hochmodernen skandinavischen Küche, die 50 000 Pfund gekostet hatte. Graham und sie aßen nur noch in Restaurants. Michael war aufgefallen, daß Graham zugenommen hatte.

Helen sprach von ihrer Arbeit, weil sie wußte, daß Michael und Graham nicht von ihrer sprechen durften. »Ich versuche, den Umschlag eines neuen Thrillers fertigzustellen«, sagte sie. »Irgendein komischer Amerikaner, der über Serienmörder schreibt. Auf wie viele Arten kann man einen Serienmörder illustrieren? Ich entwerfe einen Umschlag, wir schicken ihn über den Atlantik, und sein Agent in New York lehnt ihn ab. Das ist oft verdammt frustrierend!« Sie betrachtete Michael, und der Blick ihrer leuchtend grünen Augen wurde plötzlich ernst. »Mein Gott, das langweilt dich bestimmt entsetzlich! Wie geht's Elizabeth?«

Michael sah Graham an, der kaum wahrnehmbar nickte. Graham verstieß regelmäßig gegen die Geheimhaltungspflicht von MI5-Angehörigen, indem er Helen zuviel über seine Arbeit erzählte.

»Manche Tage sind besser als andere«, sagte Michael. »Aber insgesamt geht's ihr gut. Wir haben die Wohnung und das Haus auf Shelter Island in Festungen verwandelt. Auf diese Weise schläft sie nachts besser. Und die Kinder lenken sie auch ab. Ihre Arbeit und die Zwillinge lassen ihr kaum Zeit, an die Vergangenheit zu denken.«

»Hat sie die Deutsche wirklich erschossen, diese... o Gott, Graham, wie hat sie gleich wieder geheißen?«

»Astrid Vogel«, warf Graham ein.

»Hat sie's wirklich mit Pfeil und Bogen getan?«

Michael nickte.

»Mein Gott«, murmelte Helen. »Wie ist das passiert?«

»Astrid Vogel hat sie ins Gästehaus verfolgt, in dem ihr vor ein paar Jahren gewohnt habt. Elizabeth hat sich im Schlafzimmer in den Wandschrank geflüchtet. Dort ist ihr einer ihrer alten Sportbogen in die Hand gefallen. Sie ist als Mädchen eine hervorragende Bogenschützin gewesen – das hat sie von ihrem Vater geerbt. Sie hat getan, was sie tun mußte, um zu überleben.«

»Was ist aus dem zweiten Attentäter, diesem Kerl namens Oktober geworden?«

»Die Agency hat aus zuverlässiger Quelle erfahren, Oktober sei tot – von seinen Auftraggebern ermordet, weil er's nicht geschafft hatte, mich zu liquidieren.«

»Glaubst du das?« fragte Helen.

»Ich habe es für entfernt möglich gehalten«, sagte Michael. »Aber jetzt glaube ich es nicht mehr. Tatsächlich bin ich mir fast sicher, daß Oktober noch lebt und wieder arbeitet. Dieses Attentat in Kairo...«

»Achmed Hussein«, warf Graham ein, damit Helen wußte, wovon die Rede war.

»Ich habe die Augenzeugenberichte sorgfältig gelesen. Ich weiß nicht genau, warum, aber irgendwie trägt das Attentat seine Handschrift.«

»Hat Oktober seinen Opfern nicht immer ins Gesicht geschossen?«

»Richtig, aber da er angeblich tot ist, wäre es vernünftig, die Signatur zu ändern.«
»Was hast du also vor?« fragte Graham.
»Ich fliege morgen früh mit der ersten Maschine nach Kairo.«

10

Kairo

Michael landete am frühen Nachmittag in Kairo. Wie schon in Großbritannien reiste er mit seinem echten Reisepaß ein und erhielt ein für zwei Wochen gültiges Touristenvisum. Dann bahnte er sich einen Weg durch den Trubel im Ankunftsgebäude – vorbei an Beduinen, die ihre gesamte irdische Habe in alten Pappkartons bei sich trugen, vorbei an einem kleinen Trupp meckernder Ziegen – und wartete am Taxistand zwanzig Minuten auf einen klapprigen Lada. Er rauchte im Auto, um den Gestank der von hinten eindringenden Auspuffschwaden zu mildern.

So unerträglich heiß Kairo im Sommer war, so bemerkenswert angenehm fand Michael die Stadt im Winter. Die Luft war mild und warm, und der Wüstenwind trieb weiße Wattebauschwolken über den azurblauen Himmel. Auf der Straße nach Kairo hinein drängten sich arme Ägypter, um das schöne Wetter zu genießen. Auf dem Mittelstreifen picknickten ganze Familien. Der Taxifahrer sprach ihn auf englisch an, aber Michael wollte seine Fertigkeiten überprüfen und erklärte ihm in fließendem Arabisch, er sei ein in London lebender libanesischer Geschäftsmann, der während des Krieges aus Beirut geflüchtet sei. Dann unterhielten sie sich eine halbe Stunde lang über das alte Beirut – Michael mit seinem vornehmen Beiruter Akzent, der Fahrer im Dialekt seines Heimatdorfs im Nildelta.

Michael wollte nicht wieder ins Nile Hilton – und hatte den Trubel auf dem Tahrirplatz satt –, deshalb nahm er sich ein Zimmer im Hotel Inter-Continental, einem über der Corniche aufragenden Sandsteinbau, der wie alle neueren Gebäude Kairos die Spuren von Staub und Dieselqualm trug. Er lag auf der Dachterrasse am Pool, trank lauwarmes ägyptisches Bier und dachte über alles mögliche nach, bis die Sonne hinter der Westlichen Wüste unterzugehen begann und der Ruf zum Abendgebet ertönte – erst nur ein Muezzin in weiter Ferne, dann noch einer und noch einer, bis tausend Tonbandstimmen gemeinsam kreischten. Michael stemmte sich aus seinem Liegestuhl hoch und trat an die Brüstung, von wo aus er einen Blick über den Fluß hatte. Ein paar Gläubige bewegten sich auf die Moscheen zu, aber ansonsten ging das hektische Treiben auf den Straßen unvermindert weiter.

Um fünf Uhr ging er in sein Zimmer, duschte und zog sich an. Er nahm sich ein Taxi für die kurze Strecke flußaufwärts zum Paprika neben der turmhohen Sendezentrale des staatlichen ägyptischen Fernsehens. Das Paprika war das Gegenstück zum Joe Allen in New York: ein Restaurant, in das Schauspieler und Autoren gingen, um zu sehen und gesehen zu werden, von ihresgleichen und den Ägyptern, die sich das recht mittelmäßige Essen leisten konnten. Eine Fensterfront führte auf den Parkplatz des Fernsehgebäudes hinaus. Die dortigen Tische waren am begehrtesten, weil man von ihnen aus manchmal einen Blick auf einen Schauspieler, eine Berühmtheit oder einen hohen Regierungsbeamten erhaschen konnte.

Michael hatte einen Tisch auf der weniger begehrten Seite des Restaurants bestellt. Er trank Mineralwasser, sah zu, wie die Sonne über dem Nil unterging, und dachte an den ersten Agenten, den er jemals angeworben hatte: einen in London stationierten syrischen Geheimdienstoffizier, der eine Schwäche für englische Mädchen und guten Champagner hatte. Die Agency verdächtigte ihn, er zweige einen Teil seiner für operative Zwecke bestimmten Gelder für seine kostspieligen Liebhabereien ab. Michael sprach den Syrer an, drohte ihm wegen seiner Verfehlungen mit einer Anzeige bei seinen Vorgesetzten in Damaskus und brachte ihn so dazu, als bezahlter Spion für die CIA zu arbeiten. Der Agent lieferte wertvolle Informationen über die Unterstützung verschiedener arabischer und europäischer Terroristengruppen durch Syrien.

Zwei Jahre nach seiner Anwerbung lieferte der Syrer seine wertvollsten Informationen. Eine Terrorzelle der PLO hatte sich in Frankfurt eingenistet, um einen Bombenanschlag auf einen bei amerikanischen Soldaten beliebten Nachtclub zu verüben. Michael gab diese Informationen an die Zentrale weiter, und Langley gab der deutschen Polizei einen Tip, die daraufhin die Palästinenser verhaftete. Der Syrer bekam für seine Informationen hunderttausend Dollar, und Michael wurde in einer geheimen Zeremonie die Distinguished Intelligence Medal verliehen. Leider mußte er diese Auszeichnung in einem Aktenschrank in der Zentrale eingesperrt lassen.

Jusuf Hafis betrat das Restaurant. Im Gegensatz zu dem Syrer war Hafis nicht gezwungen worden, sondern freiwillig zur Agency gekommen. Er sah wie ein füllig gewordener alternder Filmstar aus: zwanzig Pfund Übergewicht, graues Haar, noch immer markantes Gesicht, tiefe Falten um die Augen, wenn er lächelte. Als Oberst im ägyptischen Geheimdienst Muchabarat hatte Hafis die Moslembrüder, die hiesigen fundamentalistischen Rebellen, zu bekämpfen. Er hatte persönlich einige ihrer

Anführer gefangengenommen und gefoltert. Angeworben hatte ihn die Residentur Kairo, aber Hafis weigerte sich mit in Kairo stationierten CIA-Leuten zusammenzuarbeiten, weil sein eigener Dienst sie zu strikt überwachte. Deshalb war Michael zu seinem Führungsoffizier ernannt worden. Hafis lieferte regelmäßig Informationen über den Stand der fundamentalistischen Rebellion in Ägypten und die weltweiten Aktivitäten ägyptischer Terroristen. Dafür wurde er sehr anständig bezahlt – und als unverbesserlicher Schürzenjäger brauchte er das Geld dringend. Hafis mochte jüngere Frauen, und sie mochten ihn. Er war der Überzeugung, nichts zu tun, was seinem Land schadete, und hatte daher kein Schuldbewußtsein.

Hafis sprach Michael auf arabisch an – laut genug, daß die Gäste an den Nebentischen ihn hören konnten –, und Michael folgte seinem Beispiel. Er erkundigte sich, was Michael nach Kairo führe, und Michael sprach von Geschäften in Kairo und Alexandrien. Im Restaurant herrschte kurzzeitig Aufregung, als eine berühmte ägyptische Schauspielerin aus ihrem Wagen stieg und im Fernsehgebäude verschwand.

»Wieso sind wir im Paprika?« fragte Michael. »Ich dachte, Ihr Stammlokal sei das Arabesque.«

»Das stimmt, aber wenn wir fertig sind, treffe ich mich hier mit jemandem.«

»Wie heißt sie denn?«

»Nennt sich Kassandra. Stammt aus einer griechischen Familie in Alexandrien. Sie ist das prachtvollste Weib, das ich je gesehen habe. In einer hiesigen Fernsehserie spielt sie eine Nebenrolle, ein kleines Biest, das immer Unruhe stiftet – im Rahmen unserer strengen islamischen Moralbegriffe, versteht sich.« Ein Ober kam an ihren Tisch. »Ich trinke als Aperitif einen Whisky. Wie steht's mit Ihnen, Michael?«

»Bitte ein Bier.«

Der Ober verschwand. »Wie alt ist sie?« fragte Michael.

»Zweiundzwanzig«, sagte Hafis stolz.

Der Ober servierte ihre Drinks. Hafis hob sein Glas Johnnie Walker.

»Cheers.«

Jusuf Hafis war das moslemische Äquivalent eines Katholiken, der seinen Glauben nicht mehr praktizierte. Er hatte nichts gegen seine Religion, deren Rituale und Zeremonien ihn wie eine wärmende Decke aus Kinderzeiten einhüllten. Aber er ignorierte alles im Koran, was seine leiblichen Genüsse hätte beeinträchtigen können. Außerdem arbeitete er meistens auch am Freitag, dem moslemischen Sabbat, weil es zu seinen Aufgaben gehörte, die Predigten der radikalsten ägyptischen Scheichs zu überwachen.

»Weiß sie, womit Sie Ihr Geld verdienen?«

»Ich habe ihr erzählt, daß ich Mercedesimporteur bin, was die Erklärung für mein luxuriöses Liebesnest auf Zamalek ist.« Er nickte zum Fluß hinüber. Michael kannte Zamalek als langgestreckte schmale Insel im Nil: im Trubel der Großstadt eine Oase der Ruhe mit teuren Geschäften, Luxusrestaurants und luxuriösen Apartmentgebäuden. Hielt Hafis eine Geliebte auf Zamalek aus – noch dazu eine Fernsehschauspielerin –, mußte er seinem neuen Führungsoffizier eine beträchtliche Gehaltserhöhung abgepreßt haben. »Ah, da ist sie ja!«

Michael blickte diskret zum Eingang des Restaurants hinüber. Eine junge Frau, die Sophia Loren erstaunlich ähnlich sah, betrat das Paprika am Arm eines jungen Mannes mit Gelfrisur und aufgesetzter Sonnenbrille.

Als sie ihre Bestellung aufgaben, ließ Hafis eine Flasche teuren Champagner an Sophia Lorens Tisch bringen. Michael würde dafür zahlen; er zahlte bei jedem ihrer

Treffen. »Sie haben doch nichts dagegen, Michael?« fragte Hafis.

»Natürlich nicht.«

»Was führt Sie also nach Kairo – außer der Gelegenheit, mit einem lasterhaften alten Freund zu Abend zu essen?«

»Das Attentat auf Achmed Hussein.«

Hafis zuckte leicht mit den Schultern, als wolle er sagen: Solche Dinge passieren nun einmal.

»Haben die ägyptischen Sicherheitsdienste irgend etwas mit diesem Mord zu tun gehabt?« fragte Michael.

»Absolut nicht«, beteuerte Hafis. »Solche Methoden sind uns fremd.«

Michael verdrehte die Augen, dann fragte er: »Wissen Sie, wer hinter dem Mord steckt?«

»Natürlich die Israelis.«

»Woher wissen Sie das so bestimmt?«

»Weil wir die Israelis beobachtet haben, während sie Hussein beobachtet haben.«

»Alles zurück«, verlangte Michael. »Noch mal von vorn.«

»Vor zwei Wochen ist ein israelisches Team mit verschiedenen europäischen Pässen eingereist und hat in einer Wohnung in Ma'adi einen Beobachtungsposten eingerichtet. Daraufhin haben wir in der Wohnung gegenüber einen Beobachtungsposten eingerichtet.«

»Woher wissen Sie, daß es Israelis gewesen sind?«

»Bitte, Michael, trauen Sie uns wenigstens ein bißchen was zu. Oh, sie hätten als Ägypter durchgehen können, aber es sind eindeutig Israelis gewesen. Früher sind die Mossad-Leute große Klasse gewesen, aber heutzutage führen sie sich oft richtig amateurhaft auf. In der guten alten Zeit hat der Mossad die besten Leute angelockt – jeder Spion ein Fürst und dieser ganze Scheiß. Heutzutage wollen die cleveren Jungs viel Geld verdienen und auf der Ben Yehuda Street in ihre Mobiltelefone quasseln. Glauben Sie mir, Michael, wenn Moses diese Leute als Kundschafter gehabt hätte, wären die Juden nie aus dem Sinai rausgekommen.«

»Ich weiß, was Sie meinen, Jusuf. Bitte weiter.«

»Sie haben eindeutig Hussein beobachtet – Videoüberwachung, Tonaufnahmen, das Übliche. Wir haben die Gelegenheit zu einer kleinen Gegenüberwachung genützt. So ist ein hübsches Fotoalbum von sechs Mossad-Agenten entstanden; vier Männer und zwei Frauen. Interessiert?«

»Reden Sie mit Ihrem richtigen Führungsoffizier.«

»Außerdem habe ich einen Videofilm von Husseins Ermordung.«

»*Was?*«

»Sie haben richtig gehört«, bestätigte Hussein. »Wir haben ihn jedesmal gefilmt, wenn er seine Wohnung verlassen hat. Unsere Kamera ist auch gelaufen, als der Mann auf dem Motorroller ihn auf den Stufen der Moschee erschossen hat.«

»Jesus!«

»Ich habe eine Kopie des Videos in meiner Aktentasche.«

»Den Videofilm muß ich sehen!«

»Sie können das Scheißding haben, Michael. Kostenlos.«

»Ich will ihn gleich sehen.«

»Bitte, Michael«, sagte Hafis. »Der Film hält sich noch eine Weile. Außerdem bin ich ausgehungert, und das Kalbfleisch ist hier ausgezeichnet.«

Knapp eine Stunde später betraten sie die Sendezentrale des ägyptischen Staatsfernsehens: Michael, Hafis und

Kassandra. Sie brachte die beiden zur Nachrichtenredaktion und führte sie in einen kleinen Schneideraum. Hafis nahm die Kassette aus seiner Aktentasche und schob sie in einen Videorecorder. Kassandra verließ den Raum, schloß die Tür und ließ starken Sandelholzduft zurück. Hafis qualmte, bis der Schneideraum einer Gaskammer glich und Michael ihn bat, nicht mehr zu rauchen. Michael sah sich den Videofilm dreimal bei normaler Geschwindigkeit und dreimal in Zeitlupe an. Dann drückte er die Auswerftaste und hielt die Kassette krampfhaft mit einer Hand umklammert.

»Er kann verdammt gut mit einer Waffe umgehen, dieser Kerl«, meinte Hafis. »Nicht viele könnten blitzschnell drei Männer erschießen und dann unverletzt flüchten.«

»Er kann extrem gut mit einer Waffe umgehen.«

»Wissen Sie, wer er ist?«

»Leider ja, glaube ich.«

II

Belfast

Die Zentrale der Ulster Unionist Party befindet sich in dem dreistöckigen Gebäude Nr. 3 Glengall Street in der Nähe des Hotels Europa und dem Grand Opera House. Wegen seiner Lage am Westrand des Stadtzentrums und nahe der Falls Road war die UUP-Zentrale während der Unruhen ein häufiges Ziel von IRA-Anschlägen. Aber die IRA hielt vorläufig den Waffenstillstand ein, deshalb war der Mann in dem silbernen Vauxhall nur wenig besorgt, als er frühmorgens im Regen zur Glengall Street unterwegs war.

Ian Morris war einer der vier Vizepräsidenten im Ulster Unionist Council, dem Zentralkomitee der Partei. Ulster-Loyalismus lag ihm im Blut. Als Belfast im ausgehenden neunzehnten Jahrhundert einen Industrieboom erlebte, hatte sein Urgroßvater ein Vermögen mit Leinen gemacht und sich einen prächtigen Landsitz im Forthriver Valley mit Blick auf die Slums von West Belfast gebaut. 1912, als die ursprüngliche Ulster Volunteer Force aufgestellt wurde, um gegen die Vereinigung Ulsters mit Irland zu kämpfen, hatte Morris' Vorfahr ihr gestattet, Waffen und Nachschub in den Stallungen und im Park seines Landsitzes zu lagern.

Als junger Mann hatte Morris keine Geldsorgen gekannt – das Vermögen seines Urgroßvaters verschaffte ihm ein behagliches Einkommen – und eigentlich vorgehabt, nach dem Studium in Cambridge die akademische

Laufbahn einzuschlagen. Aber wie so viele Männer seiner Generation auf beiden Seiten der quer durch Ulster verlaufenden religiösen Trennungslinie hatte er sich den Unruhen nicht entziehen können und sich statt dessen der Gewalt verschrieben. Er war in die Ulster Volunteer Force eingetreten und hatte später wegen eines Bombenanschlags auf einen katholischen Pub am Broadway fünf Jahre im Gefängnis »the Maze« gesessen. In der Haft hatte er beschlossen, Schußwaffen und Bomben abzuschwören und für den Frieden zu kämpfen.

Heutzutage ließ nichts mehr an Ian Morris darauf schließen, daß er einmal dem terroristischen Untergrund in Nordirland angehört hatte. Seine ganze Wohnung im Bezirk Castlereagh in East Belfast stand voller Bücher. Er sprach Latein, Griechisch und Gälisch – ungewöhnlich für einen Protestanten, da die meisten Gälisch für die Sprache der Katholiken hielten. Als er bei gleichmäßigem Regen durch die Castlereagh Street fuhr, drang aus den Lautsprechern des Vauxhalls leise Mozarts Klavierkonzert Nr. 20 in d-moll, gespielt von Alfred Brendel.

Er bog auf die May Street ab und fuhr am Belfaster Rathaus vorbei.

In der Brunswick Street blieb ein Lieferwagen ruckelnd vor ihm stehen, als sei sein Motor abgestorben.

Morris hupte einmal kurz und höflich, aber der Lieferwagen bewegte sich nicht weiter. Er hatte um neun eine Besprechung und war ohnehin schon etwas spät dran. Er hupte nochmals – wieder ohne Erfolg.

Morris stellte den Mozart ab. Dann sah er, daß vor ihm die Fahrertür des Lieferwagens aufging und ein Mann in einer Lederjacke ausstieg. Morris ließ sein Fenster herunter, aber der Mann baute sich direkt vor dem Vauxhall auf und zog eine großkalibrige Pistole aus seiner Lederjacke.

Kurz vor Mittag glich die Redaktion des *Belfast Telegraph* einem Tollhaus. Die wichtigste Zeitung Nordirlands würde mit ausführlicher Berichterstattung über den Mord an Ian Morris erscheinen: mit einer Titelgeschichte, einer Kolumne über Morris' Laufbahn in der Ulster Unionist Party und der Ulster Volunteer Force sowie einer Analyse des Standes des Friedensprozesses. Jetzt fehlte nur noch ein Bekenneranruf.

Um 12.05 Uhr klingelte eines der Telefone in der Redaktion. Ein junger Redaktionsassistent namens Clarke nahm den Hörer ab. »*Telegraph*, Redaktion«, meldete Clarke sich laut, um den Hintergrundlärm zu überschreien.

»Hören Sie gut zu, denn was ich mitzuteilen habe, sage ich nur einmal«, sagte der Anrufer. Eine gelassene, energische Männerstimme, notierte Clarke. »Ich vertrete die Ulster Freedom Brigade. Heute morgen hat ein Brigadeoffizier, der auf Befehl des Militärrats der Brigade gehandelt hat, die Hinrichtung Ian Morris' durchgeführt. Die Ulster Unionists haben die protestantische Bevölkerung Nordirlands verraten, indem sie das Karfreitagsabkommen unterstützt haben. Die Ulster Freedom Brigade wird ihren Kampf fortsetzen, bis das Karfreitagsabkommen widerrufen wird.« Der Unbekannte machte eine Pause, bevor er fragte: »Haben Sie das alles?«

»Ja, ich hab's.«

»Gut«, sagte der Anrufer und legte auf.

Clarke blieb am Schreibtisch stehen und rief: »Eben ist ein Bekenneranruf im Fall Morris eingegangen!«

»Von wem?« fragte irgend jemand laut.

»Ulster Freedom Brigade«, sagte Clarke. »Mein Gott, jetzt bringen die Prods sich schon gegenseitig um!«

12

Shelter Island, New York

Elizabeth holte Michael vor dem British Airways Terminal auf dem Kennedy Airport ab. Er fühlte sich wie zerschlagen, was nach drei Langstreckenflügen in drei Tagen kein Wunder war, und hatte erstmals seit vielen Wochen wieder ziehende Schmerzen in der vernarbten Schußwunde in seiner Brust. Sein Mund war von zu vielen Zigaretten und zuviel Airlinekaffee pelzig. Als Elizabeth ihn in die Arme schloß, begnügte er sich mit einem flüchtigen Kuß unters Ohr. Eigentlich war er zu müde, um selbst zu fahren, aber erzwungene Untätigkeit fürchtete er noch mehr. Er stellte seinen Kleidersack in den Laderaum neben ein halbes Dutzend Windelpakete und ein Paket Milchpulver und setzte sich ans Steuer.

»Du siehst aus, als hättest du ein bißchen Sonne abbekommen, Michael«, sagte Elizabeth, als er in den Van Wyck Expressway einbog. Michael schaltete das Autoradio ein und wechselte von dem modernen Rockprogramm für Erwachsene, das Elizabeth gehört hatte, zu WCBS, weil er Verkehrsdurchsagen hören wollte. »In London muß während deines Aufenthalts eine richtige Hitzewelle gewesen sein.«

»Ich bin nicht die ganze Zeit in London gewesen.«

»Ach, wirklich?« fragte sie. »Wo zum Teufel hast du dich rumgetrieben?«

»Ich habe einen eintägigen Abstecher nach Kairo gemacht.«

»Du hast einen Abstecher nach Kairo gemacht? Was zum Teufel hat Kairo mit Nordirland zu tun?«

»Nichts«, gab er zu. »Ich mußte mit einem alten Freund etwas besprechen.«

»Was?«

Michael zögerte.

»Du arbeitest nicht mehr bei ihnen, also kannst du dich nicht mehr hinter ihren Vorschriften verstecken«, sagte sie eisig. »Ich möchte wissen, weshalb du nach Kairo geflogen bist.«

»Können wir darüber später reden?« sagte er. In Wirklichkeit hieß das Ich-will-keinen-Streit-vor-dem-Kindermädchen, das hinten bei den Zwillingen saß.

»Den Gesichtsausdruck kenne ich, Michael. Den hast du früher immer gehabt, wenn du von einem Einsatz zurückgekommen bist und mir nicht sagen durftest, wo du gewesen bist und was du gemacht hast.«

»Ich erzähle dir alles. Nur nicht jetzt gleich.«

»Nun, ich freue mich, daß du wieder da bist, Darling«, sagte Elizabeth. »Du siehst übrigens wundervoll aus. Sonnenbräune hat dir schon immer gut gestanden.«

Douglas schlief bereits, als sie Shelter Island erreichten. Elizabeth und das Kindermädchen brachten die Kinder ins Bett. Michael ging ins Schlafzimmer und packte seine Sachen aus. Sein Haar roch nach Kairo – Dieselqualm, Staub und Holzrauch –, deshalb duschte er. Als er ins Schlafzimmer zurückkam, saß Elizabeth an ihrem Toilettentisch, nahm ihre Ohrringe ab und zog ihre Ringe von den Fingern. Er erinnerte sich an eine Zeit, in der sie manchmal eine Stunde am Toilettentisch verbracht und sich über ihr Aussehen und ihre Fähigkeit, es perfekt zu machen, gefreut hatte. Jetzt arbeitete sie rasch und mechanisch wie am Fließband. Seit Michael im Ruhestand lebte, tat er nichts mehr schnell. Hast bei anderen war ihm rätselhaft.

»Weshalb bist du nach Kairo geflogen?« fragte Elizabeth und bürstete mit kräftigen Strichen ihr Haar.

»Weil dort vor einigen Tagen ein Führer der Hamas ermordet worden ist.«

»Achmed Hussein«, sagte sie. »Davon habe ich in der *Times* gelesen.«

»Die Ausführung des Attentats hat mein Interesse geweckt, deshalb bin ich hingeflogen und habe mit einem alten Freund gesprochen.«

Er erzählte ihr von dem Treffen mit Jusuf Hafis. Er erzählte ihr von dem Mossad-Team und seiner Überwachung durch die Ägypter. Und er erzählte ihr von dem Videofilm.

»Ich will ihn sehen«, verlangte sie.

»In diesem Film wird ein Mann erschossen, Elizabeth; da ist nichts gestellt.«

»Ich will ihn trotzdem sehen.«

Michael schob die Kassette in den Videorecorder. Auf dem Bildschirm erschien eine Straßenszene mit Männern, die in langen Gewändern aus einer Moschee traten. Wenige Sekunden später raste ein Motorroller ins Bild. Der Fahrer hielt vor den Stufen der Moschee und riß den rechten Arm hoch. Er schoß mehrmals, aber seine Pistole mit Schalldämpfer war nicht zu hören. Die Schüsse trafen einen kleinen, bärtigen Mann, dessen weißes Gewand sich blutrot verfärbte. Der Mann auf dem Motorroller drückte noch zweimal ab und traf einen zweiten Mann in die Brust, einen dritten in die Kehle. Dann heulte der Motor wieder auf, und der Killer verschwand im Straßenverkehr. Michael drückte die Stoptaste.

»Jesus!« sagte Elizabeth leise.

»Ich glaube, daß es das ist«, sagte Michael. »Ich glaube, daß dieser Mann Oktober ist.«

»Woher willst du das wissen?«

»Ich kenne seine Art, sich zu bewegen. Ich habe schon mal gesehen, wie er schießt. Wie er den Arm hochreißt, bevor er abdrückt – das ist sehr charakteristisch.«

»Er trägt einen Sturzhelm, der sein Gesicht verdeckt. Das Video beweist nichts.«

»Vielleicht, vielleicht auch nicht.«

Michael spulte den Videofilm zurück. Achmed Hussein lebte wieder. Der Motorroller raste ins Bild und kam schleudernd zum Stehen. Der Attentäter riß den rechten Arm hoch. Michael hielt das Bild an, auf dem der Killer in typischer Haltung mit ausgestrecktem Arm auf sein erstes Opfer zielte. Dann ging er an den Kleiderschrank, öffnete die Türen und nahm eine kleine Schachtel aus dem obersten Fach. Er klappte den Deckel auf und nahm eine Pistole heraus.

»Was zum Teufel ist das?«

»Das ist seine Pistole«, sagte Michael, »die ihm hier nachts vom Bootssteg ins Wasser gefallen ist. Eine 9-mm-Beretta für Sportschützen. Ich kann's nicht beschwören, aber ich glaube, daß der Attentäter in Kairo die gleiche Waffe benützt hat.«

»Auch das ist noch kein schlüssiger Beweis«, wandte Elizabeth ein.

»Er hat die Pistole verloren, weil ich seine Hand getroffen habe.« Michael tippte auf den Fernsehschirm. »Seine rechte Hand, in der er hier die Pistole hält.«

»Worauf willst du hinaus, Michael?«

»Ich habe ihn mit einem großkalibrigen Browning getroffen. Das Geschoß hat vermutlich seine Hand durchschlagen, Knochen zerfetzt und eine häßliche Narbe hinterlassen. Entdecke ich an der Hand dieses

Mannes eine Narbe, weiß ich bestimmt, daß das Oktober gewesen ist.«

»Die Aufnahmeentfernung ist aber schrecklich weit, wenn es darum geht, etwas so Kleines wie eine Narbe zu entdecken.«

»Die Agency hat Computer, die aus Videobildern noch kleinste Details herausholen können. Ich möchte, daß sie diesen Film daraufhin untersuchen, ob an seiner Hand etwas zu sehen ist.«

Elizabeth stand auf und schaltete den Fernseher aus.

»Was kümmert's uns, wenn er das ist? Was kümmert's uns, wenn er noch lebt und weiter Leute ermordet?«

»Ich will's einfach wissen.«

»Uns kann er nichts mehr anhaben. Dieses Haus ist eine Festung. Und du brauchst gar nicht so zu tun, als sei der Chauffeur, den du in New York für mich angestellt hast, nicht von der CIA.«

»Er ist nicht von der Agency«, stellte Michael fest. »Er hat nur manchmal für uns gearbeitet.«

»Ist er bewaffnet?«

»Welchen Unterschied macht das?«

»Ich will eine klare Antwort. Ist er bewaffnet?«

»Ja. Er trägt eine Pistole, weil ich ihn gebeten habe, eine zu tragen.«

»Jesus!« sagte Elizabeth und machte das Licht aus.

Sie kletterte ins Bett und zog die Steppdecke bis unter ihr Kinn hoch. Michael lag neben ihr.

»Die Geschichte ist vorbei, Michael. Ich will nichts mehr davon hören.«

»Sie ist nicht vorbei, solange ich weiß, daß er lebt.«

»Ich hätte dich fast verloren. Ich habe dich in meinen Armen gehalten und darum gebetet, daß du nicht stirbst. Ich habe gesehen, wie du beinahe verblutet wärst. Das will ich nicht noch einmal durchmachen müssen.«

Michael küßte sie, aber ihre Lippen erwiderten seinen Kuß nicht. Er wandte sich ab und schloß die Augen. Dann flammte ein Zündholz auf, und im nächsten Augenblick roch er den Rauch ihrer Zigarette.
»Dir geht's um sie, nicht wahr? Um Sarah Randolph. Das ist schon über zehn Jahre her, aber du bist noch immer von ihr besessen.«
»Nein, das bin ich nicht.«
»Du bist von der Idee besessen, ihren Tod zu rächen.«
»Das alles hat nichts mit Sarah zu tun. Es hat mit uns zu tun. Er hat versucht, uns zu ermorden.«
»Du bist ein verdammt schlechter Lügner, Michael.« Elizabeth drückte die Zigarette im Aschenbecher auf ihrem Nachttisch aus und blies den Rauch geräuschvoll an die Zimmerdecke. »Wie du jemals als Spion zurechtgekommen bist, ist mir unbegreiflich.«

Die Schlafzimmerfenster führten mit Blick über Dering Harbor und den Shelter-Island-Sund nach Nordwesten hinaus, so daß es am nächsten Morgen fast acht Uhr war, als sie im blassen Dämmerschein eines Wintertags aufwachten.

Die Kinder waren bereits wach, und eines von ihnen – Michael wußte nicht, welches – weinte erbärmlich. Elizabeth setzte sich ruckartig auf, schlug ihre Decke zurück und stellte die Füße auf den Boden.

Sie hatte schlecht geschlafen, weil sie wieder Alpträume gehabt hatte, und ihre Augen waren dunkel und verschwollen. Sie verließ wortlos den Raum und ging ins Kinderzimmer.

Er blieb noch einige Minuten im Bett liegen, während nebenan ihr Gurren zu hören war, mit dem sie die Kinder beruhigte. Dann stand er auf und ging in das kleine Wohnzimmer hinüber. Douglas hatte ihnen eine Thermoskanne Kaffee hingestellt, neben der ein zusammengefaltetes Exemplar der *New York Times* lag. Das war an Wochenenden in Cannon Point schon immer so gewesen: Douglas stand als erster auf und kochte Kaffee für alle Gäste.

Michael goß sich einen Kaffee ein und schlug die Zeitung auf. Nach der Ermordung Achmed Husseins waren überall auf der West Bank blutige Unruhen ausgebrochen. Die israelische Regierung drohte mit der Entsendung von Truppen in die Palästinensergebiete. Der Friedensprozeß steckte in einer schweren Krise. In Belfast war ein führender Protestant ermordet worden. Die Ulster Freedom Brigade hatte sich zu diesem Anschlag bekannt.

Eine Stunde später war Michael sehr widerwillig auf einem Wanderweg durchs Naturschutzgebiet Mashomack unterwegs. Douglas ging auf dem schmalen Pfad voraus, der sich durch ein winterkahles Wäldchen schlängelte. Obwohl er als großer, breitschultriger Mann schlecht für Fußmärsche geeignet war, bewältigte er den über weite Strecken vereisten Pfad sehr geschickt.

Der nächtliche Regen war auf die See hinausgezogen. An dem mit Schleierwolken verhangenen Himmel stand eine blasse Sonne. In der beißenden Kälte hatte Michael das Gefühl, seine Lunge sei voller Glassplitter. Der Winter hatte die Landschaft eintönig farblos gemacht. Sie stießen auf ein halbes Dutzend Weißwedelhirsche, die auf ihren Hinterläufen stehend Baumrinden abnagten.

»Ist das nicht phantastisch?« flüsterte Douglas. Er ärgerte sich, als Michael seine Begeisterung nicht teilte. Michael hatte nur wenig Sinn für Naturschönheiten; ein malerischer Winkel in Venedig war ihm lieber als eine Bucht auf Long Island. Wälder und Wasser langweilten ihn. Menschen reizten ihn, weil er ihnen nicht traute – und sie überlisten konnte, wenn sie ihn bedrohten.

Während sie den Kieselstrand der Smith Cove entlanggingen, berichtete Michael seinem Schwiegervater ausführlich von der Ulster Freedom Brigade. Douglas Cannon ließ Michael eine Viertelstunde lang reden, ohne ihn einmal zu unterbrechen; danach löcherte er ihn zehn Minuten lang mit Fragen.

»Ich möchte eine klare Antwort, Michael. Begebe ich mich körperlich in Gefahr, wenn ich diesen Job übernehme?«

»Die Ulster Freedom Brigade hat ihre Absichten unverkennbar demonstriert. Sie will alle bestrafen, die an dem Friedensabkommen mitgewirkt haben. Nur eine der beteiligten Parteien ist bisher unbehelligt geblieben – die Amerikaner. Weder Republikaner noch Loyalisten haben jemals absichtlich einen Amerikaner ermordet, aber die Spielregeln haben sich geändert.«

»Zwanzig Jahre Washington – und niemals eine klare Antwort von euch gottverdammten Spionen.«

Darüber mußte sogar Michael lachen. »Geheimdienstarbeit ist leider keine exakte Wissenschaft, Douglas. Alle Voraussagen basieren auf Annahmen und Vermutungen, deren Grundlage die vorhandenen Informationen sind.«

»Manchmal habe ich das Gefühl, man käme mit einer Münze, die man hochwirft, genauso weit.«

Douglas blieb stehen und wandte sich dem Meer zu. Der Wind und die Kälte hatten sein Gesicht gerötet. Das Wasser in Smith Cove glänzte wie flüssiges Blei. Auf See kämpfte eine halbleere Fähre gegen die starke Strömung in dem engen Kanal zwischen der Südspitze von Shelter Island und der Halbinsel North Haven an.

»Ich gebe das nicht gern zu, aber ich möchte noch einmal im Rampenlicht stehen«, sagte Douglas. »Ich könnte

mithelfen, Geschichte zu machen, und das ist für einen alten Professor wie mich ziemlich verführerisch. Sogar wenn es bedeutet, daß ich für einen dämlichen Hundesohn wie Jim Beckwith arbeiten muß.«
»Elizabeth wird wütend sein.«
»Mit Elizabeth werde ich schon fertig.«
»Ja, aber ich muß mit ihr leben.«
»Sie ist genau wie ihre Mutter, Michael. Schade, daß du Eileen nicht gekannt hast, denn sonst würdest du verstehen, woraus Elizabeth ihr Durchsetzungsvermögen und ihre Kraft schöpft. Wäre Eileen nicht gewesen, hätte ich nie den Mut gehabt, die Universität zu verlassen und für den Kongreß zu kandidieren.«
Douglas beförderte einen Kieselstein mit der Spitze seines Gummistiefels ins Wasser.
»Hast du ein Telefon für mich?«
Michael griff in seine Jackentasche und reichte Douglas sein Handy. Douglas rief das Büro des Präsidenten an und hinterließ eine Nachricht bei Beckwith' Privatsekretärin. Dann kehrten sie um, verließen die sonnige Smith Cove und tauchten wieder in den kalten Schatten der Wälder ein. Fünf Minuten später zirpte das Telefon. Douglas, der mit moderner Kommunikationstechnik immer Probleme hatte, hielt es Michael hin und forderte ihn auf: »Nimm den verdammten Anruf für mich entgegen, okay?«
Michael drückte eine Taste und meldete sich: »Osbourne.«
»Guten Morgen, Michael«, sagte Präsident Beckwith. »Ich habe mich wirklich gefreut, Sie letztes Wochenende zu sehen. Ich bin erleichtert, daß Sie sich so bemerkenswert gut erholt haben. Ich wollte nur, ich könnte Sie wieder nach Langley holen, wo Sie hingehören.«
Michael überlegte, ob er Beckwith warnen sollte, daß

diese Mobilfunkverbindung nicht abhörsicher war, hielt dann aber doch den Mund.
»Hat Ihr Schwiegervater sich entschieden?«
»Das hat er, Mr. President.«
»Doch hoffentlich positiv?«
»Darüber reden Sie am besten mit ihm selbst.«
Michael übergab das Mobiltelefon Douglas und ging dann ein Stück voraus, damit Douglas ungestört mit dem Präsidenten telefonieren konnte.

Douglas flog noch am selben Abend nach Washington. Er hatte Elizabeth seine Entscheidung mitgeteilt, als er von seiner Wanderung mit Michael zurückgekommen war. Sie akzeptierte seine Mitteilung stoisch gelassen, küßte ihn kühl auf die Wange, um ihm zu gratulieren, und sparte sich ihren Zorn für Michael auf, weil er es nicht geschafft hatte, Douglas von dieser Sache abzubringen. Michael begleitete Douglas nach Washington. Die beiden Männer übernachteten in dem Stadthaus in der N Street, das Michael und Elizabeth gehörte, und fuhren am nächsten Morgen ins Weiße Haus.

Douglas und Beckwith trafen sich im Oval Office, wo sie in Ohrensesseln am Kamin sitzend Tee tranken. Michael hatte draußen warten wollen, aber der Präsident bestand auf seiner Anwesenheit. Er setzte sich etwas abseits auf eine Couch und betrachtete seine Hände, während die beiden Konversation machten. Wie es der Anstand erforderte, sprach Douglas einige Minuten lang über Loyalität und die Ehre, seinem Land zu dienen: Präsident Beckwith sprach über die Bedeutung der angloamerikanischen Beziehungen und die Lage in Nordirland.

Um halb elf traten die beiden Männer durch die Terrassentür in den Rosengarten. An diesem warmen Wintertag in Washington mit Sonnenschein und milder Luft trugen sie Jacketts, aber keine Mäntel, als sie aufs Rednerpult zugingen.

»Es ist mir ein Vergnügen, den ehemaligen Senator Douglas Cannon aus New York als unseren nächsten Botschafter am Hof von St. James in London zu nominieren«, sagte der Präsident nüchtern. »Douglas Cannon hat dem großen Staat New York und dem amerikanischen Volk im Abgeordnetenhaus und im Senat vorbildlich gedient. Und ich weiß aus eigener Erfahrung, daß er den Intellekt, die Kraft und die diplomatischen Fähigkeiten besitzt, die Interessen unseres Landes in einer eminent wichtigen Hauptstadt wie London zu vertreten.«

Als Beckwith Douglas die Hand schüttelte, klatschten die wenigen Anwesenden Beifall. Er deutete aufs Rednerpult, und Douglas trat an die Mikrofone.

»In London warten viele wichtige Aufgaben, die Handels- und Verteidigungsfragen betreffen, aber keine liegt mir mehr am Herzen, als der Regierung von Premierminister Tony Blair zu helfen, Nordirland dauerhaft Frieden zu bringen.«

Douglas machte eine kurze Pause und blickte an den Zuhörern vorbei direkt in die Fernsehkameras.

»Den Männern, die sich der Gewalt verschworen haben, um das Karfreitagsabkommen zu Fall zu bringen, habe ich nur eines zu sagen: Die Tage des Gewehrs, der Bombe und der Sturmhaube sind vorüber. Das nordirische Volk hat gesprochen. Ihr habt ausgespielt.« Er wandte sich an Beckwith. »Mr. President, ich freue mich darauf, unser Land in London zu vertreten.«

13

Portadown, Nordirland

»Habt ihr heute nachmittag die Nachrichten gehört?« fragte Kyle Blake, während er in McConville's Pub in der gewohnten Sitznische Platz nahm.

»Allerdings«, sagte Gavin Spencer. »Der Mann hat eine große Klappe.«

»Können wir ihn umlegen?« fragte Blake, ohne dabei jemanden anzusehen.

»Haben wir's geschafft, Eamonn Dillon umzulegen, können wir auch einen amerikanischen Botschafter umlegen«, antwortete Spencer. »Aber hilft uns das weiter?«

»Die Amerikaner haben noch nicht für ihre Unterstützung des Karfreitagsabkommens gebüßt«, stellte Blake fest. »Gelingt es uns, den amerikanischen Botschafter zu ermorden, weiß ganz Amerika, wer wir sind und was wir wollen. Denkt daran: Wir versuchen nicht, auf dem Schlachtfeld zu siegen, sondern wollen Publicity für unsere Sache. Liquidieren wir Douglas Cannon, sind die amerikanischen Medien gezwungen, über die Geschichte Ulsters aus protestantischer Sicht zu berichten. Das ist eine Art Reflex. Sie können gar nicht anders. Die IRA hat damit Erfolg gehabt, die PLO hat damit Erfolg gehabt. Aber ist das wirklich zu schaffen?«

»Sogar auf verschiedene Weise«, sagte Spencer. »Unter einer Voraussetzung: Wir müssen wissen, wo und wann. Wir brauchen Informationen über seine Bewegungen, über seine Termine. Wir müssen das Attentat sehr sorgfältig planen, sonst schlägt es fehl.«

Blake und Spencer sahen zu Rebecca Wells hinüber. »Kannst du die Informationen beschaffen, die wir dafür brauchen?« fragte Blake.

»Selbstverständlich«, sagte Rebecca. »Aber dazu muß ich nach London. Ich brauche eine Wohnung, etwas Geld und vor allem viel Zeit. Solche Informationen fliegen einem nicht über Nacht zu.«

Blake trank einen großen Schluck Guinness, während er sich alles durch den Kopf gehen ließ. Dann nickte er Rebecca zu. »Ich möchte, daß du möglichst bald in London anfängst. Das Geld besorge ich dir morgen früh.«

Er wandte sich an Gavin.

»Du fängst an, dein Team zusammenzustellen. Aber niemand darf erfahren, wer die Zielperson ist, bevor es unbedingt nötig ist. Und seid vorsichtig, alle beide. Seid verdammt vorsichtig.«

Februar

14

New York City

»Wie war's in London?« fragte Adrian Carter.

Sie hatten den Central Park an der Ecke Ninetieth Street und Fifth Avenue betreten und folgten jetzt dem mit Schlacke befestigten Weg auf dem Damm um den aufgestauten See. Ein eisiger Wind bewegte die laublosen Äste der Bäume über ihren Köpfen. In Ufernähe war der See gefroren, aber etwas weiter draußen dümpelte eine Enten-Flottille wie vor Anker liegende winzige Schiffe im quecksilberfarbenen Wasser.

»Woher weißt du, daß ich in London gewesen bin?« fragte Michael.

»Weil der britische Geheimdienst mir einen höflichen kleinen Brief geschrieben und angefragt hat, ob das eine Geschäfts- oder Vergnügungsreise gewesen sei. Ich habe geantwortet, da du pensioniert seist, müsse es sich um eine Vergnügungsreise handeln. Habe ich recht gehabt?«

»Hängt davon ab, wie man Vergnügen definiert«, antwortete Michael, und Carter lachte verhalten.

Adrian Carter leitete in der CIA-Zentrale das Zentrum für Terrorismusbekämpfung. Solange Michael im Ausland gearbeitet hatte, war er sein Führungsoffizier gewesen. Selbst jetzt verhielten sie sich wie bei einem Treff hinter feindlichen Linien. Carter bewegte sich wie ein Mann, der ewig gegen ein schlechtes Gewissen ankämpft: mit hochgezogenen Schultern und tief in den Jackentaschen vergrabenen Händen. Seine großen Augen mit den hängenden Lidern ließen ihn ständig müde wirken, aber sie waren unaufhörlich in Bewegung und suchten die Bäume, den See und die Gesichter der wenigen Jogger ab, die verrückt genug waren, der beißenden Kälte zu trotzen. Er trug eine häßliche Skimütze, die ihn jeder physischen Autorität beraubte. Seine dicke Daunenjacke erzeugte einen Schwebeeffekt, so daß der Wind ihn den Weg entlangzublasen schien. Fremde neigten dazu, Carter zu unterschätzen, was ihm in seiner Laufbahn – im Außendienst wie in Grabenkämpfen in der Zentrale – schon häufig zum Vorteil gereicht hatte. Er war in vielen Sprachen zu Hause, träumte polyglott und wußte gar nicht mehr, in wie vielen Staaten er schon im Einsatz gewesen war.

»Also, was zum Teufel *hast* du in London gemacht?« fragte Carter.

Michael erzählte es ihm.

»Hast du was Interessantes erfahren?«

Michael berichtete, was er von Graham Seymour gehört hatte, ohne jedoch seine Quelle preiszugeben. In seiner typischen Art ließ Carter sich nicht anmerken, ob ihm irgendwelche Informationen neu waren. So verhielt er sich selbst Michael gegenüber. Die Bürowitzbolde im CTC, dem CIA-Zentrum für Terrorismusbekämpfung, pflegten zu behaupten, Carter lasse sich lieber foltern, als zu verraten, wo er mittags gegessen habe.

»Und was führt *dich* nach New York?« fragte Michael.

»Eine Sache in unserer hiesigen Station.« Carter machte eine Pause, während zwei Jogger – eine junge Frau und ein älterer Mann – an ihnen vorbeitrabten. »Eine kleine Umorganisation, die ich selbst überwachen wollte. Und ich wollte mal wieder mit dir reden.«

»Warum?«

»Jesus, Michael, wir kennen uns seit zwanzig Jahren«,

sagte Carter mit der liebenswürdigen Gereiztheit, die bei ihm als Ärger galt. »Ich hätte nie gedacht, daß es falsch ausgelegt werden könnte, wenn ich auf einen Schwatz vorbeikomme, wenn ich schon mal in New York bin.«

»Wieso laufen wir dann bei zehn Grad minus im Park herum?«

»Weil ich gegen geschlossene, nicht nach Wanzen abgesuchte Räume allergisch bin.«

Sie erreichten die Uhr an der alten Pumpstation am Südende des Sees. Eine Gruppe von Touristen, die Deutsch mit Wiener Akzent sprachen, machte dort Erinnerungsfotos. Michael und Carter bogen automatisch wie zwei Synchronschwimmer ab und überquerten eine hölzerne Fußgängerbrücke. Im nächsten Augenblick gingen sie den Park Drive hinter dem Metropolitan Museum entlang.

»Wirklich nett vom Senat, daß er Douglas ohne Gegenstimmen nach London entsandt hat«, meinte Carter.

»Das hat ihn auch überrascht. Er hat geglaubt, wenigstens einer seiner alten republikanischen Widersacher würde ihm die Party verderben wollen.«

Carter hob seine behandschuhten Hände vor den Mund und blies kräftig hinein, um sein von der Kälte puterrotes Gesicht zu wärmen. Als leidenschaftlicher Golfspieler fand er den Winter deprimierend.

»Aber du bist nicht hier, um mit mir über Douglas zu reden, stimmt's, Adrian?«

Carter ließ die Hände sinken. »Na ja, ich habe mich gefragt, wann du wieder für uns arbeiten würdest. Ich brauche dich im CTC.«

»Wieso brauchst du mich plötzlich?«

»Weil du einer der seltenen Vögel bist, die locker zwi-

schen Zentrale und Außendienst wechseln können. Ich möchte dich aus sehr eigennützigen Gründen wieder in meinem Team haben.«
»Sorry, Adrian, aber ich bin draußen und will nicht wieder rein. Ich genieße mein jetziges Leben.«
»Du langweilst dich fast zu Tode. Und wenn du etwas anderes behauptest, bist du ein Lügner.«
Michael blieb stehen und starrte Carter wütend an. »Scheiße, wie kommst du dazu, hier aufzukreuzen und mich...«
»Schon gut«, sagte Carter beschwichtigend. »Meine Wortwahl ist vielleicht nicht glücklich gewesen, aber was zum Teufel hast du eigentlich in der letzten Zeit gemacht?«
»Ich habe mich meiner Familie gewidmet, mich um meine Kinder gekümmert und versucht, erstmals in meinem Erwachsenenleben ein ganz normaler Mensch zu sein.«
»Hast du einen Job in Aussicht?«
»Nicht wirklich.«
»Willst du jemals wieder arbeiten?«
»Das weiß ich noch nicht«, sagte Michael. »Ich habe keine *richtige* Berufserfahrung, weil mein ›Arbeitgeber‹ eine CIA-Tarnfirma gewesen ist. Und ich darf keinem potentiellen Arbeitgeber erzählen, womit ich meinen Lebensunterhalt verdient habe.«
»Warum willst du nicht heimkommen?«
»Weil ich mir bei meinem letzten Besuch nicht wie daheim vorgekommen bin.«
»Ich schlage vor, wir lassen alles hinter uns und machen einen neuen Anfang.«
»Den Spruch hast du wohl aus einem Seminar über Personalführung?«
Carter blieb stehen. »Direktor Tyler kommt heute

abend nach New York. Du wirst gebeten, zum Abendessen zu erscheinen.«

»Ich habe schon was vor.«

»Michael, die Direktorin der Central Intelligence Agency möchte mit dir zu Abend essen. Du wirst deine Arroganz doch beiseiteschieben und trotz deines übervollen Terminkalenders etwas Zeit dafür finden können.«

»Tut mir leid, Adrian, aber du vergeudest nur deine Zeit – und die Direktorin auch. Das interessiert mich alles nicht mehr. Trotzdem ist's nett gewesen, mal wieder mit dir zu reden. Grüß Christine und die Kinder von mir.«

Michael wandte sich ab und wollte davongehen.

»Warum bist du in Kairo gewesen, wenn dich das alles nicht mehr interessiert?« fragte Carter. »Du bist hingeflogen, weil du glaubst, daß Oktober noch lebt. Und ich glaube es ehrlich gesagt auch.«

Michael drehte sich um.

»Ah, jetzt hörst du mir endlich mal zu«, sagte Carter.

Monica Tyler hatte im Picholine in der West Sixty-fourth Street unweit des Parks den privaten Speiseraum reservieren lassen. Als Michael das Restaurant betrat, saß Carter allein am Ende der Bar und trank mit kleinen Schlucken ein Glas Weißwein. Er trug einen blauen Zweireiher, während Michael Jeans und einen schwarzen Blazer trug. Sie begrüßten sich wortlos und ohne Händedruck. Michael gab seinen Mantel an der Garderobe ab, und die beiden Männer folgten einer eleganten Hosteß durchs Restaurant.

Der private Speiseraum im Picholine ist in Wirklichkeit die Weinstube: halbdunkel und kühl, mit Hunderten von Flaschen, die in wandhohen Regalen aus dunkel gebeizter Eiche lagern. Monica Tyler saß ins sanfte Licht der indirekten Beleuchtung gehüllt am Tisch und hatte eine aufgeschlagene Akte vor sich liegen. Als Carter und Michael hereinkamen, klappte sie die Akte zu und steckte ihre goldgeränderte Lesebrille weg.

»Michael, wie schön, Sie wiederzusehen«, sagte sie. Dabei blieb sie sitzen und streckte ihm ihre rechte Hand in einem so merkwürdigen Winkel hin, daß Michael nicht wußte, ob er sie küssen oder schütteln sollte.

Monica Tyler hatte Michaels Ausscheiden aus der Agency beschleunigt, weil sie interne Ermittlungen wegen seines Verhaltens nach dem Abschuß von Trans-Atlantic Flight 002 veranlaßt hatte. Damals war sie noch die Stellvertreterin des Direktors gewesen, aber ein halbes Jahr später hatte Präsident Beckwith sie zum CIA-Direktor ernannt. Beckwith hatte jene Phase der zweiten Amtszeit eines Präsidenten erreicht, in der es dem Amtsinhaber vor allem darum geht, sich einen Platz in der Geschichte zu sichern. Er glaubte, die Ernennung Monica Tylers zur ersten Frau an der Spitze der CIA werde dazu beitragen. *Die Agency hat schon früher Neulinge überlebt,* sagte sich Michael, *sie wird auch Monica Tyler überleben.*

Monica bestellte eine Flasche Pouilly-Fuissé, ohne dazu einen Blick in die Weinkarte werfen zu müssen. Sie hatte diesen Raum für wichtige Besprechungen benützt, als sie noch an der Wall Street gearbeitet hatte. Als erstes versicherte sie Michael, ihr Gespräch sei strikt vertraulich. Während sie die Speisekarte studierten und überlegten, was sie bestellen sollten, machten sie Konversation über Washingtoner Politik und belanglosen Klatsch aus der Agency. Monica und Carter sprachen vor Michael, wie Eltern manchmal vor ihren Kindern sprechen – er gehörte der geheimen Bruderschaft nicht mehr an und war deshalb nicht völlig vertrauenswürdig.

»Adrian hat mir erzählt, daß es ihm nicht gelungen ist,

Sie zur Rückkehr in die Agency zu bewegen«, sagte Monica abrupt. »Deshalb bin ich hier. Adrian möchte Sie wieder im CTC haben, und ich möchte Adrian helfen, das zu bekommen, was er will.«

Adrian möchte, daß Sie zurückkommen, dachte Michael. Aber was ist mit Ihnen, Monica?

Sie hatte sich Michael zugewandt und fixierte ihn mit ihrem konzentrierten Blick. Irgendwann in ihrer steilen Karriere hatte Monica Tyler gelernt, ihre großen blauen Augen als Waffe einzusetzen. Sie waren ausdrucksvoll und konnten sich je nach Laune blitzschnell verändern. War sie interessiert, wurden die Pupillen durchscheinend und richteten sich mit fast therapeutischer Intensität auf ihren Gesprächspartner. War Monica irritiert – oder gelangweilt, was noch schlimmer war –, wurde ihr Blick eisig abweisend. War sie verärgert, glitten ihre Augen über das Opfer wie Scheinwerfer auf der Suche nach der besten Stelle für einen Angriff.

Monica war ohne Erfahrungen auf dem Geheimdienstsektor nach Langley gekommen, aber Michael und die übrigen Mitarbeiter der Zentrale hatten rasch gelernt, wie gefährlich es sein konnte, Monica zu unterschätzen. Sie war eine unersättliche Leserin mit scharfem Verstand und dem unfehlbaren Gedächtnis einer Spionin. Außerdem war sie eine hochbegabte Lügnerin, die nie durch lästige moralische Skrupel behindert worden war. Sie kontrollierte die Umstände, unter denen sie arbeitete, lässig wie ein erfahrener Geheimdienstprofi. Die Rituale geheimdienstlicher Tätigkeit paßten so gut zu Monica wie ihr Chanel-Kostüm.

»Offen gesagt verstehe ich, warum Sie damals gegangen sind«, sagte sie, indem sie einen Ellbogen aufstützte und die Hand unter ihr Kinn legte. »Sie sind wütend auf mich gewesen, weil ich Sie vom Dienst suspendiert hatte. Aber

ich habe die Suspendierung zurückgenommen und jeglichen Hinweis darauf aus Ihrer Personalakte tilgen lassen.«
»Soll ich dafür dankbar sein, Monica?«
»Nein, nur professionell damit umgehen.«
Monica machte eine Pause, als die Vorspeise serviert wurde. Sie schob ihren Salat von sich weg, um zu signalisieren, daß sie jetzt noch nicht essen wollte. Carter hielt den Kopf gesenkt und vertilgte einen Teller gegrillte Calamari.
»Ich wollte raus, weil Sie mich im Stich gelassen hatten, und weil die Agency mich im Stich gelassen hatte«, sagte Michael.
»Ein Geheimdienst hat Vorschriften, an die seine Offiziere und Agenten sich halten müssen«, sagte Monica. »Das sollte ich Ihnen nicht erklären müssen, Michael. Sie sind in der Agency aufgewachsen. Sie haben die Vorschriften gekannt, als Sie bei uns unterschrieben haben.«
»Um welchen Auftrag geht's denn?«
»Das klingt schon besser!«
»Ich habe noch nicht zugesagt«, widersprach Michael rasch. »Aber ich bin bereit, mir anzuhören, worum es geht.«
»Der Präsident hat uns angewiesen, eine Sonderkommission zur Bekämpfung des Terrorismus in Nordirland zu bilden.«
»Weshalb sollte ich mich mit Nordirland befassen wollen? Ulster ist ein Problem der Briten, das nur sie etwas angeht. Wir sind lediglich Zuschauer.«
»Wir verlangen nicht, daß du aus dem Ruhestand zurückkommst und die Ulster Freedom Brigade infiltrierst, Michael«, warf Carter ein.
»Dafür bin ich aber zuständig, Adrian.«
»Nein, Michael, dafür sind Sie zuständig *gewesen*«, stellte Monica fest.
»Wieso interessiert die Agency sich plötzlich so sehr

für Nordirland? Ulster hat in Langley nie einen besonders hohen Stellenwert gehabt.«

»Der Präsident betrachtet das Friedensabkommen für Nordirland als einen der größten außenpolitischen Erfolge seiner Amtszeit«, sagte Monica. »Aber er weiß auch so gut wie wir, daß diese Vereinbarungen blitzschnell zunichte sein können. Was er von der Agency braucht, sind Informationen und ständige Lagebeurteilungen. Er muß wissen, wann er sich einmischen und die Beteiligten unter Druck setzen muß, wann es ratsam ist, den Dingen ihren Lauf zu lassen. Er muß wissen, wann öffentliche Äußerungen von seiner Seite nützlich oder eher kontraproduktiv wären.«

»Was wollen Sie also von mir?«

»Es geht nicht darum, was ich will, sondern was James Beckwith will. Und der Präsident möchte, daß *Sie* diese neue Sonderkommission leiten.«

»Warum ich?«

»Weil Sie ein in Terrorismusbekämpfung erfahrener Offizier sind, der das dortige Terrain kennt. Außerdem wissen Sie, wie unsere Zentrale funktioniert und kennen sich im Umgang mit der Bürokratie aus. Sie haben einen starken Verbündeten in Adrian...« Monica zögerte einen Augenblick, »... und in mir. Ein weiterer Grund wäre, daß Ihr Schwiegervater unser nächster Botschafter in London sein wird.«

»Ich lebe jetzt in New York«, wandte Michael ein.

»Elizabeth hat ihren Job in Washington aufgegeben und ist in eine New Yorker Kanzlei eingetreten.«

»Sie können in New York arbeiten und jede Woche ein paarmal mit dem Shuttle nach Washington fliegen. Solange die Sonderkommission besteht, übernimmt die Agency die Reisekosten. Anschließend müßten wir eine neue Regelung finden.«

Monica griff nach der Gabel und spießte einige Salatblätter auf.

»Und es geht natürlich auch um Oktober«, sagte sie. »Dafür ist Adrian zuständig.«

Carter schob seinen leeren Teller weg und wischte seinen Mund ab. »Das Attentat auf Achmed Hussein in Kairo ist uns von Anfang an merkwürdig erschienen. Wir haben die Israelis verdächtigt, die Hand im Spiel gehabt zu haben, aber sie haben es öffentlich und auch in privaten Gesprächen abgestritten. Deswegen haben wir uns etwas umgehört, an ein paar Türen geklopft. Du weißt ja, wie das geht.« Carter sprach, als schildere er ein ausnehmend langweiliges Wochenende zu Hause. »Wir haben einen Informanten im Mossad. Von ihm wissen wir, daß Mossad-Chef Ari Shamron den Mord persönlich befohlen und das Unternehmen überwacht hat, um sicherzugehen, daß kein Scheiß passiert.«

Monica Tyler sah unwillig von ihrem Salat auf. Sie haßte unflätige Ausdrücke und hatte sie bei allen dienstlichen Besprechungen in ihrer Anwesenheit verboten. Sie tupfte sich die Lippen mit einer Ecke ihrer Serviette ab.

»Nach Auskunft unseres Informanten hat Shamron einen Killer von außerhalb engagiert«, sagte Carter. »Einen auf Honorarbasis arbeitenden Attentäter, einen Berufskiller. Shamron soll ihn mit privat beschafften Geldern bezahlt haben.«

»Hat er eine Personenbeschreibung geliefert?«

»Nein.«

»Herkunft?«

»Europa oder Naher Osten. Vielleicht am ehesten aus dem Mittelmeerraum.«

»Ich habe einen Videofilm mit dem Attentat gesehen.«

»Wie bitte?« fragte Adrian überrascht.

Michael berichtete von seinem Treffen mit Jusuf Hafis.

»Du glaubst also, daß Oktober der Täter gewesen ist?« fragte Carter.

»Ich weiß, wie er sich bewegt, und ich habe gesehen, wie er schießt«, sagte Michael. »Der Mann könnte Oktober gewesen sein, aber das ist schwer zu beurteilen. Trotzdem kann ich's vielleicht beweisen.«

»Wie?«

»Damals auf Shelter Island hat mein Schuß seine Hand getroffen«, antwortete Michael. »Seine rechte Hand, mit der er schießt. Bei dem Mord an Achmed Hussein hat der Killer keine Handschuhe getragen. Finde ich an seiner rechten Hand eine Narbe, weiß ich, daß es Oktober gewesen ist.«

»Wo ist der Videofilm?« fragte Carter.

»Den habe ich.«

Der Ober klopfte an und trat ein, um die Vorspeisenteller abzutragen.

Als er wieder gegangen war, sagte Monica: »Kommen Sie zur Agency zurück, bin ich bereit, Ihren Zuständigkeitsbereich zu erweitern. Sie leiten nicht nur die Sonderkommission Nordirland, sondern erhalten auch den Auftrag, Oktober aufzuspüren und festzunehmen, falls er wirklich noch lebt. Sind wir uns dann einig, Michael?«

»Darüber muß ich erst mit Elizabeth sprechen«, antwortete er. »Ich melde mich morgen.«

»Als erfahrener Sachbearbeiter sind Sie ausgebildet, Männer dazu zu bringen, ihr Land zu verraten«, sagte Monica liebenswürdig lächelnd. »Ich bin sicher, daß Sie keine Mühe haben werden, Ihre Frau davon zu überzeugen, daß dies die richtige Entscheidung ist.«

»Sie kennen Elizabeth nicht!« sagte Adrian Carter lachend.

Nach dem Abendessen hatte Michael das Bedürfnis, noch einen Spaziergang zu machen. Er wohnte jenseits des Central Parks in der Fifth Avenue, aber selbst als ehemaliger CIA-Offizier mit Nahkampfausbildung wußte Michael, daß es besser war, den Park nachts zu meiden. Statt dessen ging er in südlicher Richtung, umrundete den Columbus Circle und lief an den übelriechenden Pferdekutschen vorbei Central Park South entlang.

Als er auf dem Gehsteig der Fifth Avenue, der den Park begrenzte, nach Norden unterwegs war, begann es zu schneien. Er fürchtete sich vor dem bevorstehenden Gespräch mit Elizabeth; sie würde wütend sein – und das mit Recht. Nachdem Oktober und Astrid Vogel sie zu ermorden versucht hatten, hatte er Elizabeth versprochen, er werde die Agency endgültig und für immer verlassen. Und jetzt würde er sein Versprechen brechen.

Er setzte sich auf eine Bank und sah zu den beleuchteten Fenstern ihrer Wohnung hinauf. Er dachte an den Tag, an dem er Elizabeth kennengelernt hatte: ein halbes Jahr nach dem Mord an Sarah Randolph an einem schwülheißen Nachmittag auf der Chesapeake Bay an Bord der Jacht eines gemeinsamen Freundes. Die Agency hatte konstatieren müssen, daß Michael enttarnt war; er war aus London abgezogen worden und hatte in Langley einen langweiligen Schreibtischjob bekommen. Er haßte seine Arbeit und litt noch immer so unter Sarahs Tod, daß er keine andere Frau auch nur ansah. Dann wurde Michael Elizabeth Cannon vorgestellt – der schönen, intelligenten Tochter des berühmten Senators aus New York – und hatte erstmals seit jener Nacht am Chelsea Embankment wirklich das Gefühl, Sarah Randolphs Schatten weiche etwas zurück.

Sie liebten sich in dieser Nacht, und danach belog Michael sie in bezug auf seinen Beruf. Was seine Arbeit betraf, log er noch monatelang. Erst als sie Heiratspläne zu schmieden begannen, war er gezwungen, ihr die Wahrheit zu gestehen: daß er als CIA-Offizier Agenten in Terroristengruppen einschleuste – und daß eine Frau, die er sehr geliebt hatte, vor seinen Augen ermordet worden war. Elizabeth gab ihm eine Ohrfeige und erklärte ihm, sie wolle ihn nie wiedersehen. Michael glaubte, er habe sie für immer verloren.

Von diesen ersten Lügen hatte ihre Beziehung sich nie ganz erholt. Elizabeth setzte Michaels Arbeit wegen Sarah mit anderen Frauen gleich. Sie reagierte auf jede Dienstreise, als betrüge er sie. Kam er dann wieder nach Hause, suchte sie seinen Körper unbewußt nach Spuren einer Geliebten ab. Der Tag, an dem er die Agency verlassen hatte, war für sie der glücklichste Tag ihres Lebens gewesen. Jetzt würde alles wieder von vorn beginnen.

Michael überquerte die Fifth Avenue, trat unter das Vordach des Apartmentgebäudes, schlüpfte am Portier vorbei und fuhr mit dem Aufzug in den vierzehnten Stock hinauf.

Elizabeth saß noch genau dort, wo er sie vor zwei Stunden verlassen hatte: von Aktenstapeln umgeben auf der Couch unter dem großen Fenster. Der Aschenbecher auf dem Fußboden quoll von halbgerauchten Zigaretten über. Sie verteidigte eine Bugsierreederei auf Staten Island, die angeklagt war, vor New Jersey Öl abgelassen und die Umwelt verschmutzt zu haben. Die Verhandlung würde in zwei Wochen beginnen – ihr erster Fall, seit sie wieder arbeitete. Elizabeth arbeitete zuviel, trank zuviel Kaffee und rauchte zuviel. Michael küßte sie auf die Stirn und nahm ihr die qualmende Zigarette aus den Fingern. Elizabeth sah ihn über ihre Lesebrille hinweg an und konzentrierte sich dann wieder auf den gelben Schreibblock, auf dem sie sich in ihrer großzügigen runden Schrift Notizen machte. Dabei griff sie geistesabwesend nach ihren Zigaretten und zündete sich eine neue an.

»Du rauchst zuviel«, sagte Michael.

»Ich höre auf, wenn du's tust«, antwortete Elizabeth, ohne aufzusehen. »Wie war das Abendessen?«

»Das Essen war gut.«

»Was haben sie gewollt?«

»Sie wollen, daß ich zurückkomme. Sie haben einen Job für mich.«

»Was hast du geantwortet?«

»Daß ich erst mit dir darüber reden will.«

Elizabeth ließ ihren Schreibblock auf den Boden fallen und nahm ihre Lesebrille ab. Sie war erschöpft und nervös – eine tödliche Kombination. Nach einem Blick in ihre Augen hatte Michael keine Lust mehr, das Gespräch fortzusetzen, aber Elizabeth ließ nicht locker.

»Was für ein Job ist das?«

»Ich soll eine Sonderkommission für Nordirland leiten.«

»Warum du?«

»Ich habe schon mal in Nordirland gearbeitet, und ich kenne die Arbeit in der Zentrale. Monica und Adrian finden, das seien ideale Voraussetzungen für diesen Job.«

»Monica hat letztes Jahr versucht, dich aus der Agency rauszuwerfen, und dein alter Freund Adrian hat verdammt wenig getan, um sie daran zu hindern. Woher dieser plötzliche Sinneswandel?«

»Sie sagt, alles sei vergeben.«

»Und du willst ihr Angebot offenbar annehmen. Sonst hättest du auf der Stelle nein gesagt.«

»Ja, ich will es annehmen.«

»Jesus!« Sie drückte ihre Zigarette aus und zündete sich sofort eine neue an. »Warum, Michael? Ich dachte, du bist mit der Agency fertig. Ich dachte, du wolltest ein neues Lebenskapitel beginnen.«

»Das habe ich auch gedacht.«

»Warum läßt du dich dann wieder darauf ein?«

»Weil ich diese Untätigkeit hasse! Weil ich gerne morgens aufstehen und zur Arbeit fahren möchte.«

»Warum suchst du dir nicht einen Job? Deine Verletzung liegt schon ein Jahr zurück. Du bist völlig wiederhergestellt.«

»Es gibt nicht viele Firmen, die Mitarbeiter mit meinen Kenntnissen suchen.«

»Du könntest für wohltätige Einrichtungen arbeiten. Geld brauchen wir keines.«

»Geld brauchen wir keines, weil du einen Job hast. Einen wichtigen Job.«

»Und du willst auch einen wichtigen Job haben.«

»Ja, ich glaube, wenn ich mithelfen könnte, Nordirland Frieden zu bringen, wäre das eine erfüllende und lohnende Erfahrung.«

»Ich bringe deine Seifenblase nicht gern zum Platzen, aber die Nordiren sind schon sehr lange dabei, sich gegenseitig umzubringen. Sie führen Krieg oder schließen Frieden, ohne sich darum zu kümmern, was die CIA für richtig hält.«

»Es gibt einen weiteren Grund«, sagte Michael. »Dein Vater ist dabei, ein potentielles Ziel für Terroranschläge zu werden, und ich möchte dafür sorgen können, daß ihm nichts zustößt.«

»Wirklich edel und selbstlos!« Ihre Augen blitzten. »Wie kannst du's wagen, meinen Vater da hineinzuziehen? Wenn du in die Agency zurückwillst, solltest du wenigstens soviel Anstand haben, nicht meinen Vater als Krücke zu benützen.«

»Die Arbeit fehlt mir, Elizabeth«, sagte er leise. »Das ist

schließlich mein Beruf. Ich kann sonst nichts anderes. Ich verstehe mich nicht darauf, etwas anderes zu sein.«

»Gott, ist das jämmerlich! Manchmal tust du mir echt leid. Ich hasse diesen Teil deines Ichs, Michael. Ich hasse die Geheimnisse und die Lügen. Aber wenn ich dich wirklich daran hindern wollte – wenn ich entschieden nein sage –, würdest du Ressentiments gegen mich entwickeln, und das könnte ich auf die Dauer nicht ertragen.«

»Ich würde keine Ressentiments gegen dich entwickeln.«

»Hast du vergessen, daß du zwei kleine Kinder hast, die in ihrem Zimmer am Ende des Flurs schlafen?«

»Den meisten Väter mit kleinen Kindern gelingt's auch, einen Job zu haben.«

Sie äußerte sich nicht dazu.

»Monica sagt, daß ich meistens in New York arbeiten und ansonsten den Shuttle benützen kann.«

»Ihr scheint euch ja alles schon genau überlegt zu haben. Wann will deine neue beste Freundin, daß du wieder anfängst?«

»Dein Vater leistet übermorgen im Außenministerium den Amtseid. Der Präsident will, daß er möglichst bald nach London geht. Ich dachte, ich könnte die Gelegenheit nutzen, um ein paar Stunden in der Zentrale zu verbringen und mich wieder einzugewöhnen.«

Elizabeth stand auf und stolzierte durchs Zimmer. »Na, dann Glückwunsch, Michael! Entschuldige, wenn ich keine Flasche Champagner aufmache.«

15

WASHINGTON · CIA-ZENTRALE · NEW YORK

Douglas Cannon leistete seinen Amtseid als amerikanischer Botschafter am Hof von St. James im Rahmen einer Zeremonie im sechsten Stock des Außenministeriums. Außenminister Martin Claridge nahm ihm den Eid ab, der mit dem Amtseid eines Präsidenten identisch war. Douglas schwor, er werde »die Verfassung der Vereinigten Staaten bewahren, schützen und verteidigen«, und zweihundert hastig eingeladene Gäste applaudierten.

Zum Zeremoniensaal des Außenministeriums gehört ein großer Südbalkon mit Blick über die Washington Mall und den Potomac River. Der Himmel war kaum bewölkt und die Luft nach dem brutalen Kälteeinbruch wieder mild, so daß die meisten Gäste nach der Vereidigung aus dem überheizten Saal an die frische Luft flüchteten. Michael stand etwas abseits, trank Kaffee aus einer zierlichen Porzellantasse und rauchte zu seinem eigenen Schutz eine Zigarette. Was machen Sie? lautet die zu Beginn jeder Washingtoner Unterhaltung gestellte Frage, und Michael war nicht in der Stimmung, Lügen zu erzählen.

Er beobachtete Elizabeth, die sich mühelos durch die Menge bewegte. Es hatte ihr nicht gefallen, in einer Politikerfamilie aufzuwachsen, aber sie hatte gelernt, eine Gästeschar wie ein Präsidentschaftskandidat zu bearbeiten. Sie scherzte ungezwungen mit dem Außenminister, mehreren Abgeordneten und Senatoren und selbst eini-

gen Reportern. Michael war voller Bewunderung. Er war dafür ausgebildet, sich jeder Umgebung anzupassen, sich möglichst ungesehen zu bewegen, ständig mit unangenehmen Überraschungen zu rechnen. Empfänge machten ihn jedesmal nervös. Er schlängelte sich durch die Menge, bis er Elizabeth erreichte.
»Ich muß jetzt gehen«, sagte er und küßte sie auf die Wange.
»Wann kommst du nach Hause?«
»Ich versuche, den Siebenuhrshuttle zu erreichen.«
Einer ihrer ehemaligen Anwaltspartner sprach Elizabeth an und verwickelte sie in ein Gespräch. Michael ging durch gleißend hellen Sonnenschein davon. Er sah sich noch einmal nach Elizabeth um, aber sie hatte ihre Sonnenbrille aufgesetzt, so daß er nicht sah, ob sie ihm nach- oder ihren alten Freund aus der Kanzlei anschaute. Elizabeth beherrschte all diese Tricks. Er hatte schon immer gefunden, sie hätte eine ausgezeichnete Spionin abgegeben.

Michael fuhr über die Memorial Bridge und auf dem George Washington Memorial Parkway nach Norden. Seitlich unter ihm glänzte der Potomac River. Das durch die kahlen Bäume fallende Sonnenlicht erzeugte die Illusion, er fahre durch einen Tunnel aus flackerndem Licht. Früher, bevor er seinen Jaguar verkauft hatte, hatten die Fahrten von ihrem Haus in Georgetown zur Zentrale und zurück für ihn zu den schönsten Erlebnissen des Tages gehört. In einem gemieteten Ford Taurus war die Fahrt nicht ganz so schön.
Er bog zum Haupttor der CIA ab, hielt an dem kugelsicheren Wachhäuschen und nannte dem von Special Protective Services gestellten Posten seinen Namen; da er keinen Dienstausweis mehr hatte, reichte er ihm sei-

nen New Yorker Führerschein. Der Wachmann hakte den Namen auf einer Liste ab, gab ihm einen rosa Besucherausweis fürs Instrumentenbrett – diese Farbwahl war Michael schon immer ein Rätsel gewesen – und erklärte ihm, wo der Besucherparkplatz lag.

Als Michael das weiße Marmorfoyer durchquerte, hatte er das Gefühl, durch einen Raum aus seiner Kindheit zu schweben. Alles wirkte etwas kleiner und etwas schmuddeliger, als er es in Erinnerung hatte. Er ging quer über das in den Boden eingelassene CIA-Wappen. Er warf einen Blick auf die Statue Bill Donovans – der im Zweiten Weltkrieg mit dem Office of Strategic Services den Vorläufer der CIA gegründet hatte – und die Wand mit den vielen Sternen für CIA-Offiziere, die im Dienst ihr Leben gelassen hatten.

Er trat an den Schreibtisch des Wachhabenden neben einer ganzen Reihe von High-Tech-Drehkreuzen, nannte seinen Namen und sagte, zu wem er wollte. Der Wachhabende wählte Adrian Carters Nummer und murmelte ein paar Worte ins Telefon. Dann legte er auf, musterte Michael mißtrauisch und bat ihn, auf einer der Polsterbänke im Foyer zu warten. Ein hübsches Mädchentrio in Jeans und Sweatshirts ging mit klappernden Absätzen durch die Drehkreuze. Die neue CIA, dachte Michael: *der Kinderkreuzzug. Was hätte Wild Bill Donovan von diesem Laden gehalten?* Plötzlich kam er sich steinalt vor.

Carter lächelte untypischerweise, als er nach zehn Minuten auf der anderen Seite der Sicherheitsbarriere erschien.

»Sieh da, der verlorene Sohn kehrt zurück«, sagte Carter. »Lassen Sie ihn rein, Sam. Er ist ein Unruhestifter, aber verhältnismäßig harmlos.«

»Wo hast du so lange gesteckt, verdammt noch mal?« fragte Michael.

»Ich habe mit Monica telefoniert. Sie will bis morgen eine Analyse der Situation in Nordirland.«
»Großer Gott, Adrian, dabei bin ich noch nicht mal an meinem Schreibtisch gewesen!«
»Immer der Reihe nach, Michael.«
»Nämlich?«
»Zuerst mußt du natürlich zur Personalabteilung.«
Carter lieferte Michael dort ab, und er unterzog sich drei Stunden lang dem traditionellen Aufnahmeritual, das die Voraussetzung für den Wiedereintritt in den Geheimdienst war. Er versicherte, daß er nicht die Absicht hatte, Geheimnisse an eine ausländische Macht zu verraten. Daß er weder unmäßig trank noch illegale Drogen nahm. Daß er nicht homosexuell war und keine anomalen sexuellen Vorlieben hatte. Daß er nicht mehr Schulden hatte, als er tilgen konnte. Daß er keine Eheprobleme hatte – außer denen, die mit meiner Rückkehr in die Agency zusammenhängen, sagte er sich. Nachdem er alle erforderlichen Schriftstücke gelesen und unterschrieben hatte, wurde er fotografiert und bekam einen neuen Dienstausweis, der in der Zentrale an einer Kette um den Hals getragen werden mußte. Er lauschte einem dämlichen Vortrag darüber, daß er seinen Dienstausweis nicht in der Öffentlichkeit sehen lassen durfte. Und er erhielt nach durchgeführter Sicherheitsüberprüfung ein Kennwort, damit er Geheimunterlagen aus dem digitalisierten Ablagesystem der Agency einsehen konnte.
Das CIA-Zentrum zur Terrorismusbekämpfung war in Michaels Abwesenheit aus den beengten Räumen im fünften Stock des alten Hauptgebäudes in ein Großraumbüro mit weißen Glaskästen im South Tower umgezogen. Als Michael es an diesem Vormittag betrat, erinnerte es ihn an die Schadensabteilung eines Versicherungskonzerns. Das CTC war in der Ära Reagan zur Bekämpfung

von Terroranschlägen gegen Amerikaner und US-Einrichtungen im Ausland gegründet worden. Nach der in Langley gültigen Terminologie war es ein »Zentrum«, weil es mit Personal und Unterstützung der CIA-Abteilungen Beschaffung und Auswertung arbeitete. Hier arbeiteten auch Vertreter anderer Bundesbehörden wie der Drug Enforcement Administration, des Justizministeriums, der Küstenwache und sogar der Luftfahrtbehörde. Selbst das FBI, der Erzrivale der CIA, spielte im CTC eine wichtige Rolle, was zu Zeiten von Michaels Vater noch undenkbar gewesen wäre.

Carter übte auf dem Teppichboden seines geräumigen Büros das Putten und sah Michael nicht hereinkommen. Alle anderen standen auf, um ihn zu begrüßen. Hier arbeitete Allan, ein gelehrt aussehender FBI-Buchhalter, der die geheimen Ströme schmutzigen Geldes durch die diskretesten und obskursten Banken der Welt verfolgte. Hier arbeitete Stephen alias Eurotrash, der die moribunden linken Terroristengruppen Westeuropas zu überwachen hatte. Und hier arbeitete Blaze, ein baumlanger Gringo aus New Mexico, der zehn verschiedene Indianerdialekte und jede Menge spanischer Regionaldialekte sprach. Seine Zielgruppen waren die Guerillabewegungen und Terroristengruppen Südamerikas. Er war wie immer wie ein peruanischer Bauer mit weitem Hemd und Ledersandalen gekleidet. Blaze hielt sich für einen zeitgenössischen Samurai, einen wahren Kriegerpoeten; er hatte einmal versucht, Michael zu zeigen, wie man mit einer American-Express-Karte tötet. Michael hielt unwillkürlich die Luft an, als er Blaze die Hand hinstreckte und sie in seiner Pranke verschwinden sah.

Carter kam aus seinem Büro. Er trug den Putter in der linken und einen Stapel Papiere in der rechten Hand.

»Wo sitze ich?« fragte Michael.
»Ecke Osama bin Laden und Carlos the Jackal.«
»Was zum Teufel soll das heißen?«
»Unser neuer Laden ist so groß, daß wir Adressen anbringen mußten, damit die Mitarbeiter sich finden.« Carter deutete auf die blauen Schilder oben an den Glaskästen. »Wir haben uns einen kleinen Spaß mit den Straßennamen erlaubt.«

Er führte Michael den Abu Nidal Boulevard hinunter, der die Mittelachse zwischen den Glaskästen bezeichnete, und bog an der Osama bin Laden Street rechts ab. Dann blieb er vor einem Glaskasten in der Carlos the Jackal Avenue stehen. Auf Michaels Schreibtisch stapelten sich alte Akten, und irgend jemand hatte seinen Monitor geklaut.

»Du sollst noch heute einen neuen bekommen«, sagte Carter.

»Also nächsten Monat, wenn ich Glück habe.«

»Ich schicke jemanden vorbei, der das alte Zeug abholt. Du machst dich am besten gleich an die Arbeit. Cynthia weist dich ein.«

Cynthia war Cynthia Martin, ein blonder Engel britischer Abstammung und im CTC die Expertin für Terrorismus in Nordirland. Sie hatte an der London School of Economics Soziologie studiert und kurz an der Georgetown University gelehrt, bevor sie zur Agency gegangen war. Cynthia hatte schon mehr über die IRA vergessen, als Michael jemals wissen würde. Nordirland war ihr Revier; wenn irgend jemand die neue Sonderkommission hätte leiten sollen, wäre das Cynthia Martin gewesen.

Sie warf einen Blick auf Michaels chaotischen Schreibtisch und runzelte die Stirn.

»Komm, wir gehen lieber zu mir hinüber.«

Sie führte Michael in ihren Glaskasten und bot ihm den Stuhl vor dem Schreibtisch an.
»Hör zu, Michael, ich werde nicht so tun, als sei ich nicht stinksauer.« Cynthia war wegen ihrer Direktheit und ihrer scharfen Zunge gefürchtet. Michael wunderte sich darüber, daß sie gewartet hatte, bis sie in ihrem Büro waren, bevor sie loslegte. »Die Sonderkommission für Nordirland hätte ich bekommen sollen – nicht jemand, der seit über einem Jahr keinen Fuß mehr ins Zentrum gesetzt hat.«
»Freut mich auch, dich wiederzusehen, Cynthia.«
»Dieser Laden ist noch immer eine Männerdomäne, auch wenn wir jetzt eine Direktorin haben. Und obwohl ich seit vielen Jahren eingebürgert bin, halten sie mich im sechsten Stock weiter für dieses ›britische Weibsstück‹.«
»Bist du fertig?«
»Ja, ich bin fertig. Aber das mußte ich einfach loswerden.«
Sie lächelte plötzlich und fragte: »Wie zum Teufel geht's dir überhaupt?«
»Danke, gut.«
»Und deine Verletzungen?«
»Alle ausgeheilt.«
»Nimmst du mir übel, daß ich sauer bin?«
»Natürlich nicht. Du hast allen Grund, aufgebracht zu sein.« Michael machte eine Pause, bevor er sagte: »Adrian hat mir bei der Zusammenstellung der Sonderkommission freie Hand gegeben. Ich brauche jemanden, der mich als Stellvertreter wirkungsvoll unterstützt.«
»Bietest du mir diesen Job an?«
Michael nickte.
»Dann nehme ich ihn an, denke ich.«
Er streckte seine Hand aus, und Cynthia ergriff sie.
»Willkommen an Bord, Cynthia.«

»Danke, Michael. Wir haben viel zu besprechen, also fangen wir am besten gleich an.«

Etwa vier Stunden später steckte Adrian Carter seinen Kopf in Cynthias Glaskasten. »Michael, ich habe etwas, das du dir ansehen solltest.«

Michael folgte Carter in sein Büro hinüber. Carter schloß die Tür und drückte ihm einen großen braunen Umschlag in die Hand.

»Was ist das?«

»Der technische Dienst hat sich das Attentat auf Achmed Hussein angesehen«, sagte Carter. »Die Techniker haben ein Bild mit Computerunterstützung optimiert.«

Michael öffnete den Umschlag und zog ein Großfoto heraus, das eine Hand zeigte, die eine Pistole hielt. Auf dem Handrücken war zwischen Handgelenk und Zeigefingerknöchel eine Narbe mit wulstigen Rändern zu sehen.

»Das ist er, Adrian! Verdammt noch mal, das ist er!«

»Wir haben Interpol und befreundete Dienste in aller Welt benachrichtigt. Die Techniker versuchen jetzt, aus vorhandenen Aufnahmen ein lebensgroßes Phantombild von ihm herzustellen. Aber wie du weißt, ist sein Gesicht auf allen Aufnahmen mehr oder weniger verdeckt. Wir wissen nicht wirklich, wie er aussieht. Sie möchten, daß du ein paar Lücken ausfüllst.«

»Ich habe ihn auch nie genau gesehen«, sagte Michael, »aber ich habe eine ungefähre Vorstellung von seinem Gesicht.«

»Geh zu den Technikern runter und sag ihnen, was du weißt. Ich will, daß dieses Phantombild schnellstens verbreitet wird.«

Michael starrte auf die Hand mit der Narbe.

»Will er arbeiten, muß er aus seinem Versteck kom-

men«, sagte Carter. »Und sobald er sich rauswagt, sind wir hinter ihm her.«
Michael lächelte und gab ihm das Foto zurück.
»Na, bist du froh, daß du meine Einladung angenommen hast und zurückgekommen bist?«
»Scheiße, ja.«

Michael verpaßte den Siebenuhrshuttle um wenige Minuten. Er rief in New York an, um Elizabeth zu sagen, daß er sich verspäten würde, aber dort meldete sich niemand, so daß er seine Nachricht auf dem Anrufbeantworter hinterlassen mußte. Dann setzte er sich in die Flughafenbar und trank ein Bier, bis sein Flug aufgerufen wurde.

Im Flugzeug starrte er aus dem Fenster, während vor seinem inneren Auge Bilder aus Nordirland vorbeizogen. Er hatte viele Stunden in Cynthia Martins Glaskasten verbracht und sich mit den paramilitärischen Organisationen beschäftigt, die in Ulster aktiv waren.

Denkbar war, daß eine der existierenden protestantischen Gruppen die Anschläge verübt und sich das Pseudonym Ulster Freedom Brigade zugelegt hatte, um nicht verdächtigt zu werden. Möglich war auch, daß die Ulster Freedom Brigade eine neue Gruppe war, deren Mitglieder bisher noch keiner paramilitärischen Organisation angehört hatten. Michael hatte jedoch eine andere Theorie: Die Ulster Freedom Brigade war eine kleine, straff organisierte und erfahrene Gruppe protestantischer Hardliner, die sich wegen des verkündeten Waffenstillstands von den bekannten Organisationen abgespalten hatten. Die drei Anschläge waren zu professionell und zu erfolgreich gewesen, als daß sie das Werk von Amateuren sein konnten. Die Führer der Gruppe waren offenbar skrupellos und schreckten vor nichts zurück, um die

Identität der Gruppe zu schützen – das bewies die Tatsache, daß alle drei Attentäter jetzt tot waren. Die Identifizierung der Mitglieder der Ulster Freedom Brigade würde schwierig, wenn nicht sogar unmöglich sein.

Michael hatte sich lange die Dossiers aller bekannten Mitglieder dieser paramilitärischen Organisationen angesehen. Vor seinem inneren Auge zogen ihre Gesichter vorbei: Häftlingsfotos, von Überwachungskameras gemachte Aufnahmen, gezeichnete Phantombilder.

Er glaubte, ein weiteres Bild zu sehen: das verschwommene, unvollständige Gesicht Oktobers. Michael hatte vermutet, er lebe noch. Jetzt hatte er den Beweis dafür – das Foto der Hand mit der Narbe. Trotzdem wußte Michael, daß die Chancen, Oktober zu fassen, gering waren. Er konnte nur hoffen, daß ein weiterer glücklicher Zufall ihre Fahndung begünstigen würde.

Michael ließ sich vom Steward ein Bier geben. Er rief nochmals in New York an, hörte aber wieder nur die Ansage ihres Anrufbeantworters. Sonst hatte er täglich mehrmals mit Elizabeth telefoniert, weil sie häufig anrief, um sich nach den Zwillingen zu erkundigen. Heute hatten sie seit der Zeremonie, bei der Douglas seinen Amtseid abgelegt hatte, nicht mehr miteinander gesprochen. Obwohl Michael erst seit einem Tag wieder arbeitete, bemerkte er bereits eine gewisse Entfremdung zwischen ihnen. Er fühlte sich schuldig, aber auch zufrieden – ein Gefühl von Entschlossenheit, aber auch eine gewisse Aufregung, die er seit vielen Monaten nicht mehr gefühlt hatte. Er gestand sich das nicht gern ein, aber in der Agency fühlte er sich wie zu Hause. Sie glich einem chaotischen Zuhause mit streitenden Eltern und verzogenen Kindern, aber sie war trotzdem ein Zuhause.

Elizabeth saß von Papieren umgeben im Bett, Michael küßte ihren Nacken, aber sie rieb sich die Stelle, als jucke sie. Er zog sich aus, machte sich ein Sandwich und kam zu ihr ins Bett.

»Ich würde dich fragen, wie's im Büro gewesen ist«, sagte sie, »aber ich weiß, daß du's mir ohnehin nicht verraten darfst.«

»Es hat Spaß gemacht, wieder zu arbeiten«, antwortete er – und bereute sofort, das gesagt zu haben.

»Deinen Kindern geht's übrigens gut.«

Er stellte den Sandwichteller auf den Nachttisch und nahm Elizabeth mit sanfter Gewalt den Notizblock weg.

»Wie lange soll das noch weitergehen?« fragte er.

»Wie lange soll *was* weitergehen?«

»Das weißt du genau, Elizabeth. Ich möchte wissen, wie lange du mich wie einen Paria behandeln willst.«

»Ich kann nicht so tun, als sei ich glücklich über diese Entwicklung, Michael. Ich kann nicht so tun, als seien mein Job und die Kinder keine Belastung für mich – und jetzt pendelt mein Ehemann auch noch zwischen New York und Washington hin und her.« Sie zündete sich eine Zigarette an und warf das Feuerzeug wütend auf den Nachttisch. »Ich hasse diesen Laden. Ich hasse, was er dir antut. Ich hasse, was er *uns* antut.«

»Nächste Woche überreicht dein Vater in London der Königin sein Beglaubigungsschreiben. Ich muß unbedingt ein paar Tage nach London. Willst du nicht mitkommen, damit wir etwas Zeit füreinander haben?«

»Hör zu, ich kann nicht einfach nach London jetten«, fauchte Elizabeth. »Mein Prozeß beginnt bald. Ich habe Kinder. *Du* hast Kinder, falls du das vergessen hast.«

»Natürlich habe ich das nicht vergessen.«

»Du bist gerade erst in London gewesen. Warum mußt du schon wieder hin?«

»Ich muß ein paar alte Kontakte wiederbeleben.«
»In London?«
»Nein, in Belfast.«

16

LONDON

Die Residenz des US-Botschafters in Großbritannien ist das Winfield House, ein Klinkergebäude im georgianischen Stil, das auf einem fast fünf Hektar großen Grundstück mitten im Londoner Regent's Park steht. Barbara Hutton, die Erbin des Woolworth-Vermögens, ließ die Villa 1934 erbauen, als sie mit ihrem Ehemann, dem dänischen Grafen Haugwitz-Reventlow, nach London zog. Sie ließ sich 1938 von dem Grafen scheiden und kehrte in die Vereinigten Staaten zurück, wo sie Cary Grant heiratete. Nach dem Zweiten Weltkrieg verkaufte sie Winfield House der amerikanischen Regierung für einen Dollar, und Botschafter Winthrop Aldrich bezog es 1955 als erster.

Obwohl Douglas Cannon bei früheren offiziellen Besuchen in London schon zweimal im Winfield House gewohnt hatte, war er am ersten Tag, der ihm zur Eingewöhnung diente, wieder von der Eleganz und Größe überwältigt. Während er durch die großen Salons im Erdgeschoß schritt, konnte er kaum glauben, daß Barbara Hutton sich diese Villa als privaten Wohnsitz hatte erbauen lassen.

Als Michael zwei Tage später eintraf, führte Douglas seinen Schwiegersohn durch die riesigen Räume und präsentierte ihm Einrichtung und Ausstattung, als habe er sie selbst ausgesucht und bezahlt. Er hatte eine Vorliebe für den Green Room, einen großen lichtdurchfluteten

Raum mit Blick auf den Seitengarten und einer handgemalten chinesischen Tapete, die sorgfältig von den Wänden eines irischen Schlosses abgelöst und als Beute nach London geschafft worden war. Hier konnte er unter den riesigen Chippendale-Spiegeln am Kamin sitzen und die Pfauen und Kaninchen in den Senken unter den alten Weiden beobachten.

In dem riesigen Haus war es so still, daß Michael am Morgen des Tages, an dem Douglas sein Beglaubigungsschreiben überreichen würde, durch die aus der Ferne herüberdringenden Glockenschläge des Big Ben geweckt wurde. Während er am Fenster eines Gästezimmers im ersten Stock stehend seinen Cut anzog, sah er einen Fuchs, der sich auf dem noch halb im Dämmerlicht liegenden Rasen an einen Schwan anschlich.

Sie fuhren in Douglas' Dienstwagen zur Botschaft, begleitet von Leibwächtern der Special Branch. Kurz vor elf war der Grosvenor Square erfüllt vom Klappern der Hufschläge. Ein Blick aus dem Fenster zeigte Michael den Marschall des Diplomatischen Korps, der in der ersten von drei Kutschen eintraf. Das Botschaftspersonal applaudierte, als Douglas den Aufzug verließ und durch ein Spalier aus Marineinfanteristen ins Freie trat.

Der neue Botschafter bestieg die erste Kutsche und setzte sich neben den Marschall. Michael fuhr mit drei leitenden Mitarbeitern der US-Botschaft in der dritten Kutsche. Einer dieser drei war David Wheaton, der CIA-Stationschef in London. Wheaton war aus Überzeugung anglophil; in seinem Cut und mit Pomade im Haar sah er aus, als bewerbe er sich um eine Rolle in *Wiedersehen mit Brideshead*. Wheaton hatte nie ein Geheimnis daraus gemacht, daß er Michael Osbourne nicht ausstehen konnte. Vor vielen, vielen Jahren hatte Wheaton für Michaels

Vater gearbeitet und damals den Auftrag gehabt, russische Agenten anzuwerben. Michaels Vater war der Ansicht gewesen, Wheaton besitze nicht genug Menschenkenntnis und Gerissenheit, um ein guter Agentenführer zu sein, und hatte eine vernichtende Beurteilung über ihn geschrieben, die fast das Ende seiner Laufbahn bedeutet hätte.

Die Agency beschloß, Wheaton eine zweite Chance zu geben; Männer wie Wheaton, Männer mit der richtigen Abstammung, der richtigen Universität und dem richtigen Rabbi bekamen immer eine zweite Chance. Er wurde als Stationschef in Luanda ins südliche Afrika abgeschoben. Ein halbes Jahr später wurde er auf der Fahrt zu einem Treff mit einem Agenten an einer Straßensperre von der Polizei kontrolliert. Im Handschuhfach lag sein »schwarzes Buch« – mit den Namen, Kontaktverfahren und Bezahlungsterminen sämtlicher CIA-Agenten in Angola. Wheaton wurde zur *Persona non grata* erklärt und mußte das Land verlassen; seine Agenten wurden bis zum letzten Mann verhaftet, gefoltert und hingerichtet. Der Tod von vierzehn Männern schien nie allzu schwer auf Wheatons Gewissen zu lasten. In seinem eigenen Bericht über das Desaster schob er seinen Agenten die Schuld dafür zu, im Verhör nicht besser dichtgehalten zu haben.

Die Agency zog Wheaton schließlich aus dem Außendienst ab und beschäftigte ihn in der sowjetischen Abteilung der Zentrale, wo er in der von Diffamierungen lebenden, Pfeife rauchenden Bürokratie Karriere machte. London war der Höhepunkt einer insgesamt wenig bemerkenswerten – und in mancher Beziehung katastrophalen – Laufbahn. Wheaton führte die Station, als sei er persönlich mit ihr belehnt worden. Michael hatte schon mehrmals gehört, Untergebene Wheatons wollten gemeinsam gegen ihn rebellieren. Im Sprachgebrauch der Agency wurde der »Chief of Station« mit COS abgekürzt, aber für das Personal der hiesigen Station bedeutete COS die Abkürzung für »Cocksucker«.

»Na, wenn das nicht unser Held von Heathrow ist«, sagte Wheaton, als Michael in die Kutsche stieg und sich auf der hölzernen Sitzbank niederließ. Bei einem Terroranschlag auf dem Flughafen hatte Michael einen Attentäter erschossen und einen weiteren überwältigt. Die Agency hatte ihm dafür eine Tapferkeitsauszeichnung verliehen, was Wheaton ihm nie vergessen würde.

»Wie geht's immer, David?«

»Ich dachte, Sie seien pensioniert.«

»Das bin ich auch gewesen, aber Sie haben mir gefehlt, also bin ich zurückgekommen.«

»Wir müssen miteinander reden.«

»Darauf freue ich mich schon.«

»Das kann ich mir vorstellen.«

Passanten und Touristen gafften, als die drei Kutschen im dichten Mittagsverkehr vom Grosvenor Square zur Park Lane, um Hyde Park Corner und den Constitution Hill hinunter fuhren. Sie schienen enttäuscht zu sein, daß sie keine aufregenden Mitglieder des Königshauses, sondern nur eine Gruppe ältlicher Diplomaten zu sehen bekamen.

Als die Kutschen durchs Tor des Buckingham-Palasts fuhren, stimmte eine kleine Militärkapelle – dieselbe Kapelle, die jeden Wachwechsel begleitet – schmissig den »Yankee Doodle Dandy« an. Douglas Cannon stieg aus seiner Kutsche und wurde vom Privatsekretär der Königin und dem Protokollchef des Außenministeriums begrüßt.

Die beiden begleiteten ihn in den Palast, die breite Treppe hinauf und durch eine Reihe prunkvoller Salons, im Vergleich zu denen Winfield House geradezu ärmlich wirkte. Michael und die drei ranghohen Botschaftsangehörigen folgten ihnen mit einigen Schritten Abstand.

Schließlich erreichten sie eine zweiflüglige Doppeltür, vor der sie einen Augenblick warten mußten. Dann wurde irgendwo ein verstecktes Zeichen gegeben, und die Türflügel öffneten sich.

Königin Elisabeth II. stand in der Mitte des höhlenartigen Empfangssaals. Sie trug ein dunkelblaues Kostüm und hatte ihre unvermeidliche Handtasche am linken Arm hängen. Sir Patrick Wright, der beamtete Staatssekretär im Außenministerium, stand neben ihr. Douglas, dessen Begleitung im Vorraum zurückblieb, durchquerte den Saal ein wenig zu rasch und machte eine korrekte Verbeugung vor der Königin. Er reichte ihr den Umschlag mit seinem Beglaubigungsschreiben und sprach dabei die vorgeschriebenen Worte: »Ich habe die Ehre, Euer Majestät, Ihnen das Rückrufschreiben meines Vorgängers und mein Beglaubigungsschreiben zu überreichen.« Königin Elisabeth II. nahm den Umschlag und gab ihn, ohne hineinzuschauen, an Sir Patrick weiter.

»Ich bin sehr erfreut, daß Präsident Beckwith weitblickend und vernünftig genug gewesen ist, in diesen Zeiten einen Mann Ihres Formats nach London zu entsenden«, sagte die Königin. »Wenn ich ganz offen sein darf, Botschafter Cannon, verstehe ich nicht, weshalb Ihre Präsidenten im allgemeinen ihre politischen Förderer nach London schicken, statt Profis wie Sie zu entsenden.«

»Nun, Euer Majestät, ich bin auch kein Profi. Ich bin im Grunde meines Herzens Politiker. Meines Wissens ist erst ein Berufsdiplomat aus unserem Außenministerium Botschafter in London gewesen: Raymond Seitz, der Präsident Bush vertreten hat.«

»Ein sehr liebenswürdiger Mann«, sagte die Königin. »Aber wir freuen uns darauf, mit Ihnen zusammenzuarbeiten. Sie haben viel Erfahrung als Außenpolitiker. Wenn ich mich recht erinnere, sind Sie Vorsitzender dieses Senatsausschusses gewesen, der... oh, Patrick, helfen Sie mir.«

»Senatsausschuß für Auswärtige Angelegenheiten«, warf Sir Patrick ein.

»Ja, der bin ich gewesen.«

»Nun, die Lage in Nordirland ist sehr gespannt, und wir brauchen die Unterstützung Ihrer Regierung, wenn wir den Friedensprozeß zum Abschluß bringen wollen.«

»Ich freue mich, Ihr Partner zu sein, Euer Majestät.«

»Danke, gleichfalls«, sagte sie.

Douglas spürte, daß die Königin unruhig wurde; das Gespräch hatte seinen natürlichen Abschluß gefunden.

»Darf ich Ihnen meine leitenden Mitarbeiter vorstellen, Euer Majestät?«

Elisabeth II. nickte. Die Tür wurde wieder geöffnet und zehn amerikanische Diplomaten traten ein. Douglas stellte sie der Königin einzeln vor. Als er Wheaton als seinen politischen Verbindungsoffizier bezeichnete, warf die Königin ihm einen zweifelnden Blick zu.

»Ich bin seit einigen Jahren Witwer, Euer Majestät«, fuhr Cannon fort. »Meine Tochter konnte mich heute nicht hierher begleiten, aber darf ich Ihnen meinen Schwiegersohn Michael Osbourne vorstellen?«

Sie nickte, und Michael betrat den Empfangssaal. Königin Elisabeth II. musterte ihn prüfend, als erkenne sie ihn wieder. Sie beugte sich etwas nach vorn und fragte halblaut: »Sind Sie nicht derjenige, der letztes Jahr in diese Sache auf dem Flughafen Heathrow verwickelt gewesen ist?«

Michael nickte. »Ja, Euer Majestät, aber...«

»Machen Sie sich keine Sorgen, Mr. Osbourne«, flüsterte die Königin verschwörerisch. »Sie würden staunen, wenn Sie wüßten, was ich alles erfahre. Ich versichere Ihnen, daß ich ein Geheimnis bewahren kann.«

Michael lächelte. »Davon bin ich überzeugt, Euer Majestät.«

»Sobald Sie eines Tages aus dem Dienst ausscheiden, möchte ich Sie für Ihre Taten an diesem Tag gebührend ehren. Durch Ihr Eingreifen haben Sie unzählige Menschenleben gerettet. Ich bedaure, daß ich Sie nicht schon früher kennengelernt habe.«

»Abgemacht, Euer Majestät.«

»Ich freue mich schon darauf.«

Michael trat zurück und blieb neben den Diplomaten stehen. Er sah zu Wheaton hinüber und lächelte, aber Wheaton verzog leicht das Gesicht, als habe er eben einen Manschettenknopf verschluckt.

Sie verließen den Buckingham-Palast auf demselben Weg. Wheaton tauchte neben Michael auf und packte ihn mit einer Hand von hinten am linken Ellbogen. Wheaton spielte Tennis und hatte eine kräftige rechte Hand, weil er ständig mit einem Tennisball spielte und ihn zusammendrückte, wenn die Anforderungen seines Postens ihn zu überwältigen drohten. Michael widerstand dem impulsiven Drang, ihm seinen Arm zu entziehen. Daß Wheaton andere Leute unter Druck zu setzen versuchte, lag vermutlich daran, daß er häufig selbst unter Druck gesetzt worden war.

»Eines möchte ich ganz offiziell feststellen, Michael«, sagte Wheaton freundlich. Er stellte Dinge ständig »ganz offiziell« oder »völlig inoffiziell« fest, was nach Michaels Ansicht für einen Geheimdienstmann absurd war. »Ich halte Ihren kleinen Tagesausflug nach Belfast für eine beschissene Idee.«

»Halten Sie das wirklich für die dieser Umgebung angemessene Ausdrucksweise?«

»Fuck you, Michael«, flüsterte Wheaton.

Michael befreite seinen Ellbogen aus Wheatons Griff.

»Kevin Maguire ist nicht mehr Ihr Agent.« Michael warf ihm einen mißbilligenden Blick zu, weil Wheaton die Todsünde begangen hatte, den Namen eines Agenten laut in einem nicht nach Wanzen abgesuchten Raum auszusprechen. David Wheaton betrachtete Geheimdienstarbeit als ein Spiel, das gespielt und gewonnen werden mußte. Durch den Buckingham-Palast zu schlendern und dabei *sotto voce* über einen Agenten zu sprechen, entsprach sehr gut seinem Bild von sich selbst. »Wollen Sie ihn für Zwecke der Sonderkommission befragen, sollte sein Führungsoffizier von der Station London diese Befragung durchführen.«

»Harbinger ist mein Agent gewesen«, sagte Michael, indem er korrekterweise Maguires Decknamen benützte. »Ich habe ihn angeworben, und ich habe ihn geführt. Ich habe ihn dazu überredet, uns Informationen zu liefern, die vielen Menschen das Leben gerettet haben. Ich werde mich mit ihm treffen.«

»Dies ist nicht der richtige Zeitpunkt für eine Reise in die Vergangenheit, vor allem nicht in einer Stadt wie Belfast. Warum teilen Sie Harbingers Führungsoffizier nicht mit, was Sie brauchen? Er kann hinfliegen und sich mit ihm treffen.«

»Weil ich selbst mit ihm reden will.«

»Michael, ich weiß, daß wir Meinungsverschiedenheiten gehabt haben, aber dieser Ratschlag ist wirklich ernstgemeint. Sie sitzen jetzt am Schreibtisch, Sie sind kein Außendienstmann mehr. Sie sind achtundvierzig Jahre alt und wären vor einem Jahr beinahe ermordet worden. Das würde jeden von uns aus dem Tritt bringen.

Lassen Sie mich meinen Mann zu dem Treff mit Harbinger schicken.«

»Ich bin nicht aus dem Tritt gekommen«, widersprach Michael. »Und was Nordirland betrifft, hat es sich seit vierhundert Jahren nicht mehr verändert. Ich komme dort drüben so gut zurecht wie früher, denke ich.«

Sie traten auf den in hellem Sonnenschein liegenden Hof hinaus.

»Harbinger will, daß der Treff nach Ihrem alten Verfahren abläuft«, sagte Wheaton. »Hat er sich innerhalb von zwei Tagen nicht gemeldet, um einen Termin zu vereinbaren, sollen Sie Belfast verlassen. Haben Sie verstanden?«

»Natürlich, David.«

»Und wenn Sie Scheiß machen, hole ich mir Ihren Skalp!«

17

Belfast

Flüge nach Nordirland starten von einem abgetrennten Teil im Terminal Eins auf dem Flughafen Heathrow aus, wo die Fluggäste rigorose Sicherheitskontrollen durchlaufen, bevor sie an Bord gehen dürfen. Michael gab sich als Journalist aus, der für eine Zeitschrift über die Schönheiten Ulsters berichten sollte. Während des Flugs las er Nordirlandführer und studierte Landkarten. Der englische Geschäftsmann neben ihm wollte wissen, ob er schon einmal in Belfast gewesen sei. Michael antwortete dümmlich lächelnd, dies sei sein erster Besuch. Die Maschine passierte Liverpool und flog auf die Irische See hinaus. Der Pilot teilte mit, sie hätten soeben den Luftraum des Vereinigten Königreichs verlassen und würden in fünfundzwanzig Minuten in Belfast landen. Michael mußte heimlich lachen; selbst die Briten schienen manchmal zu vergessen, daß Nordirland in Wirklichkeit ein Teil des Vereinigten Königreichs war.

Das Flugzeug ging durch aufgelockerte Bewölkung tiefer. Nordirland gleicht einer weitläufigen Farm, auf deren Gebiet es zwei Großstädte, Belfast und Londonderry, und Hunderte von Kleinstädten, Dörfern und Weilern gibt. Das Land ist in Tausende von quadratischen Feldern eingeteilt, die teils smaragdgrün, teils limonen- oder olivenfarben, teils fahlbraun sind.

Im Osten, wo der Belfast Lough sich zur Irischen See

hin öffnet, sah Michael für einen Augenblick die Burg Carrickfergus aufragen. Belfast liegt am Fuß des Black Mountains zu beiden Seiten des Loughs. Einst war die Stadt ein blühendes Zentrum der Leinen- und Werftindustrie gewesen – die Titanic war in Belfast gebaut worden –, aber nun sah sie wie jede andere britische Industriestadt aus, die schwere Zeiten durchmacht: wie ein rauchgeschwängertes Labyrinth aus Terrassenhäusern in Klinkerbauweise.

Die Maschine landete auf dem Flughafen Aldergrove. Michael hielt sich noch einige Zeit im Ankunftsgebäude auf, um zu sehen, ob er vielleicht beschattet wurde. Er trank Tee in einem Café und sah sich im Souvenirladen um. Bücher über den Nordirlandkonflikt nahmen eine ganze Wand ein. Grellbunte T-Shirts und Baseballmützen verkündeten NORTHERN IRELAND!, als handle es sich um Cannes oder Jamaika.

Der Wind riß Michael fast den Mantel vom Leib, als er ins Freie trat. Er ging am Taxistand vorbei und bestieg einen Ulster Bus, um zur Stadtmitte zu fahren. Belfast beschwört Bilder von Bürgerkriegsszenen mit dem Geruch von Pulverdampf und Kordit herauf, aber das erste, was Michael roch, war der Gestank von Mist. Der Bus passierte eine Straßensperre, an der zwei RUC-Beamten einen Lieferwagen auseinandernahmen. Eine Viertelstunde später erreichte er das Stadtzentrum.

Die Belfaster Innenstadt ist ein Ort ohne jeden Charme – kalt und ordentlich, an manchen Stellen zu neu, an anderen wieder zu alt. Die IRA hat unzählige Bombenanschläge hier auf sie verübt – allein am 21. Juli 1972, dem Blutigen Freitag, insgesamt zweiundzwanzig. Nordirland war das einzige Land der Welt, in dem Michael sich nicht wohl fühlte. Die hiesige Gewalt hatte eine bösartige, eine willkürliche und mittelalterliche

Qualität, die ihm unheimlich war. Und Belfast gehörte zu den wenigen Großstädten, in denen er Schwierigkeiten hatte, sich zu verständigen. Er sprach gut Italienisch, Französisch, Spanisch und Arabisch, ziemlich gut Hebräisch und brauchbar Deutsch und Griechisch, aber das in West Belfast gesprochene scharf akzentuierte Englisch stellte ihn ständig vor neue Rätsel. Und das Gälische, das viele Katholiken fließend beherrschten, würde ihm ewig ein Buch mit sieben Siegeln bleiben. Trotzdem waren die Menschen hier bemerkenswert freundlich, vor allem zu Fremden, luden einen rasch zu einem Drink ein, boten einem eine Zigarette an und hatten einen ausgeprägt schwarzen Humor, der eine Folge der Tatsache war, daß sie in einer verrückt gewordenen Welt lebten.

Michael trug sich im Hotel Europa ins Gästebuch ein und verbrachte dann zehn Minuten damit, sein Zimmer nach Wanzen abzusuchen. Er machte ein Nickerchen, aus dem er durch eine Sirene und eine Lautsprecherstimme gerissen wurde, die ihn aufforderte, das Hotel sofort zu verlassen. Als er unten beim Empfang anrief, erklärte eine junge Frau ihm fröhlich, das sei nur ein Probealarm. Michael ließ sich vom Zimmerservice Kaffee bringen, duschte, zog sich an und fuhr nach unten. Beim Portier hatte er einen Mietwagen bestellt. Das Auto, ein leuchtend roter Ford Escort, stand in der halbkreisförmigen Einfahrt bereit. Michael ging ins Hotel zurück und fragte den Portier, ob der Autoverleih nicht ein etwas unauffälligeres Fahrzeug habe.

»Tut mir leid, das ist der einzige, der noch da war, Sir.«

Michael setzte sich ans Steuer und fuhr die Great Victoria Street entlang nach Norden. Er bog in eine Seitenstraße ein, parkte und stieg aus. Dann öffnete er die Motorhaube und riß an einigen Drähten, bis der Motor erstarb. Er knallte die Haube wieder zu, zog den Zündschlüssel ab und ging ins Europa zurück. Dort erklärte er dem Portier, der Escort sei mit einer Panne liegengeblieben, und erklärte ihm, wo er den Wagen finden würde. Zwanzig Minuten später hatte er einen Ersatzwagen: einen dunkelblauen Vauxhall.

Kevin Maguire, Deckname Harbinger, hatte im Lauf der Jahre ein Dutzend verschiedener Verfahren für Treffs benützt, aber heute abend sollte wieder die ursprüngliche Methode gelten – drei über die Belfaster Innenstadt verteilte Treffpunkte, die in Abständen von einer Stunde aktiv waren. Beide Männer würden zum ersten Treff kommen. Merkte einer von ihnen, daß er beschattet wurde, oder fühlte sich aus irgendeinem Grund unbehaglich, würden sie's mit dem zweiten Treff versuchen. Taugte auch der zweite nichts, war der dritte an der Reihe. Klappte es dort ebenfalls nicht, gaben sie für diesen Abend auf, um es am nächsten Abend mit drei neuen Treffpunkten zu versuchen.

Michael fuhr zum ersten Treffpunkt am Donegall Quay in der Nähe der Queen Elizabeth Bridge über den River Lagan. Er kannte sich in Belfast gut aus und konzentrierte sich etwa zwanzig Minuten lang darauf, mögliche Beschatter zu entdecken. Dazu fuhr er kreuz und quer durch die Belfaster Innenstadt und überprüfte, ob ihm jemand auf den Fersen blieb. Danach fuhr er zum Donegall Quay, wo er Maguire zu treffen hoffte, aber als Maguire nirgends zu sehen war, fuhr er weiter, ohne zu halten. Es hatte einen Grund, wenn Maguire einen Treff nicht wahrnahm; er war ein erfahrener Terrorist, ganz sicher kein Neuling, der Gefahren witterte, wo es keine gab.

Kevin Maguire war als Sohn eines arbeitslosen Werftarbeiters und einer Näherin in Ballymurphy aufgewachsen. Nachts war er mit den anderen Jungs auf den Straßen unterwegs gewesen und hatte mit Steinen und Benzinbomben gegen die britische Armee und die RUC gekämpft. Einmal hatte er Michael ein Foto aus seiner Kindheit gezeigt: ein Gassenjunge mit Bürstenhaarschnitt, Lederjacke und einer Halskette aus leeren Patronenhülsen. In Ballymurphy war er eine Art Held gewesen, weil er sich darauf verstand, Schützenpanzerwagen mit leeren Bierfässern zum Umkippen zu bringen. Wie die meisten Katholiken in West Belfast bewunderte und fürchtete er die Männer der IRA − bewunderte sie, weil sie die Bevölkerung vor den protestantischen Killerkommandos der UVF und UDA beschützten, und fürchtete sie, weil sie Abweichlern die Kniescheiben zertrümmerten oder sie brutal zusammenschlugen. Auch Maguires Vater waren beide Kniescheiben zertrümmert worden, weil er mit Diebesgut hausieren gegangen war, um die Finanzen der Familie, die von staatlicher Unterstützung lebte, etwas aufzubessern.

Maguire war Mitglied der Na Fianna Eiren gewesen − einer Art Pfadfinderorganisation der Republikaner −, und sein Vater hatte trotz dieses Anschlags darauf bestanden, daß er weiter Mitglied blieb. Mit zweiundzwanzig Jahren hatte er sich freiwillig zur IRA gemeldet und den geheimen Eid im Rahmen einer kleinen Feier im elterlichen Wohnzimmer in Ballymurphy abgelegt. Den Gesichtsausdruck seines Vaters würde Maguire nie vergessen: eine eigenartige Mischung aus Stolz und Beschämung darüber, daß sein Sohn jetzt einer Organisation angehörte, die ihn zum Krüppel gemacht hatte. Maguire wurde der Belfast Brigade zugeteilt und gehörte später einer in Großbritannien aktiven Eliteeinheit an. In seiner Dienstzeit knüpfte Maguire gute Verbindungen zum Army Council, dem Oberkommando der IRA, und dem

Belfast Intelligence Unit der IRA, die sich als äußerst wertvoll erwiesen, als er später die Seiten wechselte und Spion wurde.

Das Ereignis, das Maguire dazu brachte, seine ehemaligen Gefährten zu verraten, war der IRA-Bombenanschlag auf einen Umzug am Remembrance Day in Enniskillen, County Fermanagh, am 8. November 1987. Dort gab es elf Tote und dreiundsechzig Verletzte, als eine riesige Bombe ohne Vorwarnung detonierte. Die IRA versuchte danach, die Öffentlichkeit in ihrer Empörung über das Massaker zu beschwichtigen, indem sie behauptete, das Ganze sei ein Versehen gewesen. Aber Maguire kannte die Wahrheit; er hatte zu dem Team gehört, das den Anschlag verübt hatte.

Maguire war wütend, daß der Army Council ein »weiches« ziviles Ziel angegriffen hatte, und schwor sich im stillen, solche IRA-Angriffe in Zukunft zu verhindern. Da sein Haß und sein tiefsitzendes Mißtrauen den Briten gegenüber eine Zusammenarbeit mit dem britischen Geheimdienst oder der Special Branch der RUC ausschlossen, nahm er bei seiner nächsten Londonreise Verbindung mit der CIA auf. Michael wurde nach Belfast geschickt, um ihn anzuwerben. Maguire weigerte sich hartnäckig, Geld anzunehmen – »eure dreißig Silberlinge«, wie er sich ausdrückte –, und obwohl er natürlich ein IRA-Terrorist war, hielt Michael ihn bei näherer Bekanntschaft für einen anständigen Kerl.

Zwischen der CIA und den britischen Geheimdiensten gibt es ein stillschweigendes Abkommen: Die Agency betreibt auf englischem Boden keine »Beschaffung« – sie versucht nicht, die IRA zu unterwandern oder innerhalb der britischen Dienste Agenten zu gewinnen. Nachdem Michael Verbindung zu Maguire aufgenommen hatte, benachrichtigte die Agency die Briten. Der MI5 war anfangs skeptisch, stimmte aber weiteren Treffs zwischen Osbourne und Maguire unter der Voraussetzung zu, daß er gleichzeitig mit Langley über neue Erkenntnisse informiert wurde. In den folgenden Jahren lieferte Maguire stetig Informationen über vorgesehene Unternehmen der IRA und verschaffte der Agency und den Briten so Einblick in die Planung dieser Organisation. Dadurch wurde Maguire zum wichtigsten IRA-Spitzel in der Geschichte des Konflikts. Als Michael aus dem Außendienst abgezogen wurde, bestimmte die Agency einen neuen Mann, Jack Buchanan von der Station London, zum Führungsoffizier für Maguire. Michael hatte Maguire seitdem nicht wieder gesehen.

Michael fuhr auf der Ormeau Road nach Süden. Ihr zweiter Treffpunkt war der Botanische Garten an der Kreuzung Stranmills/University Road. Auch diesmal war er sich sicher, nicht beschattet zu werden. Aber Maguire ließ auch diesen Treff aus.

Ihr letzter Treffpunkt war ein Rugbyfeld in dem Belfaster Stadtteil Newtownbreda, und dort sah Michael Kevin Maguire eine Stunde später neben einem Torpfosten stehen.

»Warum hast du die beiden ersten ausgelassen?« erkundigte er sich, als Maguire einstieg und die Autotür zuzog.

»Kein bestimmter Grund – bloß kein gutes Gefühl.« Maguire zündete sich eine Zigarette an. Mit schwarzem Regenmantel, schwarzem Pullover und schwarzen Jeans sah er nicht wie ein Agent, sondern eher wie ein Kaffeehausrevoluzzer aus. Belfast hatte Maguire altern lassen, seit Michael ihn zuletzt gesehen hatte. Sein kurzgeschnittenes dunkles Haar war grau meliert, und er hatte Falten um die Augen. Und er trug jetzt eine Brille: eine für sein Gesicht deutlich zu kleine modische Nickelbrille mit runden Gläsern.

»Wo hast du den Wagen her?« fragte Maguire.
»Der Portier im Europa hat ihn mir besorgt. Ich habe beim ersten ein paar Kabel herausgezogen und zwanzig Minuten später diesen hier bekommen. Er ist clean.«
»Ich rede nicht in Autos oder geschlossenen Räumen. Hast du alles vergessen, seit sie dich in die Zentrale zurückgeholt haben?«
»Ich habe nichts vergessen. Wohin willst du?«
»Wie wär's mit dem Berg, zur Erinnerung an die gute alte Zeit? Halt mal dort vorn, damit ich uns ein paar Dosen Bier besorgen kann.«

Michael fuhr durch Belfast nach Norden und folgte dann der schmalen Straße, die zum Black Mountain hinaufführte. Der Regen hatte aufgehört, als er an einer Ausweichstelle hielt und den Motor abstellte. Sie stiegen aus, setzten sich auf die Motorhaube, tranken warmes Bier und hörten den abkühlenden Motor knistern. Unter ihnen lag Belfast. Über der Stadt hingen Wolkenschleier, die an ein über eine Lampe geworfenes Seidentuch erinnerten. Belfast war nachts eine dunkle Großstadt. Im Stadtzentrum brannten gelbe Natriumdampflampen, aber West Belfast mit den Stadtteilen Falls, Shankill und Ardoyne war so düster, als sei dort Verdunklung angeordnet. Hier oben fühlte Maguire sich im allgemeinen wohl – wie die Hälfte aller Jungen in Ballymurphy hatte er hier seine Unschuld verloren –, aber an diesem Abend war er auffällig nervös. Er rauchte zuviel, trank sein Lager mit großen Schlucken und schwitzte, obwohl es kühl war.

Maguire redete. Er erzählte Michael alte Geschichten. Er sprach darüber, wie es gewesen war, in Ballymurphy aufzuwachsen, gegen die Briten zu kämpfen und ihre »Pigs« in Brand zu setzen. Er erzählte Michael, wie er hier oben auf dem Black Mountain zum erstenmal ein Mädchen geliebt hatte. »Sie hat Catherine geheißen, ein katholisches Mädchen. Ich habe ein so schlechtes Gewissen gehabt, daß ich am nächsten Tag zur Beichte gegangen bin und bei Pater Seamus ausgepackt habe«, berichtete er. »Später habe ich noch oft bei Pater Seamus gebeichtet – immer wenn ich einen britischen Soldaten oder RUC-Mann erschossen oder im Stadtzentrum oder in London eine Bombe gelegt hatte.«

Er erzählte Michael von einer Affäre, die er kurz vor seinem Eintritt in die IRA mit einem protestantischen Mädchen aus Shankill gehabt hatte. Obwohl sie schwanger geworden war, hatten die jeweiligen Eltern ihnen streng verboten, sich je wiederzusehen.

»Wir haben gewußt, daß das die beste Lösung war«, sagte er jetzt. »In beiden Gemeinden wären wir Ausgestoßene gewesen. Wir hätten Nordirland verlassen und in England leben oder nach Amerika auswandern müssen. Sie hat das Baby, einen Jungen, bekommen. Ich habe den Kleinen nie gesehen.« Er machte eine Pause. »Weißt du, Michael, in Shankill habe ich niemals eine Bombe gelegt.«

»Weil du Angst hattest, du könntest zufällig deinen eigenen Sohn umbringen.«

»Ja, weil ich Angst hatte, ich könnte meinen eigenen Sohn umbringen – einen Sohn, den ich nie gesehen habe.« Er riß die nächste Bierdose auf. »Ich weiß wirklich nicht, was zum Teufel wir hier in den letzten dreißig Jahren gemacht haben. Ich weiß nicht, wofür das gut gewesen sein soll. Ich habe der IRA zwanzig Jahre meines Lebens geopfert, zwanzig Jahre für unsere gottverdammte Sache gekämpft. Jetzt bin ich fünfundvierzig. Ich habe keine Frau, keine richtige Familie. Und wofür? Für ein Abkommen, das wir seit neunundsechzig ein dutzendmal hätten erreichen können?«

»Mehr ist für die IRA nicht herauszuholen gewesen«, stellte Michael fest. »Gegen einen Kompromiß ist schließlich nichts einzuwenden.«

»Und jetzt hat Gerry Adams eine wunderbare Idee«, sagte Maguire, ohne auf seine Bemerkung einzugehen. »Er will Falls in eine Touristenattraktion umwandeln. Ein paar Familien sollen ›Bed and Breakfast‹ anbieten. Kannst du dir das vorstellen? Kommt und besichtigt die Straßen, auf denen die Prods und die Micks sich drei Jahrzehnte lang einen häßlichen kleinen Bürgerkrieg geliefert haben. Jesus, ich hätte nie gedacht, daß ich das noch mal erleben würde! Dreitausend Tote, damit wir im Reiseteil der *New York Times* erwähnt werden?«

Er trank sein zweites Bier aus und warf auch diese leere Dose den Hang hinunter.

»Was ihr Amerikaner nicht begreift, ist die Tatsache, daß es hier nie Frieden geben wird. Wir hören vielleicht für einige Zeit auf, uns gegenseitig umzubringen, aber ansonsten ändert sich hier nichts. Hier ändert sich nie etwas.« Er schnippte seine Zigarette über den Straßenrand und beobachtete, wie sie als glühender Punkt in der Dunkelheit verschwand. »Aber du bist bestimmt nicht aus Amerika gekommen, um dir mein Geschwätz über Politik und das Versagen der Irish Republican Army anzuhören.«

»Bestimmt nicht. Ich will wissen, wer Eamonn Dillon ermordet hat.«

»Das wüßte die IRA auch verdammt gern.«

»Was weißt *du* darüber?«

»Nach der Ermordung Dillons haben die Jungs vom Intelligence Unit sich sofort an die Arbeit gemacht. Sie haben vermutet, er sei von einem Sinn-Fein-Mitglied verraten worden, weil der Killer genau zur rechten Zeit am rechten Ort gewesen ist. Die Loyalisten hätten ihn in

Falls beschatten, jede seiner Bewegungen registrieren können, aber das war nicht sehr wahrscheinlich. Für sie ist es schwierig, in Falls zu operieren, und Dillon hat sorgfältig darauf geachtet, seine Bewegungsmuster abzuwandeln.«

»Was ist dann passiert?«

»Die IRA Intelligence hat die Sinn-Fein-Zentrale auf den Kopf gestellt. Die Jungs haben jeden Quadratzentimeter nach Wanzen und Minikameras abgesucht. Sie haben das Personal und die Freiwilligen mächtig unter Druck gesetzt – und es hat sich gelohnt.«

»Was haben sie entdeckt?«

»Eine der Freiwilligen, ein Mädchen namens Kathleen, die in der Zentrale Telefondienst gemacht hat, hatte sich mit einer Protestantin angefreundet.«

»Weißt du, wie sie heißt?«

»Sie hat sich Stella genannt. Kathleen hat geglaubt, wegen des Friedensabkommens sei gegen ihre Freundschaft mit Stella nichts einzuwenden. Die IRA hat sie richtig in die Mangel genommen. Dabei hat sie zugegeben, Stella Einzelheiten über die Führungsspitze der Sinn Fein, auch über Eamonn Dillon, erzählt zu haben.«

»Ist Kathleen noch unter uns?«

»Mit knapper Not«, antwortete Maguire. »Dillon ist in der IRA sehr beliebt gewesen. In den siebziger Jahren hat er der Belfast Brigade angehört. Er hat unter Gerry Adams gedient. Nach einer Verurteilung wegen Waffenschmuggels hat er zehn Jahre in ›The Maze‹ gesessen. Die IRA war kurz davor, Kathleen mit einem Genickschuß zu liquidieren, aber Gerry Adams hat eingegriffen und ihr das Leben gerettet.«

»Kathleen hat der IRA vermutlich eine Beschreibung dieser Stella geliefert?«

»Groß, sehr attraktiv, schwarzes Haar, graue Augen,

markante Backenknochen, energisches Kinn. Leider ist das schon alles, was die IRA über sie weiß. Stella ist ein echter Profi und verdammt vorsichtig gewesen. Sie hat sich mit Kathleen nie an Orten getroffen, die von Kameras der Sinn Fein überwacht werden.«
»Was weiß die IRA über die Ulster Freedom Brigade?«
»Praktisch nichts«, antwortete Maguire. »Aber eines kann ich dir sagen: Die IRA hält nicht mehr endlos lange still. Wenn die Sicherheitsbehörden es nicht schaffen, diese Sache unter Kontrolle zu bringen – und zwar bald –, ist hier in Belfast die Hölle los.«

Michael setzte ihn an der Kreuzung zwischen Divis Street und Millfield Road ab. Maguire stieg aus und verschwand wieder in Falls, ohne sich noch einmal umzusehen. Michael fuhr die wenigen Straßenblocks zum Europa zurück und überließ seinen Leihwagen dem Parkwächter des Hotelparkplatzes. Von Maguire hatte er nicht allzuviel erfahren, aber es war immerhin ein Anfang. Die Ulster Freedom Brigade schien über einen effizienten Nachrichtendienst zu verfügen, und eine ihrer Agentinnen war eine große Schwarzhaarige mit grauen Augen. Michael war sehr mit sich selbst zufrieden; nach langer Zeit an der Auslinie war er wieder einmal im Einsatz gewesen und hatte ein erfolgreiches Geheimtreffen mit einem Agenten hinter sich. Jetzt mußte er dringend nach London zurück und von dort aus die Zentrale in Langley informieren.

Es war schon spät, aber er war hungrig und zu aufgedreht, um in seinem Hotelzimmer bleiben zu können. Die junge Frau an der Rezeption empfahl ihm das Arthur's in einer Seitenstraße der Great Victoria Street. Dort saß Michael an einem kleinen Tisch in der Nähe des Eingangs hinter seinem Schutzwall aus Reiseführern.

Er aß ein irisches Steak mit Kartoffeln und einer gehaltvollen Käse-Sahne-Sauce und spülte das Ganze mit einem halben Liter anständigen Rotwein hinunter. Es war fast elf, als er wieder auf die Straße trat. Durch die Innenstadt fegte ein unangenehm kalter Wind. Michael ging die Great Victoria Street entlang nach Norden zum Europa zurück. Auf dem Gehsteig kam ihm mit klappernden Absätzen eine junge Frau entgegen, die beide Hände tief in den Taschen ihres schwarzen Ledermantels vergraben und über der linken Schulter eine Tasche hängen hatte. Er hatte sie irgendwo im Europa gesehen – vielleicht als Serviererin in der Bar oder als Zimmermädchen, das einen Wagen mit Putzzeug durch die Gänge schob. Sie sah angelegentlich geradeaus. Der Belfaster Blick, dachte Michael. In dieser Stadt schien kein Mensch einen anderen anzusehen, erst recht nicht nachts auf den menschenleeren Bürgersteigen der Innenstadt.

Als die junge Frau noch sechs, sieben Meter von ihm entfernt war, stolperte sie anscheinend über die Kante einer nicht ganz eben verlegten Platte. Sie fiel hin, wobei der Inhalt ihrer Umhängetasche über den Gehsteig verstreut wurde. Michael war mit wenigen raschen Schritten bei ihr und ging neben ihr in die Hocke.

»Haben Sie sich verletzt?«

»Nein, nein«, sagte die junge Frau. »Nur ein kleiner Sturz – nicht weiter schlimm.«

Sie fing an, ihre Sachen einzusammeln.

»Warten Sie, ich helfe Ihnen«, sagte Michael.

»Nicht nötig«, wehrte sie ab. »Ich komme schon zurecht.«

Michael hörte einen Wagen auf der Great Victoria Street mit aufheulendem Motor und quietschenden Reifen beschleunigen. Er richtete sich auf, drehte sich um und sah einen größeren Nissan mit ausgeschalteten Scheinwerfern auf sich zurasen. Im nächsten Augenblick spürte er etwas Hartes, das ihm ins Kreuz gedrückt wurde.

»Steigen Sie in den Wagen, Mr. Osbourne«, sagte die junge Frau ruhig, »sonst zerschieße ich Ihnen das Rückgrat, so wahr mir Gott helfe.«

Der Nissan hielt schleudernd am Randstein, und die hintere Tür wurde aufgestoßen. Auf dem Rücksitz saßen zwei Männer mit übergezogenen Sturmhauben. Einer der beiden sprang aus dem Wagen, stieß Michael auf den Rücksitz und stieg dann wieder ein. Der Fahrer gab Gas und ließ die junge Frau auf dem Gehsteig zurück.

Sobald die Innenstadt hinter ihnen lag, drückten die beiden Männer Michael gewaltsam auf den Wagenboden und schlugen mit Fäusten und Pistolengriffen auf ihn ein. Er schlang seine Arme um den Kopf, um sich so gut wie möglich vor den Schlägen zu schützen, aber es nützte nichts. Er sah Sterne vor den Augen, hörte ein schrilles Klingeln und wurde bewußtlos.

18

County Armagh, Nordirland

Michael kam plötzlich wieder zu sich. Er hatte keine Ahnung, wie lange er bewußtlos gewesen war. Die Männer hatten ihn in den Kofferraum des Wagens gelegt. Er öffnete die Augen, aber um ihn herum blieb es stockfinster; jemand hatte ihm eine Haube aus schwarzem Stoff über den Kopf gezogen. Er schloß wieder die Augen und machte sich an eine Bestandsaufnahme seiner Verletzungen. Die Männer, die ihn überfallen hatten, waren keine Profis, die einen Mann halb totschlagen konnten, ohne Spuren zu hinterlassen. Sein Gesicht war geschwollen und mit Prellungen übersät, und er schmeckte Blut, als er sich mit der Zungenspitze über die Lippen fuhr. Er konnte nicht mehr durch die Nase atmen, und sein Kopf tat an einem Dutzend Stellen weh. Da er anscheinend mehrere angebrochene Rippen hatte, war selbst der flachste Atemzug stechend schmerzhaft. Sein Unterleib schmerzte wie von Fußtritten und schien ebenfalls geschwollen zu sein.

Unter der schwarzen Haube war Michaels Gehör plötzlich fast unnatürlich geschärft. Er hörte alles, was vorn im Wagen vor sich ging: das leise Quietschen der Sitzfederung, die Musik aus dem Autoradio, die harschen Laute der Gälisch sprechenden Männer. Sie hätten darüber diskutieren können, wo und wann sie seine Leiche aus dem Auto werfen wollten – er hätte kein Wort davon verstanden.

Der Wagen fuhr noch einige Zeit mit hoher Geschwindigkeit auf einer gut ausgebauten Straße weiter. Michael wußte, daß es regnete, weil er das Zischen der Reifen auf dem nassen Asphalt hörte. Nach schätzungsweise zwanzig Minuten bremste der Fahrer und bog rechtwinklig von der Straße ab. Sie fuhren langsamer, weil die Fahrbahn schlechter wurde. Das Gelände wurde hügelig. Jedes Schlagloch, jede Kurve, jedes Gefälle, jede Steigung schickte Schmerzwellen durch seinen Körper. Michael bemühte sich, an irgend etwas anderes als die Schmerzen zu denken.

Er dachte an Elizabeth, an sein Zuhause. In New York war es jetzt früher Abend. Wahrscheinlich gab sie den Kindern ihr letztes Fläschchen, bevor sie zu Bett gebracht wurden. Einen Augenblick lang kam er sich wie ein Vollidiot vor, weil er sein idyllisches Leben mit Elizabeth gegen eine Entführung mit Mißhandlungen in Nordirland eingetauscht hatte. Aber das war ein defätistischer Gedanke, den er rasch verdrängte.

Zum ersten Mal seit vielen Jahren dachte Michael wieder an seine Mutter. Das kam wahrscheinlich daher, daß zumindest ein Teil seines Ichs den Verdacht hegte, er würde Nordirland nicht mehr lebend verlassen. In seinen Erinnerungen spielte sie eher die Rolle einer ehemaligen Geliebten als die einer Mutter: Nachmittage in römischen Cafés, Spaziergänge an Mittelmeerstränden, Abendessen in griechischen Tavernen, ein Ausflug zur Akropolis bei Mondschein. Sein Vater war oft wochenlang unterwegs gewesen, ohne sich zwischendurch ein einziges Mal zu melden. Kam er dann heim, durfte er nicht erzählen, wo er gewesen war und was er gemacht hatte. Sie bestrafte ihn dafür, indem sie nur Italienisch sprach, das er nicht beherrschte. Und sie bestrafte ihn dafür, indem sie sich fremde Männer ins Bett holte – eine Tatsache, die sie

Michael nie verheimlichte. Sie neckte ihn sogar, indem sie behauptete, sein wahrer Vater sei ein sizilianischer Großgrundbesitzer, was die Erklärung für Michaels dunklen Teint, sein fast schwarzes Haar und seine lange schmale Nase sei. Michael hatte nie herausbekommen, ob sie das nur im Scherz gesagt hatte. Das gemeinsam bewahrte Geheimnis ihrer Ehebrüche erzeugte eine mystische Bindung zwischen ihnen. Sie war an Brustkrebs gestorben, als Michael achtzehn war. Sein Vater wußte, daß seine Frau und sein Sohn Geheimnisse vor ihm gehabt hatten; der alte Betrüger war selbst betrogen worden. Im ersten Jahr nach Alexandras Tod hatten Michael und sein Vater kaum ein Wort miteinander gewechselt.

Michael fragte sich, was aus Kevin Maguire geworden war. Die Strafe für Verrat an der IRA erfolgte sofort und war drastisch: schwere Folter und eine Kugel in den Hinterkopf. Aber dann überlegte er: Hat Maguire die IRA verraten – oder hat er mich verraten? Er ging nochmals die Ereignisse dieses Abends durch. Zwei Leihwagen über das Hotel Europa, der rote Escort, der blaue Vauxhall. Die beiden Treffs, die Maguire ausgelassen hatte, der Donegall Quay am River Lagan und der Botanische Garten. Und er dachte an Maguire selbst – sein Kettenrauchen, sein Schwitzen, seine langen Geschichten aus alten Zeiten. War Maguire nervös gewesen, weil er fürchtete, beobachtet zu werden? Oder war er schuldbewußt gewesen, weil er seinen alten Führungsoffizier in eine Falle lockte?

Sie bogen von der schlechten Straße auf einen unbefestigten Feldweg ab. Der Nissan rumpelte und schaukelte von einer Seite zur anderen. Michael stöhnte unwillkürlich auf, als ein Schmerz sich wie ein Messer in seine Seite bohrte.

»Kein Grund zur Sorge, Mr. Osbourne!« rief eine Stimme aus dem Wageninneren. »In ein paar Minuten sind wir da.«

Fünf Minuten später hielt der Wagen endlich. Der Kofferraum wurde geöffnet, und Michael spürte einen feuchten Windstoß. Zwei Männer packten seine Arme und zogen ihn aus dem Kofferraum. Plötzlich stand er wieder aufrecht. Trotz der Haube spürte er, wie der Regen auf seine Kopfverletzungen prasselte. Er versuchte einen Schritt zu gehen, aber seine Knie gaben unter ihm nach. Die beiden Männer fingen ihn auf, bevor er zu Boden ging. Michael legte ihnen seine Arme um die Schultern und ließ sich von ihnen ins Haus – anscheinend ein altes Farmhaus – schleppen. So durchquerten sie mehrere Räume, über deren Böden Michaels Füße nachschleiften. Dann wurde er auf einen Holzstuhl mit gerader Lehne gesetzt.

»Wenn Sie hören, daß die Tür geschlossen wird, Mr. Osbourne, dürfen Sie die Haube abnehmen. Sie finden hier warmes Wasser und einen Waschlappen. Säubern Sie sich ein bißchen. Sie haben Besuch.«

Michael zog die Haube ab, die steif war von getrocknetem Blut. Er blinzelte in das grelle Licht. Die Einrichtung des Raums bestand nur aus einem Tisch und zwei Stühlen. Die abblätternde Tapete mit Blumenmuster erinnerte ihn an das Gästehaus in Cannon Point. Auf dem Tisch stand eine weiße Emailschüssel mit Wasser; daneben sah er einen Waschlappen und einen kleinen Rasierspiegel. In die Tür war ein Guckloch gebohrt, damit sie ihn beobachten konnten.

Michael begutachtete sein Gesicht im Spiegel. Seine Augen waren blutunterlaufen und fast zugeschwollen. Über der linken Augenbraue war eine tiefe Platzwunde, die genäht werden mußte. Seine geschwollenen Lippen waren an mehreren Stellen aufgeplatzt, und auf der rechten Backe hatte er eine großflächige Schürfwunde. Sein Haar war blutverklebt. Daß man ihm einen Spiegel gegeben hatte, war Absicht. Die IRA verstand sich darauf, Verhöre wirkungsvoll zu gestalten; er sollte sich schwach, unterlegen und häßlich fühlen. Mit solchen Methoden verhörten die Briten und die Special Branch der RUC seit drei Jahrzehnten IRA-Angehörige.

Michael ließ seinen Mantel vorsichtig zu Boden gleiten und zog die Pulloverärmel hoch. Er tauchte den Waschlappen ins warme Wasser und begann behutsam, sein Gesicht zu säubern, indem er sich das Blut von Augen, Nase und Lippen tupfte. Dann beugte er sich tief über die Emailschüssel und wusch sich das Blut aus dem Haar. Nachdem er sich mit seinem Kamm flüchtig durchs Haar gefahren war, sah er nochmals in den Spiegel. Sein Gesicht war noch immer grausig entstellt, aber er hatte es wenigstens geschafft, den größten Teil des Bluts abzuwaschen.

Eine Faust hämmerte an die Tür.

»Ziehen Sie sich die Haube wieder über«, befahl ihm eine Stimme.

Michael tat nichts dergleichen.

»Sie sollen sich die Scheißhaube wieder überziehen, hab' ich gesagt!«

»Sie ist ganz blutig«, widersprach Michael. »Ich will eine saubere.«

Draußen polterten Schritte, und Michael hörte einen wütenden Wortwechsel auf gälisch. Wenige Sekunden später flog die Tür auf, und ein Mann, der eine Sturmhaube trug, kam mit großen Schritten herein. Er griff nach der blutverschmierten Haube und zog sie Michael grob über den Kopf.

»Sage ich Ihnen, Sie sollen die Haube aufsetzen, setzen

Sie das Scheißding gefälligst auf«, knurrte er. »Haben Sie verstanden?«
Michael gab keine Antwort. Die Tür fiel ins Schloß, und er war wieder allein. Sie hatten ihm ihren Willen aufgezwungen, aber er hatte zuvor einen kleinen Sieg errungen. So ließen sie ihn etwa eine Viertelstunde lang unter der nach seinem eigenen Blut stinkenden Haube sitzen. Im Haus waren Stimmen zu hören, und einmal glaubte Michael, einen weit entfernten Schrei zu hören. Schließlich wurde die Tür wieder geöffnet und geschlossen. Ein Mann hatte den Raum betreten. Michael hörte seine Atemzüge und roch ihn auch: Zigaretten, Haarwasser, ein undefinierbarer Hauch von Parfüm, der ihn an Sarah erinnerte. Der Mann setzte sich auf den freien Stuhl. Er mußte groß und schwer sein, denn der Stuhl knarrte unter seinem Gewicht.
»Sie können die Haube jetzt abnehmen, Mr. Osbourne.«
Die Stimme klang selbstbewußt und sonor, die Stimme eines Führers. Michael zog sich die Haube vom Kopf, legte sie auf den Tisch und sah dem Mann, der ihm am Tisch gegenübersaß, direkt in die Augen. Das Gesicht des anderen war grobknochig und kantig – mit breiter, flacher Stirn, ausgeprägten Backenknochen und einer Boxernase. Die Kerbe in seinem markanten Kinn sah aus, als sei sie mit einer Axt hineingeschlagen. Zu einem weißen Oberhemd mit Krawatte trug er eine anthrazitgraue Hose mit passender Weste. Aus den auffällig blauen Augen leuchteten Intelligenz und rasche Auffassungsgabe. Aus irgendeinem Grund lächelte er.
Michael erkannte sein Gesicht. Er hatte es schon einmal in Cynthia Martins Unterlagen gesehen: auf einem Häftlingsfoto aus »The Maze«, in dem dieser Mann in

den achtziger Jahren eine mehrjährige Haftstrafe verbüßt hatte.

»Jesus! Ich habe meine Männer angewiesen, Ihnen eine kleine Abreibung zu verpassen, aber sie haben anscheinend ganze Arbeit geleistet. Sorry, aber manchmal übertreiben die Jungs ein bißchen.«

Michael äußerte sich nicht dazu.

»Sie heißen Michael Osbourne und arbeiten bei der Central Intelligence Agency in Langley, Virginia. Vor einigen Jahren haben Sie einen Angehörigen der Irish Republican Army, einen Mann namens Kevin Maguire, als Agenten angeworben. Sie haben Maguire gemeinsam mit dem britischen MI5 geführt. Bei Ihrer Rückkehr nach Virginia haben Sie Maguire einem CIA-Offizier namens Jack Buchanan übergeben. Sparen Sie sich die Mühe, irgend etwas davon abzustreiten, Mr. Osbourne. Dafür haben wir keine Zeit, und ich will Ihnen keineswegs schaden.«

Michael gab keine Antwort. Der Mann hatte recht; er konnte alles abstreiten, indem er behauptete, hier müsse eine Verwechslung vorliegen, aber das hätte seine Gefangenschaft nur verlängert – und ihm vielleicht weitere Mißhandlungen eingetragen.

»Wissen Sie, wer ich bin, Mr. Osbourne?«

Michael nickte.

»Tun Sie mir den kleinen Gefallen«, verlangte der Mann. Er bot Michael eine Zigarette an, gab ihm Feuer und zündete sich selbst eine an. Sekunden später hing eine Qualmwolke zwischen ihnen.

»Sie heißen Seamus Devlin.«

»Wissen Sie auch, was ich mache?«

»Sie leiten den Nachrichtendienst der IRA.«

In diesem Augenblick wurde angeklopft, dann murmelte jemand einige Worte auf gälisch.

»Drehen Sie sich zur Wand um«, forderte Devlin ihn auf. Die Tür wurde geöffnet. Michael hörte, daß jemand hereinkam und etwas auf den Tisch stellte. Danach fiel die Tür wieder ins Schloß.

»Sie können sich wieder umdrehen«, sagte Devlin. Auf dem Tisch stand jetzt ein Tablett mit einer Teekanne, zwei angeschlagenen Emailbechern, einer Zukkerdose und einem Milchkännchen. Devlin schenkte ihnen beiden Tee ein.

»Ich hoffe, daß Sie heute nacht eine nützliche Lektion gelernt haben, Mr. Osbourne. Sie wissen jetzt hoffentlich, daß niemand die IRA ungestraft ausspähen kann. Sie halten uns nur für eine Bande dämlicher Bauernlümmel? Für eine Bande tölpelhafter Micks aus den Mooren? Die IRA kämpft seit fast hundert Jahren auf dieser Insel gegen die Briten. In dieser Zeit haben wir auf dem Geheimdienstsektor einiges dazugelernt.«

Michael trank seinen Tee und schwieg.

»Übrigens sind wir nicht durch Sie, sondern durch Buchanan auf Maguire gestoßen, falls Ihnen das ein Trost ist. Bei der IRA gibt es eine Spezialeinheit zur Beschattung Freiwilliger, die verdächtigt werden, Verräter zu sein. Diese Einheit ist so geheim, daß nur ich die Namen ihrer Angehörigen kenne. Ich habe Maguire letztes Jahr in London beschatten lassen, und wir haben seinen Treff mit Buchanan beobachtet.«

Auch diese Nachricht konnte Michael nicht aufheitern. »Warum haben Sie mich geschnappt?« fragte er.

»Weil ich Ihnen etwas mitzuteilen habe.« Devlin beugte sich über den Tisch und faltete seine Hafenarbeiterhände unter dem Kinn. »Die CIA und die britischen Dienste fahnden nach Mitgliedern der Ulster Freedom Brigade. Ich glaube, daß die IRA ihnen dabei behilflich sein kann.

Schließlich liegt es auch in unserem Interesse, diese Serie von Attentaten so rasch wie möglich zu beenden.«
»Was haben Sie zu bieten?«
»Ein Waffenversteck in den Sperrin Mountains«, sagte Devlin. »Es gehört nicht uns, und wir glauben nicht, daß es einer der bekannten paramilitärischen Gruppen der Protestanten gehört.«
»Wo in den Sperrin Mountains?«
»Auf einer Farm außerhalb des Dorfs Cranagh.« Devlin legte Michael einen Zettel mit einer primitiven Lageskizze der Farm hin.
»Was haben Sie dort beobachtet?« fragte Michael.
»Lastwagenverkehr, Kisten, die nachts ausgeladen werden, das Übliche.«
»Leute?«
»Ein paar Männer scheinen ständig dort zu leben. Sie gehen regelmäßig auf den Feldern in der Umgebung Streife. Gut bewaffnet, möchte ich hinzufügen.«
»Überwacht die IRA diese Farm weiter?«
»Wir haben uns zurückgezogen. Uns fehlt die Ausrüstung für eine wirkungsvolle Überwachung.«
»Warum erzählen Sie das mir? Warum nicht den Briten oder der RUC?«
»Weil ich denen nicht traue, niemals trauen werde. Bedenken Sie, daß es in der RUC und den britischen Geheimdiensten Leute gibt, die über Jahre hinweg mit den paramilitärischen Gruppen der Protestanten zusammengearbeitet haben. Ich will, daß diesen protestantischen Dreckskerlen das Handwerk gelegt wird, bevor sie uns wieder in einen regelrechten Krieg hineinziehen, und ich traue den Briten und der RUC nicht zu, das allein zu schaffen.« Devlin drückte seine Zigarette aus. Er sah Michael an und lächelte wieder. »Na, war das nicht ein paar Kratzer und Schürfwunden wert?«

»Fuck you, Devlin«, sagte Michael.
Devlin lachte schallend laut. »Sie können jetzt gehen, Mr. Osbourne. Ziehen Sie Ihren Mantel an. Aber bevor Sie gehen, möchte ich Ihnen noch etwas zeigen.«

Michael folgte Devlin durchs Haus, in dem es nach gebratenem Schinken roch. Devlin führte ihn durch das Wohnzimmer in eine behaglich eingerichtete Küche, in der über dem Herd blankgeputzte Kupfertöpfe hingen. Dieses Bild hätte in ein irisches Country Magazine gepaßt, wenn am Küchentisch nicht ein halbes Dutzend Männer gesessen hätten, die Michael durch die Augenschlitze ihrer Sturmhauben anfunkelten.

»Die werden Sie brauchen«, sagte Devlin, während er eine Wollmütze von der Hakenleiste neben der Tür nahm und sie vorsichtig über Michaels geschwollenen Kopf zog. »Draußen herrscht richtiges Hundewetter, fürchte ich.«

Michael folgte Devlin auf einem schlammigen Pfad. Die Nacht war so finster, als trüge er wieder die schwarze Kopfhaube. Vor sich konnte er nur die Umrisse von Devlins Ringerfigur ahnen; auf seltsame Weise fühlte er sich zu diesem Mann hingezogen. Als sie die Scheune erreichten, hämmerte Devlin ans Tor und sagte einige Worte auf gälisch. Dann zog er das Tor auf und führte Michael in die Scheune.

Michael brauchte einige Sekunden, um zu erkennen, daß der an einen Stuhl gefesselte Mann vor ihm Kevin Maguire war. Er war nackt und zitterte vor Kälte und Angst. Er war grausam mißhandelt worden. Sein Gesicht war völlig entstellt, und er blutete aus einem Dutzend Platzwunden – über den Augen, an den Backenknochen, um den Mund herum. Seine Augen waren zugeschwollen. Der ganze Körper war mit Wunden übersät: Prellungen, Schürfwunden, Striemen von Schlägen mit einem Gürtel, Brandwunden von Zigaretten, die auf ihm ausgedrückt worden waren. Er saß in seinen eigenen Exkrementen. Drei mit Sturmhauben getarnte Männer bewachten ihn.

»So verfährt die IRA mit Spitzeln, Mr. Osbourne«, sagte Devlin. »Denken Sie daran, wenn Sie nächstes Mal versuchen, einen unserer Männer dazu zu überreden, die IRA und sein Volk zu verraten.«

»Michael, bist du's?« fragte Maguire stockend.

Michael trat vor, drängte sich zwischen Maguires Bewachern hindurch und kniete neben ihm nieder. Ihm fehlten die Worte, deshalb wischte er ihm nur das Blut aus den Augen und legte ihm eine Hand auf die Schulter.

»Tut mir leid, daß es so gekommen ist, Kevin«, sagte Michael mit vor Betroffenheit heiserer Stimme. »Mein Gott, das tut mir so leid!«

»Nicht deine Schuld, Michael«, flüsterte Maguire. Er machte einen Augenblick Pause, weil ihn das Reden Anstrengung kostete. »Es liegt an diesem Land. Das hab' ich dir schon gesagt. Hier wird sich nie was ändern. In diesem Land ändert sie nie etwas.«

Devlin trat vor, packte Michael am Arm und zog ihn hoch. Er führte Michael wieder ins Freie. »Das dort drinnen ist die reale Welt«, sagte Devlin. »Ich habe Kevin Maguire nicht auf dem Gewissen. *Sie* haben ihn umgebracht.«

Michael fuhr herum und schlug zu. Sein Boxhieb traf Devlins linken Wangenknochen und ließ ihn zurücktaumeln und zu Boden gehen. Devlin lachte nur und rieb sich das Gesicht, während er sich aus dem Schlamm aufrappelte. Aus dem Haus kamen zwei Männer, aber Devlin schickte sie mit einer lässigen Handbewegung weg.

»Nicht schlecht, Michael. Gar nicht schlecht.«
»Holen Sie ihm einen Priester«, sagte Michael schweratmend. »Er soll seinen Frieden mit Gott machen. Und dann geben Sie ihm eine Kugel. Er hat genug gelitten.«
»Er bekommt seinen Priester«, sagte Devlin, der sich weiter das Gesicht rieb. »Und auch seine Kugel, fürchte ich. Aber merken Sie sich eines: Gelingt es Ihnen und Ihren britischen Kumpeln nicht, die Ulster Freedom Brigade zu stoppen, ist hier der Teufel los. Sollte es dazu kommen, versuchen Sie lieber nicht, einen Spitzel in der IRA anzuwerben, weil der Scheißkerl von einem Verräter genau wie Maguire endet.«

Sie fuhren ihn weit übers Land. Anfangs versuchte Michael sich zu merken, wann sie links oder rechts abbogen, um die Farm vielleicht wiederfinden zu können, aber nach einiger Zeit schloß er einfach die Augen und ruhte sich aus, so gut er konnte. Schließlich hielt der Wagen an. Jemand hämmerte auf den Kofferraumdeckel, bevor er fragte. »Haben Sie Ihre Scheißhaube auf?«
»Ja«, antwortete Michael. Er hatte nicht mehr die Kraft für mentale Spielchen und wollte nur noch von ihnen wegkommen. Zwei Männer hoben ihn aus dem Kofferraum und legten ihn ins nasse Gras am Straßenrand. Im nächsten Augenblick legten sie noch etwas anderes neben ihm ab.
»Lassen Sie die Haube auf, bis Sie den Motor nicht mehr hören können.«
Michael setzte sich sofort auf, als der Wagen anfuhr. Er riß sich die Haube vom Kopf, weil er hoffte, einen Blick auf das Kennzeichen erhaschen zu können, aber der Wagen raste ohne Licht davon. Dann drehte er sich zur Seite, um zu sehen, was die Männer neben ihm abgelegt hatten, und starrte in Kevin Maguires lebloses Gesicht.

19

LONDON

»Man ist Ihnen offenbar zu dem Treff mit Maguire gefolgt«, sagte Wheaton mit der Gewißheit eines Mannes, der niemals zuließ, daß die Tatsachen seiner Theorie in die Quere kamen, vor allem nicht, wenn sie eine für ihn vorteilhafte Lösung darstellte.

»Ich habe mich streng nach Vorschrift davon überzeugt, daß ich nicht beschattet wurde«, sagte Michael. »Ich bin clean gewesen. Sie sind nicht mir, sondern Maguire zu unserem Treff gefolgt. Deshalb hat er die beiden ersten Treffpunkte ignoriert – weil er das Gefühl hatte, beobachtet zu werden. Ich wollte nur, er wäre vernünftig genug gewesen, auf seinen Instinkt zu vertrauen. Dann würde er noch leben.«

Michael saß in der kleinen Teeküche von Winfield House am Tisch. Es war früh abends, etwa zwanzig Stunden seit die IRA ihn in Belfast auf offener Straße entführt hatte. Seine Entführer hatten ihn in der Nähe des Dorfs Dromara ausgesetzt. Michael war nichts anderes übriggeblieben, als den toten Maguire am Straßenrand liegenzulassen und sich möglichst schnell möglichst weit von ihm zu entfernen. Er war losmarschiert und hatte erst kurz vor Banbridge, einer protestantischen Kleinstadt südöstlich von Portadown, einen Lastwagen angehalten. Dem Fahrer hatte er erklärt, er sei von Autodieben überfallen, niedergeschlagen und ausgeraubt worden. Obwohl der Fahrer nach Belfast unterwegs war, wäre er bereit gewesen,

Michael zur RUC-Station in Banbridge zu bringen, damit er Anzeige erstatten konnte. Michael hatte ihm jedoch erklärt, er wolle in sein Hotel in Belfast und von dort aus Anzeige erstatten. Nach seiner Rückkehr ins Hotel Europa hatte er Wheaton in London geweckt. Wheaton hatte die nötigen Gespräche mit seinen britischen Kollegen geführt und dafür gesorgt, daß ein RAF-Hubschrauber Michael vom Flughafen Aldergrove abholte.

»Sie sind schon sehr lange nicht mehr im Einsatz gewesen, Michael«, sagte Wheaton. »Vielleicht haben Sie irgend etwas übersehen.«

»Wollen Sie damit andeuten, daß ich an Kevin Maguires Tod schuld bin?«

»Sie sind als einziger Führungsoffizier dort gewesen.«

»Ich weiß noch, wie man feststellt, ob man beschattet wird. Und ich weiß, nach welchen Kriterien man einen Treff wahrnimmt oder darauf verzichtet. Devlin hat gesagt, die IRA habe seit Monaten gewußt, daß Maguire für uns arbeitet.«

»Seamus Devlin ist für mich keine zuverlässige Quelle.«

»Er hat Buchanans Namen genannt.«

»Den hat Maguire vermutlich preisgegeben, als er gefoltert worden ist.«

Michael wußte, daß er diese Auseinandersetzung unmöglich für sich entscheiden konnte. Jack Buchanan gehörte zum Personal der Station London. Er war einer von Wheatons Leuten, und Wheaton würde alles tun, um ihn in Schutz zu nehmen.

»Offensichtlich hat einer von Ihnen beiden Scheiße gebaut – und das gründlich«, stellte Wheaton fest. »Wir haben einen unserer wertvollsten Agenten verloren, unsere britischen Cousins sind in heller Aufregung, und Sie können von Glück sagen, daß Sie noch leben.«

»Was ist mit Devlins Informationen?«

»Die habe ich in Übereinstimmung mit unserem ursprünglichen Abkommen in bezug auf Maguire an die Zentrale und den MI5 weitergeleitet. Selbstverständlich können wir kein Objekt in Nordirland unter Überwachung stellen. Diese Entscheidung müssen die Briten treffen – unter Berücksichtigung anderer operativer Prioritäten. Darauf haben wir offen gestanden keinen Einfluß mehr.«

»Diese Informationen hat mein Agent mit dem Leben bezahlt.«

»Maguire ist nicht *Ihr* Agent gewesen. Er ist *unser* Agent gewesen; er hat den Briten und uns gehört. Wir haben ihn gemeinsam geführt, uns die Erkenntnisse geteilt, stimmt's? Seine Enttarnung hat uns alle sehr betroffen gemacht.«

»Ich möchte die Chance, einen Schlag gegen die Ulster Freedom Brigade zu führen, nicht vergeben, nur weil wir wegen der Art der Informationsbeschaffung nervös sind.«

»Die ganze Sache ist ziemlich unorthodox gewesen, das müssen Sie zugeben. Was ist, wenn Devlin Ihnen absichtlich falsche Informationen gegeben hat?«

»Wozu sollte die IRA das tun?«

»Um ein paar britische Geheimdienstoffiziere und SAS-Männer ermorden zu können. Wir geben diese Informationen an die Briten weiter, die Briten schicken ein Team dorthin, und die IRA schleicht sich mitten in der Nacht an und schneidet ihnen die Kehle durch.«

»Die IRA hält den Waffenstillstand und das Friedensabkommen ein. Weshalb sollte sie versuchen, die Briten in eine Falle zu locken?«

»Ich traue ihr trotzdem nicht.«

»Die Informationen sind zuverlässig. Wir müssen sofort etwas unternehmen.«

»Dies ist eine britische Angelegenheit, Michael, daher liegt die Entscheidung bei den Briten. Würden wir versuchen, Druck auf sie auszuüben, würde es ihnen nicht gefallen – so wenig wie uns, wenn die Rollen vertauscht wären.«
»Dann lassen Sie's mich unauffällig versuchen.«
»Graham Seymour?«
Michael nickte. Wheaton tat so, als denke er sorgfältig darüber nach.
»Also gut, vereinbaren Sie morgen ein Treffen mit ihm. Aber dann scheren Sie sich gefälligst zum Teufel. Ich will Sie nicht mehr hier haben.« Wheaton machte eine Pause, während er Michaels Gesicht prüfend betrachtete. »Vielleicht ist's ohnehin besser, wenn Sie noch einen Tag länger bleiben. Ich möchte Ihrer Frau nicht zumuten, Sie so zu sehen.«

Michael ging früh ins Bett, fand aber keinen Schlaf. Sobald er die Augen schloß, liefen die Ereignisse in seinem Kopf wie ein Film ab: die Prügel auf dem Rücksitz des Wagens, Devlins ironisch überlegenes Lächeln, Maguires gräßlich zugerichtetes Gesicht. Er stellte sich seinen Agenten vor: an den Stuhl gefesselt, mit zerschlagenem Gesicht, bis zur Unkenntlichkeit mißhandelt. Zweimal stolperte er ins Bad und mußte sich heftig übergeben.

Er erinnerte sich an Devlins Worte.

Ich habe Kevin Maguire nicht auf dem Gewissen...
Sie haben ihn umgebracht.

Sein Körper tat überall weh, wo ihn die Schläge getroffen hatten. Keine Lage war so bequem, daß Michael darin hätte Schlaf finden können. Aber sobald er anfing, sich selbst zu bemitleiden, dachte er wieder an Maguire und seinen elenden, demütigenden Tod.

Michael schluckte Tabletten gegen die Schmerzen und schließlich Tabletten, um schlafen zu können. Er hatte die ganze Nacht lang Alpträume, aber in seinen Träumen war es Michael, der Kevin Maguire mißhandelte, und Michael, der ihm eine Kugel in den Hinterkopf schoß.

»Ein prachtvolles Veilchen hast du da«, sagte Graham Seymour am nächsten Vormittag.

»Schön, nicht wahr?«

Michael setzte seine Sonnenbrille wieder auf, obwohl der Himmel wolkenverhangen war. Die beiden Freunde schlenderten einen Fußweg entlang, der über den Parliament Hill in Hampstead Heath führte. Michael mußte rasten, deshalb setzten sie sich auf eine Bank. Links von ihnen ragte der Highgate Hill in den Nebel auf. Vor ihnen, jenseits der Heide, breitete sich das Stadtzentrum von London aus. In der Ferne erkannte Michael die Kuppel der St.-Pauls-Kathedrale. Um sie herum ließen Kinder bunte Drachen steigen, während sie miteinander sprachen.

»Ich kann noch immer nicht glauben, daß du Seamus Devlin wirklich eine Gerade verpaßt hast.«

»Ich auch nicht, aber es ist verdammt befriedigend gewesen.«

»Weißt du, wie viele Leute ihm liebend gern eine verpassen würden?«

»Ich vermute, daß das eine lange Schlange wäre.«

»Eine *sehr* lange Schlange, Schätzchen. Hat's weh getan?«

»Ihm oder mir?«

»Dir«, sagte Graham und rieb sich unwillkürlich eine lange, knochige Hand mit der anderen.

»Ein bißchen.«
»Das mit Maguire tut mir leid.«
»Er ist ein verdammt guter Agent gewesen.« Michael zündete sich eine Zigarette an. Der Rauch kratzte im Hals, und als er husten mußte, drückte er mit schmerzverzerrtem Gesicht eine Hand gegen seine angebrochenen Rippen. »Was denkt man bei euch im Thames House? Werdet ihr das Objekt überwachen?«
»Die oberste Etage ist ein bißchen ungläubig, um es ehrlich zu sagen«, antwortete Graham. »Außerdem ist sie wegen des Verlusts von Maguire ziemlich sauer.«
»Wheaton hält das Ganze für eine Falle – er glaubt, daß die IRA ein paar Geheimdienstler ermorden will.«
»Typisch Wheaton! So würde er's nämlich machen.«
»Ich halte die Informationen für zutreffend«, sagte Michael. »Devlin hat gewußt, daß wir skeptisch sein würden. Deshalb hat er die Begegnung arrangiert – um zu beweisen, daß es ihm ernst ist.«
»Wahrscheinlich hast du recht«, bestätigte Graham. »Ich werde versuchen, die Sache unauffällig aufs richtige Gleis zu setzen. Vielleicht fliege ich selbst nach Ulster und leite die Überwachung. Ich brauche einen kurzen Urlaub von Helen. Sie ist in einer neuen Phase – Retro-Punk. Sie trägt ihr Haar in wild gefärbten Stacheln und hört nur noch die Clash und die Sex Pistols.«
»Auch das geht irgendwann vorüber«, sagte Michael tröstend.
»Ja, ich weiß, aber ich fürchte, daß die nächste Phase noch schlimmer wird.«
Michael lachte zum erstenmal seit vielen Tagen.

In Cannon Point breitete Elizabeth zwei große Quilts auf dem Fußboden des Schlafzimmers aus. Sie legte die Kinder darauf – erst Jake, dann Liza – und umgab sie mit

Plüschtieren, Quietschspielzeug und Rasseln. Dann lag sie zwanzig Minuten zwischen ihnen auf dem Fußboden, spielte mit ihnen und gab die dümmlichen Gurrlaute von sich, die sie verrückt gemacht hatten, bevor sie selbst Kinder gehabt hatte. Schließlich setzte sie sich aufs Bett und beobachtete die Zwillinge einfach nur. Elizabeth hatte sich bewußt dazu gezwungen, ihre Prozeßvorbereitungen zu unterbrechen und sich das ganze Wochenende über den Kindern zu widmen. Das war wundervoll gewesen: An diesem Vormittag hatte sie mit den Kindern einen langen Spaziergang auf der Shore Road gemacht und war dann mit ihnen zum Lunch in ihr Lieblingsrestaurant in Sag Harbor gegangen. Es wäre perfekt gewesen, wenn ihr Ehemann und ihr Vater nicht in London gewesen wären.

Sie staunte darüber, wie verschieden die Zwillinge waren. Liza war ganz wie ihre Mutter: offen, freundlich, auf ihre Weise gesprächig und stets bemüht, anderen zu gefallen. Jake war das genaue Gegenteil. Jake lebte in seiner eigenen Gedankenwelt. Liza versuchte bereits, allen zu erzählen, was sie dachte. Jake behielt seine Gedanken lieber für sich. Er ist erst vier Monate alt, dachte sie, aber schon genau wie sein Vater und sein Großvater. Wenn er auch ein Spion wird, erschieße ich mich!

Dann fiel ihr wieder ein, wie sie Michael behandelt hatte, und sofort hatte sie ein schlechtes Gewissen. Es war ungerecht gewesen, Michael Vorwürfe zu machen, weil er es übernommen hatte, diese Sonderkommission zur Bekämpfung des Terrorismus in Nordirland zu leiten. Tatsächlich war Elizabeth längst zu dem Schluß gekommen, es sei töricht von ihr gewesen, ihn überhaupt zu ermutigen, die Agency zu verlassen. Michael hatte recht. Es *war* ein wichtiger Job, und aus irgendwelchen Gründen machte er ihn glücklich.

Elizabeth beobachtete wieder die Kinder. Liza schmuste mit einem kleinen Plüschhund, Jake lag auf dem Rücken und starrte wie gedankenverloren aus dem Fenster. Michael war, wie er war, und es hatte keinen Zweck, ihn ändern zu wollen. Schließlich hatte sie sich einmal wegen genau seiner Art in ihn verliebt.

Sie dachte an Michael in Belfast und spürte, daß ihr dabei ein kalter Schauder über den Rücken lief. Sie fragte sich, was er dort tat – ob er sich an gefährlichen Orten aufhielt. Sie würde sich nie an die Idee gewöhnen, daß er ihr Zuhause zu irgendwelchen »Einsätzen« verließ. Solange er unterwegs war, lag die Angst wie ein Eisklumpen in ihrem Magen. Dann schlief sie mit brennender Nachttischlampe und leise laufendem Fernseher. Dabei hatte sie nicht unbedingt Angst um seine persönliche Sicherheit; sie hatte Michael in Aktion erlebt und wußte, daß er sich verteidigen konnte. Ihre Besorgnis entsprang dem Wissen, daß Michael ein anderer Mensch wurde, wenn er unterwegs war. Kam er dann heim, wirkte er zunächst immer ein bißchen fremd. Im Einsatz lebte er ein anderes Leben, und Elizabeth fragte sich manchmal, ob sie auch daran teilhatte.

Auf der Shore Road kamen Autoscheinwerfer näher. Sie trat ans Fenster und beobachtete, wie der Wagen am Tor hielt. Der Wachposten winkte ihn durch, ohne erst im Haus anzurufen, was bedeutete, daß der Fahrer Michael sein mußte.

»Maggie?« rief Elizabeth.

Maggie kam herein. »Ja, Elizabeth?«

»Eben ist Michael heimgekommen. Können Sie einen Augenblick auf die Kinder aufpassen?«

»Natürlich.«

Elizabeth lief die Treppe hinunter. Sie riß den nächstbesten Mantel von einem Garderobenhaken neben der

Haustür und hängte ihn sich um, während sie über die Einfahrt zu dem Wagen hastete, aus dem Michael jetzt stieg.

Sie umarmte ihn und sagte: »Du hast mir schrecklich gefehlt, Michael. Mir tut alles so leid. Bitte verzeih mir.«
»Was denn?« fragte er und küßte sie sanft auf die Stirn.
»Daß ich so aasig gewesen bin.«
Als sie ihn an sich drückte, ächzte Michael unwillkürlich. Elizabeth schob ihn von sich weg, runzelte die Stirn und zog ihn ins Licht, das aus einem der Fenster des Hauses fiel.
»O Gott, was ist mit dir passiert?«

20

London · Mykonos · Athen

Eine Woche nach Michael Osbournes Abreise aus London fuhr ein silbergrauer Jaguar vor einer georgianischen Villa in St. John's Wood vor. Auf dem Rücksitz der Limousine saß der Direktor. Er war ein kleiner Mann mit schmalem Kopf und schmalen Hüften, mit aschblondem Haar, in das sich graue Strähnen mischten, und graugrünen Augen, die an Meerwasser im Winter erinnerten. Er lebte allein mit einem Jungen, den die Gesellschaft ihm zu seinem persönlichen Schutz stellte, und einem Mädchen namens Daphne, das Büroarbeiten erledigte und sich um ihn kümmerte. Sein Chauffeur, ein ehemaliger Angehöriger der Eliteeinheit Special Air Service, stieg aus und öffnete die hintere Tür.

Daphne wartete unter einem großen schwarzen Schirm, der sie vor dem prasselnden Regen schützte, vor der Haustür. Sie sah immer so aus, als sei sie gerade von einem Urlaub in den Tropen zurückgekommen. Sie war einen Meter achtzig groß, hatte karamelbraune Haut und braunes Haar mit von der Sonne aufgehellten Strähnen, das auf ihre Schultern fiel.

Sie trat auf ihn zu und geleitete den Direktor in die Eingangshalle, sorgfältig darauf achtend, daß er immer unter ihrem Schirm war und trocken ins Haus gelangte. Der Direktor war anfällig für Bronchialkatarrhe; der englische Winter war für ihn ähnlich gefährlich wie der Spaziergang durch ein Minenfeld ohne Minensuchgerät.

»Picasso ruft aus Washington an, Sir«, berichtete Daphne. Der Direktor hatte viele tausend Pfund für Sprachtherapie ausgegeben, um die letzte Spur eines westindischen Singsangs aus ihrer Stimme zu tilgen. Jetzt sprach Daphne wie eine BBC-Nachrichtensprecherin. »Wollen Sie den Anruf gleich entgegennehmen, oder soll ich später zurückrufen?«

»Danke, ich rede gleich mit ihr.«

Er ging in sein Arbeitszimmer, drückte auf die blinkende grüne Taste und nahm den Hörer ab. Er hörte einige Minuten lang zu, murmelte einige Worte und hörte erneut zu.

»Alles in Ordnung, mein Herz?« fragte Daphne, nachdem der Direktor aufgelegt hatte.

»Wir müssen morgen früh nach Mykonos fliegen«, antwortete er. »Monsieur Delaroche befindet sich in großer Gefahr, fürchte ich.«

In London war das Wetter noch sehr winterlich gewesen, aber auf Mykonos war es mild und sonnig, als die gecharterte Turbopropmaschine der Island Air mit dem Direktor und Daphne an Bord am frühen Nachmittag dort landete. Nachdem sie ihr Zimmer in einem Hotel in Chora bezogen hatten, schlenderten sie in Klein-Venedig den Kai entlang, bis sie ein Café fanden. Delaroche saß an einem Tisch mit Blick über den Hafen. Er trug Khakishorts und ein ärmelloses Trikot. An seinen Fingern klebten rote und schwarze Farbreste. Der Direktor schüttelte ihm die Hand, als versuche er, seinen Puls zu finden; dann zog er ein schneeweißes Batisttuch aus der Brusttasche seines Jacketts und tupfte sich damit seine Handfläche ab.

»Irgendwelche Anzeichen dafür, daß wir beobachtet werden?« fragte der Direktor mit sanfter Stimme.

Delaroche schüttelte den Kopf.

»Wollen wir uns nicht in Ihre Villa verfügen?« schlug der Direktor vor. »Mir gefällt, was Sie daraus gemacht haben.«

Delaroche fuhr sie mit seinem klapprigen Volvo Kombi nach Kap Mavros. Hinten auf der Ladefläche schepperten seine Staffelei, mehrere Leinwände und die Tasche mit Pinseln und Farben. Der Direktor saß vorn auf dem Beifahrersitz und umklammerte krampfhaft die Armlehne, während Delaroche über die schmale kurvenreiche Bergstraße raste. Daphne saß bei offenem Fenster halb liegend auf dem Rücksitz und ließ sich den Fahrtwind durchs Haar wehen.

Delaroche servierte ihnen ein Abendessen auf der Terrasse. Nach dem Essen entschuldigte Daphne sich und streckte sich in einem Liegestuhl außer Hörweite aus.

»Meine Anerkennung für Ihre Arbeit im Fall Achmed Hussein«, sagte der Direktor, indem er sein Weinglas hob.

Delaroche ließ sein Glas stehen. Er fand keine Befriedigung darin, Menschen zu töten; befriedigt war er immer nur, wenn er einen Auftrag auf professionelle Weise ausgeführt hatte. Delaroche sah sich nicht als Mörder, sondern als Attentäter. Seine Auftraggeber waren die eigentlichen Mörder. Delaroche war nur die Tatwaffe.

»Die Auftraggeber sind sehr zufrieden«, fuhr der Direktor fort. Seine Stimme war trocken wie dürres Laub. »Husseins Tod hat genau die erhofften Reaktionen provoziert. Aber in diesem Zusammenhang hat sich ein kleines Sicherheitsproblem ergeben, das Sie betrifft.«

Eine jäh aufsteigende Hitzewelle machte Delaroche seine Angst bewußt. In seiner ganzen Laufbahn hatte er seine persönliche Sicherheit mit geradezu manischer Intensität verteidigt. Die meisten Profikiller unterzogen sich regelmäßig kosmetischen Operationen, um ihr Aussehen zu verändern. Delaroche löste dieses Problem auf andere Weise: Nur eine Handvoll Menschen, die seinen wahren Beruf kannten, hatten jemals sein Gesicht gesehen. Die einzigen Fotos, die es von ihm gab, klebten in seinen gefälschten Pässen, und Delaroche hatte sein Aussehen auf allen so verändert, daß sie für Fahndungszwecke unbrauchbar waren. Auf Bahnhöfen und Flughäfen trug er immer Baseballmütze und Sonnenbrille, um sich vor Überwachungskameras zu tarnen. Trotzdem war er sich darüber im klaren, daß die CIA von seiner Existenz wußte und im Lauf der Jahre ein recht umfangreiches Dossier über seine Auftragsmorde angelegt hatte.

»Was für ein Sicherheitsproblem?« fragte Delaroche.

»Die CIA hat Interpol und alle befreundeten Geheimdienste alarmiert. Sie sind auf eine internationale Fahndungsliste gesetzt worden. Jeder Paßkontrolleur und Grenzpolizist in Europa hat das hier ...«

Der Direktor zog ein zusammengefaltetes Blatt Papier aus der Innentasche seines Jacketts und legte es Delaroche hin. Als Delaroche das Blatt auseinanderfaltete, starrte ihn sein Phantombild an. Es war erstaunlich lebensecht und ähnlich – offenbar das Produkt eines leistungsfähigen Computers.

»Ich dachte, die Amerikaner hielten mich für tot.«

»Das habe ich auch geglaubt, aber jetzt scheinen sie Sie für höchst lebendig zu halten.« Der Direktor machte eine Pause, um sich eine Zigarette anzuzünden. »Sie haben Achmed Hussein nicht ins Gesicht geschossen, stimmt's?«

Delaroche nickte bedächtig und tippte sich mit einem Zeigefinger an die Brust. Er kannte nur eine einzige professionelle Eitelkeit: Über Jahre hinweg hatte er die meisten seiner Opfer mit drei Schüssen ins Gesicht getötet. Das hatte er vermutlich getan, um seine Feinde wissen zu lassen, daß er existierte. Delaroche waren nur noch zwei Dinge im Leben wichtig, seine Malerei und sein

Handwerk. Aus Sicherheitsgründen ließ er seine Gemälde unsigniert, und wenn er welche verkaufte, blieb er selbst anonym. Er hatte es vorgezogen, seine Morde mit einer Signatur zu versehen.
»Wer steckt dahinter?« fragte Delaroche.
»Ihre alter Freund Michael Osbourne.«
»Osbourne? Ich dachte, er sei pensioniert.«
»Er ist vor kurzem aus dem Ruhestand zurückgeholt worden, um eine CIA-Sonderkommission zur Bekämpfung des Terrorismus in Nordirland zu leiten. Auch auf diesem Gebiet hat Osbourne anscheinend Erfahrung.«
Delaroche gab dem Direktor das Phantombild zurück.
»Woran haben Sie gedacht?«
»Aus meiner Sicht gibt es nur zwei Möglichkeiten. Tun wir nichts, ist Ihre Einsatzfähigkeit schwer beeinträchtigt, fürchte ich. Können Sie nicht reisen, können Sie nicht arbeiten. Und wenn Polizeibeamte in aller Welt Ihr Gesicht kennen, können Sie nicht reisen.«
»Und die zweite Möglichkeit?«
»Wir verschaffen Ihnen ein neues Gesicht und einen anderen Wohnsitz.«
Delaroche blickte übers Meer hinaus. Er wußte, daß er keine andere Wahl hatte, als sein Aussehen operativ zu verändern. War er nicht einsatzfähig, würde der Direktor ihre Geschäftsbeziehung beenden. Damit verlor er den Schutz der Gesellschaft und die Möglichkeit, sich seinen Lebensunterhalt zu verdienen. Er würde den Rest seines Lebens damit verbringen, sich ängstlich umzusehen und zu fragen, wann seine Feinde ihn liquidieren würden. Delaroche wollte vor allem in Sicherheit leben – also mußte er das Angebot des Direktors annehmen.
»Haben Sie jemanden, der mich operieren kann?«
»Einen Franzosen namens Maurice Leroux.«
»Ist er vertrauenswürdig?«

»Absolut«, sagte der Direktor. »Sie können Griechenland erst nach der Operation verlassen, deshalb muß Leroux herkommen. Ich miete eine Wohnung in Athen, in der er Sie operieren kann. Dort können Sie sich anschließend erholen, bis die Narben verheilt sind.«
»Was wird aus meiner Villa?«
»Die behalten wir vorläufig. Ich brauche einen Ort für die Frühjahrssitzung des Exekutivrats. Dafür ist Ihre Villa sehr gut geeignet.«
Delaroche sah sich um. Dieses einsame Haus an der Nordküste von Mykonos hatte ihm alles gegeben, was er brauchte: Ungestörtheit, Sicherheit, ausgezeichnete Motive für seine Malerei, anspruchsvolles Gelände für seine Touren mit dem Rennrad. Er wollte es so wenig verlassen, wie er sein voriges Haus an der bretonischen Küste hatte verlassen wollen, aber er wußte, daß ihm keine andere Wahl blieb.
»Wir müssen einen neuen Wohnsitz für Sie finden«, sagte der Direktor. »Wo möchten Sie zukünftig leben?«
Delaroche überlegte kurz. »Amsterdam.«
»Sprechen Sie Holländisch?«
»Nicht viel, aber das lerne ich rasch.«
»Also gut«, sagte der Direktor, »es bleibt bei Amsterdam.«

Der Immobilienmakler Stavros vermittelte ihm einen Mann, der sich um Haus und Garten kümmern würde. Delaroche erklärte ihm, er müsse für längere Zeit verreisen, aber ein Freund würde gelegentlich in der Villa wohnen. Stavros wollte ihn zu einem Abschiedsessen in der Taverne einladen, aber Delaroche lehnte höflich dankend ab.
Seinen letzten Tag auf Mykonos verbrachte Delaroche

damit, den Dorfplatz in Ano Mera, die Terrasse seiner Villa und die Felsen bei Linos zu malen. Er arbeitete vom Morgengrauen bis zur Abenddämmerung, bis seine rechte Hand – die Hand mit der Schußverletzung – zu schmerzen begann.

Er saß auf der Terrasse und trank Wein, bis die untergehende Sonne seine weiße Villa mit einem Hauch von Siena natur übergoß, das er niemals auf einer Leinwand würde wiedergeben können.

Als es dunkel wurde, ging er hinein und machte im offenen Kamin ein großes Feuer. Dann durchsuchte er die Villa Zimmer für Zimmer, Schrank für Schrank, Schublade für Schublade und verbrannte alles, was einen Hinweis auf seine Existenz hätte geben können.

»Wirklich schade, daß wir ein so schönes Gesicht verderben müssen«, sagte Maurice Leroux am nächsten Tag. Sie saßen in der Athener Wohnung, die der Direktor für die Operation und Delaroches Rekonvaleszenz gemietet hatte, vor einem großen, hell beleuchteten Spiegel.

Leroux betastete mit der Spitze seines mageren Zeigefingers vorsichtig Delaroches Backenknochen.

»Sie sind kein Franzose«, verkündete er ernst, als fürchte er, diese Mitteilung könnte seinen französischen Landsmann schockieren. »In meinem Beruf eignet man sich zwangsläufig vertiefte anthropologische Kenntnisse an. Ich glaube, Sie sind irgendein Slawe, vielleicht sogar ein Russe.«

Delaroche schwieg, während Leroux weiterdozierte.

»Das sehe ich hieran – an den breiten Backenknochen, der flachen Stirn und dem markanten Unterkiefer. Und hier, sehen Sie sich Ihre Augen an. Sie sind auffällig mandelförmig und leuchtendblau. Nein, nein, Sie mögen einen französischen Namen tragen, aber in Ihren Adern fließt slawisches Blut, fürchte ich. Vornehmes slawisches Blut allerdings.«

Delaroche betrachtete Leroux' Bild im Spiegel. Der Chirurg war ein schwächlicher Mann mit großer Nase, zurückweichendem Kinn und einem lächerlichen Toupet, das viel zu schwarz war. Seine Finger glitten nochmals über Delaroches Gesicht. Er hatte die Hände einer alten Frau – blaß, weich, dick blau geädert –, aber sie stanken nach dem Rasierwasser eines ganz jungen Mannes.

»Manchmal gelingt es, einen Mann durch plastische Chirurgie attraktiver zu machen. Vor einigen Jahren habe ich einen Palästinenser operiert, einen gewissen Muhammad Awad.«

Delaroche zuckte bei der Erwähnung dieses Namens zusammen. Für einen Mann in seiner Branche hatte Leroux soeben eine Todsünde begangen: Er hatte die Identität eines früheren Patienten preisgegeben.

»Er ist jetzt tot, aber als ich mit ihm fertig war, ist er richtig schön gewesen«, fuhr Leroux fort. »Bei Ihnen dürfte leider das Gegenteil der Fall sein. Ich fürchte, daß wir Sie weniger attraktiv machen müssen, um Ihr Aussehen wirklich zu verändern. Können Sie sich mit dieser Vorstellung abfinden, Monsieur?«

Leroux war ein häßlicher Mann, für den Äußerlichkeiten sehr wichtig waren. Delaroche war ein attraktiver Mann, der sich sehr wenig aus Äußerlichkeiten machte. Er wußte, daß manche Frauen ihn attraktiv fanden – manche sogar schön –, aber er selbst hatte sich nie viel darum gekümmert, wie er aussah. Ihm ging es nur um eines: Sein Gesicht war zu einer Gefahr für ihn geworden, und er würde es so behandeln, wie er alle Gefahren behandelte – er würde es eliminieren.

»Tun Sie, was Sie tun müssen«, sagte Delaroche.

»Also gut«, antwortete Leroux. »Sie haben ein Gesicht, das aus Winkeln und scharfen Kanten besteht. Diese Winkel müssen zu sanften Kurven, die Kanten müssen abgerundet werden. Ich habe vor, die obere Schicht Ihrer Backenknochen abzutragen, damit sie glatter und runder wirken. In Ihre Backen spritze ich Kollagen ein, damit Ihr Gesicht voller wirkt. Sie haben ein sehr schmales Kinn; ich mache es breiter und viereckiger. Ihre Nase ist ein Meisterwerk, aber sie muß leider geopfert werden. Ich mache sie größer und den Nasensattel kräftiger. Was die Augen betrifft, kann ich nicht viel tun, außer ihre Farbe durch Kontaktlinsen zu verändern.«

»Funktioniert das alles?« fragte Delaroche.

»Wenn ich fertig bin, erkennen Sie Ihr Gesicht selbst nicht wieder.« Er zögerte. »Wissen Sie bestimmt, daß Sie sich das antun wollen?«

Delaroche nickte.

»Also gut«, sagte Leroux. »Aber ich komme mir ein bißchen wie dieser Idiot vor, der ein Hammerattentat auf die Pietà verübt hat.«

Er zog einen Filzschreiber aus der Jackentasche und zeichnete Markierungen auf Delaroches Gesicht.

21

LONDON

Preston McDaniels war Beamter im Außenministerium und arbeitete in der Presse- und Informationsabteilung der US-Botschaft in London. Er war fünfundvierzig, schlank und vorzeigbar, wenn auch nicht nach herkömmlichen Maßstäben attraktiv. Als lebenslänglicher Junggeselle hatte er nur selten Frauenbekanntschaften gehabt, was seine Kollegen dazu bewog, hartnäckig darüber zu spekulieren, ob er schwul sei. Aber Preston McDaniels war nicht homosexuell; er hatte nur nie sonderlich gut mit Frauen umgehen können. Jedenfalls bis vor kurzem.

Es war 18 Uhr, und McDaniels räumte seinen Schreibtisch auf, bevor er sein kleines Büro verließ. Zwischendurch blieb er kurz am Fenster stehen und blickte auf den Grosvenor Square hinunter. Er hatte schwer darum gekämpft, nach langen Jahren an brutalen Dienstorten wie Lagos, Mexico City und Islamabad nach London versetzt zu werden. Hier war er glücklicher als je zuvor. Er liebte das Theater, die Museen, die Einkaufsmöglichkeiten, die interessanten Ziele für Wochenendausflüge. Er hatte eine elegante kleine Wohnung in South Kensington und fuhr jeden Morgen mit der U-Bahn zur Arbeit. Sein Job war allerdings weiterhin ziemlich langweilig: Er verfaßte routinemäßige Pressemitteilungen, stellte einen britischen Pressespiegel mit Themen zusammen, die den Botschafter interessierten, und koordinierte die Berichterstattung über Veranstaltungen, an denen der Botschafter teilnahm – aber die Tatsache, daß er in London lebte, machte alles irgendwie aufregend.

Er nahm eine Mappe mit Unterlagen vom Schreibtisch und packte sie in seinen ledernen Aktenkoffer. Dann nahm er seinen Regenmantel vom Haken und verließ sein Büro. Auf dem Gang trat er in die Herrentoilette und musterte sich prüfend im Spiegel über dem Waschbecken.

Manchmal fragte er sich, was sie an ihm fand. Er versuchte sein Haar so zu kämmen, daß es die kahle Stelle verdeckte, aber das machte es nur schlimmer. Sie hatte gesagt, sie habe eine Vorliebe für Männer mit beginnender Glatze, weil sie smarter und reifer aussähen. Sie ist zu jung für mich, dachte er, zu jung und viel zu hübsch. Aber er konnte nichts dagegen machen. Zum erstenmal in seinem Leben lebte er in einer sexuell erregenden Beziehung, die er um jeden Preis erhalten wollte.

Draußen regnete es, und der Grosvenor Square lag in trübem Halbdunkel. McDaniels spannte seinen Schirm auf und ging durch den regen Fußgängerverkehr zur Park Lane hinüber. Dort blieb er vor dem Restaurant stehen und beobachtete sie einen Augenblick durchs Fenster. Sie war groß und sportlich schlank – mit üppiger schwarzer Mähne, ovalem Gesicht und grauen Augen. Ihre lose weiße Bluse konnte ihren vollen, wohlgerundeten Busen nicht ganz verbergen. Sie war eine wunderbare Liebhaberin; sie schien seine kühnsten Phantasien zu erraten. Im Büro starrte er jeden Nachmittag auf die Uhr, weil er es kaum erwarten konnte, sie wiederzusehen.

McDaniels betrat das Restaurant und setzte sich in der Bar an einen Tisch. Als sie ihn sah, blinzelte sie ihm zu und bildete mit ihren Lippen die Worte: »Komme gleich!«

Im nächsten Augenblick brachte sie ihm ein Glas

Weißwein. McDaniels berührte ihre Hand, als sie das Glas auf den Tisch stellte.

»Du hast mir schrecklich gefehlt, Darling.«

»Ich dachte, du würdest nie mehr kommen«, sagte sie.

»Aber ich kann mich nicht mit dir unterhalten – Riccardo hat heute abend wieder einen psychotischen Schub. Wenn er mich mit dir reden sieht, schmeißt er mich raus.«

»Du bist nur zu einem Stammgast freundlich.«

Sie lächelte verführerisch und sagte: »Sehr freundlich.«

»Wir müssen uns treffen.«

»Ich arbeite bis zehn.«

»So lange kann ich nicht warten.«

»Das wirst du wohl müssen.«

Sie blinzelte ihm erneut zu und ging davon. McDaniels trank mit kleinen Schlucken seinen Wein und beobachtete, wie sie von Tisch zu Tisch ging, Bestellungen aufnahm, Essen servierte und mit den Gästen sprach. Sie war die Art Frau, die Männern auffiel. Sie war zu attraktiv und talentiert, um als Serviererin zu arbeiten. Er wußte, daß sie irgendwann ihren Platz in der Welt finden würde – und dann würde sie ihn verlassen.

McDaniels trank seinen Wein aus, legte einen Zehnpfundschein auf den Tisch und verließ das Restaurant. Natürlich war das zuviel Geld für ein einziges Glas Wein. Sie wird denken, ich halte sie für eine Nutte, sagte er sich. Er überlegte, ob er zurückgehen und weniger Geld hinlegen sollte, aber er wußte, daß das noch seltsamer gewirkt hätte. Als McDaniels davonging, dachte er, daß er, wenn sie ihn eines Tages verließe, vermutlich Selbstmord begehen würde.

McDaniels ließ sich auf dem Nachhauseweg Zeit. Der Regen hatte fast aufgehört, deshalb ging er zu Fuß und genoß die Stadt und das beschwingte Gefühl, das ein Glas Wein und vor allem die wenigen Minuten in Rachels Gesellschaft in ihm ausgelöst hatten. Er hatte noch nie etwas wie Besessenheit empfunden, aber er wußte, daß sie sich so ähnlich anfühlen mußte. Sie begann sich auf seine Arbeit auszuwirken. Er war in Besprechungen geistesabwesend, verlor manchmal mitten im Satz den Faden, so daß seine Kollegen über ihn zu tuscheln begannen. Aber das war ihm eigentlich egal. Er hatte sein Leben lang ohne die Liebe einer Frau auskommen müssen. Jetzt wollte er dieses Gefühl genießen, solange es andauerte.

Er aß in einem Pub an der Brompton Road zu Abend. Während er die Zeitungen las, gelang es ihm, ein paar Minuten nicht an Rachel zu denken. Aber dann war sie wieder da – wie eine angenehme Melodie, die ihm nicht mehr aus dem Sinn ging. Er stellte sie sich im Bett vor – mit lustvoll geöffnetem Mund und geschlossenen Augen. Danach setzten törichte Phantasien ein: die Hochzeit in einer englischen Dorfkirche, das kleine Landhaus in den Cotswolds, die Kinder. Lächerliche Bilder, die ihm jedoch Freude machten. Er war hoffnungslos verliebt, aber Rachel schien kein Typ für die Ehe zu sein. Sie wollte schreiben. Sie genoß ihre Freiheit – ihre intellektuelle und ihre sexuelle Freiheit. Machte er ihr einen Heiratsantrag, würde sie vermutlich entsetzt die Flucht ergreifen.

McDaniels schlenderte durch die ruhigen Seitenstraßen von South Kensington. Er hatte eine hübsche Dreizimmerwohnung im ersten Stock eines Terrassenhauses im georgianischen Stil. Er sperrte auf und blätterte seine Nachmittagspost durch. Nachdem er ausgiebig geduscht hatte, zog er eine Khakihose und einen Baumwollpullover an.

Das zweite Schlafzimmer diente ihm als Arbeitszimmer. Er sah die Nine O'Clock News, während er die aus dem Büro mitgebrachten Unterlagen durcharbeitete. Botschafter Cannon hatte morgen einen vollen Terminkalender: vormittags ein Gespräch mit dem Staatssekretär im Außenministerium, dann ein Mittagessen mit englischen Industriellen und nachmittags ein Interview mit einem Journalisten der *Times*. Als er die Papiere durchgearbeitet hatte, legte er sie in die Mappe zurück, die wieder in seinen Aktenkoffer kam.

Kurz vor 22.30 Uhr summte die Türsprechanlage. McDaniels drückte auf die Sprechtaste und fragte scherzhaft: »Wer ist da?«

»Ich bin's, Darling«, sagte sie. »Oder hast du eine deiner anderen Geliebten erwartet?«

Das war ihr kleines Spiel, das sie gelegentlich spielten: Scherze über andere Partner, gespielte Eifersucht. Wirklich erstaunlich, wie rasch ihre Beziehung sich weiterentwickelt hatte.

»Du bist die einzige Frau, die ich in meinem ganzen Leben gehabt habe.«

»Lügner!«

»Wollen wir darüber nicht lieber hier oben reden?«

Er strich sich die Haare glatt, während er auf sie wartete. Auf dem Gang waren ihre Schritte zu hören, aber um nicht übereifrig zu erscheinen, wartete er, bis Rachel anklopfte. Als er die Tür aufzog, warf sie sich ihm in die Arme und küßte ihn. Ihre Lippen öffneten sich, und ihre seidenweiche Zunge glitt über seine. Dann trat sie einen halben Schritt zurück und murmelte: »Darauf habe ich mich schon den ganzen Abend gefreut.«

Preston McDaniels lächelte. »Womit habe ich bloß das Glück verdient, jemanden wie dich zu finden?«

»Ich kann von Glück sagen.«

»Möchtest du einen Drink?«

»Tatsächlich habe ich ein dringendes Problem, und du bist der einzige, der mir dabei helfen kann.« Sie ergriff seine Hand, zog ihn ins Schlafzimmer und knöpfte dabei schon ihre Bluse auf. Sie drückte ihn aufs Bett und zog sein Gesicht an ihren Busen.

»O Gott«, stöhnte er.

»Beeil dich, Darling«, sagte sie. »Bitte beeil dich.«

Rebecca Wells wachte gegen drei Uhr morgens auf. Sie lag einige Minuten lang ganz still und horchte auf McDaniels' gleichmäßige Atemzüge. Er schlief im allgemeinen tief, und er hatte sie in dieser Nacht zweimal geliebt. Sie setzte sich auf, glitt leise aus dem Bett und durchquerte den Raum. Ihre Bluse lag noch auf dem Fußboden, wo Rebecca sie abgestreift hatte. Sie hob sie auf, verließ das Schlafzimmer und schloß lautlos die Tür hinter sich.

Sie zog ihre Bluse an, während sie über den Korridor in sein Arbeitszimmer ging. Auch diese Tür schloß sie hinter sich, bevor sie sich an den Schreibtisch setzte. Der Aktenkoffer stand unverschlossen daneben. Rebecca öffnete ihn und kramte darin herum, bis sie gefunden hatte, was sie suchte: die Mappe mit den Unterlagen über Botschafter Cannons Termine an diesem Tag.

Sie nahm einen Notizblock von seinem Schreibtisch und begann hastig zu schreiben. Die Angaben waren sehr detailliert: Art und Zeitpunkt jedes Termins, das Transportmittel, die Route. Nachdem sie den Terminplan abgeschrieben hatte, blätterte sie auch die restlichen Unterlagen durch, um zu sehen, ob sie weitere nützliche Informationen enthielten. Dann legte sie die Papiere in seinen Aktenkoffer zurück und knipste die Schreibtischlampe aus.

Sie überquerte den Flur, verschwand im Bad, schloß

die Tür und machte Licht. Sie wusch sich das Gesicht mit kaltem Wasser und starrte ihr Bild im Spiegel an.

Als die IRA Ronnie ermordet hatte, hatte sie einen Schwur getan: Sie würde nie wieder heiraten, und sie würde ihr Bett mit keinem anderen Mann teilen. Sie hatte geglaubt, dieser Schwur werde schwer zu halten sein, aber der Haß, der seit seinem Tod ihr Herz erfüllte, ließ keinen Raum für andere Gefühle – vor allem nicht für Liebe zu einem anderen Mann. In Portadown hatten einige Männer sich um sie bemüht, aber Rebecca hatte sie alle brüsk zurückgewiesen. In der Brigade wußten die Männer, daß sie mit Annäherungsversuchen nur ihre Zeit vergeudet hätten.

Als Preston McDaniels in ihren Körper eingedrungen war, hätte sie sich am liebsten übergeben. Sie sagte sich, sie habe dieses Opfer für eine wichtige Sache gebracht: für die Zukunft der protestantischen Lebensart in Nordirland. In gewisser Beziehung tat McDaniels ihr fast leid. Er war ein anständiger Mensch, gütig und sanft, aber er war auf den ältesten Trick der Welt hereingefallen – die Honigfalle. Heute nacht hatte er ihr erklärt, er liebe sie. Rebecca mochte sich nicht vorstellen, was mit ihm geschehen würde, wenn er irgendwann erfuhr, was unvermeidlich war, daß sie ihn nur benützt hatte.

Sie trank ein Glas Wasser und betätigte die WC-Spülung; dann machte sie das Licht aus und schlüpfte wieder ins Bett.

»Ich dachte, du würdest nie zurückkommen«, sagte McDaniels leise.

Sie hätte beinahe aufgeschrien, schaffte es aber doch, sich zu beherrschen. »Ich hab' plötzlich Durst gehabt.«

»Hast du mir auch was mitgebracht?«

»Sorry, Darling.«

»Tatsächlich hätte ich lieber was anderes.«

Er wälzte sich auf sie.
»Dich«, sagte er.
»Kannst du denn?«
Er zog ihre Hand zwischen seine Beine.
»Oh!« sagte sie. »Dagegen sollten wir etwas tun.«
Er stieß tief in sie hinein.
Rebecca Wells schloß die Augen und dachte an ihren toten Ehemann.

22

County Tyrone, Nordirland

Kurz nach dem Ausbruch der Gewalttätigkeiten in Nordirland im Jahre 1969 kam der britische Geheimdienst zu dem Schluß, der Terrorismus lasse sich am besten dadurch bekämpfen, daß man die Bewegungen einzelner Terroristen beobachtete. Bekannte Mitglieder paramilitärischer Organisationen werden vom britischen Geheimdienst und vom E4, dem Überwachungsdienst der Royal Ulster Constabulary, gewohnheitsmäßig beschattet und überwacht. Alle Bewegungsmeldungen werden in der Belfaster Zentrale des Nachrichtendiensts der Army in einen Computer eingegeben. Verschwindet ein Terrorist plötzlich von der Bildfläche, schlägt der Computer automatisch Alarm; die Sicherheitskräfte vermuten dann, daß er wahrscheinlich an einem Unternehmen teilnimmt.

Eine Überwachung in dieser Größenordnung erfordert Tausende von Beamten und modernste Technik. Unruheherde wie die Falls Road werden ständig mit zahlreichen Videokameras überwacht. Die Army unterhält einen Beobachtungsposten auf der hoch aufragenden Wohnanlage Divis Flats. Tagsüber suchen Soldaten die Straßen mit starken Ferngläsern nach bekannten IRA-Angehörigen ab; nachts setzen sie Infrarot-Nachtsichtgeräte ein. Die Sicherheitsdienste bringen an Autos von Verdächtigen Minisender an. Sie verstecken Abhörmikrofone und winzige Videokameras in Häusern, Pubs, Autos und Heuschuppen. Sie hören Telefone ab. Sie haben sogar schon einzelne Waffen mit Wanzen versehen, um ihren Transport durch die Provinz Ulster verfolgen zu können. Hochmoderne Aufklärungsflugzeuge sind nachts unterwegs und suchen nach menschlichen Aktivitäten, wo es keine geben sollte. Kleine Drohnen übernehmen diese Aufgabe im Tiefflug. In Bäumen versteckte Bewegungsmelder sollen vor ungewöhnlichen Aktivitäten warnen.

Aber trotz aller Hochrüstung müssen viele Überwachungen noch wie früher durch Beobachtung der Zielperson durchgeführt werden. Diese Arbeit ist gefährlich, oft lebensgefährlich. Im Belfaster Stadtviertel Falls Road sind ständig getarnte Ermittler unterwegs. Sie verstecken sich auf Dachböden oder Dächern, leben tagelang nur von kümmerlichen Rationen und fotografieren ihre Beute. Auf dem Land verstecken sie sich in Löchern, hinter Büschen und auf Bäumen. Im Jargon der nordirischen Sicherheitskräfte heißt das »sich eingraben«. Dieses Verfahren wurde auch zur Überwachung des baufälligen Farmhauses außerhalb des Dorfes Cranagh in den Sperrin Mountains gewählt.

Am sechsten Tag dieser Überwachung traf Graham Seymour aus London ein. Der Beobachtungsposten befand sich auf einem Hügel etwa eine halbe Meile von der Farm entfernt in einem Stechginstergebüsch unter hohen Birken. Zwei E4-Leute waren für die Technik zuständig: Kameras mit Teleobjektiven, Infrarotkameras und Richtmikrofone mit großer Reichweite. Sie arbeiteten still wie Ministranten und sahen ebenso jung aus. Sie stellten sich ihm scherzhaft als Marks und Sparks vor.

Im Lauf der Jahre hatte die IRA bei solchen Überwachungen Dutzende von Geheimdienstoffizieren überfallen und ermordet; obwohl es sich bei den Verdächtigen diesmal vermutlich um Loyalisten handelte, sollte jegliches Risiko ausgeschaltet werden. Die Elitetruppe Special Air Service hatte zwei SAS-Männer abgestellt, die den Auftrag hatten, Graham, Marks und Sparks mit einem schützenden Kordon zu umgeben. Die beiden trugen Tarnanzüge und hatten ihre Gesichter mit Fettcreme geschwärzt. Graham wäre zweimal fast über sie gestolpert, als er zum Austreten zwischen den Ginsterbüschen verschwand. Er sehnte sich nach einer Zigarette, aber hier war Rauchen streng verboten. Nachdem er drei Tage lang nur von einer kalorienreichen Spezialgrütze gelebt hatte, sehnte er sich sogar nach Helens gräßlichen Menüs. Und wenn er in den feuchtkalten Nächten in seinem Schlafsack lag, verfluchte er im stillen Michael Osbourne.

Von Anfang an war jedoch klar, daß mit dem Farmhaus in dem kleinen Tal unter ihnen etwas nicht stimmte. Es gehörte einem Brüderpaar namens Dalton. Die beiden versorgten eine kleine Herde räudiger Schafe und ein paar Dutzend Hühner. Täglich zweimal, einmal bei Tagesanbruch und dann wieder in der Abenddämmerung, machten sie einen langsamen Rundgang um ihren Besitz, wie um ihn gegen unbefugte Eindringlinge zu sichern.

In der zehnten Nacht bekamen sie erstmals Besuch.

Der Besucher kam mit einem kleinen Nissan. Während Marks und Sparks mit ihren Infrarot-Kameras zahlreiche Aufnahmen schossen, beobachtete Graham das Farmhaus durch ein Nachtglas. Er sah einen großen, kräftig gebauten Mann mit zerzausten Locken, der eine Tennistasche über der rechten Schulter trug.

»Was denkt ihr?« fragte Graham.

»Er versucht so zu tun, als sei die Tasche leicht«, sagte Marks, »aber der Tragriemen ist ganz straff.«

»Jedenfalls hat er darin keine Tennisausrüstung«, sagte Sparks.

Graham drückte die Sprechtaste eines Handfunkgeräts und rief die RUC-Station in Cookstown, fünfzehn Meilen südöstlich von ihnen.
»Wir haben Gesellschaft. Weitere Anweisungen folgen.«
Der Besucher blieb zwanzig Minuten lang im Farmhaus. Marks und Sparks versuchten, die Aktivitäten im Inneren zu belauschen, aber sie hörten nur Bach, der auf einer blechern klingenden Stereoanlage gespielt wurde.
»Erkennst du das Stück?« fragte Marks.
»Konzert Nummer fünf in D-Dur«, antwortete Sparks.
»Herrlich, nicht wahr?«
»Durchaus.«
Graham beobachtete weiter die Farm.
»Er fährt wieder«, sagte er.
»Kurzer Aufenthalt für einen nächtlichen Besuch«, meinte Marks.
»Vielleicht hat er nur mal austreten müssen«, sagte Sparks.
»Ich denke, er hat ein paar Waffen abgeliefert«, sagte Marks. »Seine Tasche wirkt jetzt leichter, findest du nicht auch?«
Graham griff nach seinem Funkgerät und rief Cookstown.
»Die Zielperson fährt nach Osten in Richtung Mount Hamilton. Sorgen Sie dafür, daß die Sache wie eine Routinekontrolle aussieht. Lassen Sie über Verkehrsfunk Straßensperren in diesem Gebiet ankündigen. Schicken Sie ein paar Leute in Zivil durch die Kontrolle, damit er nicht das Gefühl hat, wir hätten es nur auf ihn abgesehen. Ich bin in spätestens einer Viertelstunde drüben.«

Der Fahrer des kleinen Nissan war Gavin Spencer, der Operationsoffizier der Ulster Freedom Brigade, und die jetzt leer auf dem Beifahrersitz liegende Tennistasche hatte eine Ladung israelischer Maschinenpistolen Uzi enthalten, die ein Waffenhändler im Nahen Osten geliefert hatte. Diese Waffen sollten für die Ermordung von US-Botschafter Douglas Cannon verwendet werden. Nun lagen sie erst einmal in einer Mauernische im Keller des Farmhauses.

Gavin Spencer hatte sein Team ausgewählt und den Auftrag erklärt. Rebecca Wells hatte sich in London Zugang zur Terminplanung Cannons verschafft und berichtete regelmäßig darüber. Jetzt müßten sie nur noch auf den richtigen Augenblick warten, in dem Cannon am verwundbarsten war. Sie würden nur eine Chance bekommen. Machten sie einen Fehler – mißlang dieser Anschlag –, würden die Briten und Amerikaner ihre Sicherheitsmaßnahmen so sehr verschärfen, daß sie nie mehr nahe genug an den Botschafter herankommen würden.

Spencer fuhr zügig die kurvenreiche B47 entlang, durchquerte das kaum beleuchtete Dorf Mount Hamilton und erreichte wieder die freie Landstraße. Er fühlte eine Woge der Erleichterung über sich hinwegbranden. Die Uzis lagen nicht in seinem Wagen, sondern waren sicher im Keller des Farmhauses versteckt. Wären die Maschinenpistolen bei ihm entdeckt worden, hätten sie ihm eine längere Haftstrafe eingebracht. Er trat das Gaspedal durch, und der Nissan reagierte, indem er die Hügel der Straße rascher nahm. Er stellte das Autoradio an, weil er hoffte, irgendwo Musik zu finden, aber eine Meldung von Ulster Radio erregte seine Aufmerksamkeit. Für das Gebiet der Sperrin Mountains zwischen Omagh und Cookstown wurden Verkehrskontrollen angekündigt.

Drei Meilen weiter sah er die blauen Blinkleuchten eines RUC-Streifenwagens und erkannte dahinter die

Umrisse zweier Ungetüme: Schützenpanzerwagen der Army. Ein mitten auf der Straße stehender RUC-Beamter signalisierte Spencer mit einem Leuchtstab, er solle links ranfahren und halten. Spencer hielt und kurbelte sein Fenster runter.

»Für dieses Gebiet ist Sicherheitsalarm gegeben, Sir«, sagte der Uniformierte. »Darf ich fragen, wohin Sie heute nacht wollen?«

»Heim nach Portadown«, antwortete Spencer.

»Was führt Sie hierher?«

»Ich habe einen Freund besucht.«

»Wo wohnt dieser Freund?«

»Cranagh.«

»Darf ich Ihren Führerschein sehen, Sir?«

Spencer reichte ihn durchs Fenster. Hinter ihm hielt ein zweiter Wagen. Spencer hörte, wie ein weiterer RUC-Beamter dem anderen Fahrer dieselben Fragen stellte, die er hatte beantworten müssen. Der RUC-Mann kontrollierte seinen Führerschein, dann gab er ihn zurück.

»Danke, Sir«, sagte er. »Wir wollen uns nur noch Ihren Wagen ansehen. Steigen Sie bitte aus, Sir?«

Spencer stieg aus. Der RUC-Beamte setzte sich ans Steuer und fuhr den Nissan hinter die Schützenpanzerwagen. Im nächsten Augenblick verschwand auch der zweite Wagen hinter diesen Ungetümen. Sein Fahrer war ein untersetzter, stämmiger Mann mit Bürstenhaarschnitt und graumeliertem Schnurrbart. Die Hände hatte er in den Taschen seiner Lederjacke vergraben, als er herangeschlendert kam und bei Spencer stehenblieb.

»Was soll dieser ganze Scheiß?« fragte er.

»Sicherheitsalarm, haben sie gesagt.«

»Garantiert wegen der beschissenen IRA.«

»Schon möglich«, sagte Spencer.

Der Mann zündete sich eine Zigarette an und bot auch Spencer eine an. Gavin Spencer rauchte und bemühte sich, gelassen zu wirken, während RUC und Army seinen Wagen auseinandernahmen.

Graham Seymour stand hinter einem Schützenpanzerwagen und beobachtete, wie ein Team aus Soldaten und Polizeibeamten den Nissan unter die Lupe nahm. Die Männer benützten einen tragbaren Bildwandler, um unter den Sitzbezügen nach versteckten Waffen zu suchen. Sie suchten nach Rückständen von Sprengstoffen. Sie kontrollierten den Motorraum und die Unterseite des Wagens. Sie schraubten die Türverkleidungen ab und sahen unter den Bodenteppichen nach. Sie öffneten den Kofferraum und kontrollierten den Inhalt.

Nach zehn Minuten machte einer der RUC-Beamten Seymour ein stummes Zeichen, er solle zu ihnen kommen. In der Mulde unter dem Reserverad hatten sie in einem schmutzigen Plastikbeutel einige verdächtig aussehende Papiere entdeckt.

Graham ließ sich die Taschenlampe des Beamten geben, um die Papiere lesen zu können. Er blätterte sie rasch durch, merkte sich möglichst viele Einzelheiten und gab sie dem Uniformierten zurück.

»Wieder so hinlegen, wie Sie sie gefunden haben«, befahl er dem Mann. »Exakt wie vorher.«

Der RUC-Beamte nickte und führte den Befehl aus.

»Bringen Sie einen Minisender in dem Wagen an und lassen Sie ihn weiterfahren«, sagte Graham. »Und dann bringen Sie mich so schnell nach Belfast, wie Sie nur können. Wir haben ein ernstes Problem, fürchte ich.«

23

New York · Portadown

Es war 19 Uhr, als Michael Osbourne die CIA-Station New York im World Trade Center verließ und ein Taxi anhielt. Seit seiner Rückkehr aus London waren fast zwei Wochen vergangen, und er gewöhnte sich allmählich an sein neues Berufsleben innerhalb der Agency. Im allgemeinen arbeitete er drei Tage in der Woche in Washington und zwei in New York. Die Abteilung Spionageabwehr war dabei, ihre Untersuchungen im Mordfall Kevin Maguire abzuschließen, und Michael war zuversichtlich, daß seine Version der Ereignisse akzeptiert werden würde: Maguire war schon vor Michaels Reise nach Belfast von der IRA verdächtigt worden, und sein Tod war zwar bedauerlich, aber nicht Michaels Schuld.

Das Taxi kam nur im Kriechtempo voran. Michael dachte an Nordirland – an das schwach beleuchtete Belfast vom Black Mountain aus, an Kevin Maguires an einen Stuhl gefesselten, mißhandelten Körper. Er kurbelte das Fenster herunter und spürte die kalte Luft auf seinem Gesicht. Manchmal dachte er eine ganze Weile nicht an Maguire, aber nachts oder wenn er allein war, hatte er ständig Maguires entstelltes Gesicht vor sich. Michael tat alles, damit die Informationen, die Maguire und Devlin ihm gegeben hatten, Früchte trugen; wurde die Ulster Freedom Brigade zerschlagen, war Kevin Maguires Tod wenigstens nicht vergeblich gewesen.

Der Taxifahrer war ein Araber mit dem unbeschnittenen Bart eines strenggläubigen Moslems. Michael hatte als Fahrtziel eine Adresse in der Madison Avenue angegeben – fünf Blocks von seiner Wohnung entfernt. Er bezahlte das Taxi und ging zu Fuß weiter, blieb manchmal stehen, um in Schaufenster zu sehen, und kontrollierte immer wieder, ob er beschattet wurde. Diese Angst saß ihm immer im Nacken: Daß irgendwann ein alter Feind aufkreuzen würde, um sich an ihm zu rächen. Er dachte an seinen Vater, der bis zu seinem Tod seinen Wagen nach Autobomben abgesucht, Telefone zerlegt und kontrolliert hatte, ob er beschattet wurde. Die zwanghafte Geheimhaltung war wie ein Leiden; die Angst glich einer alten, vertrauten Freundin. Michael hatte sich damit abgefunden, daß sie ihn nie verlassen würde – dafür hatte ein Attentäter namens Oktober gesorgt.

Er ging nach Westen zur Fifth Avenue , bog dort rechts ab und folgte ihr nach Norden. Geheimdienstarbeit erforderte ungewöhnlich viel Geduld, aber in bezug auf Oktober war Michael ungeduldig. Im Dienst sichtete er jeden Morgen als erstes die eingegangenen Meldungen, weil er hoffte, Oktober sei irgendwo gesehen worden – auf einem Bahnhof oder Flughafen –, aber die erhoffte Meldung war nie dabei. Je mehr Zeit verstrich, desto kälter wurde Oktobers Fährte.

Michael betrat das Haus und fuhr mit dem Lift zu ihrem Apartment hinauf. Elizabeth war schon daheim. Sie küßte ihn auf die Wange und gab ihm ein Glas Weißwein.

»Dein Gesicht sieht langsam fast wieder normal aus«, sagte sie.

»Ist das gut oder schlecht?«

Elizabeth küßte ihn auf den Mund. »Ganz entschieden gut. Wie geht's dir?«

Michael betrachtete sie prüfend. »Was zum Teufel ist in dich gefahren?«
»Nichts, Sweetheart. Ich freue mich nur, dich zu sehen.«
»Ich freue mich auch, dich zu sehen. Wie ist's dir heute ergangen?«
»Nicht schlecht«, antwortete sie. »Ich habe den Tag damit zugebracht, meinen Hauptzeugen auf seine Aussage vor Gericht vorzubereiten.«
»Glaubst du, daß er durchhält?«
Sie schüttelte den Kopf. »Er klappt im Kreuzverhör zusammen, fürchte ich.«
»Sind die Kinder noch wach?«
»Sie schlafen gerade ein.«
»Ich möchte sie trotzdem noch sehen.«
»Michael, wenn du sie wieder weckst, kannst du ...«
Michael ging auf Zehenspitzen ins Kinderzimmer. Die Betten der Zwillinge waren nebeneinandergestellt, damit Jake und Liza sich sehen konnten. Er blieb lange über sie gebeugt stehen und horchte auf ihre gleichmäßigen Atemzüge. Ein paar Minuten empfand er eine Ruhe und Zufriedenheit, die er lange nicht mehr gekannt hatte. Dann beschlichen ihn wieder die Sorgen und die Angst, seine Feinde könnten ihm oder seinen Kindern etwas antun. Als er das Telefon klingeln hörte, küßte er die beiden und ging leise hinaus.
Im Wohnzimmer hielt Elizabeth ihm den Telefonhörer hin.
»Adrian«, sagte sie nur.
Michael nahm ihr den Hörer aus der Hand. »Ja?«
Er hörte einige Minuten lang schweigend zu und murmelte dann nur: »Jesus!«
Er legte auf.
»Was ist passiert?« fragte Elizabeth.

»Ich muß nach London.«
»Wann?«
Michael sah auf seine Uhr. »Wenn ich mich beeile, erwische ich heute abend noch eine Maschine.«
Elizabeth musterte ihn besorgt. »Michael, so habe ich dich noch nie erlebt. Was ist passiert?«

Sehr früh am nächsten Morgen, als die Maschine der British Airways mit Michael an Bord sich im Anflug auf den Flughafen Heathrow befand, gingen Kyle Blake und Gavin Spencer in Portadown nebeneinander die Market High Street entlang. Im Osten färbte der heraufdämmernde Tag den Himmel grau-blau. Die Straßenlampen brannten noch, und die Luft duftete nach taufeuchter Erde und frisch gebackenem Brot. Spencer bewegte sich mit der schlaksigen Gelassenheit eines Mannes, der kaum Sorgen hat, was an diesem Morgen nicht zutraf. Blake, der einen Kopf kleiner und sehr viel schlanker war, stapfte mit den leicht ruckartigen Bewegungen eines batteriegetriebenen Spielzeugroboters neben ihm her. Spencer sprach lange und strich sich immer wieder eine dicke schwarze Locke aus der Stirn. Blake hörte aufmerksam zu und zündete sich dabei eine Zigarette nach der anderen an.
»Vielleicht hast du dich geirrt«, meinte Blake schließlich. »Vielleicht haben sie die Wahrheit gesagt. Vielleicht ist's wirklich nur eine Routinekontrolle gewesen.«
»Sie haben den Wagen gründlich durchsucht«, sagte Spencer. »Und sie haben sich damit verdammt viel Zeit gelassen.«
»Hat irgendwas gefehlt?«
Spencer schüttelte den Kopf.
»Ich hab' die Scheißkiste von vorn bis hinten durchsucht, ohne etwas zu finden. Aber das hat nichts zu sagen.

Wanzen sind heutzutage so klein, daß man eine in der Tasche haben könnte, ohne es zu ahnen.«

Blake ging einige Zeit schweigend weiter. Gavin Spencer war ein cleverer Mann, ein ausgezeichneter Operationsoffizier. Er gehörte nicht zu den Leuten, die Gefahren witterten, wo es keine gab.

»Wenn du recht hast – wenn sie's auf dich abgesehen gehabt haben –, bedeutet das, daß sie das Farmhaus überwachen.«

»Genau«, stimmte Spencer zu. »Und ich hatte dort gerade die erste Ladung Uzis versteckt! Diese Waffen brauche ich für das Attentat auf den Botschafter. Für Eamonn Dillon hat ein Einzeltäter mit einer Pistole genügt, aber für ein Attentat auf Cannon brauche ich weit mehr Feuerkraft.«

»Wie steht's mit dem Team?«

»Der letzte Mann reist heute nacht mit der Liverpooler Fähre nach England. Ab morgen abend sind vier meiner besten Jungs in London und warten auf den Einsatzbefehl. Aber ich brauche diese Uzis, Kyle.«

»Die holen wir.«

»Aber das Farmhaus wird überwacht.«

»Dann müssen wir die Bewacher eben ausschalten«, entschied Blake.

»Sie werden vermutlich vom SAS beschützt«, wandte Spencer ein. »Ich weiß nicht, wie du darüber denkst, aber ich habe im Augenblick keine große Lust, es mit dem gottverdammten SAS aufzunehmen.«

»Wir wissen, daß die Männer irgendwo dort draußen unterwegs sind. Wir müssen sie nur finden.« Blake machte halt und starrte Spencer durchdringend an. »Wenn die verdammte IRA es mit dem SAS aufnehmen kann, können wir's auch!«

24

LONDON

»Irgendwo in diesem Gebäude scheint es ein Leck zu geben«, sagte Graham Seymour.

Sie saßen im CIA-Flügel des Botschaftsgebäudes in einem schalldichten Glaskasten an einem Tisch: Michael, Graham, Wheaton und Douglas. Als Graham das sagte, zuckte Wheaton zusammen, als sehe er einen Schlag kommen, und begann seinen Tennisball zu drücken. Er war ein Mann, der überall Angriffe witterte, und in Grahams Tonfall – und in seinem arrogant gelangweilten Blick – lag etwas, das Wheaton noch nie hatte leiden können.

»Woher wollen Sie wissen, daß die undichte Stelle sich in diesem Gebäude befindet?« fragte Wheaton. »Vielleicht haben Ihre Leute nicht dichtgehalten. Für den persönlichen Schutz des Botschafters ist die Special Branch zuständig. Wir geben ihr seinen Terminplan immer ein paar Tage im voraus.«

»Denkbar ist natürlich alles«, sagte Graham.

»Warum haben Sie die Unterlagen nicht fotografiert?« fragte Wheaton.

»Weil die Zeit dafür nicht gereicht hat«, antwortete Graham. »Ich bin der Ansicht, daß er uns auf freiem Fuß mehr nützt als in Haft. Wir haben seinen Wagen rasch durchsucht, einen Minisender angebracht und ihn weiterfahren lassen.«

»Wer ist er?« fragte Michael.

Graham öffnete seinen speziell gesicherten Aktenkoffer und verteilte mehrere Fotos eines großen Mannes mit dichtem schwarzen Haar – ein Polizeifoto und mehrere grobkörnige Überwachungsaufnahmen.

»Das ist Gavin Spencer«, sagte Graham, »ehemals einer der führenden Männer der Ulster Volunteer Force. Er ist einmal wegen unerlaubten Waffenbesitzes festgenommen worden, aber das Verfahren mußte wegen Mangels an Beweisen eingestellt werden. Spencer ist ein Hardliner. Als Gegner jeglicher Aussöhnung ist er zu Beginn des Friedensprozesses aus der UVF ausgetreten.«

»Wo ist er jetzt?« fragte Wheaton.

»Er wohnt in Portadown. Dort ist er hingefahren, nachdem wir ihn kontrolliert hatten.«

Douglas Cannon fragte: »Was tun wir jetzt, Gentlemen?«

»Wir suchen das Leck«, sagte Wheaton, »und dann verstopfen wir es. Wir stellen fest, ob hinter der Weitergabe dieser Informationen Verrat oder ein anderes Motiv steckt.«

Michael schob seinen Stuhl zurück und ging in dem kleinen Raum langsam auf und ab. »Wie viele Leute in der Botschaft kennen den Terminplan des Botschafters im voraus?« fragte er schließlich.

»Das hängt vom Wochentag ab, aber im allgemeinen mindestens zwanzig«, antwortete Wheaton.

»Und wie viele davon sind Männer?«

»Etwas über die Hälfte«, sagte Wheaton, dessen Stimme jetzt hörbar irritiert klang. »Warum?«

»Ich denke an etwas, das Kevin Maguire mir vor seinem Tod erzählt hat. Er hat gesagt, der Nachrichtendienst der IRA habe bei seinen Ermittlungen nach dem Mord an Eamonn Dillon festgestellt, daß es in der Sinn-Fein-Zentrale ein Leck gegeben hatte. Eine junge Frau, eine

Sekretärin, hatte sich mit einer Protestantin angefreundet und ihr unabsichtlich Einzelheiten über Dillons Termine verraten.«

»Wie hat die Protestantin ausgesehen?« fragte Graham.

»Anfang Dreißig, attraktiv, schwarzes Haar, heller Teint, graue Augen.«

Der Anflug eines Lächelns erschien auf Michaels Gesicht. »Diesen Gesichtsausdruck kenne ich«, sagte Graham. »Woran denkst du, Michael?«

»Daß Gelegenheit Diebe macht.«

Kurz vor halb sechs Uhr an diesem Nachmittag summte das Telefon auf Preston McDaniels' Schreibtisch leise. McDaniels spielte einen Augenblick mit dem Gedanken, es summen zu lassen, denn er hatte es eilig, Rachel zu sehen. Sein Anrufbeantworter würde den Anruf aufzeichnen, und er konnte sich morgen früh als erstes darum kümmern. Aber in der Botschaft waren den ganzen Tag lang Gerüchte herumgeschwirrt: Gerüchte über irgendein Sicherheitsproblem, über Vernehmungen von Botschaftsangehörigen durch gestrenge Inquisitoren in der Führungsetage. McDaniels wußte, daß die Spürhunde der Medien es verstanden, irgendwie Witterung von solchen Gerüchten zu bekommen. Er streckte widerstrebend die Hand aus und riß den Hörer von der Gabel.

»McDaniels«, meldete er sich.

»Hier ist David Wheaton«, sagte die Stimme am anderen Ende. Der Mann machte sich nicht die Mühe, seine Dienststellung zu erwähnen; in der Botschaft wußte jeder, daß Wheaton der Chef der CIA-Station London war. »Könnte ich Sie einen Augenblick persönlich sprechen?«

»Eigentlich wollte ich eben gehen. Hat die Sache vielleicht bis morgen früh Zeit?«

»Nein, die Sache ist wichtig. Sind Sie so freundlich, gleich heraufzukommen?«

Wheaton legte auf, ohne die Antwort abzuwarten. Irgend etwas an seinem Tonfall beunruhigte McDaniels. Er hatte Wheaton noch nie leiden können, aber er wußte, daß es unklug gewesen wäre, ihn gegen sich aufzubringen. McDaniels verließ sein Büro, ging den Korridor entlang und fuhr mit dem Aufzug nach oben.

Als er den Raum betrat, sah er auf einer Seite eines langen rechteckigen Tischs drei Männer sitzen: Wheaton, Michael Osbourne, Botschafter Cannons Schwiegersohn, und einen gelangweilt wirkenden Engländer. Vor dem Tisch stand ein einzelner Stuhl. Wheaton deutete wortlos mit einer knappen Bewegung der Spitze seines goldenen Kugelschreibers darauf, und McDaniels nahm Platz.

»Ich will nicht lange um den heißen Brei herumreden«, sagte Wheaton. »Hier in der Botschaft scheint es ein Leck in bezug auf den Terminplan des Botschafters zu geben. Dieses Leck wollen wir finden.«

»Was hat das mit mir zu tun?«

»Sie gehören zu den Leuten innerhalb der Botschaft, die alle Termine des Botschafters im voraus kennen.«

»Stimmt«, knurrte McDaniels. »Und falls es Sie interessiert, ob ich irgendwelche Informationen weitergegeben habe, lautet meine Antwort nachdrücklich: Nein!«

»Haben Sie den Terminplan des Botschafters jemals Personen außerhalb der Botschaft zugänglich gemacht?«

»Absolut nicht.«

»Haben Sie jemals mit einem Reporter darüber gesprochen?«

»Wenn es sich um öffentliche Veranstaltungen gehandelt hat, ja.«

»Haben Sie einen Reporter über Einzelheiten wie die

geplante Fahrtroute des Botschafters zu einer Besprechung oder das vorgesehene Transportmittel informiert?«

»Natürlich nicht«, antwortete McDaniels gereizt. »Außerdem wäre das den meisten Reportern herzlich egal.«

Michael Osbourne blätterte in einer Akte.

»Sie sind unverheiratet«, stellte er fest.

»Ja, das bin ich«, sagte McDaniels. »Und weshalb sind Sie hier?«

»Wir stellen die Fragen, wenn's recht ist«, sagte Wheaton.

»Haben Sie eine Freundin?« fragte Michael.

»Ja, ich habe eine.«

»Wie lange kennen Sie sie schon?«

»Seit ein paar Wochen.«

»Wie heißt sie?«

»Sie heißt Rachel. Würden Sie mir bitte verraten, was diese ganze ...«

»Rachel wie?«

»Rachel Archer.«

»Wo wohnt sie?«

»Earl's Court.«

»Sind Sie jemals in ihrer Wohnung gewesen?«

»Nein.«

»Ist sie jemals in Ihrer gewesen?«

»Das geht Sie nichts an.«

»Tut mir leid, aber wenn es Sicherheitsbelange betrifft, geht's uns etwas an«, sagte Michael. »Beantworten Sie jetzt bitte meine Frage, Mr. McDaniels. Ist Rachel Archer jemals in Ihrer Wohnung gewesen?«

»Ja.«

»Wie oft?«

»Mehrmals.«

»Wie viele Male?«

»Weiß ich nicht – achtmal, vielleicht zehnmal.«
»Kommt es vor, daß Sie den Terminplan des Botschafters nach Hause mitnehmen?«
»Ja, das tue ich manchmal«, sagte McDaniels. »Aber ich achte sehr sorgfältig auf ihn. Ich gebe ihn nie aus der Hand.«
»Ist Rachel Archer jemals in Ihrer Wohnung gewesen, wenn Sie den Terminplan des Botschafters mitgenommen hatten?«
»Ja, das ist sie.«
»Haben Sie ihr den Terminplan jemals gezeigt?«
»Nein. Ich habe Ihnen bereits gesagt, daß ich ihn nie aus der Hand gebe.«
»Ist Rachel Archer eine schwarzhaarige Frau Anfang Dreißig mit hellem Teint und grauen Augen?«
Preston McDaniels wurde aschfahl. »Mein Gott«, murmelte er. »Was habe ich getan?«

Zunächst, Anfang des Abends, war es Michaels Idee. Wheaton gab anfangs schwere Bedenken zu Protokoll, aber am Ende dieses langen Abends – nach den Telekonferenzen mit Langley, nach den in gespannter Atmosphäre stattfindenden Gesprächen mit den Mandarinen des MI5 und MI6, nach Konsultationen mit der Downing Street und dem Weißen Haus – behauptete Wheaton, das Ganze sei seine Idee gewesen.
Als erstes mußten zwei Fragen beantwortet werden: Sollten sie's tun? Und wer sollte Regie führen, falls sie's taten? Die erste Frage ließ sich rasch beantworten. Die zweite war schwieriger, weil sie Zuständigkeiten betraf, die innerhalb der Geheimdienste mit Zähnen und Klauen verteidigt und oft besser als Geheimnisse gehütet werden. Gewiß, es handelte sich um ein amerikanisches Sicherheitsproblem, das den US-Botschafter betraf. Aber für

Nordirland waren die Briten zuständig, und das Unternehmen würde auf britischem Boden stattfinden. Nach einstündigen zähen Verhandlungen einigten beide Seiten sich auf einen Kompromiß. Die Briten würden die Straßentalente stellen – die Beschatter und technischen Überwachungskünstler – und später auch für den Zugriff verantwortlich sein. Die Amerikaner würden Preston McDaniels führen und das Material für seinen Aktenkoffer zusammenstellen – in enger Abstimmung mit den Briten, versteht sich.

Innerhalb der Agency wurde ebenso erbittert gekämpft. Das Zentrum zur Terrorismusbekämpfung hatte den Fall geknackt, und Adrian Carter wollte, daß Michael den amerikanischen Teil des Unternehmens leitete. Aber dagegen sträubte Wheaton sich. In einem scharf formulierten Kabel an die Zentrale argumentierte er, dies sei ein Londoner Unternehmen, das enge Zusammenarbeit mit den örtlichen Diensten erfordere; daher müsse das CTC den Fall an London abgeben. Monica Tyler zog sich in die Höhenluft der sechsten Etage zurück, um über ihre Entscheidung nachzudenken. Unterdessen mobilisierte Wheaton alte Freunde, um sie zu seinen Gunsten intervenieren zu lassen. Mit der Begründung, Michael sei erst vor kurzem in die Agency zurückgekehrt und operativ vermutlich noch nicht wieder ganz auf der Höhe, entschied Monica sich letztlich für Wheaton. Er würde das Unternehmen leiten, und Michael sollte zu seiner Unterstützung in London bleiben.

Preston McDaniels Einsatz begann noch an diesem Abend. Von Wheatons Schreibtisch aus rief er im Ristorante Riccardo in der Park Lane an und verlangte Rachel Archer. Eine Stimme mit italienischem Akzent erklärte ihm, sie sei jetzt nicht zu sprechen – »Wir haben abends Hochbetrieb, wissen Sie« –, aber McDaniels sagte, er müsse sie dringend sprechen, und wenig später meldete sie sich. Ihr Gespräch dauerte genau zweiunddreißig Sekunden; Michael und Wheaton stoppten die Zeit, schnitten das Gespräch mit und hörten es sich noch ein dutzendmal an, um weiß Gott welche Nuancen herauszufinden. McDaniels erklärte ihr, er könne heute leider nicht auf einen Drink vorbeikommen, weil er noch zu arbeiten habe. Die Frau äußerte leichte Enttäuschung, während im Hintergrund Geschirr zerschellte und Riccardo Ferrari italienische Verwünschungen kreischte. McDaniels fragte, ob sie sich später sehen könnten. Die Frau antwortete, sie werde nach der Arbeit vorbeikommen, und legte auf.

Die Aufnahme wurde via Satellit nach Langley übermittelt und MI5 und MI6 auf altmodische Weise – per Motorradkurier – zugestellt. Ein beim MI5 tätiger Linguist stellte fest, ihr englischer Akzent sei nicht echt. Die Frau stamme vielmehr aus Nordirland – irgendwo aus der Nähe von Belfast.

Wheaton traute McDaniels nicht recht. Er bestand darauf, daß er auf Schritt und Tritt optisch und akustisch überwacht wurde. Der MI5 nahm sich seine Wohnung in South Kensington vor und installierte in sämtlichen Räumen Kameras und Mikrofone. Nur im Schlafzimmer gab es keine Kamera; Michael fand, ein Mikrofon genüge, und Wheaton stimmte widerstrebend zu. Zwei Beschatter vom MI5, ein älterer Mann und eine hübsche junge Frau, wurden ins Ristorante Riccardo entsandt. Wie es der Zufall wollte, wurden sie von der Zielperson bedient. Sie empfahl ihnen das Kalbfleisch mit Marsala und Sahne, das die beiden als himmlisch lobten.

Als Basislager sicherte der MI5 ihnen rasch eine große möblierte Wohnung in Evelyn Gardens, ganz in der Nähe von McDaniels' Wohnung. Als Michael und

Wheaton am späten Abend hinkamen, schlugen ihnen Currydunst und Zigarettenqualm entgegen. Im Wohnzimmer hockten ein halbes Dutzend Techniker vor ihren Empfängern und Monitoren. Gelangweilte Beschatter saßen vor einem flimmernden Fernseher und sahen sich einen gräßlich langweiligen BBC-Dokumentarfilm über die Wandergewohnheiten von Grauwalen an. Graham Seymour saß in der Ecke am Klavier und spielte leise.

McDaniels' Wohnung war so gründlich mit Wanzen gespickt, daß das Klingeln, mit dem Rachel Archer sich ankündigte, wie der Feueralarm in einem Hotel klang. »Showtime!« verkündete Wheaton, und sie versammelten sich vor den Monitoren – alle außer Graham, der am Klavier blieb und die letzten Takte von »Clair de lune« spielte.

Letzte Zweifel, ob Preston McDaniels auch durchhalten würde, wurden durch den langen Kuß beseitigt, mit dem er sie an der Wohnungstür begrüßte. Er schenkte Drinks ein – Weißwein für sie, einen sehr großen Whisky für sich –, und sie saßen auf der Couch im Wohnzimmer und plauderten genau vor einer der versteckten Videokameras. Als sie sich zu küssen begannen, fürchtete Michael schon, sie werde ihn auf der Couch lieben, aber McDaniels bremste sie rechtzeitig und zog sie mit sich ins Schlafzimmer. Michael fand, sie habe Ähnlichkeit mit Sarah Randolph, und fragte sich, ob er etwas von McDaniels an sich hatte.

»Wir brauchen einen Decknamen«, sagte Wheaton, um irgendwie von den jetzt aus den Lautsprechern dringenden Geräuschen abzulenken. »Wir haben keinen Decknamen.«

»Mein Vater ist im Krieg an einem ähnlichen Unternehmen beteiligt gewesen«, sagte Graham, wobei seine Finger weiter leicht über die Tasten glitten. »Im Auftrag

des MI5 hat ein amerikanischer Marineoffizier einer deutschen Spionin gefälschtes Material zugespielt.«
»Wie hat der Deckname gelautet?«
»Kesselpauke, glaube ich.«
»Kesselpauke«, wiederholte Wheaton. »Das klingt gut. Okay, es bleibt bei Kesselpauke.«
»Wie ist's ausgegangen?« fragte Michael.
Graham hörte zu spielen auf und hob den Kopf.
»Wir haben gewonnen, Schätzchen.«

Ein MI5-Techniker namens Rodney sah sie zuerst und weckte den Rest des Teams. Wheaton hatte das einzige Schlafzimmer für sich beansprucht. Michael schlief auf der Couch; Graham döste unruhig in seinem Ohrensessel und erinnerte dabei an einen schlaflosen Passagier auf einem Transatlantikflug. Sie rieben sich den Schlaf aus den Augen, während sie vor einem der Bildschirme stehend beobachteten, wie die Frau sich im Arbeitszimmer an McDaniels' Schreibtisch setzte und lautlos seinen Aktenkoffer zu durchwühlen begann.
»Nun, Ladies und Gentlemen, es sieht so aus, als hätten wir soeben die Ulster Freedom Brigade geknackt«, sagte Wheaton. »Glückwunsch, Michael. Das heutige Abendessen geht auf Ihre Rechnung.«

Preston McDaniels lag wach in seinem Bett und kehrte der Tür den Rücken zu. Er hatte nicht schlafen können, deshalb hatte er sich nur sehr still verhalten, bis er hörte, daß sie aus dem Bett schlüpfte und leise den Raum verließ. Er stellte sie sich in seinem Arbeitszimmer vor, wo sie seine Papiere durchwühlte. Dabei brandeten widerstreitende Gefühle in immer neuen Wogen über ihn hinweg. Er schämte sich, weil er sich so leicht hatte übertölpeln lassen, und fühlte sich gedemütigt, weil Wheaton und Osbourne ihn zu einem Bauern in ihrem Schachspiel erniedrigt hatten. Aber vor allem fühlte er sich grausam verraten. Während sie sich geliebt hatten, hatte McDaniels sich einige Augenblicke lang eingebildet, sie empfinde wirklich etwas für ihn. Er würde einen Deal aushandeln, hatte er sich vorgenommen. Er würde erreichen, daß sie zusammenbleiben konnten, wenn diese Geschichte erst einmal ausgestanden war.

Er hörte, wie die Schlafzimmertür geöffnet wurde. Er schloß die Augen. Er spürte, wie sie neben ihm unter die Bettdecke schlüpfte. Er hätte sich am liebsten umgedreht und sie in die Arme genommen, um ihren Körper auf seinen zu ziehen und ihre Beine um sich zu spüren. Aber er lag nur da, stellte sich schlafend und fragte sich, was er ohne sie tun sollte, wenn alles vorbei war.

25

LONDON

»Der Landsitz heißt Hartley Hall«, erklärte Graham Seymour ihnen später an diesem Vormittag in Wheatons Dienstzimmer. »Er liegt hier an der nördlichen Norfolk Coast.« Er tippte mit der Spitze seines Kugelschreibers auf die große Landkarte, die er mitgebracht hatte. »Dazu gehören über hundert Hektar Land für Spaziergänge und Ausritte, und zum Strand ist's auch nicht weit. Kurz gesagt ist das ein idealer Ort, an dem ein amerikanischer Botschafter ein erholsames Wochenende auf dem Lande verbringen kann.«

»Wem gehört er?« fragte Michael.

»Einem Freund des Intelligence Service.«

»Einem engen Freund?«

»Er hat im Krieg seinen Teil getan und in den fünfziger und sechziger Jahren ein paar Aufträge übernommen. Aber das sind alles Kleinigkeiten gewesen.«

»Ist er jemals öffentlich mit den britischen Geheimdiensten in Verbindung gebracht worden?«

»Niemals«, sagte Graham. »Die Ulster Freedom Brigade kann unmöglich wissen, daß der Gastgeber des Botschafters alte Verbindungen zu uns hat.«

»Was denken Sie, Michael?« fragte Wheaton.

»Daß Douglas ein Wochenende außerhalb Londons auf dem Land verbringen möchte – ein *privates* Wochenende mit minimalen Sicherheitsmaßnahmen im Landhaus eines alten Freundes. Wir setzen den Termin auf seine Liste und spielen ihn der Frau über McDaniels zu. Mit etwas Glück beißt die Ulster Freedom Brigade an.«

»Und wir stationieren dort ein SAS-Team, das sie erwartet«, sagte Graham. »Dieses Szenario hat einen weiteren Vorteil: Hartley Hall liegt so einsam, daß Unbeteiligte auf keinen Fall gefährdet sind.«

»Die Festnahme von Verdächtigen ist nicht gerade die Spezialität des SAS«, stellte Wheaton fest. »Legen wir diesen Köder aus und beißt die Ulster Freedom Brigade an, wird vermutlich viel Blut vergossen werden.« Er sah erst zu Graham hinüber, der sich nicht dazu äußerte, und wandte sich dann mit hochgezogenen Augenbrauen an Michael.

»Lieber ihr Blut als das von Douglas«, antwortete Michael. »Ich stimme für diesen Plan.«

»Ich muß ihn die Nahrungskette entlang weiterleiten«, sagte Wheaton. »Weißes Haus und Außenministerium müssen ihn erst absegnen. Das kann ein paar Stunden dauern.«

»Was ist mit der Frau?« erkundigte Michael sich.

»Wir haben sie heute morgen beschattet, als sie McDaniels' Wohnung verlassen hat«, antwortete Graham. »Sie hat ihm die Wahrheit gesagt, denn sie wohnt tatsächlich in Earl's Court. Ist dort vor ein paar Wochen eingezogen. Eines unserer Teams überwacht die Wohnung.«

»Was macht sie jetzt?«

»Sie scheint zu schlafen.«

»Freut mich, daß wenigstens irgend jemand etwas Schlaf bekommt«, sagte Wheaton.

Er griff nach dem Telefonhörer und gab eine Kurzwahlnummer ein, um über die abhörsichere Verbindung mit Monica Tyler in Langley zu sprechen.

»Das ist alles Ihre Idee gewesen, stimmt's?« fragte Preston McDaniels. »Sie sind ein richtiger Scheißkerl. Das sieht man Ihnen an.«

Die beiden saßen auf einer Bank im Hyde Park mit Blick über die Serpentine. Böiger Wind bewegte die Weiden und kräuselte die Wasserfläche des Sees. Über ihnen trieben regenschwere Wolken dahin. Michael versuchte festzustellen, wer McDaniels in Grahams Auftrag beschattete. War es der Mann, der den Enten Brotbrocken zuwarf? Die in einen Roman von Josephine Hart vertiefte Frau auf der nächsten Bank? Oder vielleicht der schlaksige junge Mann im dunkelblauen Anorak, der auf dem Rasen Tai-Chi-Übungen machte?

Vor zwanzig Minuten hatte Michael McDaniels den Videofilm gezeigt, auf dem seine Geliebte sich in sein Arbeitszimmer schlich und seinen Aktenkoffer durchwühlte. McDaniels hatte sich dabei fast übergeben müssen. Er hatte das Bedürfnis nach frischer Luft geäußert, deshalb waren sie schweigend durch Mayfair und den Hyde Park gegangen, bis sie diesen Platz am See erreicht hatten. McDaniels zitterte so heftig, daß Michael beinahe spürte, wie die Parkbank vibrierte. Er wußte noch gut, wie ihm zumute gewesen war, als er erfahren hatte, daß Sarah Randolph für den KGB gearbeitet hatte. Er hatte versucht, sie zu hassen, aber es hatte nicht funktioniert. Vermutlich erging es Preston McDaniels genauso, wenn er an die Frau dachte, die er als Rachel Archer kannte.

»Haben Sie wenigstens etwas geschlafen?« erkundigte er sich mitfühlend.

»Natürlich nicht!« Ein Windstoß zerzauste sein graues Haar und legte die kahle Stelle frei. McDaniels strich sich mit einer reflexartigen Bewegung das Haar glatt. »Wie hätte ich schlafen können, wenn ihr Hundesöhne jeden meiner Atemzüge belauscht?«

Michael war es nur recht, wenn er glaubte, sie beobachteten jede seiner Bewegungen und belauschten jede seiner Äußerungen. Er zündete sich eine Zigarette an und bot auch McDaniels eine an.

»Widerliche Angewohnheit«, schnaubte McDaniels und machte eine abwehrende Handbewegung. Er starrte Michael wie einen Unberührbaren an.

Michael störte das nicht; für McDaniels war es gut, sich für einen Augenblick überlegen fühlen zu können, selbst in einer so trivialen Sache.

»Wie lange noch?« fragte er jetzt. »Wie lange muß ich noch mitspielen?«

»Nicht lange«, sagte Michael beiläufig, als habe McDaniels gefragt, wie lange sie auf den nächsten Bus warten müßten.

»Mein Gott, warum kann man von euch nie eine klare, eindeutige Antwort bekommen?«

»Weil es in diesem Beruf nur sehr wenige klare, eindeutige Antworten gibt.«

»Das ist Ihr Beruf, nicht meiner.« McDaniels wedelte heftig mit einer Hand. »Jesus! Machen Sie das verdammte Ding aus, ja?«

Michael ließ seine Zigarette fallen und trat sie aus.

»Wer ist sie?« fragte McDaniels weiter. »Was ist sie?«

»Was Sie betrifft, ist sie Rachel Archer, eine erfolglose Bühnenautorin, die im Ristorante Riccardo als Serviererin arbeitet.«

»Verdammt, ich will's aber wissen! Ich *muß* es wissen! Ich will die Gewißheit haben, daß diese ganze scheußliche Sache vielleicht doch noch etwas Gutes bewirken kann.«

Michael konnte nicht bestreiten, daß McDaniels' Forderung logisch war. Agentenführung hatte oft mit Motivation zu tun, und wenn McDaniels dieses Unter-

nehmen durchstehen sollte, brauchte er etwas Aufmunterung.
»Wie sie wirklich heißt, wissen wir nicht«, sagte Michael. »Zumindest vorläufig noch nicht. Aber wir werden es herausbekommen. Sie gehört der Ulster Freedom Brigade an, die ein Attentat auf meinen Schwiegervater plant. Sie hat sich an Sie herangemacht, um Zugang zu seinem Terminplan zu erhalten und den besten Zeitpunkt für das Attentat festlegen zu können.«
»Gott, wie konnte sie nur? Sie ist ein so wundervoller...«
»Sie ist nicht der Mensch, für den Sie sie halten.«
»Wie konnte ich bloß so dämlich sein?« McDaniels starrte blicklos in die Ferne. »Ich habe gewußt, daß sie zu jung für mich ist. Daß sie zu hübsch ist. Aber ich habe mir wirklich eingebildet, sie habe sich in mich verliebt.«
»Daraus macht Ihnen niemand einen Vorwurf«, log Michael.
»Was passiert also, wenn alles vorbei ist?«
»Sie tun weiter Ihre Arbeit, als sei nichts passiert.«
»Wie soll ich das können?«
»Das wird leichter sein, als Sie denken«, versicherte Michael ihm.
»Und was wird aus ihr, wer immer sie ist?«
»Das wissen wir noch nicht«, sagte Michael.
»Doch, das wissen Sie genau. Sie wissen alles. Sie stellen ihr eine Falle, nicht wahr?«
Michael stand ruckartig auf, um zu signalisieren, er müsse jetzt gehen. McDaniels blieb sitzen.
»Wie lange?« fragte er. »Wie lange dauert das alles noch?«
»Weiß ich nicht.«
»Wie lange?« wiederholte er.
»Nicht lange.«

Später an diesem Nachmittag saß Michael in Wheatons Büro und ging den geänderten Terminplan des amerikanischen Botschafters durch – mit seinem Privatbesuch am kommenden Wochenende auf dem Landsitz eines alten Freundes in Norfolk. Auf Wunsch des Botschafters war nur ein Minimum an Sicherheitsmaßnahmen vorgesehen: Er würde lediglich von einem Zweimannteam der Special Branch ohne amerikanische Unterstützung begleitet werden. Michael las den Entwurf durch, dann reichte er ihn Wheaton über den Schreibtisch.

»Glauben Sie, daß sie anbeißen?« fragte Wheaton.

»Das sollten sie.«

»Wie hält unser Mann sich unter Streß?«

»McDaniels?«

Wheaton nickte.

»Den Umständen entsprechend.«

»Und das bedeutet?«

»Daß uns nicht mehr allzuviel Zeit bleibt.«

»Dann können wir nur hoffen, daß unser Plan funktioniert.«

Wheaton gab Michael den Terminplan zurück.

»Den legen Sie in seinen Aktenkoffer, damit McDaniels ihn heute abend mit nach Hause nimmt.«

Kurz nach vier Uhr am nächsten Morgen schlüpfte Rebecca Wells aus Preston McDaniels' Bett und ging barfuß in sein Arbeitszimmer hinüber. Sie setzte sich an den Schreibtisch, öffnete lautlos seinen Aktenkoffer und nahm einen Stapel Unterlagen heraus. An den Terminplan des Botschafters, der offizielle Veranstaltungen betraf, war ein längeres Memo über ein privates Wochenende auf einem Landsitz in Norfolk angeheftet.

Rebecca fühlte ihr Herz in der Brust hämmern, während sie das Memo las.

Die Gelegenheit war ideal: ein abgelegener Ort und reichlich Vorwarnzeit, um alles planen zu können. Sie zwang sich dazu, alle Details in Ruhe abzuschreiben. Sie durfte keinen Fehler machen. Als sie fertig war, empfand sie glühenden Stolz. Sie hatte gute Arbeit geleistet – so wie zuvor in Belfast. Eamonn Dillon war wegen der Informationen tot, die sie Kyle Blake und Gavin Spencer geliefert hatte, und Botschafter Douglas Cannon würde ebenfalls bald tot sein.
Sie machte das Licht aus und kehrte ins Bett zurück.

Im Basislager am Evelyn Square standen Michael Osbourne und Graham Seymour vor den Bildschirmen. Sie beobachteten, wie sie sorgfältig alle Einzelheiten des Memos über die Reise des Botschafters nach Norfolk abschrieb. Ihre Aufregung über diese Entdeckung war fast körperlich zu spüren. Als sie das Licht ausknipste und den Raum verließ, wandte Graham sich an Michael.
»Glaubst du, daß sie angebissen hat?«
»Hundertprozentig.«

Am nächsten Tag beschatteten sie die Frau. Sie folgten ihr zu dem schäbigen kleinen Café in Nähe der U-Bahnstation Earl's Court, wo sie sich zum Frühstück Tee und ein süßes Brötchen bestellte. Sie hörten mit, als sie Riccardo Ferrari im Restaurant anrief und ihm erklärte, sie müsse ein paar Tage freinehmen – drei, höchstens vier –, damit sie sich um ihre schwerkranke Tante in Newcastle kümmern könne. Riccardo überschüttete sie lautstark mit Verwünschungen, erst auf italienisch, dann auf englisch, das er mit starkem Akzent sprach. Aber er gewann die Sympathien von Graham Seymours Lauschern, als er abschließend sagte: »Kümmern Sie sich um Ihre arme

Tante, Rachel. Nichts ist wichtiger als die eigene Familie. Lassen Sie sich Zeit und kommen Sie zurück, sobald Sie können.«

Dann hörten sie mit, wie sie Preston McDaniels in der US-Botschaft anrief und ihm mitteilte, sie müsse für ein paar Tage verreisen. Sie hielten den Atem an, als McDaniels fragte, ob sie sich vor ihrer Abreise noch einmal kurz sehen könnten. Und sie atmeten erleichtert auf, als sie bedauernd sagte, dafür reiche die Zeit leider nicht.

Und als sie in einen Zug nach Liverpool stieg, ließen ihre Beschatter sie laufen.

Preston McDaniels legte den Hörer auf und blieb wie erstarrt an seinem Schreibtisch sitzen. Von einer Sekretärin, die ihn in diesem Augenblick durch die offene Tür beobachtet hatte, hörte Michael später, der arme Preston habe ausgesehen, als habe er eben eine Todesnachricht erhalten. Plötzlich sprang er auf, verkündete, er habe etwas zu erledigen, und sagte, er sei in einer Viertelstunde wieder zurück. Er nahm seinen Regenmantel vom Haken, stürmte aus der Botschaft und hastete über den Grosvenor Square in Richtung Hyde Park.

Er wußte, daß sie ihn verfolgten – Wheaton und Osbourne und alle anderen; er spürte es. Er wollte sie los sein. Er wollte sie nie wiedersehen. Was würden sie tun? Würden sie ihn schnappen? Auf offener Straße entführen? In ein Auto zerren, das mit ihm davonraste? Er hatte schon viele Spionageromane verschlungen. Wie wäre der Held den Schurken in einem Spionageroman entkommen? Ganz einfach: Er wäre in einer Menge untergetaucht.

Auf der Park Lane bog er nach Norden in Richtung Marble Arch ab. Dort verschwand er im U-Bahnhof, schlüpfte durch eines der Drehkreuze und ging rasch auf den Bahnsteig.

Dort fuhr eben ein Zug ein. McDaniels trat in den vor ihm haltenden Wagen und blieb in der Nähe der Tür stehen. Auf dem nächsten Bahnhof – Bond Street – stieg er aus und fuhr mit dem ersten Zug nach Marble Arch zurück. In Marble Arch wiederholte er das gleiche Manöver und war wenig später mit dem sicheren Gefühl, seine Verfolger abgeschüttelt zu haben, quer durch London nach Osten unterwegs.

Graham Seymour rief Michael aus der MI5-Zentrale an.
»Euer Mann ist verschwunden, fürchte ich.«
»Was soll das heißen?«
»Das soll heißen, daß wir ihn aus den Augen verloren haben«, antwortete Graham. »Der Bursche hat uns in der U-Bahn abgeschüttelt. Für einen Amateur hat er das recht geschickt angestellt.«
»Wo?«
»Central Line zwischen Marble Arch und Bond Street.«
»Verdammt! Was unternehmt ihr dagegen?«
»Nun, wir versuchen, ihn wiederzufinden, Schätzchen.«
»Ruf mich an, sobald du was hörst.«
»Wird gemacht.«

Auf dem U-Bahnhof Tottenham Court Road verließ McDaniels den Zug der Central Line und ging zur Northern Line hinüber. Wie passend, sagte er sich, die gefürchtete Northern Line. Die betagten, klappernden und ratternden Züge dieser Linie waren wegen ihrer häufig im Berufsverkehr auftretenden Pannen berüchtigt. Für Fahrgäste, die auf sie angewiesen waren und unter ihrer Unzuverlässigkeit zu leiden hatten, war sie die Elendslinie. Die Schwarze Linie. Perfekt, dachte Preston

McDaniels. Die Londoner Boulevardpresse würde diese Tatsache weidlich ausschlachten. Was hatte Michael Osbourne gesagt? *Sie leben weiter, als sei nichts passiert.* Aber wie hätte er das können? Er fühlte den Bahnsteig unter seinen Füßen erzittern. Er drehte sich um, starrte ins Dunkel des Tunnels und sah die schwachen Lichter einer näher kommenden U-Bahn.

Er dachte an sie, unter seinem Körper liegend, sich ihm entgegendrängend, und dann stellte er sie sich in seinem Arbeitszimmer vor, wie sie seine Geheimnisse entwendete. Er hörte ihre Stimme am Telefon. *Ich fürchte, ich muß für ein paar Tage verreisen ... Nein, tut mir leid, Preston, aber wir können uns vorher nicht noch mal treffen ...*

Preston McDaniels sah auf seine Uhr. In der Botschaft würden sie anfangen, sich Sorgen um ihn zu machen, sich zu fragen, wo er blieb. In zehn Minuten war eine Besprechung angesetzt. Aber die würde er verpassen.

Der Zug kam mit einem Schwall heißer Luft aus dem Tunnel und fuhr in den Bahnhof ein. Preston McDaniels trat einen Schritt näher an die Bahnsteigkante. Dann sprang er aufs Gleis.

26

Portadown · London · County Tyrone

Am folgenden Abend saß Rebecca Wells wieder in Portadown in der abgeschlossenen Sitznische in McConville's Pub. Gavin Spencer kam als erster; fünf Minuten später stieß auch Kyle Blake zu ihnen. Der Pub war an diesem Abend gut besucht. Trotz des Lärms sprach Rebecca Wells nur halblaut, während sie Blake und Spencer mitteilte, was sie im Aktenkoffer des Amerikaners entdeckt hatte.

»Wann fährt Cannon?« fragte Blake lediglich.
»Kommenden Samstag«, sagte Rebecca.
»Und wie lange bleibt er?«
»Nur eine Nacht, von Samstag auf Sonntag. Am Sonntag fährt er nach dem Mittagessen nach London zurück.«
»Also haben wir fünf Tage Zeit.« Blake wandte sich an Gavin Spencer. »Könnt ihr's in der kurzen Zeit schaffen?«
Der große Mann nickte. »Wir brauchen nur die Waffen. Sobald wir die haben, ist Botschafter Cannon ein toter Mann.«
Kyle Blake dachte einen Augenblick lang nach, wobei er sich die Nikotin- und Farbflecke an seinen Fingern rieb. Dann sah er auf und nickte Spencer zu. »Also gut, wir holen die Waffen.«
»Meinst du wirklich, Kyle?«
»Du verlierst doch nicht etwa die Nerven?«
»Vielleicht sollten wir etwas warten. Bis die Dinge sich ein bißchen abgekühlt haben.«

»Wir können nicht länger warten Gavin. Jede Woche, die ungenutzt verstreicht, ist ein Sieg für die Befürworter des Abkommens. Schaffen wir's nicht, das Friedensabkommen jetzt zu torpedieren, werden wir ewig damit leben müssen. Und den Preis dafür werden nicht nur wir zahlen müssen, sondern auch unsere Kinder und Enkel. Damit kann ich mich nicht abfinden.«

Blake stand ruckartig auf und zog den Reißverschluß seiner Lederjacke hoch.

»Besorg die Waffen, Gavin, sonst suche ich mir einen anderen, der es macht.«

Als die dreiköpfige Führungsspitze der Ulster Freedom Brigade McConville's Pub verließ, traf Graham Seymour in der US-Botschaft ein. In Wheatons Dienstzimmer herrschte eine Atmosphäre wie im Kommandobunker einer geschlagenen Armee auf dem Rückzug. Der Selbstmord Preston McDaniels' hatte in Washington einen Feuersturm entfacht, und Wheaton hatte den größten Teil der letzten vierundzwanzig Stunden am Telefon verbracht und sich vergeblich bemüht, ihn zu löschen. Das Außenministerium war darüber aufgebracht, wie die Agency in dieser Sache agiert hatte; Douglas Cannon war tatsächlich in der unangenehmen Lage, in einem Geheimbericht gegen das Vorgehen seines eigenen Schwiegersohns protestieren zu müssen. Präsident Beckwith hatte Monica Tyler ins Weiße Haus zitiert und mit Vorwürfen überschüttet. Monica hatte ihren Zorn an Wheaton und Michael ausgelassen.

»Hoffentlich bringst du wenigstens eine gute Nachricht mit«, sagte Michael, als Graham Platz nahm.

»Tatsächlich habe ich eine«, sagte Graham. »Scotland Yard hat beschlossen, doch mitzuspielen. Es gibt heute abend eine Pressemitteilung heraus, der Selbstmörder

vom U-Bahnhof Tottenham Court Road sei ein ausgebrochener Geisteskranker gewesen. Die Northern Line ist wegen solcher Vorfälle berüchtigt. In Stockwell, südlich der Themse, liegt eine große psychiatrische Klinik.«
»Gott sei Dank«, sagte Wheaton.
Michael atmete hörbar erleichtert auf. Wenn ihr Unternehmen weitergehen sollte, mußte dieser Selbstmord geheimgehalten werden. Erfuhr die Ulster Freedom Brigade, daß McDaniels vor einen Zug der Northern Line gesprungen war, war es gut möglich, daß sie die ihm entwendeten Informationen für nicht zuverlässig hielt.
»Wie wollen Sie sein Verschwinden hier tarnen?« erkundigte Graham sich.
»Zum Glück hat McDaniels praktisch keine Angehörigen«, sagte Wheaton. »Das Außenministerium hat widerstrebend zugestimmt, uns in dieser Sache etwas Spielraum zu lassen. Wir werden behaupten, McDaniels habe für zwei Wochen nach Washington zurückfahren müssen. Sollte die Frau hier anrufen, weil sie ihn sucht, bekommt sie diese Auskunft und eine persönliche Mitteilung von ihm.«
»Die Frau hat übrigens einen Namen«, sagte Graham. »E4 hat sich auf ihre Fährte gesetzt, als sie heute morgen in Belfast angekommen ist. In Wirklichkeit heißt sie Rebecca Wells. Ihr Ehemann ist Ronnie Wells gewesen, der im Nachrichtendienst der Ulster Volunteer Force gearbeitet hat und zweiundneunzig von der IRA ermordet worden ist. Rebecca scheint die Arbeit ihres Ehemanns fortzusetzen.«
»Und die RUC läßt ihr ausreichend Bewegungsfreiheit?« fragte Michael.
»Sie hat sie bis Portadown beschattet, um ihre Identität

zu klären, aber mehr ist nicht beabsichtigt«, sagte Graham. »Vorläufig kann sie sich frei bewegen.«

»Ist der SAS mit an Bord?«

»Ich treffe mich morgen mit den Verantwortlichen in ihrem Hauptquartier in Hereford, um sie einzuweisen. Wenn ihr wollt, könnt ihr beide gern mitkommen. Ein komischer Haufen, der SAS. Vielleicht hättet ihr sogar Spaß daran.«

Wheaton stand auf und rieb sich seine roten, geschwollenen Augen.

»Gentlemen, jetzt ist die Ulster Freedom Brigade am Ball.« Er zog seine Anzugjacke über sein verknittertes Hemd und ging zur Tür. »Ich weiß nicht, wie's euch beiden geht, aber ich brauche etwas Schlaf. Weckt mich bitte nur, wenn's ganz dringend ist.«

Die erste Nacht war klar, windstill und bitterkalt gewesen. Kyle Blake und Gavin Spencer beschlossen, noch zu warten; vierundzwanzig Stunden machten keinen Unterschied, und die Wettervorhersage klang vielversprechend. Die zweite Nacht war ideal: Eine dichte Wolkendecke beeinträchtigte die Wirksamkeit der Nachtsichtgeräte der SAS-Männer; Wind und Regen trugen dazu bei, die Geräusche ihrer Annäherung zu tarnen. Kyle Blake war einverstanden, und Spencer schickte zwei seiner besten Leute los, um sie den Auftrag ausführen zu lassen. Einer der beiden war ein Veteran der britischen Armee, der einige Jahre als Söldner im Ausland gewesen war. Der andere war ein ehemaliger UDA-Killer: der Mann, der Ian Morris erschossen hatte. Spencer hatte ihnen die Decknamen Yeats und Wilde gegeben. Er schickte sie einige Stunden nach Sonnenuntergang los und befahl ihnen, erst kurz vor Tagesanbruch anzugreifen – genau wie die Peep O'Day Boys.

Das Farmhaus stand in einem kesselförmigen kleinen Tal. Es war von einigen Morgen Weideland umgeben, aber jenseits der Zäune erhoben sich dicht bewaldete Hügel. Auf einem dieser Hügel, der fast genau östlich des Farmhauses lag, hatten die E4- und SAS-Männer ihren Beobachtungsposten eingerichtet. In dieser zweiten Nacht war er in tiefhängende Wolken gehüllt.

Yeats und Wilde trugen Schwarz. Sie hatten ihren blassen Ulsterteint mit Kohlenstaub geschwärzt. Sie schlichen sich von Osten durch den dichten Nadelwald an, folgten den Steigungen und Gefällen des hügeligen Geländes und legten kaum mehr als einen Meter in der Minute zurück. Manchmal lagen sie minutenlang unbeweglich still, preßten ihre Körper an die nasse Erde und beobachteten ihr Ziel durch Nachtgläser. Als sie bis auf eine Viertelmeile herangekommen waren, trennten sie sich: Yeats bewegte sich nach Norden, Wilde nach Süden.

Um vier Uhr waren beide Männer erschöpft, bis auf die Haut durchnäßt und kältestarr. Yeats, der seine Ausbildung in der britischen Armee erhalten hatte, war körperlich und geistig besser auf eine Nacht auf einem eiskalten Hügel vorbereitet. Wilde war das nicht; er war in West Belfast in Shankill aufgewachsen und hatte seine Erfahrungen auf den dortigen Straßen, nicht im Feld gesammelt. In den letzten Minuten vor dem Überfall fragte er sich, ob er überhaupt dazu imstande sein würde. Er litt an Unterkühlung; seine Hände und Füße waren gefühllos, aber er spürte die Kälte nicht mehr. Gleichzeitig zitterte er so heftig, daß er fürchtete, nicht mehr zielsicher schießen zu können, wenn es soweit war.

Um fünf Uhr waren beide Attentäter in Position. Yeats, der hinter einem mächtigen Baum auf dem Bauch lag, beobachtete seinen SAS-Mann, der sich aus Ästen und belaubten Zweigen einen Sichtschutz gebaut hatte. Yeats zog seine Pistole, eine 9-mm-Walther mit aufgesetztem Schalldämpfer. Auch Wilde war mit einer Pistole dieser Art bewaffnet. Beide Männer wußten, daß sie den SAS-Männern an Feuerkraft weit unterlegen waren. Wollten sie ihren Angriff überleben, mußten die ersten Schüsse treffen.

Yeats richtete sich plötzlich auf einem Knie auf und schoß. Die Walther mit Schalldämpfer war fast nicht zu hören. Die ersten Schüsse trafen mit dumpfen Aufschlägen den Oberkörper des SAS-Manns und warfen ihn nach hinten. Den Geräuschen nach trug er eine kugelsichere Kevlarweste, was bedeutete, daß er bestimmt noch lebte.

Yeats sprang auf und stürmte durch die Dunkelheit vorwärts. Er war bis auf wenige Meter herangekommen, als der SAS-Mann sich plötzlich aufsetzte und zu schießen begann. Auch das Sturmgewehr war mit einem Schalldämpfer ausgerüstet, so daß nur ein leises metallisches Klicken zu hören war.

Aber Yeats hatte sich bereits zu Boden geworfen, so daß die Schüsse über seinen Kopf hinweggingen und in Bäume hinter ihm einschlugen. Yeats wälzte sich zur Seite, blieb auf dem Bauch liegen und hielt die Walther in seinen ausgestreckten Händen. Er zielte und drückte zweimal rasch nacheinander ab, wie er's in der Army gelernt hatte. Seine Schüsse trafen den SAS-Mann im Gesicht. Er brach tot zusammen.

Yeats sprang wieder auf, stürmte vorwärts, riß dem toten SAS-Mann sein Sturmgewehr aus den Händen und rannte dorthin, wo die E4-Männer ihren Beobachtungsstand hatten.

Wilde hatte es leichter. Der SAS-Mann, den er ausschalten sollte, reagierte auf die herüberdringenden Kampfgeräusche. Er sprang auf, drehte sich rasch einmal um sich selbst und rannte dann los, um seinem Kameraden zu Hilfe zu kommen. Wilde trat hinter einem Baum hervor, als der Mann an ihm vorbeilief. Er zielte auf seinen Hinterkopf und drückte ab. Der Soldat riß die Arme hoch und fiel in vollem Lauf nach vorn. Wilde hob das Sturmgewehr des Toten auf, rannte weiter und folgte Yeats durch die Bäume.

Die beiden E4-Männer – Marks und Sparks – waren in ihrem mit Ästen, Zweigen und Tarnnetzen ausgebauten Beobachtungsstand kaum zu erkennen. Marks wurde gerade wach. Yeats gab mehrere Schüsse auf seinen Schlafsack ab. Sparks, der Nachtdienst hatte, griff nach seiner kleinen Pistole. Wildes Schuß traf ihn ins Herz.

Wenige Minuten nach fünf Uhr raste Gavin Spencer durch Cranagh und dann die schmale Zufahrtsstraße zu der Farm entlang. Er hielt auf dem schlammigen Hof, stellte den Motor ab und ging im Halbdunkel auf die Rückseite des Hauses, wobei er sich seinen Weg durch auseinanderbrechende Kisten und verrostende Landmaschinen suchen mußte. Im nächsten Augenblick sah er sie im Regen den Hügel herunterkommen. Spencer blieb mit den Händen in den Hosentaschen stehen, während die beiden Männer die Weiden überquerten. Einige Sekunden lang hätte er alles dafür gegeben, an ihrer Stelle zu sein; aber dann sah er ihre nasse, schmutzige Kleidung und ihren gehetzten Blick, der ihm zeigte, daß es nichts zu feiern gab.

»Auftrag ausgeführt«, meldete Wilde einfach.
»Wie viele?« fragte Spencer.
»Vier.«
Yeats warf Spencer im Halbdunkel ein Gewehr zu. Spencer riß seine Hände aus den Hosentaschen und fing es auf, bevor es ihm an die Brust prallte.

»Souvenir für dich«, sagte Yeats. »Das Gewehr eines toten SAS-Manns.«

Spencer stellte fest, daß die Waffe durchgeladen war, und wog sie prüfend in der Hand.

»Sind im Magazin noch ein paar Patronen?«

»Er hat keinen einzigen verdammten Schuß abgeben können«, sagte Wilde.

»Setzt euch ins Auto«, wies Spencer sie an. »Ich komme in ein paar Minuten nach.«

Spencer ging mit dem Gewehr in der Hand über den Hof und betrat das Haus. Sam Dalton, der ältere der beiden Brüder, saß am Küchentisch, trank Tee und rauchte nervös. Er trug einen dicken schwarzen Pullover, eine blaue Jogginghose und Mokassins. Er war unrasiert, seine Augen schlaflos gerötet.

»Scheiße, was geht da draußen vor, Gavin?« fragte er.

»Wir haben eure Freunde auf dem Hügel erledigt. Gibt's davon noch mehr?« fragte er und nickte zur Teekanne hinüber.

Dalton ignorierte Spencers Bitte. »Erledigt?« fragte er mit plötzlich weit aufgerissenen Augen. »Und was passiert, wenn rauskommt, daß ihr sie erledigt habt? Ich hab' versprochen, ein paar Waffen und etwas Semtex für euch zu verstecken, Gavin. Aber du hast nicht gesagt, daß du mir außerdem die Special Branch und die britische Armee auf den Hals hetzen wirst.«

»Du brauchst dir keine Sorgen zu machen, Sam«, antwortete Spencer beruhigend. »Ich nehme jetzt alles mit. Selbst wenn Special Branch und Army hier mit Gewalt eindringen, gibt's nichts mehr zu finden.«

»Alles?« fragte Sam Dalton ungläubig.

»Alles«, bestätigte Spencer. »Wo ist Chris?«

Dalton wies mit dem Daumen nach oben. »Der schläft noch«, antwortete er.

»Du holst schon mal die Waffen und das Semtex 'raus. Ich muß was mit ihm besprechen. Ich komme gleich nach.«

Sam Dalton nickte und verschwand die Kellertreppe hinunter. Gavin Spencer ging nach oben, wo Christopher Dalton leise mit offenem Mund schnarchend in seinem Bett lag. Spencer zog eine Walther mit Schalldämpfer aus der Tasche, beugte sich über den Schlafenden und steckte ihm den Lauf seiner Waffe zwischen die Zähne. Christopher Dalton schreckte mit weit aufgerissenen Augen hoch. Spencer drückte ab und sah Blut und Gehirnmasse übers Kopfkissen spritzen. Er steckte die Pistole ein, ging hinaus und ließ Christopher Daltons noch zuckenden Körper in seinem Bett liegen.

»Wo ist Chris?« fragte Dalton, als Spencer im Keller erschien.

»Er pennt noch«, antwortete Spencer. »Ich hab's nicht übers Herz gebracht, ihn zu wecken.«

Dalton hatte die Waffen und den Sprengstoff aus dem Versteck geholt und war dabei, sie zu verpacken. Als er fertig war, standen zwei Reisetaschen nebeneinander auf dem Kellerboden. Er kniete neben ihnen und zog eben den zweiten Reißverschluß zu, als Spencer ihm die Mündung des erbeuteten SAS-Gewehrs an den Hinterkopf drückte.

»Gavin, nein«, bat er. »Bitte, Gavin!«

»Keine Sorge, Sam. Dich erwartet eine bessere Welt.«

Spencer drückte ab.

Um sechs Uhr klingelte das Telefon auf Michaels Nachttisch in seinem Gästezimmer im Winfield House. Er wälzte sich zur Seite und riß den Hörer vor dem zweiten Klingeln von der Gabel. Am Apparat war Graham Seymour, der aus seinem Haus in Belgravia anrief.

»Zieh dich an. Ich hole dich in einer halben Stunde ab.«

Graham legte ohne ein weiteres Wort auf. Michael duschte, rasierte sich und zog sich rasch an. Fünfundzwanzig Minuten später fuhr ein Rover mit Chauffeur vor Winfield House vor. Michael stieg hinten bei Graham Seymour ein.

Graham bot ihm einen Pappbecher Kaffee an. Er sah wie ein Mann aus, der durch eine Hiobsbotschaft geweckt worden ist. Seine Augen waren rotgerändert, und er hatte sich offenbar in größter Eile und nur unvollständig rasiert. Während die Limousine bei Tagesanbruch rasch durch den Regent's Park fuhr, berichtete Graham mit tonloser Stimme, was sich in der Nacht auf der Farm in den Sperrin Mountains ereignet hatte.

»Jesus!« flüsterte Michael erschrocken.

Der Rover raste den Outer Circle entlang und folgte dann der Euston Street ein kurzes Stück nach Osten, bevor er auf der Tottenham Court Road nach Süden weiterfuhr. Michael umklammerte seine Armlehne, während ihr Chauffeur sich durch den noch flüssigen Morgenverkehr schlängelte.

»Willst du mir nicht verraten, wohin wir fahren?« erkundigte Michael sich.

»Ich wollte dich überraschen.«

»Ich hasse Überraschungen.«

»Ich weiß«, sagte Graham mit schwachem Lächeln.

Fünf Minuten später rasten sie die Whitehall hinunter. Dann hielt der Chauffeur vor dem Stahltor, das die Downing Street absperrte. Als Graham sich bei dem Wachhabenden ausgewiesen hatte, wurde das Tor geöffnet. Die Limousine fuhr weiter und hielt erneut – diesmal vor der berühmtesten Tür der Welt. Michael sah Graham fragend an.

»Komm mit, Schätzchen«, forderte sein Freund ihn auf. »Wir dürfen den großen Mann nicht warten lassen.«

Sie betraten die Nr. 10, gingen durch den vorderen Korridor und stiegen die berühmte Treppe zwischen den Porträts von Tony Blairs Vorgängern hinauf. Ein Mitarbeiter führte sie ins Arbeitszimmer des Premierministers. Blair saß in Hemd und Krawatte an seinem unaufgeräumten Schreibtisch, auf dem auch ein unberührtes Frühstückstablett stand.

»Als ich das Unternehmen Kesselpauke genehmigt habe, Gentlemen, habe ich nicht geahnt, daß es uns so teuer zu stehen kommen würde«, sagte Blair, ohne darauf zu warten, daß die beiden ihm vorgestellt wurden. »Mein Gott, zwei E4-Beamten und zwei SAS-Männer tot!«

Graham und Michael warteten schweigend darauf, daß der Premierminister fortfahren würde.

»Nach den Siebenuhrnachrichten weiß ganz Nordirland davon, und die Katholiken werden hell empört reagieren.«

Graham räusperte sich. »Premierminister, ich kann Ihnen versichern, daß ...«

»Ich habe Ihre Versicherungen gehört, Gentlemen, aber jetzt will ich endlich Ergebnisse sehen. Soll der Friedensprozeß überleben, müssen wir Schluß mit der Waffengewalt in der irischen Politik machen – also die paramilitärischen Gruppen entwaffnen. Und in dieser aufgeheizten Atmosphäre gibt die IRA niemals ihre Waffen ab.«

»Darf ich etwas sagen, Premierminister?« fragte Michael.

Blair nickte knapp. »Ja, bitte.«

»Aus der Tatsache, daß die Ulster Freedom Brigade dieses Unternehmen riskiert hat, schließe ich, daß sie angebissen hat. Sie hat die Absicht, Botschafter Cannon in Norfolk zu ermorden. Und wenn sie das versucht, versetzen wir ihr einen vernichtenden Schlag.«

»Warum werden Gavin Spencer und diese Rebecca Wells nicht gleich verhaftet? Auch das wäre ein schwerer Schlag gegen die Ulster Brigade. Und es würde den Katholiken beweisen, daß wir etwas *tun,* um dieser Mörderbande das Handwerk zu legen.«

»Die RUC hat nicht genügend Beweise gegen Spencer, die vor Gericht verwertbar wären«, sagte Graham. »Und was Rebecca Wells betrifft, ist sie für uns auf freiem Fuß mehr wert als hinter Gittern.«

Blair begann in Akten zu blättern, um zu signalisieren, die Besprechung sei zu Ende.

»Sie können vorläufig weitermachen«, sagte er, dann machte er eine kurze Pause. »Auch wenn meine Kritiker das Gegenteil behaupten, neige ich nicht zu Übertreibungen. Aber wenn diese Gruppe nicht zerschlagen wird, ist der Friedensprozeß erledigt, endgültig erledigt. Denken Sie daran, Gentlemen.«

27

AN DER KÜSTE VON NORFOLK, ENGLAND

Der Landsitz Hartley Hall liegt zwei Meilen von der Nordsee entfernt südöstlich der Kleinstadt Cromer. Ein normannischer Adeliger hatte dort im dreizehnten Jahrhundert das erste Herrenhaus erbaut. Unter dem gegenwärtigen Bau, in dem Labyrinth aus Kellern und Passagen, gab es überall noch mittelalterliche Gewölbe und Durchgänge. 1625 baute der Kaufherr Robert Hartley aus Norwich auf den Fundamenten des normannischen Herrenhauses ein Landhaus im Stil Jakobs I. Um es gegen die Nordseestürme abzuschirmen, ließ er im Norden seines Besitzes Tausende von Bäumen in den sandigen Boden pflanzen, obwohl er wußte, daß es Generationen dauern würde, bis sie herangewachsen waren und ihre Schutzfunktion erfüllen konnten. So war der North Wood entstanden: achtzig Hektar mit Fichten, schottischen Tannen, Ahornen, Platanen und Buchen. Botschafter Cannon bewunderte die Bäume, während seine kleine Autokolonne durch diesen Wald fuhr. Im nächsten Augenblick kam Hartley Hall in Sicht.

Sir Nicholas Hartley, ein Nachfahre Robert Hartleys, trat auf sie zu, als die Wagen auf der kiesbestreuten Auffahrt hielten. Er war ein großer Mann mit breiter Brust und sandfarbenem Haar, das ihm in die Stirn fiel. Seine beiden Setter tollten um ihn herum. Douglas stieg aus der zweiten Limousine und ging die wenigen Schritte mit ausgestreckter rechter Hand auf Sir Nicholas zu. Die beiden Männer begrüßten sich, als wäre Douglas der Besitzer des benachbarten Herrenhauses und käme seit fünfzig Jahren zu Besuch nach Hartley Hall.

Hartley schlug einen kleinen Spaziergang vor, obwohl die Temperatur bei kaum fünf Grad lag und es rasch Abend wurde. Da er von seinem Vermögen lebte und außer der Erforschung der Geschichte seines Familiensitzes kaum andere Interessen hatte, hielt er Douglas einen sachkundigen Vortrag, als sie einen Rundgang um Hartley Hall machten. Die beiden Leibwächter von der Special Branch folgten ihnen in dezentem Abstand, und ihnen wiederum die Hunde.

Sie bewunderten die Südfassade, die Baumeister Robert Lyminge aus Norfolk entworfen und ausgeführt hatte, und schlenderten den mit Glyzinien bewachsenen Ostflügel mit seinen großen Sprossenfenstern und Dachgauben entlang. Sie warfen einen Blick in die prächtige Orangerie, in der Orangen- und Zitronenbäume in großen Pflanzkübeln überwinterten. Hinter dem von einer Mauer umgebenen Park lag das Hirschgehege, in dem früher bis zu dreihundert Stück Rotwild aufgezogen worden waren. Sie folgten dem Fußweg nach Süden, der sie an den Stallungen und einer Terrasse mit Dienstbotenhäusern vorbeiführte. Auf einem kleinen Hügel stand die fünfhundert Jahre alte St. Margaret's Church als schwarze Silhouette in der bläulichen Abenddämmerung. Um die Kirche verstreut lagen die Ruinen eines Dorfs, das im fünfzehnten Jahrhundert während der Pest aufgegeben worden war.

Als die beiden Männer wieder vor der Südfassade anlangten, war es bereits dunkel geworden. Durch die hohen geteilten Fenster fiel Licht in kleinen Flecken auf die Auffahrt. Sie traten durch die mit Bossenwerk verzierte Tür in die große Eingangshalle des Hauses. Douglas bewunderte die englischen Glasfenster aus dem siebzehnten Jahrhundert, Hartleys Ahnengalerie und den Eichenholzschreibtisch unter einem der Fenster. Er nahm seinen Gastgeber für sich ein, indem er den Tisch als erster amerikanischer Besucher richtig in die flämische Renaissance einordnete.

Sie gingen durch den Speisesaal mit dem üppigen Rokokostuck in den Salon hinüber. Dort standen sie mitten im Raum und verrenkten sich die Hälse, um den reichen Deckenstuck aus Rosen, Orangenblüten, Trauben, Birnen und Granatäpfeln zu bewundern. »Diese Wandsegmente sind unseren jagdbaren Vögeln gewidmet«, sagte Hartley, wobei er mit seinem langen Arm wie mit einer Flinte zielte. »Wie Sie sehen, gibt es bei uns Rebhühner, Fasane, Kiebitze und Schnepfen.«

»Wirklich prachtvoll«, murmelte Douglas.

»Aber Sie sind bestimmt erschöpft, und ich könnte den ganzen Abend lang weitererzählen«, sagte Hartley. »Kommen Sie, ich zeige Ihnen Ihr Zimmer. Vielleicht möchten Sie sich etwas frisch machen und vor dem Abendessen ein paar Minuten entspannen.«

Sie stiegen die breite Mitteltreppe hinauf und gingen oben im Korridor an mehreren geschlossenen Türen vorbei. Hartley führte Douglas in das sogenannte chinesische Schlafzimmer mit einem Himmelbett aus dem siebzehnten Jahrhundert und einem handgeknüpften Exeter-Teppich in lebhaften Farben. Am Fuß des Betts standen ein schwarzer japanischer Lackschrank und ein einzelner Chippendalestuhl.

Auf dem Stuhl saß ein Mann mit dem Rücken zur Tür. Er stand auf, als Hartley und Douglas hereinkamen. Einen Augenblick lang hatte Douglas das Gefühl, sein eigenes Spiegelbild vor sich zu haben. Der Mund stand ihm offen, als er dem anderen die Hand hinstreckte und darauf wartete, daß er sie ergriff. Aber der Mann stand nur lächelnd da und genoß offensichtlich die Wirkung, die er erzielte. In Größe und Statur glich er genau Douglas Cannon, und sein schütter werdendes graues Haar war so geschnitten und frisiert wie das seines Vorbilds. Seine Haut war die eines Mannes, der frische Luft liebt: rosige Wangen, lederartige Haut, große Poren. Die Gesichtszüge waren nicht ganz identisch – seine Augen standen etwas enger zusammen –, aber der Gesamteindruck war verblüffend.

Dann wurde die Tür des Ankleidezimmers geöffnet, und Michael trat von Graham Seymour gefolgt über die Schwelle. Als er den verwirrten Gesichtsausdruck seines Schwiegervaters sah, begann er schallend zu lachen.

»Botschafter Douglas Cannon«, sagte Michael, »darf ich Ihnen Botschafter Douglas Cannon vorstellen?«

Douglas schüttelte ungläubig den Kopf. »Der Teufel soll mich holen!« murmelte er.

Rebecca Wells beobachtete an diesem Nachmittag Vögel. Sie war seit drei Tagen in Norfolk und lebte in einem kleinen gemieteten Wohnwagen am Strand außerhalb von Sheringham. Sie war die Küste von Hunstanton im Westen bis nach Cromer im Osten entlanggewandert, war auf dem Peddars Way und dem Norfolk Coast Path mit ihrem Fernglas und ihren Kameras unterwegs gewesen und hatte die hiesige Vogelwelt fotografiert – Schnepfen und Rotschenkel, Brachvögel und Rebhühner. Sie war noch nie in Norfolk gewesen und schien jeden Tag für eine Weile zu vergessen, warum sie eigentlich hier war. Diese Küste war ein magischer Ort mit Salzsümpfen, Prielen, Wattflächen und Stränden, die sich bis zum Horizont erstreckten – flach, einsam, kahl und eigenartig schön.

Am Spätnachmittag erreichte sie den Great North Wood, der an den Landsitz Hartley Hall grenzte. Aus ihrem Führer wußte sie, daß die Familie Hartley diesen Wald vor vierzig Jahren an den Staat abgetreten und dieser ihn als Naturschutzgebiet ausgewiesen hatte. Sie folgte einem sandigen Waldweg, der mit einer dicken Schicht Tannennadeln gepolstert war, und ließ sich hinter einem für Vogelbeobachter errichteten Sichtschutz nieder.

Sie tat so, als ob sie eine hier überwinternde Schar Ringelgänse fotografierte. In Wirklichkeit beobachtete sie jedoch den Landsitz Hartley Hall, der unmittelbar südlich des Waldes jenseits einer Wiese stand. Botschafter Cannon sollte um vier Uhr eintreffen. Viertel vor vier erreichte sie den Sichtschutz. Die Sonne ging bereits unter, und es wurde rasch bitterkalt. Der Himmel im Westen verfärbte sich in zarten Purpur- und Orangetönen wie aus einem Aquarellkasten. Wind kam auf und bewegte die Bäume. Sie rieb sich ihr Gesicht mit behandschuhten Händen, um es zu wärmen.

Fünf nach vier hörte sie mehrere Autos durch den Wald fahren. Im nächsten Augenblick tauchten sie aus dem Dunkel auf und bogen auf Hartleys private Zufahrt ab. Als die kleine Wagenkolonne hielt, trat ein Mann aus der Südveranda. Rebecca Wells hob ihr Fernglas an die Augen. Sie beobachtete, wie Douglas Cannon aus seinem Wagen stieg und dem anderen Mann die Hand schüttelte. Dann machten die beiden einen Rundgang um Hartley Hall, bei dem Rebecca sie weiter aufmerksam beobachtete.

Als die Männer schließlich im Haus verschwanden, stand sie auf und verstaute Fernglas und Kameras wieder in ihrem Nylonrucksack. Sie kehrte durch den Wald zu dem Parkplatz zurück, auf dem ihr gemieteter Vauxhall stand, und fuhr auf der schmalen Küstenstraße zu ihrem Wohnwagen am Strand.

Inzwischen war es ganz dunkel, und der Campingplatz war bis auf ein Ehepaar in einem Wohnmobil und eine kleine Gruppe dänischer Jugendlicher, die mit Rucksäkken durch Norfolk wanderten, praktisch leer. Die vier Mitglieder ihres Teams waren auf andere Campingplätze entlang der Küste verteilt. Die Flut lief ab, und der Seewind brachte den Schlammgeruch des Watts mit sich. Rebecca sperrte ihren Wohnwagen auf und schaltete die Elektroheizung ein. Sie zündete den Gaskocher an, setzte Wasser auf und machte sich eine Kanne Nescafé. Nachdem sie eine Thermosflasche damit gefüllt hatte, goß sie den Rest in einen Keramikbecher, aus dem sie trank, während sie am Strand auf und ab ging.

Erstmals seit sehr langer Zeit empfand sie einen ganz ungewohnten inneren Frieden. Das liegt an dieser Küste, sagte sie sich, an dieser schönen, mystischen Küste. Sie überlegte, wie eigenartig es war, durch ein Dorf zu fahren, in dem es keinerlei Hinweise auf einen Glaubenskrieg gab: keine Union Jacks oder Trikoloren, keine kriegerischen Wandgemälde oder an Mauern geschmierte politische Parolen, keine festungsartigen Polizeistationen. Der Konflikt hatte ihr ganzes bisheriges Leben beherrscht. Ihr Vater hatte mit einer paramilitärischen Protestantengruppe sympathisiert, und sie hatte einen UVF-Angehörigen geheiratet. Sie war dazu erzogen worden, Katholiken zu hassen und ihnen zu mißtrauen. In Portadown war der Konflikt allgegenwärtig; es gab keine Möglichkeit, ihm zu entkommen. In Portadown als Protestantin zu leben, hatte ihrer Existenz einen Sinn gegeben. Dort war sie einer langen Tradition verpflichtet gewesen. Die Rituale des Hasses, die Zyklen von Mord und Rache hatten dem Alltag eine makabre Ordnung gegeben.

Sie überlegte, was nach dem Attentat geschehen würde. Kyle Blake hatte dafür gesorgt, daß sie Geld, einen falschen Paß und ein Versteck in Paris hatte. Sie war sich darüber im klaren, daß sie monatelang, vielleicht sogar jahrelang würde untertauchen müssen. Vielleicht würde sie niemals nach Portadown zurückkehren können.

Rebecca trank ihren Kaffee aus und beobachtete dabei, wie die im Mondschein phosphoreszierenden Wellen sich am Strand brachen. Ich wollte, ich könnte am Meer leben, dachte sie. Ich wollte, ich könnte ewig hierbleiben.

Sie ging im Dunkel zu dem Wohnwagen zurück, sperrte auf und schaltete ihren Laptop ein. Nachdem sie über ein Funkmodem die Verbindung zu ihrem Internet-Server hergestellt hatte, verfaßte sie eine kurze E-Mail.

HIER IN NORFOLK GEFÄLLT ES MIR AUSGEZEICHNET. ES IST KALT, ABER TROTZDEM SEHR SCHÖN. HEUTE HABE ICH EINIGE SELTENE VOGELARTEN BEOBACH-TET. ICH BLEIBE VORAUSSICHTLICH NOCH EIN PAAR TAGE.

Sie schickte die E-Mail ab und schaltete ihren Laptop aus. Dann packte sie die Thermoskanne und eine Packung Zigaretten ein. Heute nacht hatte sie eine sehr lange Fahrt vor sich. Sie schloß den Wohnwagen ab und setzte sich in den Vauxhall. Wenig später war sie auf der A148 nach King's Lynn unterwegs – das erste Etappenziel ihrer Fahrt zur schottischen Westküste.

»Tatsächlich heißt er Oliver Taylor«, sagte Graham Seymour zu Douglas. »Aber ich möchte, daß Sie seinen

Namen sofort wieder vergessen. Er ist Beschatter von Beruf, nicht wahr, Oliver? Einer der Besten in seinem Fach.«

»Die Ähnlichkeit ist verblüffend«, stellte Douglas erstaunt fest.

»Heutzutage bildet Oliver vor allem neue Leute aus, aber wir setzen ihn manchmal noch ein, wenn wir einen echten Profi brauchen. Er hat einige Zeit die schöne Rebecca Wells beschattet, stimmt's, Oliver?«

Taylor nickte wortlos.

»Kommen Sie bitte mit, Botschafter Cannon«, forderte Graham ihn auf. »Ich möchte Ihnen einiges zeigen.«

Graham führte Douglas und Michael nach nebenan in ein Zimmer voller elektronischer Geräte und Bildschirme. Die beiden Techniker begrüßten die Besucher mit einem kurzen Nicken und konzentrierten sich dann wieder auf ihre Arbeit.

»Dies ist das elektronische Nervenzentrum des Unternehmens«, erklärte Graham dem Botschafter. »Die gesamte Umgebung von Hartley Hall ist mit Infrarotkameras, Bewegungsmeldern und Wärmesensoren gespickt. Sobald die Ulster Freedom Brigade versucht, in Position zu gehen, schrillen hier sämtliche Alarmglocken.«

»Weshalb sind Sie sich so sicher, daß sie's versuchen wird?« fragte Douglas.

»Weil Rebecca Wells in Norfolk ist«, antwortete Graham. »Sie lebt seit drei Tagen nur wenige Meilen von hier entfernt in einem Mietwohnwagen am Strand. Und als Sie angekommen sind, ist sie im North Wood gewesen. Sie weiß also, daß Sie hier sind.«

»Tatsächlich hat sie den Campingplatz eben verlassen, Sir«, sagte einer der Techniker.

»Wohin fährt sie?«

» Sie ist auf der Küstenstraße nach Westen unterwegs.«

»Was ist mit dem Wohnwagen?« fragte Michael.
»Der steht noch dort, Sir.«
»Diese Männer sind gewissermaßen unsere Sicheln, Botschafter Cannon«, sagte Graham. »Jetzt möchte ich Ihnen noch unsere Knüppel vorstellen.«

Der Special Air Service ist die Eliteeinheit der britischen Streitkräfte und eine der angesehensten militärischen Organisationen der Welt. Er ist in Hereford, ungefähr 140 Meilen nordwestlich von London, stationiert und besteht aus einem aktiven Regiment, dem 22 SAS, mit rund 550 Mann. Der SAS ist für den Kampf hinter feindlichen Linien ausgebildet, und jede seiner vier Einsatzschwadronen hat ihre besondere Spezialität: Luftlandeunternehmen, Amphibienlandungen, Gebirgskampf und Einsatz von Sturmfahrzeugen. Ihre Fähigkeit zur Terrorismusbekämpfung hat die Einheit im Mai 1980 unter Beweis gestellt, als sie die Belagerung der iranischen Botschaft in London vor laufenden Fernsehkameras erfolgreich beendet hat. Der SAS rekrutiert überdurchschnittlich intelligente Soldaten, die improvisieren und selbständig handeln können. SAS-Soldaten sind wegen ihres Egoismus, ihrer Respektlosigkeit und ihres Sarkasmus verschrien; deshalb wird der SAS von großen Teilen des britischen militärischen Establishments mißtrauisch beäugt. Ihre Devise lautet: »Wer wagt, gewinnt.« Es ist typisch für die SAS-Männer, ihr eigenes Motto entsprechend zu verfremden: »Wer fragt, wer gewinnt?«

Die acht Männer in dem großen Freizeitraum hatten nur wenig Ähnlichkeit mit Soldaten, wie Douglas sie kannte. Sie hatten zottiges Haar oder überhaupt kein Haar, und einige von ihnen trugen weit herabgezogene Schnurrbärte. Zwei spielten eine Partie Billard; zwei andere lieferten sich ein lautstarkes Tischtennisduell.

Der Rest lungerte vor dem Fernseher, sah sich einen Videofilm an – *The Double Life of Veronique* – und bat gelegentlich um etwas mehr Ruhe. Die Billard- und die Tischtennisspieler hörten auf, als sie merkten, daß sie Besuch hatten.

»Geht die Ulster Freedom Brigade zum Angriff über, wird sie von diesen Männern erwartet«, sagte Graham. »Ich kann Ihnen versichern, daß dann alles sehr schnell geht. Diese Gentlemen wissen, was ihren Kameraden neulich nacht im County Tyrone zugestoßen ist. Der SAS ist ein sehr kleiner Haufen. Wie Sie sich vorstellen können, brennen sie darauf, sich dafür zu revanchieren.«

»Ja, das verstehe ich«, sagte Douglas. »Aber wenn unnötiges Blutvergießen sich irgendwie vermeiden läßt...«

»Sie werden sich bemühen, die Terroristen lebend zu fassen«, versicherte Michael ihm. »Alles hängt nur davon ab, wie die Ulster Freedom Brigade reagiert, wenn sie erkennt, daß sie in eine Falle geraten ist.«

»Für Sie wird es Zeit, das Haus zu verlassen, Botschafter Cannon«, sagte Graham. »Sie haben Ihren Teil getan. Leider bekommen Sie auf der Rückfahrt weit weniger zu sehen als auf der Herfahrt, fürchte ich.«

Michael und Douglas verabschiedeten sich in der großen Halle voneinander. Nachdem sie sich die Hand geschüttelt hatten, legte Douglas seinem Schwiegersohn einen Arm um die Schultern und sagte: »Paß gut auf dich auf, Michael.«

Graham führte Douglas zum Hinterausgang, vor dem ein Lieferwagen mit laufendem Motor wartete. Das Fahrzeug war mit dem Namen eines hiesigen Partyservices beschriftet. Douglas stieg ein und nahm auf dem im Laderaum eingebauten bequemen Sitz Platz. Er hob grüßend die Hand. Graham schloß die Hecktür, und der Lieferwagen fuhr rasch davon.

Am nächsten Morgen stand Rebecca Wells in aller Frühe an der schottischen Westküste in der Ardnacross Bay am Strand. Bei leichtem Nebel war es bitterkalt und noch ziemlich dunkel, obwohl die Sonne schon vor einer halben Stunde aufgegangen sein sollte. Sie ging auf dem schmalen Kiesstrand auf und ab, rauchte eine Zigarette und trank den Rest des Nescafés, den sie vor über zwölf Stunden aufgegossen hatte. Sie war erschöpft. Der Morgen war windstill, das Wasser flach und kaum bewegt. Jenseits der Bay lag der Kilbrannan-Sund. Im Südwesten, von Schottland durch den North Channel getrennt, lag die nordirische Küste.

Zwanzig weitere Minuten verstrichen. Rebecca fing an, sich Sorgen zu machen, ob das Boot auch kommen würde. Es würde ein Schlauchboot sein, hatte Kyle Blake gesagt, das ein Frachter, dessen Eigner protestantische Sympathisanten waren, auf seiner Fahrt durch den North Channel aussetzen würde. An Bord würde ein Mann der Brigade mit einem Seesack sein, der ihre Waffen für den Überfall auf Hartley Hall enthielt.

Als weitere zehn Minuten vergangen waren, überlegte Rebecca, ob sie riskieren durfte, noch länger zu warten. Inzwischen war es hell, und auf der Küstenstraße hinter ihr setzte der morgendliche Berufsverkehr ein. Aber dann hallte das Tuckern eines kleinen Außenbordmotors übers Wasser. Im nächsten Augenblick tauchte ein winziges Schlauchboot aus dem Nebel über der Bay auf.

Während das Boot näherkam, versuchte Rebecca den mit der Ruderpinne in der Hand im Heck sitzenden Mann zu erkennen. Es war Gavin Spencer. Er kippte den Außenbordmotor nach vorn, damit die Schraube keine Grundberührung bekam, und ließ das Boot am Strand auflaufen. Rebecca rannte darauf zu und ergriff die Bugleine, die Gavin ihr zuwarf.

»Um Himmels willen, was machst du hier?« fragte sie.
»Ich wollte mit dabeisein.«
»Weiß Kyle davon?«
»Er erfährt's früh genug, nicht wahr?« Spencer kletterte aus dem Schlauchboot und hob den Seesack aus dem Bug. »Hilf mir, dieses Ding an Land zu ziehen.«
Sie zogen das Boot gemeinsam über den Strand und versteckten es in den mit Ginster bewachsenen Dünen. Spencer ging zurück und kam mit seinem Seesack über der Schulter wieder. Rebecca führte ihn zu ihrem Vauxhall.
Spencer musterte sie prüfend. »Seit wann hast du nicht mehr geschlafen?«
»Weiß ich nicht mehr.«
»Laß mich fahren.«
Sie warf Spencer die Autoschlüssel zu. Er verstaute seinen Seesack im Kofferraum, setzte sich ans Steuer und ließ den Motor an. Weil er vor Kälte zitterte, stellte er die Heizung auf volle Leistung, so daß Rebecca sich bald wie in einer Sauna vorkam. Sie hielten in dem Dorf Ballochgair und kauften an einem Imbißstand Tee in Plastikbechern und Schinkensandwiches. Spencer verschlang drei Sandwiches und trank den heißen Tee in kleinen Schlucken.
»Erzähl' mir, was du weißt«, verlangte er dann, und Rebecca beschrieb ihm eine Viertelstunde lang die Topographie der Norfolk Coast, die Lage des Landsitzes und den Grundriß von Hartley Hall. Sie war erschöpft. Sie sprach automatisch, als bete sie die Einzelheiten auswendig herunter, ohne bewußt darüber nachzudenken. Es war unsinnig, daß Gavin Spencer hier war – er war ein Stratege, kein Attentäter –, aber sie war froh, daß er gekommen war.
Rebecca schloß die Augen, als er weitere Fragen

stellte. Sie versuchte, sie zu beantworten, aber sie merkte, wie ihre Stimme leiser und leiser wurde, während der Wagen über eintöniges Moorland und durch den Carradale Forest raste. Die drückende Hitze raubte ihr die letzte Kraft. Sie versank in tiefen Schlaf – den tiefsten seit vielen Monaten –, aus dem sie erst wieder erwachte, als sie in Norfolk die Küste entlangfuhren.

28

Hartley Hall, Norfolk

Allem Anschein nach war dieser Tag ein typischer Wintertag in Hartley Hall. Das Wetter war klar und hell, die Seeluft belebend frisch. Nach dem Mittagessen fuhren sie in Douglas Cannons Dienstwagen nach Cley und machten dick vermummt einen Strandspaziergang nach Blakeney Point. Die Nordsee glitzerte in strahlendem Sonnenschein. Die von der Special Branch gestellten Leibwächter folgten ihnen mit einigem Abstand, während Nicholas Hartleys Setter die Seeschwalben und Ringelgänse terrorisierten. Gegen Abend zog eine Regenfront über die Norfolk Coast hinweg. Als die Dinnergäste eintrafen, war daraus ein heulender Nordseesturm geworden.

Kurz nach 22 Uhr kam Gavin Spencer hinter der Sichtblende im North Wood hervor und rannte durch den Wald zum Strand. Er sperrte den Kofferraum des Vauxhalls auf, holte den Seesack heraus und warf ihn sich über die Schulter. So überquerte er den Campingplatz und klopfte an die Tür des Wohnwagens.

Rebecca Wells schob den Vorhang des Fensters neben der Tür ein bißchen zur Seite und sah nach draußen. Sie öffnete, und Spencer kam die zwei Stufen herauf. Der Sturm schlug die Tür hinter ihm zu. Vier Männer hockten zusammengedrängt in dem winzigen Raum. Spencer, der das Team persönlich zusammengestellt hatte, kannte jeden einzelnen Mann gut: James Fletcher, Alex Craig, Lennie West und Edward Mills.

Die Luft im Wohnwagen war dick von Zigarettenqualm und dem Geruch nervöser Männer, die seit zwei Tagen in Zelten geschlafen hatten. Fletcher und Craig saßen an dem kleinen Eßtisch, West und Mills hockten auf der Bettkante – alle unrasiert und schlecht gekämmt. Rebecca war dabei, Tee zu kochen.

Spencer stellte seinen Seesack auf den Fußboden und öffnete ihn. Er holte eine Uzi nach der anderen heraus, gab sie den Männern und verteilte dann volle Magazine. Einige Sekunden lang füllten metallische Geräusche den Wohnwagen, als die Männer die Magazine einsetzten und die Waffen durchluden. Spencer behielt die letzte Uzi für sich und warf den leeren Seesack aufs Bett.

»Wo ist meine?« fragte Rebecca.

»Wie meinst du das?«

»Meine Waffe«, sagte sie. »Wo ist sie?«

»Du bist nicht für solche Einsätze ausgebildet, Rebecca«, sagte Spencer halblaut. »Deine Arbeit ist getan.«

Sie knallte den Teekessel auf den Tisch. »Dann macht euch euren Scheißtee selber!«

Spencer trat einen Schritt vor und legte ihr eine Hand auf die Schulter. »Wir wollen keinen Streit anfangen«, sagte er begütigend. »Ich setze unsere Erfolgschancen mit bestenfalls fünfzig Prozent an. Einige dieser Jungs kommen vielleicht nicht wieder nach Hause. Findest du nicht, daß wir fünf ein Recht darauf haben, von dir in deiner dir zugewiesenen Rolle unterstützt zu werden?«

Sie nickte widerstrebend.

»Also gut. Kommen wir zur Sache, ja?«

Rebecca öffnete den Geschirrschrank über dem Herd und nahm einen zusammengefalteten Bogen Papier heraus. Als sie ihn auf dem Tisch ausbreitete, erwies er sich als Lageplan, der Hartley Hall und den Park zeigte. Spencer überließ Rebecca die Erklärungen.

»Hartley Hall hat mehrere Eingänge«, begann Rebecca. »Der Haupteingang befindet sich hier...« Sie tippte mit dem Zeigefinger auf den Lageplan, »...im Südflügel. Weitere Eingänge gibt's hier in der Orangerie, im Ostflügel und auf der Rückseite, den ehemaligen Dienstboteneingang. Ich habe jede Nacht einen Rundgang ums Haus gemacht und beobachtet, wo überall Licht brennt. Nach der Ankunft des Botschafters habe ich gesehen, daß in einem Gästezimmer – hier im ersten Stock – erstmals Licht gebrannt hat. Ich vermute, daß Cannon dort schläft.«

Jetzt ergriff Spencer das Wort. »Wir müssen sie überwältigen, sie in Verwirrung stürzen. Wir nähern uns einzeln und dringen um Punkt vier Uhr von allen Seiten ins Haus ein. Ich komme durch den Haupteingang. James kommt durch die Orangerie, Alex und Lennie kommen über den Ostflügel, und Edward kommt durch den Hintereingang. Manche von uns werden auf Widerstand stoßen, manche dagegen nicht. Sobald ihr im Haus seid, rennt ihr nach oben ins Gästezimmer. Und wer es als erster erreicht, legt den Botschafter um. Noch Fragen?«

Kurz nach Mitternacht fingen die Dinnergäste an, sich zu verabschieden – nur waren sie keine echten Gäste, sondern für das Unternehmen Kesselpauke angefordertes MI5-Personal. Als die letzten weggefahren waren, wurden die beiden von der Special Branch gestellten Leibwächter durch neue Beamten ersetzt. Einer von ihnen, der in seiner Regenkleidung wie ein Nordseefischer aussah, machte rasch einen Kontrollgang um das Hauptgebäude. Im chinesischen Schlafzimmer brannte noch bis ein Uhr morgens Licht – bis Michael hineinschlüpfte und es ausknipste.

Die Männer des SAS-Teams hatten unauffällig ihre Stellungen außerhalb des Hauses bezogen. Einer lag an der Parkmauer in Deckung, ein weiterer lauerte im Hirschgehege. Ein dritter Mann hielt im französischen Garten des Hauses Wache, und ein vierter hatte seinen Posten auf dem Friedhof neben der St. Margaret's Church. Die restlichen vier SAS-Männer verteilten sich im Erdgeschoß des Hauses.

Jeder Soldat trug eine Infrarot-Nachtsichtbrille und hatte ein Minifunkgerät mit Ohrhörer, das die Verbindung zum Nervenzentrum innerhalb des Hauses sicherstellte. Jeder war mit einer Maschinenpistole HK MP5, der Dienstwaffe des SAS, und einer 5,7-mm-Herstal bewaffnet. Die Herstal gilt als eine der wirkungsvollsten Handfeuerwaffen der Welt: Sie verschießt ihre Geschosse mit einer Mündungsgeschwindigkeit von 650 Metern pro Sekunde, so daß sie noch aus zweihundert Meter Entfernung achtundvierzig Lagen Kevlar, das für kugelsichere Westen verwendet wird, durchschlagen können. Michael trug die CIA-Dienstwaffe, einen wirkungsvollen 9-mm-Browning mit fünfzehn Schuß im Magazin. Graham Seymour war unbewaffnet.

Die beiden Männer warteten im Kontrollraum im ersten Stock neben dem Gästezimmer. Das stürmische Wetter setzte die elektronischen Sensoren praktisch außer Kraft. Die Bewegungsmelder sprachen ständig auf vom Wind gepeitschte Büsche und Äste an. Die hochempfindlichen Richtmikrofone wurden durch das Brausen des Windes und das Prasseln des Regens unbrauchbar. Nur die Infrarotkameras funktionierten einwandfrei.

Um 3.25 Uhr meldeten die MI5-Agenten, die alle Campingplätze in der näheren Umgebung überwachten, den Aufbruch der Männer des Killerkommandos. Aber sie folgten den Terroristen nicht, sondern ließen die fünf ungehindert in Richtung Hartley Hall abziehen.

Um 3.50 Uhr beobachteten die Techniker, die vor den Bildschirmen der Infrarotkameras saßen, sekundenlang zwei Terroristen, die sich dem Haus näherten – einen unter den Bäumen des Hirschgeheges, einen zwischen den Ruinen des Dorfs auf dem Weg zur St. Margaret's Church.

Um 3.58 Uhr verließ James Fletcher sein Versteck im französischen Garten und lief den Kiesweg zur Orangerie entlang. Vor seinem Eintritt in die Brigade hatte Fletcher der Ulster Defense Association angehört, einer gewalttätigen paramilitärischen Organisation der Protestanten. Er war einer ihrer besten Killer gewesen, der mindestens ein halbes Dutzend IRA-Angehörige getötet hatte. Mit der UDA hatte er gebrochen, als sie während der Friedensverhandlungen einem Waffenstillstand zugestimmt hatte. Als Gavin Spencer ihn gefragt hatte, ob er nicht in die neue Ulster Freedom Brigade eintreten wolle, hatte Fletcher sofort ja gesagt. Als erbitterter Katholikenhasser wollte er Ulster zu einer protestantischen Provinz für protestantische Bürger machen. Außerdem wollte er unbedingt der sein, der den Botschafter ermordet hatte, deshalb mißachtete er Spencers Befehl, bis vier Uhr zu warten, und trabte schon zwei Minuten früher los.

Fletcher trug eine Sturmhaube, einen schwarzen Overall und schwarze Trainingsschuhe mit Gummisohlen. Der Kies knirschte unter seinen Schritten, als er sich dem Haus so leise wie möglich näherte. Er erreichte eine der Fenstertüren der Orangerie und drückte die Klinke herab, aber die Tür war von innen verriegelt. Er trat einen halben Schritt zurück und rammte den Kolben seiner Uzi durch die Scheibe neben dem Riegel. Innen regneten Glassplitter auf den gefliesten Boden.

Als er nach dem Türriegel greifen wollte, hörte er Schritte im Kies hinter sich. Er zog rasch seine Hand zurück und legte sie an die Uzi. Aber bevor er sich umdrehen und schießen konnte, sagte eine Stimme mit englischem Akzent: »Weg mit der Waffe, Hände auf den Kopf! So ist's recht.«

Fletcher überlegte rasch, wie groß seine Chancen waren, das Duell gegen den Mann zu gewinnen. War er Angehöriger der Special Branch, war Fletcher ihm an Feuerkraft sicher weit überlegen, obwohl die zum Personenschutz eingesetzten Männer berüchtigt gute Schützen waren. Andererseits trug er unter seinem Overall eine Kevlarweste und konnte praktisch alles außer einem Kopfschuß überleben. Außerdem wußte er, daß er den Rest seines Lebens vermutlich in englischen Gefängnissen verbringen würde, wenn er hier verhaftet wurde.

Deswegen duckte James Fletcher sich plötzlich, warf sich herum und riß seine Waffe hoch. Obwohl er den Mann nur flüchtig sah, erkannte er sofort, daß der andere kein Beamter der Special Branch war. Vor ihm stand ein SAS-Mann, was bedeutete, daß sie geradewegs in eine Falle getappt waren – eine Falle, in die auch die IRA schon mehrmals mit katastrophalen Folgen geraten war.

Fletcher erkannte auch, daß er sich gerade fatal verrechnet hatte.

Aus der Maschinenpistole des Soldaten kam nur ein dumpfes Klicken. Aber Fletcher wußte, daß er schoß, weil er das Mündungsfeuer sah. Die Geschosse zerfetzten seinen Overall, durchschlugen seine Kevlarweste, zerschmetterten sein Rückgrat und rissen ein gähnendes Loch in seinen Herzmuskel. Er fiel rückwärts, krachte durch die Fenstertür und blieb auf dem Boden der Orangerie liegen.

Sekunden später beugte der SAS-Mann sich über Fletcher, packte ihn grob am Hals und versuchte seinen Puls zu fühlen. Dann griff er sich die Uzi und verschwand, während James Fletcher starb.

Edward Mills hörte das Klirren der eingeschlagenen Scheibe, als er durch die Ruinen in der Umgebung der St. Margaret's Church trabte. Er hatte noch immer den schlanken, sehnigen Körper, mit dem er als Schüler viele Cross-Country-Rennen gewonnen hatte, und sprang leichtfüßig über Trümmerhaufen und niedrige Mauerreste hinweg. Wie Fletcher trug er eine Sturmhaube und einen schwarzen Overall. Vor ihm ragte die St. Margaret's Church auf. Mills folgte dem alten Fußweg, der vom Dorf zur Kirche führte.

Obwohl er noch nie an einem Einsatz dieser Art teilgenommen hatte, fühlte er sich überraschend ruhig. Er war Mitglied des Oranierordens – sein Vater war wie schon sein Großvater vor ihm Standartenträger seiner Loge in Portadown gewesen –, aber er hatte die paramilitärischen Gruppen bis zum Sommer vergangenen Jahres gemieden. Damals hatten RUC und Army den Oranierorden daran gehindert, durch die katholische Garvaghy Road in Portadown zu marschieren. Wie die meisten Oranier war Mills der Überzeugung, er habe das Recht, jederzeit und überall auf öffentlichen Straßen zu marschieren, auch wenn das den Katholiken nicht paßte. Aus Protest gegen diese Blockade hatte er damals gemeinsam mit anderen sechs Wochen lang in der Nähe der Kirche von Drumcree campiert. In diesem improvisierten Lager hatte Gavin Spencer ihn für die Ulster Freedom Brigade angeworben.

Jetzt spurtete er über den alten Friedhof und wich bemoosten Grabsteinen und schiefstehenden Kreuzen aus. Er hatte das überdachte Friedhofstor schon fast erreicht und wollte eben das Tempo verschärfen, als er einen stechenden Schmerz am linken Schienbein fühlte. Seine Beine verwickelten sich in etwas, und er knallte aus vollem Lauf hin. Bevor er sich aufrappeln konnte, sprang ihm ein Mann auf den Rücken, traf seinen Hinterkopf mit zwei Schlägen und hielt ihm mit einer behandschuhten Hand den Mund zu. Mills spürte, daß er dabei war, das Bewußtsein zu verlieren.

»Keine Bewegung, keinen Laut, sonst kriegst du eine Kugel in den Kopf«, sagte der Mann, und sein ruhiger Tonfall verriet Edward Mills, daß das keine leere Drohung war. Gleichzeitig dämmerte ihm die schreckliche Erkenntnis, daß er geradewegs in eine Falle gerannt war. Der Mann versuchte, ihm die Uzi zu entreißen. Mills war töricht genug, sich zu wehren. Der Ellbogen des Mannes traf seinen Kopf, und in der nächsten Sekunde verlor Edward Mills das Bewußtsein.

Alex Craig und Lennie West rannten über die deckungslosen Wiesen des Hirschgeheges auf den Ostflügel von Hartley Hall zu. Die beiden Männer waren UVF-Veteranen, die schon viele gemeinsame Einsätze hinter sich hatten. Sie liefen mit schußbereit gehaltenen Waffen fast lautlos nebeneinander her. Jetzt verließen sie das Hirschgehege und erreichten die Kiesfläche vor dem Ostflügel. Im nächsten Augenblick rief eine Männerstimme hinter ihnen: »Halt, Waffen weg und Hände auf den Kopf!«

Craig und West erstarrten, aber ihre Hände umklammerten weiter die Uzis.

»Weg mit den Waffen!« wiederholte die Stimme.

Auf dem Campingplatz am Strand bei Blakeney, auf

dem sie vor dem Unternehmen gezeltet hatten, waren Craig und West sich darüber einig gewesen, daß sie notfalls lieber kämpfen als sich ergeben würden. Sie wechselten einen Blick.

»Scheint 'ne Falle zu sein«, flüsterte Craig. »Für Gott und Ulster, was, Lennie?«

West nickte knapp. »Ich übernehme den Kerl hinter uns.«

»Verstanden.«

West ließ sich fallen, wälzte sich auf den Bauch und begann wild ins Dunkel zu ballern. Auch Alex Craig warf sich zu Boden und gab einen Feuerstoß auf den Ostflügel ab, der Glas zersplittern ließ. Sekunden später kam die Antwort aus dem zerschossenen Fenster: das aufblitzende Mündungsfeuer einer Maschinenpistole mit Schalldämpfer.

West sah ebenfalls Mündungsfeuer, das aus dem hohen Gras des Hirschgeheges kam, aber es gelang ihm nicht mehr, sich zur Seite zu wälzen. Der Feuerstoß traf seinen Kopf und ließ ihn in einem Schauer aus Blut und Gehirnmasse zerplatzen.

Craig wußte nicht, was seinem Kameraden zugestoßen war. Er schoß weiter auf den Mann im Fenster, aber der andere hatte bereits seine Stellung gewechselt. Dann merkte er, daß Wests Waffe verstummt war. Ein rascher Blick zeigte ihm eine kopflose Leiche, die neben ihm im Kies lag.

Er schoß das erste Magazin leer, schob ein neues in seine Uzi und begann wieder zu schießen. Sekunden später hatte der SAS-Mann am Fenster über ihm ebenso sein Ziel gefunden wie der Mann im Hirschgehege hinter ihm. Craigs Körper wurde von MP-Feuerstößen durchsiebt. Seine letzten Schüsse, die sich lösten, als die Hand des Sterbenden sich am Abzug der Uzi verkrampfte, trafen die kunstvoll gearbeitete Turmuhr in der Kuppel des Ostflügels; die Zeiger blieben auf 4.01 Uhr stehen.

Während Gavin Spencer zur Südveranda spurtete, hörte er das heftige Feuergefecht zwischen Hirschgehege und Hauptgebäude. Er überlegte sekundenlang, ob er umkehren und in den sicheren North Wood flüchten sollte. Er hatte keine Ahnung, was der Schußwechsel bedeutete. Hatten seine Männer es geschafft, ins Gebäude einzudringen? Waren sie von den Leibwächtern des Botschafters zurückgeschlagen worden?

Spencer blieb einen Augenblick unschlüssig und schweratmend stehen. Er horchte auf weitere Schüsse, aber er hörte nur Wind und Regen. Dann setzte er sich wieder in Bewegung und rannte weiter. Er lief unter den reich verzierten Säulen der Südveranda hindurch und blieb an die Tür gelehnt stehen.

Dort horchte er nochmals. Der Schußwechsel schien beendet zu sein. Die Tür war abgesperrt. Er trat zwei Schritte zurück, schoß auf das Türschloß und kniff die Augen zusammen, um sie vor den herumfliegenden Holzsplittern zu schützen. Ein kräftiger Tritt genügte, und die Tür flog auf. Spencer trat in die Eingangshalle und sah sich mit schußbereit erhobener Uzi um.

In einer der Türen zu der großen Halle tauchte eine Gestalt auf: groß, breitschultrig, mit Helm und Nachtsichtbrille. SAS, dachte Spencer sofort, kein Zweifel. Er duckte sich und schwenkte dabei die Uzi nach rechts. Der SAS-Mann wollte schießen, aber seine Waffe hatte Ladehemmung. Er griff nach der Pistole, die er unter seiner linken Achsel trug, aber in diesem Augenblick hämmerte Spencers Uzi los.

Der Feuerstoß blies den Soldaten um. Spencer war sofort bei ihm und riß die Pistole aus dem Schulterhalfter.

Dann rannte er durch die Halle und stürmte die breite Treppe hinauf.

Der Funker in der Kommandozentrale sagte ruhig: »Zentrale an Alpha fünf, Zentrale an Alpha fünf, hören Sie mich? Ich wiederhole, hören Sie mich?«
Dann drehte er sich zu Michael um.
»Er meldet sich nicht, Mr. Osbourne. Einer der Terroristen ist ins Haus eingedrungen, fürchte ich.«
»Wo ist der nächste SAS-Mann?«
»Noch im Ostflügel.«
Michael griff nach der Pistole in seinem Schulterhalfter. Er zog den Schlitten zurück, um sie durchzuladen.
»Er soll sofort raufkommen!«

Michael schlüpfte in den nur schwach beleuchteten Korridor hinaus und schloß die Tür hinter sich. Er hörte jemanden – Gavin Spencer – die große Treppe heraufpoltern, blieb leicht geduckt stehen und hielt den Browning mit ausgestreckten Armen in beiden Händen. Sekunden später sah er Spencer die letzten Stufen heraufstürmen.
»Halt!« rief Michael laut. »Weg mit der Waffe!«
Gavin Spencer riß die Uzi hoch. Michael gab zwei Schüsse ab. Der erste verfehlte Spencer knapp und ließ eine der klassischen Büsten im Treppenhaus zersplittern. Der zweite traf Spencers linke Schulter, und er taumelte zwei Schritte zurück.
Aber Spencer hielt seine Uzi weiter umklammert und schoß. Michael, der nur mit einer Pistole bewaffnet war und nirgends in Deckung gehen konnte, konnte es nicht mit einem Terroristen aufnehmen, der mit einer Uzi bewaffnet war. Er öffnete die Tür hinter sich und verschwand wieder in der Kommandozentrale.

Er knallte die Tür zu und sperrte ab.

»Alle Mann in Deckung!«

Spencer gab einen kurzen Feuerstoß aus seiner Uzi ab, der das Holz ums Schloß herum zersplittern ließ, und öffnete die Tür mit einem Fußtritt. Als er das Zimmer betrat, schlug Michael zu und traf ihn mit dem Kolben seines Browning an der Schläfe.

Spencer wankte, ohne jedoch zu fallen.

Michael schlug erneut zu.

Spencer brach zusammen; die Uzi entglitt seinen Händen und krachte scheppernd auf den Fußboden.

Michael warf sich auf Spencer, umklammerte mit einer Hand seine Kehle und drückte ihm mit der anderen seine Pistole an den Kopf. Draußen im Korridor war das Trampeln mehrerer herankommender SAS-Männer zu hören.

»Keine Bewegung!« sagte Michael warnend.

Spencer versuchte ihn abzuwerfen, aber Michael drückte die Mündung seiner Pistole an die Schußwunde in seiner Schulter. Spencer schrie vor Schmerzen auf und lag dann still.

Zwei SAS-Männer kamen hereingestürmt und hielten Spencer mit ihren Waffen in Schach. Dicht hinter ihnen tauchte Graham Seymour auf. Michael riß dem Liegenden die Sturmhaube vom Kopf. Er grinste, als er Spencer erkannte.

»Verdammt!« sagte Michael mit einem Blick zu Graham hinauf. »Sieh dir mal an, wen wir hier haben!«

»Gavin, mein Lieber«, sagte Graham träge. »Wie nett, daß Sie bei uns vorbeischauen.«

Rebecca Wells beobachtete alles aus ihrem Versteck hinter der Sichtblende im North Wood. Die letzten Schüsse waren verhallt, und das an- und abschwellende Heulen heranrasender Sirenen erfüllte die Nacht. Den ersten

Streifenwagen, die jetzt die Zufahrtsstraße nach Hartley Hall entlangrasten, folgten zwei Krankenwagen. Die Männer der Brigade waren in eine Falle geraten, und daran war allein sie schuld.

Sie versuchte ihren Zorn niederzukämpfen, um klar denken zu können. Die Briten hatten sie offenbar die ganze Zeit über beobachtet. Sie war sich darüber im klaren, daß ihr nicht mehr viele Möglichkeiten blieben. Kehrte sie zu dem Wohnwagen zurück oder versuchte, sich im North Wood zu verstecken, würde sie verhaftet werden.

Bis es hell wurde, blieben ihr noch drei Stunden, in denen sie versuchen mußte, die Norfolk Coast möglichst weit hinter sich zu lassen. Den Vauxhall konnte sie nicht benützen; der Wagen stand auf dem Campingplatz und wurde bestimmt von der Polizei überwacht.

Ihr blieb nur eine Möglichkeit.

Sie mußte marschieren.

Rebecca hob ihren Rucksack auf. Er enthielt ihr Geld, ihre Landkarten und ihre Walther. Norwich lag zwanzig Meilen weiter südlich. Sie konnte die Stadt am frühen Vormittag erreichen. Dort konnte sie sich neue Kleidung kaufen und ein Hotelzimmer nehmen; dort konnte sie ihre Haare färben, um ihr Aussehen zu verändern. Von Norwich aus konnte sie mit dem Bus nach Harwich weiterfahren, wo es einen großen Fährhafen mit Linien nach ganz Europa gab. Mit einer Nachtfähre nach Holland konnte sie am nächsten Morgen auf dem Kontinent sein.

Sie nahm ihre Pistole aus dem Rucksack, schlug ihre Kapuze hoch und marschierte los.

März

29

Amsterdam · Paris

Amsterdam war eine Stadt, die Delaroche liebte, aber nicht einmal Amsterdam mit seinen spitzgiebligen Häusern und malerischen Grachten konnte die Depressionen vertreiben, die ihn in diesem Winter wie grauer Nebel einhüllten. Er hatte sich eine Wohnung mit Blick auf einen kleinen Verbindungskanal zwischen Herengracht und Singelgracht gemietet. Die Zimmer waren groß und luftig, und die zweigeteilten Fenster und Balkontüren ließen sich zum Wasser hin öffnen, aber Delaroche ließ die Vorhänge geschlossen, wenn er nicht gerade arbeitete.

Die Einrichtung bestand praktisch nur aus einem Bett, seinen Staffeleien und dem großen Sessel neben der Balkontür, in dem er an den meisten Abenden bis in die Nacht hinein las. An einer Wand in der Diele standen seine beiden Fahrräder: ein italienisches Rennrad, mit dem er im flachen Holland weite Strecken zurücklegte, und ein deutsches Mountain Bike fürs Amsterdamer Straßenpflaster. Delaroche weigerte sich, sie in dem Radschuppen vor der Haustür abzustellen, wie die übrigen Hausbewohner es mit ihren Rädern taten. In Amsterdam gab es einen riesigen Schwarzmarkt für geklaute Räder, selbst für die klapprigen City Bikes, die von den meisten Leuten benützt wurden. Sein Mountain Bike wäre binnen Minuten von Profis geklaut worden.

Es war ganz ungewöhnlich für ihn, aber in letzter Zeit

war er geradezu von seinem eigenen Gesicht besessen und ging mehrmals täglich ins Bad, um sein Spiegelbild anzustarren. Er war nie eitel gewesen, aber er haßte, was er jetzt vor sich sah, weil es seinen künstlerischen Sinn für Proportion und Symmetrie beleidigte. Um den quälend langsamen Heilungsprozeß zu dokumentieren, machte er jeden Tag eine Bleistiftskizze von seinem Gesicht. Wenn er nachts allein im Bett lag und nicht einschlafen konnte, befingerte er die Kollagen-Implantate in seinen Wangen.

Schließlich heilten die Schnitte ab, die Schwellungen gingen zurück, und sein Gesicht erwies sich als langweilige, ziemlich häßliche Mischung aus nicht recht zusammenpassenden Zutaten. Leroux, der plastische Chirurg, hatte recht: Delaroche erkannte sich selbst nicht mehr. Einzig seine Augen waren unverändert scharf und ausdrucksvoll, aber sie waren jetzt von Langweiligkeit und Mittelmäßigkeit umgeben.

Aus Sicherheitsgründen hatte Delaroche nie ein Selbstporträt gemacht, aber kurz nach seiner Ankunft in Antwerpen malte er ein Bild, das in seiner Intensität erschreckend war – ein sehr häßlicher Mann starrt in einen Spiegel, in dem ein schöner Mann seinen Blick erwidert. Dieses Spiegelbild war Delaroche vor seiner Operation. Da er kein Foto seines früheren Gesichts hatte, mußte er es aus dem Gedächtnis malen. Er ließ das Bild ein paar Tage lang an eine Wand seines Ateliers gelehnt stehen, aber dann siegte seine Paranoia doch, und er zerschnitt die Leinwand und verbrannte sie in dem offenen Kamin.

An manchen Abenden, an denen er sich langweilte oder ruhelos war, besuchte Delaroche die Nachtclubs an der Leidseplein. Bisher hatte er Bars und Nachtclubs eher gemieden, weil er damit rechnen mußte, daß allzu viele

Frauen sich für ihn interessierten. Jetzt konnte er stundenlang dasitzen, ohne belästigt zu werden.

An diesem Morgen stand er früh auf und kochte Kaffee. Dann loggte er sich in seinen Computer ein, sah nach, ob er eine E-Mail hatte und las die Online-Zeitungen, bis die junge Deutsche in seinem Bett sich regte.

Er hatte ihren Namen vergessen – irgendwas wie Inga, vielleicht Eva. Sie hatte breite Hüften und schwere Brüste. Um cool zu wirken, hatte sie sich ihr Haar schwarz gefärbt. Im grauen Dämmerlicht des anbrechenden Tages sah Delaroche jetzt, daß sie fast noch ein Kind war, höchstens siebzehn oder achtzehn. In ihrer leicht unbeholfenen Art hatte sie etwas von Astrid Vogel an sich. Bei ihrem Anblick ärgerte er sich über sich selbst. Er hatte sie nur verführt, um sich selbst zu beweisen, daß er noch dazu imstande war – nicht anders als bei einem Spurt zum Abschluß einer längeren Radtour –, aber jetzt wollte er nur, daß sie ging.

Sie stand auf, verschwand im Bad und kam in ein Badetuch eingewickelt heraus.

»Kaffee?« fragte sie.

»In der Küche«, sagte er, ohne vom Monitor aufzusehen.

Sie trank ihren Kaffee nach deutscher Art mit viel Sahne, rauchte eine von Delaroches Zigaretten und beobachtete ihn schweigend, während er las.

»Ich muß heute nach Paris«, sagte er.

»Nimm mich mit.«

»Nein.«

Er sprach ruhig, aber energisch. Früher hätte dieser Tonfall ein Mädchen nervös gemacht oder in ihm den Wunsch geweckt, schnellstens zu verschwinden. Aber die Kleine starrte ihn nur über ihre Kaffeetasse hinweg an und lächelte. Das mußte an seinem Gesicht liegen, vermutete er.

»Ich bin noch nicht fertig mit dir«, sagte sie.

»Sorry, keine Zeit mehr.«

Sie schmollte verspielt.

»Wann sehe ich dich wieder?«

»Gar nicht.«

»Ach komm«, sagte sie. »Ich möchte mehr über dich erfahren.«

»Nein, das willst du nicht«, widersprach er und schaltete den Computer aus.

Sie küßte ihn und tapste barfuß weg. Ihre Sachen waren auf dem Fußboden verstreut: zerschlissene schwarze Jeans, ein kariertes Holzfällerhemd aus Flanell und ein schwarzes T-Shirt mit dem Namen einer Rockband, den Delaroche noch nie gehört hatte. Als sie angezogen war, baute sie sich vor ihm auf und fragte: »Weißt du bestimmt, daß du mich nicht nach Paris mitnehmen willst?«

»Ganz bestimmt«, antwortete er nachdrücklich, aber sie hatte etwas an sich, das ihm gefiel. »Ich bin morgen abend wieder da«, fügte er freundlicher hinzu. »Komm um neun, dann koche ich dir ein Abendessen.«

»Ich will kein Abendessen«, sagte sie abwehrend. »Ich will dich.«

Delaroche schüttelte den Kopf. »Ich bin zu alt für dich.«

»Du bist überhaupt nicht alt. Dein Körper ist wunderbar, und du hast ein interessantes Gesicht.«

»Interessant?«

»Ja, interessant.«

Ihr Blick glitt über die Leinwände, die an den Wänden seines Ateliers lehnten.

»Du fährst nach Paris, um zu arbeiten?« fragte sie.

»Ja«, sagte Delaroche.

Delaroche nahm ein Taxi zur Amsterdamer Centraal Station und löste eine Fahrkarte erster Klasse für den Morgenzug nach Paris. Auf dem Bahnhof kaufte er sich die Morgenzeitungen, die er auf der Fahrt durch die weiten niederländischen Ebenen las.

Eine Meldung, die vor allem ein Blatt groß aufmachte, interessierte ihn besonders. Eine paramilitärische Gruppe nordirischer Protestanten hatte letzte Nacht versucht, den US-Botschafter in Großbritannien zu ermorden, während er das Wochenende auf einem Landsitz in Norfolk verbrachte. Wie die Zeitungen meldeten, hatten die zum Schutz des Botschafters abgestellten Beamten der Special Branch drei der Attentäter erschossen und zwei weitere festgenommen. Der angebliche Führer der Ulster Freedom Brigade, ein gewisser Kyle Blake, war in Portadown verhaftet worden. Die Polizei fahndete nach einer Frau, die an der Vorbereitung des Attentats beteiligt gewesen sein sollte.

Delaroche faltete die Zeitung zusammen und starrte aus dem Fenster. Er fragte sich, ob Michael Osbourne, der Schwiegersohn des Botschafters, etwas mit diesem Vorfall zu tun gehabt hatte. Der Direktor hatte auf Mykonos berichtet, Osbourne sei von der CIA zur Bekämpfung des Terrorismus in Nordirland zurückgeholt worden.

Sein Zug fuhr am frühen Nachmittag auf dem Pariser Gare du Nord ein. Delaroche nahm seine kleine Reisetasche aus der Gepäckablage. Er durchquerte die Bahnhofshalle rasch und nahm sich draußen ein Taxi. Er hatte sich ein Zimmer in einem kleinen Hotel in der Rue de Rivoli mit Blick auf den Tuileriengarten reservieren lassen. Er sagte dem Fahrer, er wolle in der Rue Saint-Honoré aussteigen, und ging den Rest der Strecke zu Fuß.

Im Hotel gab er sich als Niederländer aus und sprach stark akzentgefärbtes Französisch. Er bekam ein Mansardenzimmer mit schönem Blick auf den Park und die Seinebrücken.

Delaroche steckte ein Magazin in den Griff seiner Beretta, lud die Waffe durch und verließ das Hotel.

Dr. Maurice Leroux, plastischer Chirurg, hatte seine Praxis in einem eleganten Gebäude in der Avenue Victor Hugo unweit des Triumphbogens. Durch einen Anruf, bei dem er einen falschen Namen nannte, überzeugte Delaroche sich davon, daß er Leroux heute in der Praxis antreffen würde. Der Sprechstundenhilfe erklärte er, er werde später vorbeikommen, und legte rasch auf.

Nun saß Delaroche in einem Café auf der gegenüberliegenden Straßenseite an einem Tisch am Fenster und wartete darauf, daß Leroux das Gebäude verließ. Kurz vor fünf trat der Chirurg auf die Straße. Er trug einen grauen Kaschmirmantel und schien der letzte Pariser zu sein, der tatsächlich eine Baskenmütze trug. Er lief beschwingt, als sei er sehr mit sich zufrieden.

Leroux ging zum Triumphbogen, umrundete die Place Charles de Gaulle und schlenderte dann die Avenue des Champs-Élysées hinunter. Er betrat das Restaurant Fouquet, in dem er von einer eleganten Mittfünfzigerin erwartet wurde. Delaroche erkannte sie als eine Schauspielerin, die in französischen Fernsehdramen kleinere Rollen spielte.

Der Oberkellner geleitete den Chirurgen und die alternde Schauspielerin in den für Stammgäste reservierten Teil des Restaurants. Delaroche entschied sich für einen kleinen Tisch im öffentlichen Teil des Restaurants, von dem aus er den Ausgang beobachten konnte. Er bestellte die *Médaillons de veau »Curnonsky«* und trank dazu eine halbe Flasche des leichten Burgunders Savigny-les-Beaune. Als Leroux keine Anstalten machte, das Restaurant zu verlassen, bestellte er noch einen Käseteller und danach Café au lait.

Leroux und seine Begleiterin verließen das Restaurant erst nach fast zwei Stunden. Delaroche beobachtete sie durch die Scheibe. Es war windig, und Leroux schlug mit theatralischer Geste seinen Mantelkragen hoch. Er küßte der Schauspielerin zum Abschied die Hand und berührte ihre Wange, als bewundere er sein Werk. Er hielt ihr die Tür des bestellten Taxis auf. Dann kaufte er an einem Kiosk einige Zeitschriften, klemmte sie sich unter den Arm und ging durch die Menge davon, die sich um diese Zeit auf den Gehsteigen der Champs-Élysées drängte.

Delaroche zahlte rasch und folgte ihm.

Maurice Leroux hatte offenbar das Bedürfnis, sich Bewegung zu verschaffen. Mit seinen Zeitschriften unter dem Arm ging er die Champs-Élysées hinunter zum Place de la Concorde. Da er keinen Grund zu der Annahme hatte, er werde beschattet, war es sehr leicht ihm zu folgen. Delaroche mußte nur darauf achten, ihn auf dem belebten Gehsteig nicht aus den Augen zu verlieren. Aber sein teurer Mantel und seine lächerliche Baskenmütze waren so auffällig, daß Delaroche damit keinerlei Mühe hatte. Leroux überquerte die Seine auf der Concorde-Brücke und ging längere Zeit auf dem Boulevard Saint-Germain weiter. Delaroche zündete sich eine Zigarette an und rauchte im Gehen.

Leroux betrat ein Bistro unweit der Kirche Saint-Germain-des-Près und setzte sich an die Theke. Delaroche kam wenig später herein und nahm in der Nähe der Tür Platz. Leroux trank Weißwein und schwatzte mit dem Mann hinter der Theke. Das hübsche Mädchen, das bediente, ignorierte seinen unbeholfenen Versuch, mit ihm zu flirten.

Als Leroux nach ungefähr einer halben Stunde das Bistro verließ, war er ziemlich betrunken. Delaroche war das nur recht, weil es ihm die Arbeit erleichtern würde. Leroux wankte im Nieselregen den Boulevard Saint-Germain entlang und bog in der Nähe der Metrostation Mabillon in eine kleine Seitenstraße ab.

Er blieb unter dem Vordach seines Hauses stehen und schaffte es im zweiten Anlauf, den Code einzutippen, mit dem sich die Tür öffnen ließ. Delaroche schlüpfte nach ihm hinein, bevor die Tür wieder ins Schloß gefallen war. Sie traten gemeinsam in den Fahrstuhl, einen altmodischen Eisenkäfig, der im Treppenhaus nach oben ratterte. Leroux drückte den Knopf für die fünfte Etage, Delaroche den für die sechste. Unterwegs machte Delaroche auf französisch mit Pariser Akzent eine Bemerkung über das miserable Wetter. Leroux grunzte etwas Unverständliches. Er erkannte seinen Patienten offenbar nicht wieder.

Leroux stieg in seiner Etage aus. Als der Aufzug weiterfuhr, beobachtete Delaroche durch die Gitterstäbe, wie Leroux seine Wohnung betrat. Er stieg im sechsten Stock aus, ging die Treppe hinunter und klingelte bei Leroux.

Der Chirurg öffnete seine Wohnungstür, starrte ihn perplex an und fragte: »Kann ich Ihnen behilflich sein?«

»Ja«, antwortete Delaroche. Seine stahlharte Handkante traf Leroux' Kehle. Während der andere sich sprachlos nach Luft ringend zusammenkrümmte, schloß Delaroche ruhig die Wohnungstür hinter sich.

»Wer sind Sie?« keuchte Leroux heiser. »Was wollen Sie?«

»Ich bin der, dessen Gesicht Sie mit einem Hammer entstellt haben.«

Jetzt erkannte Leroux ihn.

»Großer Gott!« flüsterte er.

Delaroche zog die Beretta mit aufgesetztem Schalldämpfer aus seiner Manteltasche.

Leroux begann am ganzen Leib wie Espenlaub zu zittern. »Ich bin zuverlässig!« beteuerte er. »Ich habe schon viele Männer wie Sie operiert.«

»Nein, das haben Sie nicht«, sagte Delaroche und schoß ihn zweimal ins Herz.

Am frühen Nachmittag des folgenden Tages traf Delaroche wieder in Amsterdam ein. Er fuhr mit einem Taxi in seine Wohnung und packte seine Malutensilien in einen blauen Nylonrucksack: zwei kleine Leinwände, Farben, Pinsel und Palette, eine Polaroidkamera, eine Feldstaffelei und die Beretta. Dann fuhr er mit seinem Mountain Bike zu einer Kanalbrücke, von der aus er den Blick über die Keizersgracht malen wollte.

Er sperrte sein Rad ab und ging eine Weile auf der Brücke hin und her, bis er eine Perspektive gefunden hatte, die ihm zusagte: Hausboote vor drei prächtigen, spitzgiebligen Häusern. Er nahm seine Kamera aus dem Rucksack und hielt das Motiv in mehreren Aufnahmen fest – erst in Schwarzweiß, um die grundlegenden Formen und Linien besser erkennen zu können, danach in Farbe.

Er machte sich an die Arbeit, malte schnell und sicher und beeilte sich, das frühe Dämmerlicht einzufangen, bevor der Abend herabsank. Als die Straßenlampen auf der Brücke eingeschaltet wurden, legte er Pinsel und Palette weg und blickte lange aufs Wasser hinunter, um die Lichtreflexe auf der spiegelglatten Oberfläche des Kanals zu studieren. Er wartete darauf, daß ihn der Zauber dieser Szene gefangennahm und die Erinnerung an Maurice Leroux' tote Augen verdrängte, aber die erhoffte Wirkung trat nicht ein.

Ein langes Wassertaxi glitt unter der Brücke hindurch und zerstörte mit Bugwelle und Kielwasser die Spiegelung der Brückenlampen. Delaroche packte seine Sachen zusammen. Mit seinem noch feuchten Ölbild in der rechten Hand radelte er die Keizersgracht entlang. In anderen Städten hätte er damit vermutlich neugierige Blicke auf sich gezogen, nicht jedoch in Amsterdam.

Delaroche überquerte die Keizersgracht auf der Ree Straat und radelte gemächlich die Prinsengracht entlang, bis das alte Hausboot vor ihm auftauchte. Er kettete sein Mountain Bike an einen Laternenpfahl, lehnte das noch feuchte Ölbild ans Vorderrad und sprang aufs Deck hinunter.

Die *Krista* war fünfzehn Meter lang und hatte das Ruderhaus achtern, einen schlanken Bug und eine lange Reihe Bullaugen unterhalb der Reling. Der grün-weiße Anstrich blätterte an vielen Stellen ab. Die Tür vor dem Niedergang war mit einem schweren Vorhängeschloß gesichert, für das Delaroche noch immer den Schlüssel hatte. Er sperrte das Schloß auf und stieg in den Salon hinunter, der nur vom schwachen Schein der gelben Straßenlampen erhellt wurde, der durch die schmutzigen Oberlichter fiel.

Das Boot hatte Astrid Vogel gehört. Letzten Winter hatten sie hier zusammengelebt, nachdem Delaroche sie engagiert hatte, damit sie ihn bei einer Serie besonders schwieriger Auftragsmorde unterstützte. Er glaubte, sie jetzt vor sich zu sehen – wie ihr langer Körper sich geschmeidig durch die engen Räume des Hausboots bewegte. Er sah zum Bett hinüber und erinnerte sich daran, wie sie sich darin geliebt hatten, während Regen aufs Oberlicht trommelte. Astrid hatte unter Alpträumen gelitten und oft im Schlaf um sich geschlagen. Einmal war sie aus einem schlimmen Traum aufgeschreckt und darüber erschrocken, daß ein Mann in ihrem Bett lag. Sie hätte Delaroche erschossen, wenn es ihm nicht gelungen wäre, ihr rechtzeitig die Pistole zu entwinden. Seit Astrids Tod war Delaroche nicht mehr auf der *Krista* gewesen. Er war mehrere Minuten damit beschäftigt, in Schränken und Schubladen nach Dingen zu suchen, die er vielleicht zurückgelassen hatte. Aber er fand nichts. Auch an Astrid erinnerte hier nichts außer einigen scheußlichen Kleidungsstücken und einem Dutzend zerlesener Taschenbücher. Astrid war das Leben im Untergrund gewöhnt gewesen: Als Mitglied der Rote-Armee-Fraktion hatte sie viele Jahre in Beirut, Tripolis und Damaskus verbracht. Sie hatte gewußt, wie man kam und ging, ohne Spuren zu hinterlassen.

Delaroches zwanghaftes Streben nach Unabhängigkeit hatte ihn unfähig gemacht, jemanden zu lieben, aber er hatte Astrid gerngehabt und ihr vor allem vertraut. Sie war die einzige Frau gewesen, die seine Lebensgeschichte gekannt hatte. In ihrer Gegenwart hatte er sich nicht verstellen müssen. Sie wollten nach dem letzten Auftrag in die Karibik übersiedeln, um dort in einem eheähnlichen Verhältnis zu leben, aber Michael Osbournes Frau hatte Astrid auf Shelter Island erschossen.

Delaroche stieg wieder nach oben und sperrte die Tür hinter sich ab. Dann radelte er im Licht der Straßenbeleuchtung zu seiner Wohnung zurück. Delaroche mordete aus zwei Gründen: um einen Auftrag auszuführen oder um sich selbst zu schützen. Der Mord an Maurice Leroux fiel in die zweite Kategorie. Er tötete niemals aus Zorn; ebenso hatte er noch nie aus Rache getötet, weil er rachgierigen Blutdurst für das schädlichste aller Gefühle hielt. Außerdem fand er, ein Profi seines Formats müsse darüber erhaben sein. Aber während Delaroche jetzt mit einem Gesicht, das er nicht wiedererkannte, durch die Straßen einer fremden Großstadt radelte, beherrschte ihn der Wunsch, Michael Osbourne zu töten.

Er sah die junge Deutsche am Eingang seines Hauses warten, überquerte die Herengracht und wartete auf dem anderen Ufer. Er hatte nicht den Wunsch, sie wiederzusehen. Schließlich kritzelte sie eine Nachricht auf einen Zettel, den sie in seinen Briefkasten warf, bevor sie die Herengracht entlang davonstürmte. Er holte den Zettel aus dem Briefkasten – *Du bist ein Scheißkerl! Ruf mich bitte an. Küsse, Eva* –, bevor er sein Mountain Bike in die Wohnung hinauftrug.

In seinem Atelier stellte er das unfertige Ölbild zu den anderen unfertigen Bildern an die Wand. Er fand es plötzlich gräßlich; es erschien ihm gekünstelt, phantasielos, langweilig. Er zog seine Jacke aus und stellte eine große leere Leinwand auf die Staffelei. Er hatte sie schon einmal gemalt, aber auch dieses Porträt hatte er wie alle übrigen Bilder vor seiner Abreise aus Mykonos verbrannt. Jetzt stand er lange im Halbdunkel vor seiner Staffelei und versuchte sich Astrids Gesicht ins Gedächtnis zurückzurufen. Es hatte byzantinisch gewirkt, daran erinnerte er sich gut: hohe Backenknochen, ein großer, beweglicher Mund und ausdrucksvolle, etwas zu helle blaue Augen. Das Gesicht einer Frau aus einer anderen Zeit, aus einem anderen Land.

Er schaltete die grellen Halogenleuchten an der Decke ein und begann zu arbeiten. Die erste Leinwand nahm er von der Staffelei, weil ihm die Körperhaltung nicht gefiel, und beim zweiten Entwurf war die Knochenstruktur ihres Gesichts nicht getroffen. Erst beim dritten Versuch schien von Anfang an jeder Pinselstrich zu sitzen. Er malte seine deutlichste visuelle Erinnerung an Astrid:

Sie lehnte am rostigen Eisengeländer eines Hotelbalkons in Kairo und trug nur die bis zum Nabel aufgeknöpfte Galabia eines Mannes, während die untergehende Sonne durch den dünnen weißen Baumwollstoff schien und die sanften Linien ihres Rückens und ihrer straffen Brust erkennen ließ.

Er arbeitete die ganze Nacht hindurch bis zum frühen Morgen und vergiftete sich dabei mit Kaffee, Wein und Zigaretten. Als das Porträt fertig war, konnte er nicht schlafen, weil er bohrende Kopfschmerzen hatte. Er nahm die Leinwand ins Schlafzimmer mit und stellte sie am Fußende seines Betts auf einen Hocker. Irgendwann gegen Mittag fiel er endlich in unruhigen Schlaf.

30

London · New York City

Nach dem Überfall auf Hartley Hall mußte Michael Osbourne noch drei Tage in London bleiben und sich mit dem wahren Feind des Personals aller Geheimdienste auseinandersetzen: der Bürokratie. Er hatte zwei Tage damit verbracht, seine Aussagen bei den Ermittlungsbehörden zu Protokoll zu geben. Er hatte Wheaton geholfen, das durch Preston McDaniels' Selbstmord verursachte Chaos zu beseitigen. Er hatte mit der Special Branch verbesserte Sicherheitsmaßnahmen für Douglas Cannon festgelegt. Er hatte an dem Trauergottesdienst für die beiden in den nordirischen Sperrin Mountains ermordeten SAS-Männer teilgenommen.

Seinen letzten Tag in London verbrachte Michael in einem abhörsicheren Raum tief in den Katakomben des Thames Houses bei der rituellen Einsatzbesprechung mit den Mandarinen des MI5. Anschließend lief er auf der Millbank zwanzig Minuten lang durch den Regen und versuchte ein Taxi zu finden, weil Wheaton sich unter einem sehr zweifelhaften Vorwand seinen Dienstwagen geschnappt hatte. Schließlich flüchtete er sich in die U-Bahn-Station Pimlico und nahm die U-Bahn. London, das er sonst liebte, erschien ihm plötzlich trübselig und bedrückend. Er wußte, daß es Zeit war, heimzufahren.

Graham Seymour kam am nächsten Morgen ins Winfield House, um Michael zum Flughafen Heathrow zu bringen – diesmal nicht mit dem Rover, der sein Dienstwagen war, sondern mit einem Jaguar mit Chauffeur.

»Auf der Fahrt zum Flughafen müssen wir einen kleinen Stop einlegen«, kündigte Graham an, als Michael hinten bei ihm einstieg. »Nichts Ernstes, Schätzchen. Nur eine Kleinigkeit, die noch zu erledigen ist.«

Die Limousine verließ den Regent's Park und fuhr die Baker Street entlang nach Süden. Graham wechselte das Thema.

»Hast du das hier gesehen?« fragte er und zeigte auf eine Meldung in der *Times* über die rätselhafte Ermordung eines prominenten französischen Schönheitschirurgen.

»Ich habe die Meldung überflogen«, antwortete Michael. »Was ist damit?«

»Er ist ein unartiger Junge gewesen.«

»Wie meinst du das?«

»Wir haben ihn schon immer in Verdacht gehabt, sich damit ein Zubrot zu verdienen, daß er gesuchten Terroristen neue Gesichter verschafft«, sagte Graham. »Der gute Doktor hat mehrmals Hausbesuche an exotischen Orten wie Tripolis oder Damaskus gemacht. Wir haben die Franzosen gebeten, ihn im Auge zu behalten, und sie haben uns wie üblich aufgefordert, uns zum Teufel zu scheren.«

Michael las die Meldung nochmals durch; sie bestand nur aus zwei kurzen Absätzen. Maurice Leroux war in seiner Wohnung im 6. Arondissement erschossen worden. Die Pariser Polizei ermittelte.

»Was für eine Waffe hat der Täter benützt?«

»Neun Millimeter.«

Der Jaguar fuhr zügig auf der Park Lane nach Süden, dann durchquerte er unter dem Constitution Hill den Green Park. Wenige Augenblicke später rollte er durchs Tor des Buckingham-Palasts.

Michael sah Graham an. »Bei dir kommt nie Langeweile auf, was?«

»Das ist mein ganzer Ehrgeiz.«

»Wie nett, Sie wiederzusehen, Mr. Osbourne«, sagte Königin Elisabeth II., als sie einen Salon betraten. »Bitte nehmen Sie Platz.«

Michael nahm Platz. Tee wurde serviert, und ihre Assistenten und Mitarbeiter zogen sich zurück. Graham Seymour wartete draußen im Vorzimmer.

»Ich möchte Ihnen für Ihre hervorragende Arbeit danken, die Sie bei der Bekämpfung der Ulster Freedom Brigade geleistet haben«, fuhr die Königin fort. »Die Bevölkerung Nordirlands steht tief in Ihrer Schuld – wie übrigens das gesamte Vereinigte Königreich.«

»Danke, Euer Majestät«, sagte Michael höflich.

»Ich habe mit großem Bedauern von Ihrem Agenten gehört, der in Nordirland ermordet worden ist.« Sie machte eine kurze Pause, blickte stirnrunzelnd zur Decke auf. »Ach, du meine Güte, der Name des armen Mannes ist mir entfallen.«

»Kevin Maguire«, warf Michael ein.

»Ah, ganz recht, Harbinger«, sagte die Königin, indem sie Maguires Decknamen benützte. »Eine scheußliche Geschichte! Ich habe mit Erleichterung gehört, daß Sie nicht ernstlich verletzt wurden. Aber ich kann mir vorstellen, daß der Verlust eines Agenten wie Harbinger – und noch dazu auf so gräßliche Weise –, Sie tief getroffen haben muß.«

»Kevin Maguire ist keineswegs vollkommen gewesen, aber es gibt unzählige Menschen, die nur seinetwegen heute noch leben. Er hat enormen Mut gebraucht, um die IRA zu verraten, und letztlich mit dem Leben dafür bezahlt.«

»Was haben Sie vor, nachdem die protestantische Gefahr jetzt neutralisiert zu sein scheint? Bleiben Sie bei der CIA, oder wollen Sie wieder in den Ruhestand abtauchen?«

»Das weiß ich noch nicht«, gestand Michael. »Im Augenblick möchte ich nur nach Hause und meine Frau und meine Kinder wiedersehen. Ich bin lange fort gewesen.«

»Ich weiß nicht, ob ich mit jemandem, der Ihren Beruf hat, verheiratet sein könnte.«

»Das können nur ganz besondere Frauen«, sagte Michael.

»Ihre Frau unterstützt Sie also?«

Michael lächelte schwach. »Soweit würde ich nicht gehen, Euer Majestät.«

»Sie müssen wohl tun, was Sie glücklich macht. Und wenn Ihre Arbeit für die CIA Sie glücklich macht, wird sie das sicher verstehen. Jedenfalls ist Ihre Arbeit wichtig. Sie sollten stolz auf das sein, was Sie hier geleistet haben.«

»Danke, Euer Majestät. Ich bin stolz darauf.«

»Nun, da Sie anscheinend vorerst bei der CIA bleiben werden, müssen wir die Zeremonie unter vier Augen abwickeln, nehme ich an.«

»Welche Zeremonie, Euer Majestät?«

»Ihren Ritterschlag.«

»Sie scherzen!«

Die Königin lächelte. »Wenn es um so wichtige Dinge geht, scherze ich nie.«

Sie klappte ein kleines, rechteckiges Etui auf und zeigte Michael seinen Orden der Honorary Knighthood of the British Empire.

»Er ist wunderschön«, sagte Michael. »Ich fühle mich geehrt und höchst geschmeichelt.«

»Das sollten Sie auch.«

»Muß ich niederknien?«
»Seien Sie nicht töricht«, sagte sie. »Trinken Sie nur Ihren Tee aus und erzählen Sie mir, was für ein Gefühl es war, Gavin Spencer gefangenzunehmen.«
»Heißt das, daß mich vorhin ein leibhaftiger Ritter geliebt hat?« fragte Elizabeth.
»Richtig.«
»Ich glaube, du bist mein erster.«
»Das will ich hoffen!«
»Und worüber habt ihr beiden – außer über Nordirland – sonst noch geplaudert?«
»Wir haben über dich geredet.«
»Oh, bitte.«
»Es stimmt aber.«
»Wieso über mich?«
»Sie wollte wissen, ob ich bei der Agency bleibe oder wieder in den Ruhestand abtauche, wie sie's ausgedrückt hat.«
»Und was hast du geantwortet?«
»Daß ich noch unschlüssig bin.«
»Feigling!«
»Vorsicht, ich bin ein Ritter, vergiß das nicht.«
»Wie lautet die Antwort wirklich?«
»In meiner Zeit bei der Agency ist dies einer der wenigen Fälle, in dem ich das Gefühl habe, wirklich etwas erreicht zu haben. Das ist ein gutes Gefühl.«
»Du willst also weitermachen?«
»Ich will hören, was Monica zu sagen hat, bevor ich mich endgültig entscheide. Und ich will erst hören, was *du* zu sagen hast.«
»Michael, du weißt, wie ich darüber denke. Aber ich möchte auch, daß du glücklich bist. Das mag seltsam klingen, aber in dieser Stunde, in der ich dir zugehört

habe, bist du mir glücklicher vorgekommen als seit Monaten.«

»Was willst du damit sagen?«

»Damit will ich sagen, daß es mir besser gefiele, wenn du mit einer Arbeit außerhalb der Agency glücklich wärst. Aber wenn nur sie dich glücklich und zufrieden macht, möchte ich, daß du bei der Agency bleibst.«

Elizabeth drückte ihre Zigarette aus, öffnete den Gürtel ihres Bademantels, wälzte sich auf ihn und preßte ihren Busen an seine warme Haut. »Du mußt mir nur eines versprechen«, murmelte sie. »Falls du wirklich glaubst, daß Oktober noch lebt, mußt du die Jagd auf ihn anderen überlassen.«

»Er hat Sarah ermordet und versucht, uns beide umzulegen.«

»Deshalb sollte ein anderer den Fall übernehmen. Rette dich vor dir selbst, Michael. Bitte Adrian, den Fall jemandem zu übertragen, der nicht persönlich betroffen ist.« Sie zögerte einen Augenblick. »Jemandem, der nicht auf Rache sinnt.«

»Wie kommst du darauf, daß ich auf Rache sinne?«

»Ach, Michael! Willst du etwa mich oder dich selbst belügen? Du hast's auf ihn abgesehen, und ich kann dir das nicht einmal verübeln. Aber Rache ist ein gefährliches Spiel. Hast du denn in Nordirland überhaupt nichts dazugelernt?«

Michael drehte seinen Kopf zur Seite. Sie nahm sein Gesicht zwischen ihre Hände und drehte es wieder zu sich.

»Du darfst mir nicht böse sein – ich will nur nicht, daß dir etwas zustößt.« Sie küßte ihn sanft. »Nimm in dieser Sache den Rat deiner Anwältin an. Die Geschichte ist vorbei. Hör auf, dich damit zu quälen.«

31

Mykonos

Die Frühjahrssitzung des Exekutivrats der Gesellschaft für internationale Entwicklung und Zusammenarbeit fand am ersten Freitag im März auf Mykonos statt. Als Tagungsort diente Delaroches leerstehende Villa auf den Klippen von Kap Mavros. Da sie zu klein war, um außer dem Direktor, seinen Leibwächtern und Daphne weiteren Gästen Platz zu bieten, wurden die Ratsmitglieder und ihr Gefolge in den besten Hotels von Chora untergebracht. Aber bei Sonnenuntergang brachte eine Kolonne schwarzer Range Rover sie – Geheimdienstchefs und Waffenhändler, Geschäftsleute und Gangsterbosse – nach Kap Mavros.

Wie immer hatten der Direktor und seine Mitarbeiter strenge Sicherheitsvorkehrungen getroffen. In der Umgebung der Villa patrouillierten schwerbewaffnete Wachposten, und in der Panormosbucht kreuzte ein schnelles Motorboot mit ehemaligen SAS-Kampfschwimmern. Die Villa war gründlich nach Wanzen abgesucht worden, und Störsender machten den Einsatz von Richtmikrofonen aus größerer Entfernung sinnlos.

Auf Delaroches schöner Steinterrasse mit Meerblick würden Cocktails und danach ein griechisches Abendessen serviert. Pünktlich um Mitternacht eröffnete der Direktor die Sitzung.

In der ersten Stunde hakte der Exekutivrat nur Routinedinge ab. Die Mitglieder sprachen sich üblicherweise mit ihren Decknamen an: Rodin, Monet, van Gogh, Rembrandt, Rothko, Michelangelo und Picasso. Als nächstes gab der Direktor einen Überblick über die Unternehmen der Gesellschaft, die gegenwärtig in Nordkorea und Afghanistan, im Kosovo und in Nordirland liefen.

»Im Februar hat Monet dafür gesorgt, daß die Ulster Freedom Brigade eine Sendung Uzi erhält«, sagte der Direktor. »Diese Waffen sind bei dem versuchten Anschlag auf Botschafter Douglas Cannon eingesetzt worden. Leider haben sie nicht viel genützt. Der US-Botschafter hat den Anschlag überlebt – aber die Ulster Freedom Brigade nicht. Die meisten ihrer Mitglieder sind jetzt tot oder inhaftiert. Damit dürfte unser Engagement in Nordirland vorerst beendet sein.«

Der Direktor erteilte das Wort Rodin, dem Operationschef des französischen Geheimdiensts. »Sollten wir unser Engagement in Nordirland aufleben lassen wollen, hätte ich dazu einen Vorschlag«, sagte Rodin.

Der Direktor zog eine Augenbraue hoch. »Bitte weiter.«

»Wie Sie wissen, ist einer Angehörigen des Teams, das den Anschlag in Norfolk ausgeführt hat, die Flucht gelungen«, fuhr Rodin fort. »Einer gewissen Rebecca Wells. Ich weiß zufällig, daß sie sich in Paris bei einem britischen Söldner namens Roderick Campbell versteckt hält. Und ich weiß, daß sie geschworen hat, den Tod ihrer Kameraden in Norfolk zu rächen. Sie sucht einen erstklassigen Killer, der imstande ist, den amerikanischen Botschafter zu ermorden.«

Der Direktor war sichtlich interessiert, als er sich jetzt eine Zigarette anzündete.

»Vielleicht sollten wir direkt Verbindung mit Rebecca

Wells aufnehmen und ihr unsere Unterstützung anbieten«, schlug Rodin vor.

Der Direktor tat so, als wäge er die Vor- und Nachteile des Vorschlags sorgfältig ab. Die Entscheidung lag nicht bei ihm, sondern beim Exekutivrat, aber seine Meinung hatte in diesem Kreis erhebliches Gewicht. Schließlich sagte er: »Ich bezweifle allerdings, daß Miss Wells sich unsere Dienste leisten kann.«

»Sicher nicht«, bestätigte Rodin. »Die Hilfe müßte kostenlos sein. Wir sollten sie als eine Investition für die Zukunft betrachten.«

Der Direktor nickte Picasso zu, die etwas beunruhigt schien.

»Ich kann aus offensichtlichen Gründen kein Unternehmen wie das eben vorgeschlagene unterstützen«, sagte Picasso. »Die Unterstützung einer paramilitärischen Protestantengruppe ist eine Sache, aber die direkte Beteiligung an der Ermordung eines amerikanischen Diplomaten ist etwas ganz anderes.«

»Ich verstehe, daß Sie sich in einer schwierigen Lage befinden, Picasso«, sagte der Direktor. »Aber Sie haben von Anfang an gewußt, daß einige Unternehmen dieser Organisation mit ihren eng begrenzten eigenen Interessen kollidieren könnten.« Er machte eine kurze Pause. »Tatsächlich verkörpert das den Kooperationswillen, auf dem unsere Gesellschaft basiert.«

»Ich verstehe, Direktor.«

»Falls der Exekutivrat dieses Unternehmen absegnet, dürfen Sie nichts tun, was dessen Erfolg gefährden könnte.«

»Mein Wort darauf, Direktor.«

»Also gut«, sagte der Direktor und sah sich am Tisch um. »Dann bitte ich alle, die für dieses Unternehmen sind, die Hand zu heben.«

Die Sitzung wurde kurz nach Tagesanbruch geschlossen. Die Mitglieder des Exekutivrats verließen nacheinander die Villa und fuhren nach Chora zurück. Nur Picasso blieb noch da, um ein vertrauliches Gespräch mit dem Direktor zu führen.

»Die Sache in Hartley Hall«, sagte der Direktor distanziert, während er die aus dem Meer aufsteigende Sonne beobachtete, »ist eine Falle gewesen, nicht wahr, Picasso?«

»Und zugleich ein großer Erfolg für unseren Dienst. Jetzt können unsere Kritiker nicht mehr behaupten, wir hätten in der Welt nach dem Kalten Krieg keine Daseinsberechtigung mehr.« Picasso machte eine Pause, dann fügte sie vorsichtig hinzu: »Ich dachte, Ergebnisse dieser Art seien das Ziel unserer Organisation.«

»Gewiß.« Der Direktor lächelte flüchtig. »Es ist Ihr gutes Recht gewesen, gegen die Ulster Freedom Brigade vorzugehen, um Ihre eigenen Interessen zu unterstützen. Aber jetzt hat die Gesellschaft beschlossen, die Brigade bei der Durchführung eines bestimmten Vorhabens zu unterstützen – der Ermordung Botschafter Cannons –, und Sie dürfen nichts tun, was den Erfolg des Unternehmens gefährden könnte.«

»Ich verstehe, Direktor.«

»Tatsächlich können Sie dazu beitragen, den Erfolg dieses Unternehmens zu fördern.«

»Wodurch?«

»Ich habe vor, Oktober den Auftrag zu erteilen«, sagte der Direktor. »Aber Michael Osbourne hat sich offenbar in den Kopf gesetzt, Oktober aufzuspüren und zu liquidieren.«

»Dazu hat er allen Grund.«

»Wegen der alten Sache mit Sarah Randolph?«

»Ja.«

Der Direktor machte ein enttäuschtes Gesicht. »Osbourne scheint doch ein hochbegabter Mann zu sein«, sagte er. »Daß er so darauf fixiert ist, die Vergangenheit zu rächen, verstehe ich nicht. Wann begreift dieser Bursche endlich, daß das keine persönliche, sondern eine rein geschäftliche Sache gewesen ist?«
»Nicht in absehbarer Zeit, fürchte ich.«
»Wie ich höre, ist Osbourne bei Ihnen für die Fahndung nach Oktober zuständig.«
»Das stimmt, Direktor.«
»Vielleicht wäre es für alle Beteiligten am besten, wenn er eine andere Aufgabe erhielte. Ein Mann mit seinen Talenten kann sicher anderswo besser eingesetzt werden.«
»Ich bin ganz Ihrer Meinung.«
Der Direktor räusperte sich diskret. »Oder vielleicht wäre es am besten, wenn Osbourne ganz ausgeschaltet würde. Nach dem Abschuß der TransAtlantic-Maschine ist er sehr dicht an uns herangekommen. Gefährlich dicht, wenn Sie mich fragen.«
»Ich hätte keine Einwände, Direktor.«
»Also gut«, sagte er. »Dann veranlasse ich das Nötige.«

Daphne wollte Sonne, deshalb erklärte der Direktor sich widerstrebend bereit, den Rest des Tages auf Mykonos zu verbringen, bevor sie nach London zurückflogen. Sie lag auf der Terrasse, wie Gott sie geschaffen hatte, und genoß die Sonne. Der Direktor konnte sich nie an ihr satt sehen. Da er die Fähigkeit, eine Frau zu lieben, längst eingebüßt hatte – er vermutete, daß sein Leben als Geheimdienstchef, das jahrelange Lügen und Betrügen, ihn impotent gemacht hatte –, bewunderte er Daphne, wie man ein schönes Gemälde oder eine Skulptur bewundert. Sie war sein kostbarster Besitz.

Trotz seiner äußerlichen Gelassenheit war der Direktor

ein ruheloser Mensch, und am frühen Nachmittag hatte er mehr als genug von Sonne und Seeluft. Außerdem hatte er schon immer nichts lieber getan, als Unternehmen zu planen und zu leiten, und wollte sich wieder an die Arbeit machen. Bei Sonnenuntergang fuhren sie zum Flughafen. Nachdem die Maschine des Direktors gestartet war, legten mehrere Detonationen die weiße Villa auf den Klippen von Kap Mavros in Trümmer und ließen sie in Flammen aufgehen.

Der Immobilienmakler Stavros traf als erster am Brandort ein. Er alarmierte die Feuerwehr über sein Mobiltelefon und beobachtete dann, wie die Flammen die Villa einhüllten. Monsieur Delaroche hatte ihm eine Nummer in Paris gegeben. Stavros wählte sie und bereitete sich darauf vor, seinem Kunden die schlimme Nachricht schonend beizubringen – daß sein geliebtes Heim hoch über der Panormos-Bucht ein Raub der Flammen geworden war.

Gleich nach dem ersten Klingeln war eine Tonbandansage zu hören. Obwohl Stavros nicht viel Französisch konnte, bekam er mit, daß die Tonbandstimme »Kein Anschluß unter dieser Nummer!« sagte. Er drückte auf die rote Taste und beendete das Gespräch.

Er beobachtete die vergeblichen Bemühungen der Feuerwehr, den Brand zu löschen. Dann fuhr er nach Ano Mera zurück und ging in die Taverne. Dort saßen die üblichen Stammgäste bei Wein, Oliven und Brot. Stavros berichtete von dem Brand auf Kap Mavros.

»Irgendwie hat dieser Delaroche schon immer was Komisches an sich gehabt«, sagte Stavros, als er mit seiner Geschichte fertig war. Er grinste schief, während er in seinen trüben Ouzo starrte. »Das hab' ich von Anfang an gespürt.«

32

Paris

In Paris lebte Rebecca Wells in Montparnasse in einem tristen Wohnblock in der Nähe des Bahnhofs. Seit ihrer Flucht aus England hatte sie die meiste Zeit in dieser gräßlichen Wohnung zugebracht und sich französische Fernsehprogramme angesehen, die sie nur bruchstückhaft verstand. Manchmal hörte sie im Radio englische Nachrichten. Die Brigade war zerschlagen worden, und das war allein ihre Schuld.

Sie mußte aus diesem Loch raus. Sie stand auf und trat ans Fenster. Wieder einmal das übliche Wetter: grau, kalt und feucht. Sogar Ulster war besser als Paris im März. Sie ging ins Bad und sah in den Spiegel. Eine Fremde starrte ihr entgegen. Ihr üppiges schwarzes Haar war von dem in Norwich benützten Bleichmittel glanzlos und strohig geworden. Ihr Teint war gelblich – zu wenig frische Luft, zu viele Zigaretten. Um die Augen hatte sie dunkle Ringe.

Sie zog ihre Lederjacke an, blieb vor der Schlafzimmertür stehen und hörte dahinter das Klirren von Hanteln. Als sie anklopfte, verstummte das Geräusch. Roderick Campbell öffnete die Tür und stand mit schweißglänzendem Oberkörper vor ihr. Campbell war ein Schotte, der in der britischen Armee gedient und sich danach in Afrika und Südamerika als Söldner verdingt hatte. Er hatte kurzes schwarzes Haar, einen Kinnbart und zahlreiche Tätowierungen auf Brust und Armen.

Auf seinem Bett lag eine nackte Nutte, die mit einer seiner Pistolen spielte.
»Ich gehe aus«, sagte sie. »Ich brauche frische Luft.«
»Paß auf, daß du nicht beschattet wirst«, ermahnte Campbell sie. Er sprach den weichen Dialekt seiner Heimat in den Highlands. »Soll ich mitkommen?«
»Nein, danke.«
Er hielt ihr eine Pistole hin. »Hier, nimm.«

Der Aufzug war wieder einmal außer Betrieb, deshalb ging sie die Treppe hinunter. Gott, war sie froh, aus diesem Loch herauszukommen! Sie war wütend auf Kyle Blake, weil er sie zu diesem Campbell geschickt hatte. Andererseits hätte alles noch viel schlimmer sein können. Sie hätte wie die anderen inhaftiert oder tot sein können. Die kalte Luft tat ihr gut, und sie machte einen langen Spaziergang. Gelegentlich blieb sie vor einem Schaufenster stehen, um den Gehsteig hinter sich zu kontrollieren. Sie war überzeugt, nicht beschattet zu werden.

Zum erstenmal seit vielen Tagen fühlte sie sich wirklich hungrig. Sie betrat ein kleines Café und bestellte in ihrem schaurigen Französisch eine *Omelette aux fines herbes* und einen *Café crème*. Dann zündete sie sich eine Zigarette an, sah aus dem Fenster und fragte sich, ob sie ihr restliches Leben so verbringen würde – in fremden Städten lebend, von Menschen umgeben, die sie nicht kannte.

Sie wollte zu Ende bringen, was sie begonnen hatten; sie wollte Botschafter Douglas Cannons Tod. Aber sie wußte, daß die Ulster Freedom Brigade nicht mehr imstande war, diesen Auftrag auszuführen; effektiv gab es keine Ulster Freedom Brigade mehr. Sollte der Botschafter ermordet werden, würde ein anderer den Auftrag übernehmen müssen. Sie hatte sich hilfesuchend an

Roderick Campbell gewandt. Er kannte Männer, wie Rebecca sie brauchte: Männer, die berufsmäßig töteten; bezahlte Killer, die nur für Geld mordeten.

Als der Ober das Omelette servierte, verschlang Rebecca es hastig. Sie wußte nicht, wann sie die letzte richtig zubereitete Mahlzeit gegessen hatte. Als sie fertig war, tunkte sie Baguettestücke in ihren Kaffee und aß sie ebenfalls. Der Ober kam wieder vorbei und schien sich zu wundern, daß ihr Teller schon leer war.

»Ich bin hungrig gewesen«, murmelte sie verlegen.

Rebecca zahlte und verließ das Café. Sie zog den Reißverschluß ihrer Jacke bis zum Hals hoch und wollte durch eine ruhige Seitenstraße zu der Wohnung in Montparnasse zurückgehen. Im nächsten Augenblick hörte sie hinter sich ein auffällig langsam fahrendes Auto. Sie trat rasch in eine Telefonzelle und gab vor, eine Nummer zu wählen, während sie das jetzt haltende Auto betrachtete: ein großer schwarzer Citroën, in dem drei Männer saßen – zwei vorn, einer hinten. Vielleicht die französische Polizei, dachte sie. Vielleicht der französische Geheimdienst. Vielleicht Freunde Rodericks. Vielleicht niemand, der sich für sie interessierte.

Sie verließ die Telefonzelle und ging schneller. Trotz der Kälte schwitzte sie plötzlich. Der Fahrer des Citroëns gab Gas und fuhr mit aufheulendem Motor an. Mein Gott, dachte sie erschrocken, sie wollen mich überfahren! Sie wandte den Kopf ab, als die Limousine scharf bremste und wenige Meter vor ihr hielt.

Die rechte hintere Tür wurde geöffnet. Der hinten sitzende Mann beugte sich über den Rücksitz und sagte: »Guten Tag, Miss Wells.«

Rebecca fühlte sich wie vor den Kopf geschlagen. Sie blieb stehen und starrte den Mann an. Er hatte öliges blondes Haar, das er glatt zurückgekämmt trug, und einen blassen, von der Sonne verbrannten Teint. »Bitte steigen Sie ein. Auf der Straße können wir uns leider nicht unterhalten, das wäre zu gefährlich.«

Seinem Tonfall nach ein gebildeter Engländer.

»Wer sind Sie?« fragte Rebecca.

»Nicht die Behörden, falls Sie das glauben«, versicherte er ihr. »In Wirklichkeit durchaus das Gegenteil.«

»Was wollen Sie?«

»Tatsächlich hat diese Sache etwas mit dem zu tun, was *Sie* wollen.«

Sie zögerte.

»Bitte, wir haben nicht allzuviel Zeit«, sagte der Blonde und hielt ihr eine blasse Hand hin. »Und machen Sie sich keine Sorgen, Miss Wells. Hätten wir Sie liquidieren wollen, wären Sie längst tot.«

Von Montparnasse aus fuhren sie zu einem Apartmentgebäude im 5. Arondissement in der Rue de Tournefort. Der Blonde fuhr mit dem Citroën weiter. Ein rotgesichtiger Mann mit Stirnglatze nahm ihr Rodericks Pistole ab und führte sie dann in eine Wohnung, die den Eindruck eines nur selten benutzten zeitweiligen Quartiers machte. Die Einrichtung war männlich nüchtern: eine bequeme schwarze Ledersitzgruppe um einen Couchtisch mit Glasplatte, Bücherregale aus Teakholz mit Sachbüchern, Biographien und Kriminalromanen von englischen und amerikanischen Autoren. Die freien Wände waren kahl, aber schwache Umrisse ließen erkennen, wo früher Bilder gehangen hatten. Der Mann schloß die Wohnungstür und tippte auf dem Zahlenfeld neben dem Türrahmen einen sechsstelligen Code ein, mit dem vermutlich eine Alarmanlage eingeschaltet wurde. Dann ergriff er wortlos Rebeccas Hand und führte sie ins Schlafzimmer.

Der Raum war dunkel bis auf einen hellen Fleck am Fenster, wo die nicht ganz dicht schließende Jalousie etwas wäßriges Tageslicht einließ. Sobald die Tür hinter Rebecca ins Schloß gefallen war, sprach ein Mann sie aus dem Dunkel an. Seine Stimme klang trocken und präzise – die Stimme eines Mannes, der nicht gern etwas zweimal sagt.

»Wir haben erfahren, daß Sie jemanden suchen, der imstande ist, den amerikanischen Botschafter in London zu ermorden«, sagte der Mann. »Ich glaube, daß wir Ihnen dabei behilflich sein können.«

»Wer sind Sie?«

»Das geht Sie nichts an. Aber ich kann Ihnen versichern, daß wir durchaus imstande sind, ein Vorhaben wie das von Ihnen geplante auszuführen. Und mit weit geringeren Verlusten als bei dem stümperhaften Anschlag in Hartley Hall.«

Rebecca bebte vor Zorn, was der Mann im Dunkel zu spüren schien.

»In Norfolk sind Sie leider reingelegt worden, Miss Wells«, sagte er. »Sie sind geradewegs in eine von CIA und MI5 gestellte Falle getappt. Geleitet hat dieses Unternehmen der Schwiegersohn des US-Botschafters, der zufällig bei der Central Intelligence Agency arbeitet. Sein Name ist Michael Osbourne. Soll ich fortfahren?«

Sie nickte.

»Sollten Sie unsere Unterstützung annehmen, verzichten wir auf unser sonst übliches Honorar. Ich versichere Ihnen, daß es bei einem Auftrag dieser Art sehr beträchtlich wäre – bestimmt weit außerhalb der finanziellen Möglichkeiten einer Gruppierung wie der Ulster Freedom Brigade.«

»Sie wären bereit, es umsonst zu tun?« fragte Rebecca ungläubig.

»Ganz recht.«
»Und was verlangen Sie als Gegenleistung?«
»Daß Sie zum richtigen Zeitpunkt die Verantwortung für den Anschlag übernehmen.«
»Sonst nichts?«
»Sonst nichts.«
»Und danach?«
»Danach haben Sie keine weiteren Verpflichtungen, außer daß Sie unter keinen Umständen jemals über unsere Partnerschaft sprechen dürfen. Sollten Sie unsere Vereinbarung ausplaudern, behalten wir uns Strafmaßnahmen vor.«
Er machte eine kurze Pause, um seiner Warnung Nachdruck zu verleihen.
»Nach dem Attentat wird es für Sie nicht einfach sein, sich weiterhin frei zu bewegen«, fuhr er dann fort. »Sollten Sie das wünschen, können wir Ihnen Dienstleistungen anbieten, die es Ihnen gestatten, in Freiheit zu bleiben. Wir können Ihnen gefälschte Reisepässe besorgen. Wir können Ihnen helfen, Ihr Aussehen zu verändern. Wir haben Verbindungen zu bestimmten Staaten, die bereit sind, Flüchtige gegen Geld oder Gefälligkeiten aufzunehmen. Auch diese Dienste würden wir Ihnen kostenlos zur Verfügung stellen.«
»Weshalb?« fragte sie. »Warum sind Sie bereit, das umsonst zu tun?«
»Wir sind keine Wohltätigkeitsorganisation, Miss Wells. Wir sind jedoch bereit, mit Ihnen zusammenzuarbeiten, weil wir gemeinsame Interessen haben.« Ein Feuerzeug flammte auf und beleuchtete sekundenlang sein Gesicht, bevor der Raum wieder im Dunkel lag: silbergraues Haar, blasser Teint, schmale Nase, kalte Augen, grausamer Mund. »In Paris sind Sie nicht länger sicher, fürchte ich«, erklärte er ihr. »Die örtlichen

Behörden haben Wind von Ihrer Anwesenheit bekommen.«

Sie fuhr zusammen, als habe jemand ihr einen Kübel Eiswasser in den Rücken gekippt. Bei dem Gedanken, verhaftet und in Ketten nach Großbritannien zurückgeschickt zu werden, wurde ihr fast schlecht.

»Sie müssen Frankreich sofort verlassen«, fuhr er fort. »Ich schlage Bahrain vor. Der Chef der dortigen Sicherheitskräfte ist ein alter Kollege von mir. Dort sind Sie sicher, und es gibt schlimmere Aufenthaltsorte als den Persischen Golf im März. Im Frühjahr ist das Wetter dort herrlich.«

»Ich bin nicht daran interessiert, den Rest meiner Tage an einem Swimmingpool in Bahrain zu verbringen.«

»Was wollen Sie damit sagen, Miss Wells?«

»Daß ich mitmachen will«, antwortete sie. »Ich nehme Ihre Unterstützung dankend an, aber ich will dabeisein, wenn der Mann stirbt.«

»Sind Sie dafür ausgebildet?«

»Ja«, sagte sie.

»Haben Sie schon einmal einen Menschen getötet?«

Sie dachte an eine Nacht vor zwei Monaten – an die Scheune im County Armagh, in der sie Charlie Bates erschossen hatte. »Ja«, sagte sie mit fester Stimme, »das habe ich.«

»Der Mann, dem ich diesen Auftrag erteilen werde, arbeitet am liebsten allein«, sagte der Unbekannte, »aber ich denke, er wird einsehen, daß es zweckmäßig wäre, bei diesem Unternehmen eine Partnerin zu haben.«

»Wann reise ich ab?«

»Heute abend.«

»Dann möchte ich jetzt gerne in die Wohnung zurück, um ein paar Dinge mitzunehmen.«

»Das ist leider nicht möglich.«

»Was ist mit Roderick? Was wird er denken, wenn ich ohne die geringste Erklärung verschwinde?«
»Um Roderick Campbell kümmern wir uns.«

Der Blonde fuhr mit dem Citroën nach Montparnasse zurück und parkte gegenüber von Roderick Campbells Wohnblock. Er stieg aus und überquerte die Straße. Er hatte der Frau unterwegs die Schlüssel geklaut. Er sperrte die Eingangstür auf und ging die Treppe zu Campbells Wohnung hinauf. Er zog die kleinkalibrige Herstal aus dem Bund seiner Jeans, schloß die Wohnungstür auf und trat lautlos über die Schwelle.

33

AMSTERDAM

Die Wettervorhersage für das holländische Küstengebiet war gut, deshalb bestieg Delaroche an diesem Märzmorgen in aller Frühe sein italienisches Rennrad und strampelte nach Süden. Zu seiner langen schwarzen Radlerhose trug er einen weißen Rollkragenpullover aus Baumwolle und darüber eine neongelbe Windjacke – eng genug, um nicht im Wind zu flattern, weit genug, um die Beretta unter seiner linken Achsel zu verbergen. Er fuhr in Richtung Leiden durch den Bloembollenstreek, das größte Blumenanbaugebiet Hollands, und seine kräftigen Beine trieben ihn mühelos durch bereits in farbenprächtiger Blüte stehende Felder vorwärts.

Seine Augen nahmen zunächst die holländische Landschaft wahr – die Deiche und die Kanäle, die Windmühlen und die Blumenfelder –, aber nach einiger Zeit tauchte vor seinem inneren Auge wieder Maurice Leroux' Gesicht auf. Er war Delaroche vergangene Nacht im Traum erschienen: weiß wie Schnee, zwei Einschußlöcher in der Brust, noch immer mit der lächerlichen Baskenmütze auf dem Kopf.

Ich bin zuverlässig. Ich habe schon viele Männer wie Sie operiert.

Delaroche erreichte Leiden und aß in der Mittagssonne im Garten eines Cafés am Rheinufer. Hier, nur wenige

Kilometer von seiner Mündung in die Nordsee entfernt, war der Rhein schmal und träge – ganz anders als der Wildwasserfluß in der Nähe seiner Quelle in den Alpen oder der breite industrielle Lastenesel der deutschen Ebenen. Delaroche bestellte Kaffee und ein Schinken-Käse-Sandwich.

Seine Unfähigkeit, Leroux' Bild aus seinem Unterbewußtsein zu tilgen, ging Delaroche auf die Nerven. Im allgemeinen fühlte er sich nach einem Mord nur kurze Zeit unwohl. Aber obwohl er Leroux schon vor einer Woche erschossen hatte, erschien sein Gesicht noch immer häufig vor seinem inneren Auge.

Er mußte an einen Mann namens Wladimir denken. Delaroche war seiner Mutter nach der Geburt weggenommen und in die Obhut des KGB gegeben worden. Wladimir war für ihn Vater und Mutter zugleich gewesen. Er hatte den Jungen Sprachen und alle Fertigkeiten gelehrt, die er für seinen zukünftigen Beruf brauchte. Und er hatte versucht, ihm etwas übers Leben beizubringen, bevor er ihn töten lehrte. Wladimir hatte ihn gewarnt, daß dies irgendwann passieren würde. *Eines Tages wirst du jemandem das Leben nehmen, und dieser Mann wird dich verfolgen,* hatte Wladimir damals gesagt. *Er wird seine Mahlzeiten mit dir einnehmen, dein Bett mit dir teilen. Wenn dieser Fall eintritt, wird es Zeit für dich, deinen Beruf aufzugeben, denn ein Mann, der Gespenster sieht, kann nicht länger wie ein Profi agieren.*

Delaroche zahlte und verließ das Café. Als er in Richtung Nordsee weiterfuhr, verschlechterte sich das Wetter. Der Himmel bezog sich, und die Temperatur sank spürbar. Auf der ganzen Strecke nach Haarlem mußte er gegen steifen Gegenwind ankämpfen.

Vielleicht hatte Wladimir recht gehabt. Vielleicht wurde es Zeit für ihn, aus dem Spiel auszusteigen, bevor es ihn das Leben kostete. Er konnte in den Mittelmeerraum zurückkehren, und er konnte seine Tage damit verbringen, mit dem Rennrad zu fahren und Bilder zu malen und auf seiner Terrasse hoch über dem Meer seinen Wein zu trinken – und zum Teufel mit Wladimir, seinem Vater, dem Direktor und allen anderen, die ihm dieses Leben aufgezwungen hatten. Vielleicht fand er sogar eine Frau, eine Frau wie Astrid Vogel, eine Frau, die selbst so viele gefährliche Geheimnisse hatte, daß er ihr seine anvertrauen konnte.

Delaroche hatte schon einmal aussteigen wollen – Astrid und er hatten sich gemeinsam zur Ruhe setzen wollen –, aber nach Astrids Tod war ihm das sinnlos erschienen, und der Direktor hatte ihm ein glänzendes Angebot gemacht, das er unmöglich hatte ablehnen können. Delaroche arbeitete nicht aus Überzeugung für die Gesellschaft; er arbeitete für den Direktor, weil dieser ihn äußerst großzügig honorierte und ihm Schutz vor seinen Feinden bot. Kündigte Delaroche der Gesellschaft aber die Zusammenarbeit auf, war er auf sich allein gestellt. Dann würde er selbst für seine Sicherheit sorgen oder sich einen neuen Paten suchen müssen.

Er fuhr in Haarlem ein und überquerte den Fluß Spaarne. Nach Amsterdam waren es von hier aus vierundzwanzig Kilometer – eine gute Strecke den Noordzeekanal entlang. Bei kräftigem Rückenwind und freier Fahrbahn brauchte er nur wenig mehr als eine halbe Stunde, um die Stadt zu erreichen.

Auf dem Weg zur Herengracht ließ Delaroche sich viel Zeit. Bevor er seine Wohnungstür aufschloß, kontrollierte er, ob der kleine Papierstreifen, den er zwischen Tür und Rahmen gesteckt hatte, noch an seinem Platz war. Im Briefkasten lag eine weitere Nachricht der jungen Deutschen: *Ich will dich wiedersehen, du Wichser! Eva.*

Er schaltete seinen Computer ein, stellte fest, daß er eine E-Mail hatte, öffnete sie und tippte seinen Decknamen ein. Die Nachricht war vom Direktor; er wollte sich morgen im Amsterdamer Vondelpark mit ihm treffen. Delaroche antwortete per E-Mail, er werde da sein.

Am folgenden Morgen machte Delaroche einen Rundgang über den Albert Cuypmarkt am östlichen Kanalring. Er achtete genau darauf, ob er beschattet wurde, während er an Ständen vorbeischlenderte, an denen Obst, Fische aus der Nordsee, holländischer Käse und frische Schnittblumen angeboten wurden. Erst als er davon überzeugt war, nicht beschattet zu werden, ging er vom Markt zu dem weitläufigen Vondelpark im Amsterdamer Museumsviertel hinüber. Dort sah er den Direktor neben seiner großen Jamaikanerin auf einer Bank am Ententeich sitzen.

Der Direktor hatte Delaroche nach der Gesichtsoperation in Athen nicht mehr gesehen. Obwohl Delaroche keinen Sinn für Spiele und ähnliche Belustigungen hatte – sein einsames, von Geheimhaltung geprägtes Leben hatte ihn der Möglichkeit beraubt, wirklich Humor zu entwickeln –, beschloß er, dem Direktor einen Streich zu spielen und gleichzeitig zu testen, wie wirkungsvoll Maurice Leroux sein Gesicht umgemodelt hatte.

Er setzte seine Sonnenbrille auf und steckte sich eine Zigarette zwischen die Lippen. So trat er an den Direktor heran und bat ihn auf holländisch um Feuer. Der Direktor gab ihm ein schweres silbernes Feuerzeug. Delaroche zündete sich seine Zigarette an und gab ihm das Feuerzeug zurück. »*Dank u*«, sagte er dabei. Der Direktor nickte distanziert und steckte sein Feuerzeug wieder ein.

Delaroche ging ein Stückchen weiter. Kurze Zeit später kam er zurück, setzte sich neben den Direktor und begann schweigend eine Birne zu essen, die er auf dem Albert Cuypmarkt gekauft hatte. Der Direktor und seine Begleiterin standen auf und setzten sich auf eine andere Bank. Delaroche sah ihnen neugierig nach; dann stand er ebenfalls auf und setzte sich wieder zu ihnen.

Der Direktor runzelte die Stirn. »Hören Sie, ich verbitte mir, daß Sie uns ...«

»Ich glaube, Sie wollten sich hier mit mir treffen«, sagte Delaroche, indem er seine Sonnenbrille abnahm.

»Großer Gott«, murmelte der Direktor. »Sind Sie's wirklich?«

»Ich fürchte, ja.«

»Sie sehen gräßlich aus. Kein Wunder, daß Sie den armen Kerl umgebracht haben.«

»Ich habe einen Auftrag für Sie.«

Die Augen des Direktors waren in ständiger Bewegung, während er mit Delaroche durch den Vondelpark schlenderte. Der Direktor hatte seine Laufbahn als Agent begonnen – er war im Zweiten Weltkrieg als SOE-Agent mit dem Fallschirm über Frankreich abgesprungen und hatte in Ostberlin Agenten gegen die Russen geführt –, und sein Überlebensinstinkt war noch immer ausgeprägt.

»Haben Sie die Entwicklung in Nordirland verfolgt?« fragte der Direktor.

»Ich lese Zeitungen.«

»Dann wissen Sie, daß die Ulster Freedom Brigade mit ihrem Versuch gescheitert ist, Douglas Cannon, den amerikanischen Botschafter in London, zu ermorden.«

»Ja, das habe ich gelesen«, sagte Delaroche nickend.

»Was Sie nicht wissen, ist, daß die Attentäter ahnungslos in eine Falle getappt sind, die MI5 und CIA ihnen gestellt hatten. Der für den Part der Amerikaner zuständige CIA-Offizier ist ein alter Freund von Ihnen.«

Delaroche funkelte den Direktor an. »Osbourne?«
Der Direktor nickte. »Selbstverständlich würde die Ulster Freedom Brigade nun am liebsten den Botschafter *und* seinen Schwiegersohn liquidieren, und wir haben uns bereit erklärt, ihr diese Arbeit abzunehmen.«
»Warum?«
»Die Brigade will den Friedensprozeß torpedieren, was offen gestanden auch in unserem Interesse liegt. Er ist schlecht fürs Geschäft. In weniger als zwei Wochen trifft Präsident Beckwith am Sankt-Patrickstag im Weißen Haus mit führenden nordirischen Politikern zusammen. An dieser Besprechung nimmt auch Douglas Cannon teil.«
»Wissen Sie das bestimmt?«
»Ich habe eine absolut zuverlässige Quelle. Die Amerikaner verstehen es, ihre Botschafter im Ausland zu schützen, aber im eigenen Land sieht die Sache anders aus. Falls überhaupt, wird Cannon nur leicht bewacht. Einem Profi mit Ihren Fähigkeiten dürfte es nicht schwerfallen, diesen Auftrag auszuführen.«
»Kann ich mir aussuchen, ob ich ihn annehme?«
»Ich darf Sie daran erinnern, daß ich Sie äußerst großzügig honoriere und für Ihre persönliche Sicherheit garantiere«, sagte der Direktor kalt. »Ihre Gegenleistung besteht darin, daß Sie für mich morden. So einfach ist das.«
Delaroche wußte, daß der Direktor alle verfügbaren Mittel einsetzen würde, um seine Ziele zu erreichen.
»Ich hätte gedacht, Sie würden die Gelegenheit, Ihren alten Feind zu erledigen, dankbar wahrnehmen«, fuhr der Direktor fort.
»Wie kommen Sie darauf?«
»Wegen Astrid Vogel. Mich wundert, daß Sie Osbourne nicht längst auf eigene Faust erledigt haben.«
»Ich habe ihn nicht ermordet, weil ich keinen Auftrag

dazu hatte«, antwortete Delaroche. »Ich bin ein Attentäter, kein Mörder.«

»Manche Leute würden das für eine belanglose Unterscheidung halten, aber ich verstehe Ihr Argument und respektiere Sie deswegen. Osbourne stellt jedoch weiterhin eine ernste Gefahr für unsere Organisation dar. Ich würde besser schlafen, wenn er nicht mehr unter uns wäre.«

Delaroche blieb stehen und wandte sich dem Direktor zu.

»Zwei Wochen sind nicht viel Zeit – vor allem für einen Job in den Vereinigten Staaten.«

»Für jemanden wie Sie bestimmt genug.«

Delaroche nickte. »Gut, ich übernehme den Auftrag.«

»Wunderbar«, sagte der Direktor. »Nachdem Sie zugestimmt haben, kommt jetzt der Haken. Ich möchte, daß Sie diesmal mit einem Partner zusammenarbeiten.«

»Ich arbeite nicht mit Unbekannten.«

»Das weiß ich, aber ich bitte Sie, diesmal eine Ausnahme zu machen.«

»Wer ist er?«

»Tatsächlich handelt es sich um eine *Sie*«, antwortete der Direktor. »Ihr Name ist Rebecca Wells. Sie ist die Frau, die den Versuch der Ulster Freedom Brigade, Douglas Cannon in England zu ermorden, überlebt hat.«

»Sie ist eine Amateurin«, stellte Delaroche fest.

»Sie ist eine erfahrene Untergrundkämpferin, die bewiesen hat, daß sie vor nichts zurückschreckt. Ich halte es aus politischen Gründen für wichtig, daß sie an dem Unternehmen teilnimmt. Ich bin sicher, daß Ihnen die Zusammenarbeit mit ihr Spaß machen wird.«

»Und wenn ich mich weigere?«

»Dann sind Ihr Honorar und der Ihnen bisher gewährte Schutz hinfällig, fürchte ich.«

»Wo ist sie?«
Der Direktor zeigte den Weg entlang. »Gehen Sie ungefähr hundert Meter weiter. Sie sitzt dort auf einer Bank: blondes Haar, liest eine deutsche Zeitung, *Die Welt*. Ich bereite schon mal die Dossiers vor und organisiere Ihre Reise nach Amerika. Sie bleiben hier in Amsterdam, bis ich mich bei Ihnen melde.«
Und damit wandte der Direktor sich ab und verschwand in dem Dunst, der aus den Wiesenflächen des Vondelparks aufstieg.

An einem der Kioske im Park kaufte Delaroche einen kleinen Stadtplan von Amsterdam. Damit setzte er sich auf die Bank neben der, auf der Rebecca Wells pflichtbewußt vorgab, die gestrige Ausgabe der *Welt* zu lesen. Er interessierte sich weniger für die Frau als für das, was in ihrer Umgebung vorging. Zwanzig Minuten lang beobachtete er die Gesichter der Vorbeigehenden und hielt Ausschau nach irgendwelchen Anzeichen dafür, daß sie beschattet wurde. Die Blonde schien allein zu sein, aber er wollte ganz sichergehen. Er kreuzte einen Punkt auf dem gekauften Stadtplan an und ging damit zu ihr hinüber. »Wir treffen uns dort in genau zwei Stunden«, sagte er und gab ihr den Stadtplan mit dem angekreuzten Treffpunkt. »Bleib in Bewegung, komm keine Minute zu früh.«

Der Punkt, den Delaroche auf dem Stadtplan angekreuzt hatte, war das Nationaal Monument auf dem Damplein. Rebecca Wells blieb noch über eine halbe Stunde im Vondelpark, schlenderte durch die Anlagen und machte unterwegs mehrmals an den Seen halt. Einmal kehrte sie überraschend um, so daß Delaroche hastig in einer öffentlichen Toilette verschwinden mußte, um nicht entdeckt zu werden.

Vom Park aus ging sie ins Van-Gogh-Museum hinüber. Sie löste am Haupteingang eine Eintrittskarte und betrat das Gebäude. Delaroche folgte ihr mühelos durch das gut besuchte Museum. Van Gogh war einer der ersten Künstler gewesen, von denen er sich bei seiner eigenen Malerei hatte beeinflussen lassen; er war so fasziniert von *Raben über Kornfeldern,* einem seiner Lieblingsbilder, daß er die Blonde für kurze Zeit aus den Augen verlor. Aber er entdeckte sie gleich wieder vor van Goghs *Schlafzimmer in Arles*. Irgend etwas an diesem farbenfrohen Gemälde, van Goghs Sinnbild häuslichen Friedens, schien sie zu beeindrucken.

Sie verließ das Museum, ging über den Albert Cuypmarkt und folgte der Singelgracht bis zur Amstel. Dort sprang sie plötzlich in eine Straßenbahn. Delaroche hielt ein Taxi an und folgte ihr.

Sie fuhr mit der Straßenbahn zum Leidseplein und setzte sich in der Nähe des Hotels American in ein Gehsteigcafé, wo sie Kaffee und Kuchen bestellte. Delaroche beobachtete sie von einem Café auf der anderen Seite des Kanals aus. Sie zahlte und stand auf, ging dann aber nicht auf dem Gehsteig weiter, sondern verschwand im Inneren des Cafés.

Delaroche ging rasch ans andere Ufer hinüber. Er fragte den Ober auf holländisch, ob er seine Freundin gesehen habe – eine blond gefärbte Irin. Der Ober nickte zur Toilette hin. Delaroche klopfte an die Tür. Als keine Antwort kam, öffnete er die Toilettentür und stellte fest, daß die Frau verschwunden war. Ein rascher Blick in die Küche zeigte ihm einen Hinterausgang, der auf eine schmale Gasse hinausführte. Ohne auf die Proteste des Küchenpersonals zu achten, ging er durch die Küche und trat auf die Gasse hinaus. Die Frau war nirgends zu sehen.

Er fuhr mit der Straßenbahn zum Damplein, wo er sie neben einem der Löwen am Sockel des Nationaal Monuments sitzen sah. Rebecca blickte auf ihre Uhr und lächelte. »Wo bleibst du so lange?« fragte sie. »Ich hab' mir schon Sorgen um dich gemacht.«
»Beschattet wirst du nicht«, sagte Delaroche und setzte sich neben sie, »aber du bewegst dich amateurhaft.«
»Ich hab' dich abgehängt, stimmt's?«
»Ich bin allein und zu Fuß. Einen einzelnen Mann zu Fuß kann jeder abhängen.«
»Jetzt paß mal auf, du Bastard. Ich bin aus Portadown in Nordirland. Bei mir kannst du dir deine Machomasche sparen. Mir ist kalt, ich bin hungrig, und ich hab' diesen Scheiß satt. Der Alte hat gesagt, du hättest eine Unterkunft für mich. Also los!«

Sie gingen schweigend die Prinsengracht entlang, bis sie die *Krista* erreichten. Delaroche sprang aufs Achterdeck hinunter und streckte Rebecca eine Hand hin, um ihr zu helfen. Aber sie blieb auf dem Gehsteig stehen und starrte ihn an, als sei er verrückt. »Wenn du glaubst, daß ich Lust habe, auf einem beschissenen Schleppkahn zu hausen...«

»Das ist kein Schleppkahn«, unterbrach er sie. »Nimm meine Hand. Ich zeig's dir.«

Sie kam ohne seine Hilfe an Bord des Hausboots und sah zu, wie er das Vorhängeschloß aufsperrte, mit dem die Tür zum Niedergang gesichert war. Dann folgte sie ihm in den Salon hinunter und war von der behaglichen Einrichtung sichtlich überrascht.

»Ist das dein Boot?« fragte sie.

»Es gehört einem Freund von mir.«

Sie versuchte eine der Lampen einzuschalten, aber das Licht brannte nicht. Delaroche ging an Deck, entrollte das Stromkabel der *Krista* und schob den Stecker in die Steckdose an der Kanalmauer. Einen Augenblick später erhellte sanftes Licht den Salon.

»Hast du Geld?« fragte Delaroche, als er wieder nach unten kam.

»Der Alte hat mir etwas Geld gegeben«, antwortete sie.

»Wer ist er übrigens?«

»Er ist der Direktor.«

»Der Direktor von was?«

»Der Direktor der Organisation, die euch hilft, den US-Botschafter zu ermorden.«

»Und wie heißt die?«

Delaroche gab keine Antwort.

»Du weißt nicht, wie sie heißt?«

»Doch, das weiß ich«, sagte er.

»Weißt du auch, wer ihr angehört?«

»Das habe ich mit viel Mühe herausgefunden.«

Sie ging durch den Salon und setzte sich auf die Kante von Astrids Bett. Delaroche schaltete den kleinen Heizlüfter ein.

»Hast du einen Namen?« fragte sie.

»Manchmal«, antwortete er.

»Wie soll ich dich nennen?«

»Hier kannst du wohnen, bis wir nach Amerika fahren«, sagte Delaroche, ohne auf ihre Frage einzugehen. »Du brauchst Kleidung und Essen. Ich komme gegen abend wieder und bringe dir ein paar Sachen. Rauchst du?«

Sie nickte.

Delaroche warf ihr eine Packung Zigaretten zu. »Ich bringe dir noch mehr mit.«

»Danke«, sagte sie.

»Sprichst du außer Englisch weitere Sprachen?«

»Nein«, antwortete sie.

Delaroche atmete geräuschvoll aus und schüttelte dabei den Kopf.

»Im nordirischen Untergrund habe ich keine anderen Sprachen gebraucht.«

»Wir sind hier nicht in Nordirland«, sagte er. »Kannst du etwas gegen deinen Akzent machen?«

»Was stört dich an meinem Akzent?«

»Du könntest dir gleich einen orangeroten Schal umbinden.«

»Ich kann wie eine Engländerin reden.«

»Dann tu's bitte«, sagte er, polterte die Treppe hinauf und knallte die Tür hinter sich zu.

34

CIA-ZENTRALE · WASHINGTON

Eine Woche nachdem der Direktor und Delaroche in Amsterdam zusammengetroffen waren, kam Michael Osbourne zum erstenmal seit seiner Abreise aus London wieder ins CIA-Zentrum für Terrorismusbekämpfung in Langley. Er gab seinen Zugangscode an der elektronisch gesicherten Tür ein und betrat das CTC. Carter, der an seinem Schreibtisch über einem Stapel Akten brütete, sah zu ihm auf und runzelte irritiert die Stirn. »Sieh da, Sir Michael geruht, uns mit seiner Gegenwart zu beehren«, sagte er.
»Das ist ein ehrenhalber verliehener Titel. ›Euer Majestät‹ genügt als Anrede völlig.«
Carter grinste. »Willkommen daheim. Du hast uns gefehlt. Alles in Ordnung?«
»Könnte nicht besser sein.«
»Du hast zehn Minuten, um dich einzulesen. Dann brauche ich Cynthia und dich in meinem Büro.«
»Okay. Wir kommen in einer Viertelstunde.«
Michael ging den Abu Nidal Boulevard zu seinem Glaskasten entlang. Irgendein CTC-Witzbold hatte eine der Wände mit einem riesigen Union Jack geschmückt, und aus einem kleinen Kassettenrecorder drang leise »God Save the Queen«.
»Sehr witzig!« sagte Michael laut.
Blaze und Eurotrash tauchten von Cynthia Martin und Gigabyte gefolgt auf. »Wir wollten es dir hier ein bißchen

gemütlich machen, Sir Michael«, erklärte Blaze. »Damit dein Büro weniger an Langley und mehr an zu Hause erinnert, weißt du?«

»Sehr aufmerksam von euch.«

Blaze, Eurotrash und Gigabyte intonierten kehlig »He Is an Englishman« und zogen ab. Cynthia blieb da und nahm auf dem Stuhl vor Michaels Schreibtisch Platz. »Glückwunsch, Michael. Das war wirklich ein toller Coup.«

»Danke, ich weiß das zu schätzen.«

»Insgeheim habe ich wohl gehofft, du würdest auf die Nase fallen. Nichts gegen dich persönlich, verstehst du?«

»Das ist immerhin ehrlich.«

»Ehrlichkeit war schon immer mein schwacher Punkt.«

Michael lächelte. »Mein Schwiegervater kommt einige Tage vor der Nordirlandkonferenz im Weißen Haus nach Washington. Er möchte etwas Zeit mit seinen Enkeln verbringen und im Kapitol alte Freunde besuchen. Am Abend vor der Konferenz geben wir ein kleines Abendessen. Hättest du nicht Lust, auch zu kommen? Ich weiß, daß Douglas dein Urteil schätzen würde.«

»Danke, ich komme gern.«

Michael kritzelte seine Adresse auf ein Blatt Papier und gab es ihr.

»Sieben Uhr«, sagte er dazu.

»Gut, ich komme.« Cynthia faltete das Blatt zusammen. »Wir sehen uns in Carters Büro.«

Als sie gegangen war, schaltete Michael seinen Computer ein und las die nachts eingegangenen Meldungen durch. Im County Antrim außerhalb von Belfast hatte eine RUC-Streife in einem Auto rund neunzig Kilogramm Semtex entdeckt, das einer republikanischen Splittergruppe gehören sollte, die sich Wahre IRA nannte.

Michael klickte die nächste Meldung an. In der Nähe von Banbridge im County Down war ein Katholik erschossen worden. Die RUC vermutete den oder die Täter in den Reihen der Loyalist Volunteer Force, einer als äußerst gewalttätig bekannten protestantischen Extremistengruppe. Michael klickte die letzte Meldung an. Die Loge Portadown des Oranierordens hatte die Route ihres jährlichen Umzugs bekanntgegeben. Auch dieses Jahr beanspruchte sie wieder das Recht, durch die Garvaghy Road zu marschieren. Demnach würde die Marschsaison dieses Sommers ebenso konfrontativ verlaufen wie die letztjährige.

Michael schaltete seinen Computer aus und ging in Carters Büro hinüber. Cynthia war bereits dort.

»Ich hoffe, daß ihr beiden in den kommenden achtundvierzig Stunden keinen Wert auf Privatleben legt«, begann Carter.

»Die Agency ist unser Leben, Adrian«, sagte Michael. »Ich habe eben mit Bill Bristol telefoniert.«

»Sollen wir vielleicht beeindruckt sein, weil du mit dem Sicherheitsberater des Präsidenten gesprochen hast?«

»Hältst du bitte für einen Augenblick die Klappe, bis ich ausgesprochen habe?«

Cynthia Martin lächelte und sah in ihr Notizbuch.

»Präsident Beckwith hat sich in den Kopf gesetzt, daß die Nordirlandkonferenz ein großer Erfolg werden muß. Seine Umfragewerte haben sich offenbar verschlechtert, und er will den Friedensprozeß dazu benützen, wieder mehr Zustimmung zu gewinnen.«

»Ist das nicht nett?« fragte Michael ironisch. »Wie können wir ihm zu Diensten sein?«

»Indem ihr dafür sorgt, daß er bestens auf die Konferenz vorbereitet ist. Er braucht ein vollständiges Bild der Lage in Ulster. Er braucht exakte Hintergrundinformationen, damit er weiß, wie weit er gehen kann, womit er Druck ausüben kann, um Bewegung in die Sache zu bringen. Und er muß wissen, ob wir unter den gegenwärtigen Umständen einen Nordirlandbesuch des Präsidenten für eine gute Idee halten.«

»Bis wann?« fragte Michael.

»Ihr sollt Bristol übermorgen im Weißen Haus informieren.«

»Oh, gut, ich hatte schon Angst, er würde etwas Unzumutbares verlangen.«

»Wenn ihr glaubt, damit überfordert zu sein...«

»Nein, nein, wir schaffen es.«

»Das habe ich mir gedacht.«

Michael und Cynthia standen auf. »Augenblick noch, Michael«, sagte Carter.

»Wollt ihr hinter meinem Rücken über mich lästern?« erkundigte Cynthia sich.

»Wie hast du das erraten?« fragte Adrian.

Cynthia bedachte ihn mit einem mürrischen Blick und ging.

Carter wandte sich an Michael. »Nimm dir zum Lunch nichts vor, okay?«

Der Speisesaal der CIA-Zentrale liegt im sechsten Stock hinter einer schweren Metalltür, die in einen Kesselraum führen könnte. Er hieß Kasino für Führungskräfte, bis die Personalabteilung entdeckte, daß die Mitarbeiter unterhalb der Führungsebene diese Bezeichnung als kränkend empfanden. Die Agency änderte den Namen und öffnete das Restaurant für alle Mitarbeiter. Theoretisch konnten nun Arbeiter aus der Frachtabteilung in den sechsten Stock heraufkommen und mit stellvertretenden Direktoren und Abteilungsleitern zu Mittag essen. Trotzdem bevorzugten die meisten CIA-Mitarbeiter die liebevoll als

»Schweinetrog« bezeichnete riesige Cafeteria im Untergeschoß, wo sie tratschen konnten, ohne befürchten zu müssen, von Vorgesetzten belauscht zu werden.

Monica Tyler saß an einem Fenstertisch mit Blick über die dichten Bäume, die den Potomac River säumten. Ihre beiden allgegenwärtigen Faktoten, gehässigerweise als Tweedledum und Tweedledee bekannt, saßen rechts und links von ihr und hielten jeweils eine Ledermappe umklammert, als enthalte sie die verloren geglaubten Geheimnisse des Altertums. Die Tische um sie herum waren unbesetzt; Monica Tyler hatte eine Art, um sich herum freien Raum zu schaffen – einem Psychopathen mit einer Handgranate in der Faust nicht unähnlich.

Monica blieb sitzen, als Carter und Michael an den Tisch kamen und Platz nahmen. Eine Kellnerin brachte ihnen Speisekarten und Bestellvordrucke. Die Gäste konnten ihre Bestellungen hier nicht mündlich aufgeben; statt dessen mußten sie umständlich einen kleinen Vordruck ausfüllen und den Rechnungsbetrag selbst ermitteln. In der Agency wurde gewitzelt, daß die Bestellzettel jeden Abend in der Personalabteilung psychologisch ausgewertet wurden. Carter bemühte sich vergeblich, mit Monica Konversation zu machen, während er mit dem komplizierten Formular kämpfte. Da Michael wußte, daß die Rechnung vom Spesenkonto der Direktorin abgebucht werden würde, wählte er die teuersten Gerichte aus der Speisekarte: Shrimpscocktail, Langustenkuchen und Crème brûlée als Nachtisch. Tweedledee füllte Monicas Vordruck für sie aus.

»Nachdem es Ihnen jetzt gelungen ist, die Ulster Freedom Brigade auszuschalten«, begann Monica plötzlich, »sind wir der Meinung, daß es Zeit ist, Sie aus der Sonderkommission Nordirland abzuziehen, damit Sie etwas Produktiveres tun können.«

Michael warf Carter einen Blick zu, aber der zuckte mit den Schultern. »Wer ist wir?« fragte Michael.

Monica blickte von ihrem Salat auf, als finde sie die Frage impertinent. »Der sechste Stock, natürlich.«

»Tatsächlich habe ich gehofft, mich in Zukunft mit dem Fall Oktober beschäftigen zu können«, sagte Michael.

»Tatsächlich beabsichtige ich, Sie ganz von dem Fall Oktober abzuziehen.«

Michael schob seinen nur halb aufgegessenen Shrimpscocktail von sich weg und legte seine Serviette auf den Tisch. »Zu unserer Vereinbarung über meine Rückkehr in die Agency hat auch gehört, daß ich einen Teil meiner Arbeitszeit der Fahndung nach Oktober würde widmen können. Warum wollen Sie sich jetzt nicht mehr an diese Vereinbarung halten?«

»Ich will ganz ehrlich sein, Michael. Adrian hat geglaubt, Sie mit dieser Zusicherung leichter zu uns zurückholen zu können. Aber ich habe nie viel von dieser Idee gehalten – und tue es noch immer nicht. Sie haben sich erneut als ausgezeichneter Mitarbeiter bewährt, und ich würde gegen meine Dienstpflichten verstoßen, wenn ich zuließe, daß Sie an einer Sache weiterarbeiten, bei der Erfolge unwahrscheinlich sind.«

»Aber ich *habe* schon einen Erfolg erzielt, Monica. Ich habe bewiesen, daß Oktober noch lebt und weiterhin als Attentäter und Terrorist arbeitet.«

»Nein, Michael, Sie haben nicht bewiesen, daß er noch lebt. Sie haben anhand eines bearbeiteten Fotos einer Hand die *Theorie* aufgestellt, er lebe noch. Das ist ziemlich weit von einem hieb- und stichfesten Beweis entfernt.«

»In unserer Branche haben wir selten hieb- und stichfeste Beweise, Monica.«

»Belehren Sie mich bitte nicht, Michael.«

Sie schwiegen, als die Kellnerin an ihren Tisch kam und die Vorspeiseteller abtrug.

»Wir haben Interpol alarmiert«, fuhr Monica fort. »Wir haben unsere Verbündeten gewarnt. Mehr können wir praktisch nicht tun. Ab jetzt sind die Strafverfolgungsbehörden zuständig, und wir sind keine Strafverfolgungsbehörde.«

»Ich bin anderer Ansicht«, stellte Michael fest.

»In welchem Punkt?«

»Sie wissen, welchen Punkt ich meine.«

Monicas Faktoten rutschten unruhig auf ihren Stühlen hin und her. Carter zupfte an einem losen Faden der Tischdecke herum. Nichts brachte Monica Tyler mehr auf als Widerspruch von Untergebenen.

»Irgend jemand hat Oktober für den Mord an Achmed Hussein angeheuert«, fuhr Michael fort. »Irgend jemand gewährt ihm Schutz und versorgt ihn mit Geld und gefälschten Papieren. Wir müssen herausbekommen, wer hinter ihm steht. Das ist Geheimdienstarbeit, Monica, keine Polizeiarbeit.«

»Sie nehmen wieder einmal an, der Mann in Kairo sei Oktober gewesen, Michael. Es könnte ein israelischer Geheimdienstler gewesen sein. Es könnte ein Rivale Husseins innerhalb der Hamas gewesen sein. Es könnte ein PLO-Attentäter gewesen sein.«

»Es könnte eine Pekingente gewesen sein, aber das stimmt nicht. Es ist Oktober gewesen.«

»Ich bin anderer Ansicht.« Sie lächelte, um ihm zu zeigen, daß sie seinen Ausdruck absichtlich entlehnt hatte. Ihr Blick glitt über ihn hinweg, als suche sie die beste Stelle, um ihren Dolch hineinzustoßen.

Michael gab nach. »Welche neue Aufgabe haben Sie mir also zugedacht?«

»Der Friedensprozeß im Nahen Osten dümpelt vor sich hin«, sagte sie. »Die Hamas legt in Jerusalem Bomben, und wir haben Hinweise darauf, daß das Schwert von Gaza in Europa aktiv werden will. Das bedeutet vermutlich, daß Amerikaner und amerikanische Einrichtungen gefährdet sind. Ich möchte, daß Sie die Vorarbeiten für die Nordirlandkonferenz im Weißen Haus abschließen und sich dann wieder um das Schwert von Gaza kümmern.«

»Und wenn mich das nicht interessiert?«

»Dann wird Ihre Arbeit in der Central Intelligence Agency trotz Ihres großen Erfolgs sehr bald beendet sein, fürchte ich.«

Morton Dunne war für die Agency, was »Q« für Bonds Secret Service war. Als stellvertretender Leiter der Abteilung Technische Dienste stellte Dunne explodierende Füller und Minisender her, die in einer Gürtelschnalle Platz hatten. Als Absolvent des Massachusetts Institute of Technology hätte er in der Privatwirtschaft das Fünffache seines Beamtengehalts verdienen können, aber er blieb bei der CIA, weil ihn die Welt der Geheimdienste faszinierte. In seiner Freizeit restaurierte er alte Spionagekameras und Waffen im provisorischen Museum der Agency. Außerdem gehörte Dunne zu den weltbesten Konstrukteuren experimenteller Drachen. An Wochenenden war er an der Ellipse zu finden, wo er seine Schöpfungen um das Washington Monument fliegen ließ. Einmal hatte er einen mit einer Minikamera ausgerüsteten Drachen steigen lassen und jeden Quadratzentimeter des Südrasens des Weißen Hauses aufgenommen.

»Sie haben eine Genehmigung dafür, nehme ich an«, sagte er vor seinem großen Bildschirm sitzend. Dunne war der typische MIT-Absolvent: schmächtig, blaß wie

ein Höhlenbewohner, mit Nickelbrille, die auf seiner schmalen Nase ständig nach unten rutschte. »Ohne Genehmigung Ihres Chefs darf ich das nicht machen.«
»Die bringe ich Ihnen später vorbei, aber ich brauche diese Fotos sofort.«
Dunne legte seine Hände auf die Tastatur. »Name?«
»Oktober. Der Mann, dessen Personenbeschreibung wir letzten Monat an Interpol weitergeleitet haben.«
»Ja, richtig, ich erinnere mich«, sagte Dunne, während die Tasten unter seinen Fingern klapperten. Wenige Augenblicke später erschien das Phantombild von Oktobers Gesicht auf seinem Monitor. »Was soll ich damit tun?«
»Ich vermute, daß er sich hat operieren lassen, um sein Gesicht zu verändern«, sagte Michael. »Die Operation dürfte ein Franzose namens Maurice Leroux durchgeführt haben.«
»Dr. Leroux hat viele Möglichkeiten gehabt, sein Aussehen zu verändern.«
»Können Sie mir ein paar davon zeigen?« fragte Michael. »Wie wär's mit einer vollständigen Serie? Anderer Haaransatz, verschiedene Bärte, einfach alles.«
»Das dauert einige Zeit.«
»Ich warte solange.«
»Setzen Sie sich dort drüben hin«, sagte Dunne. »Und fassen Sie um Himmels willen nichts an, Osbourne.«

Wenige Minuten nach Mitternacht hielt Monica Tylers Town Car mit Chauffeur in Georgetown am Hafen vor ihrer Wohnanlage Harbor Place. Ihr Leibwächter öffnete die Eingangstür und folgte Monica durch die Eingangshalle in den Aufzug. Er begleitete sie bis zu ihrer Wohnungstür und postierte sich davor, als sie hineinging.

Sie ließ Badewasser in die übergroße Wanne laufen,

während sie sich auszog. In London war es bereits früher Morgen. Der als notorischer Frühaufsteher bekannte Direktor würde schon bald an seinem Schreibtisch sitzen. Sie glitt in die Wanne und entspannte sich im warmen Wasser. Nach dem Baden hüllte sie sich in einen flauschigen weißen Bademantel.

Monica ging ins Wohnzimmer und setzte sich an ihren Mahagonischreibtisch. Vor ihr standen drei Telefone: ein Standardtelefon mit acht Leitungen, ein internes Telefon für Langley und ein abhörsicheres Spezialtelefon, an dem sie sprechen konnte, ohne Mithörer befürchten zu müssen. Sie sah auf die antike goldene Schreibtischuhr, ein Geschenk ihrer alten Wall-Street-Firma: 0.45 Uhr.

Monica erinnerte sich an die Umstände – Zufälle, politische Allianzen und Hartnäckigkeit –, die sie an die Spitze der Central Intelligence Agency geführt hatten. Sie hatte die Yale Law School als Zweitbeste ihres Jahrgangs absolviert, aber statt in eine große Anwaltskanzlei einzutreten, hatte sie anschließend in Harvard Betriebswirtschaft studiert und war in die Wall Street gegangen, um Geld zu verdienen. Dort hatte sie Ronald Clark kennengelernt, einen Geldbeschaffer und Berater der Republikaner, der jeweils nach Washington wechselte, wenn ein Republikaner im Weißen Haus saß. Monica folgte Clark ins Finanzministerium, ins Handelsministerium, ins Außenministerium und ins Verteidigungsministerium. Als Präsident Beckwith ihm den Posten des CIA-Direktors antrug, wurde Monica seine Stellvertreterin. Als Clark in den Ruhestand treten wollte, zog Monica alle Register, um seine Nachfolgerin zu werden, und Beckwith ernannte sie dazu.

Ronald Clark hinterließ ihr die CIA in trauriger Verfassung. Eine Serie weiterer Spionagefälle, darunter auch der Fall Aldrich Ames, hatte die Stimmung der Mitarbeiter auf den Nullpunkt sinken lassen. Die Agency hatte die Regierung weder vor den indischen und pakistanischen Atomtests noch vor den Raketentests des Irans und Nordkoreas gewarnt. Während der Anhörung vor Monicas Ernennung hatten mehrere Senatoren sie aufgefordert, Umfang und Kosten der Central Intelligence Agency zu rechtfertigen; einer hatte sogar laut darüber nachgedacht, ob die Vereinigten Staaten nach dem Ende des Kalten Kriegs überhaupt noch eine CIA brauchten.

Monica Tylers Überzeugung nach war sie der einzige Mensch in Langley, der genügend Weitblick besaß, um die Agency sicher durch die gefährlichen Untiefen der Zeit nach dem Kalten Krieg zu steuern. Sie hatte sich intensiv mit der Geschichte der Geheimdienste befaßt und wußte, daß es manchmal nötig war, einige wenige zu opfern, um das Überleben der meisten zu sichern. Sie fühlte sich den OSS-Offizieren verwandt, die im Zweiten Weltkrieg Männer und Frauen in den Tod geschickt hatten, um Hitlers Deutschland irrezuführen. Monica würde niemals zulassen, daß die Agency kastriert wurde. Sie würde niemals zulassen, daß die Vereinigten Staaten ohne effektiv arbeitenden Geheimdienst dastanden. Und sie würde alles tun, daß *sie* die Leitung behielt. Deshalb war sie der Gesellschaft beigetreten; deshalb hielt sie sich an die von ihr aufgestellten Verhaltensregeln.

Um ein Uhr nahm sie den Hörer des abhörsicheren Telefons ab und wählte eine Nummer in London. Sekunden später hörte sie die angenehme, kultivierte Stimme Daphnes, der Assistentin des Direktors. Dann meldete sich der Direktor selbst.

»Wegen Osbourne brauchen Sie sich keine Sorgen mehr zu machen«, berichtete sie. »Er hat andere Aufgaben erhalten, und die Akte Oktober ist endgültig geschlossen. Was die CIA betrifft, ist Oktober tot und begraben.«

»Gut gemacht«, sagte der Direktor.

»Wo ist die Sendung jetzt?«

»In Richtung Karibik unterwegs«, antwortete er. »Sie müßte in den nächsten sechsunddreißig bis achtundvierzig Stunden in den Vereinigten Staaten eintreffen. Und damit sind unsere Probleme dann gelöst.«

»Ausgezeichnet«, sagte sie.

»Ich verlasse mich darauf, daß Sie sämtliche Informationen weitergeben, die dazu beitragen könnten, daß die Sendung pünktlich ankommt.«

»Selbstverständlich, Direktor.«

»Ich habe gewußt, daß ich auf Sie zählen kann. Schönen Tag noch, Picasso«, sagte der Direktor und legte auf.

35

CHESAPEAKE BAY, MARYLAND

Der offene Boston Whaler rollte in der kabbeligen See der Chesapeake Bay. Die Nacht war klar und bitterkalt; ein heller, zu drei Vierteln voller Mond stand hoch über dem östlichen Horizont. Delaroche hatte ihre Positionslichter kurz nach dem Einlaufen in die Bay ausgeschaltet. Jetzt beugte er sich nach vorn und drückte auf eine Taste des in die Instrumententafel eingebauten GPS-Empfängers. Das Gerät berechnete automatisch ihre genaue Position; sie befanden sich mitten in dem vielbefahrenen Chesapeake Channel.

Rebecca Wells stand neben ihm und hielt sich am Steuerrad der zweiten Konsole des Whalers fest. Sie zeigte wortlos über den Bootsbug nach vorn. Ungefähr eine Meile vor ihnen leuchteten die Lichter eines Containerschiffs. Delaroche drehte einige Grad nach Backbord ab und steuerte mit hoher Fahrt die seichten Gewässer des Westufers an.

Delaroche hatte seinen Kurs durch die Chesapeake Bay auf der langen Fahrt von Nassau zur amerikanischen Ostküste genau festgelegt. Diese Etappe ihrer Reise hatten sie an Bord einer großen seetüchtigen Jacht zurückgelegt, die von zwei ehemaligen SAS-Männern im Dienst der Gesellschaft geführt wurde. Rebecca und er hatten benachbarte Kabinen bezogen. Tagsüber studierten sie NOAA-Karten der Chesapeake Bay, lasen Dossiers von Douglas Cannon und Michael Osbourne und lernten den Stadtplan von Washington auswendig. Nachts gingen sie zu Schießübungen mit Delaroches Beretta aufs Achterdeck. Rebecca fragte ihn immer wieder nach seinem Namen, aber Delaroche schüttelte nur den Kopf und wechselte das Thema. In ihrer Frustration taufte sie ihn schließlich »Pierre«, was Delaroche zuwider war. Am letzten Abend an Bord erklärte er ihr, er habe eigentlich keinen Namen, aber wenn sie ihn unbedingt irgendwie nennen wolle, sei »Jean-Paul« noch am besten.

Delaroche war noch immer wütend darüber, daß er mit einer Frau zusammenarbeiten mußte, aber in einem Punkt hatte der Direktor recht gehabt: Sie war keine Amateurin. Der Konflikt in Nordirland hatte dazu beigetragen, ihre Fähigkeiten zu schärfen. Sie verfügte über ein ausgezeichnetes Gedächtnis und verhielt sich im Einsatz instinktiv richtig. Sie war groß und für eine Frau ziemlich stark, und nachdem sie drei Nächte lang mit der Beretta geübt hatte, schoß sie glänzend. Nur eine Sache machte Delaroche Sorgen – ihr Idealismus. Er glaubte an nichts als seine Malerei. Eiferer nervten ihn. Auch Astrid Vogel war einst eine Idealistin wie Rebecca gewesen – als Mitglied der westdeutschen kommunistischen Terrororganisation Rote-Armee-Fraktion –, aber als sie mit Delaroche zusammengearbeitet hatte, war ihr einstiger Idealismus längst verflogen gewesen, und sie hatte nur des Geldes wegen mitgemacht.

Delaroche hatte sich alle Einzelheiten der Chesapeake Bay eingeprägt: die Untiefen, die Fahrrinnen und Buchten, die Strände und Landzungen. Er brauchte nur einen Blick auf die GPS-Anzeige zu werfen, um genau zu wissen, wo er sich im Verhältnis zur Küste befand. Er hatte bereits Sandy Point, Cherry Point und Windmill Point passiert. Als er Bluff Point erreichte, war er vor Kälte fast erstarrt. Er drosselte die Motoren des Whalers, und sie tranken heißen Kaffee aus ihrer Thermosflasche.

Delaroche sah auf seine GPS-Anzeige: 38,50° nördliche Breite, 76,31° westliche Länge. Er wußte, daß er sich Curtis Point, einer Landspitze an der Einmündung des West Rivers, näherte. Sein Ziel war der nächste Gezeitenstrom, der aus Maryland kommend in die Bay floß: der von dieser Stelle noch etwa drei Seemeilen entfernte South River. Als er Saunders Point passierte, sah er im Osten, an der Steuerbordseite des Whalers, den ersten grauen Schimmer des heraufdämmernden Tages. Er umrundete Turkey Point und registrierte die schwache Strömung der bei einsetzender Ebbe aus dem South River abfließenden Wassermassen.

Delaroche schob die Gashebel nach vorn, während er dem South River nach Nordosten folgte. Er wollte vor Tagesanbruch an Land und auf der Straße sein. Sie rasten an Mayo Point und Brewer Point, an der Glebe Bay und dem Crab Creek vorbei. Delaroche erreichte die nächste Einmündung und sah auf seine GPS-Anzeige, um sicherzugehen, daß dies der Broad Creek war. Bei einsetzender Ebbe war die Wassertiefe geringer als in den Seekarten angegeben; Delaroche mußte zweimal ins eisige Wasser springen, um den Whaler nach Grundberührungen wieder flottzumachen.

Schließlich erreichte er das Ende der kleinen Bucht. Er ließ den Whaler im Schilfgürtel auf Grund laufen, sprang erneut ins Wasser und zog das Boot an der Bugleine tief ins Schilf hinein.

Rebecca kletterte ins vordere Sitzabteil und brachte eine große Reisetasche mit, die alles enthielt, was sie brauchen würden: Kleidung, Geld und elektronische Geräte. Nachdem sie die Tasche Delaroche übergeben hatte, ließ sie sich über die Bordwand ins knietiefe Wasser gleiten. Der Wagen stand genau an der Stelle, die ihm der Direktor bezeichnet hatte, auf dem unbefestigten Strandweg: ein in Quebec zugelassener schwarzer Volvo Kombi. Delaroche hatte die Schlüssel in der Tasche. Er öffnete die Heckklappe und stellte die Reisetasche auf die Ladefläche. Dann fuhr er mehrere Meilen weit auf kleinen Landstraßen durch Felder und sonnenbeschienene Weideflächen, bis er die Route 50 erreichte. Er bog auf sie ab und fuhr nach Osten in Richtung Washington.

Eine Stunde nachdem sie an der Chesapeake Bay in den Volvo gestiegen waren, erreichten sie Washington auf der New York Avenue, einer tristen Durchgangsstraße, die sich vom Stadtteil Northeast quer durch Washington bis zu den in Maryland liegenden Vororten zog. Unterwegs hatte Delaroche einmal an einer Tankstelle gehalten, damit Rebecca und er sich anständig anziehen konnten. Er durchquerte die Stadt auf der Massachusetts Avenue und fuhr dann vor dem Hotel Embassy Row vor, das nicht weit vom Dupont Circle entfernt lag. Dort war ein Doppelzimmer für Mr. und Mrs. Claude Duras aus Montreal reserviert.

Um als Ehepaar auftreten zu können, wie ihre Legende es verlangte, mußten Delaroche und Rebecca sich das Zimmer teilen. Sie schliefen bis zum Spätnachmittag – Rebecca in dem überbreiten französischen Bett und Delaroche mit einer Bettdecke als Matratze auf dem Teppichboden. Er schreckte kurz vor 16 Uhr auf, wußte nicht gleich, wo er sich befand, und merkte, daß er wieder einmal von Maurice Leroux geträumt hatte.

Delaroche ließ sich vom Zimmerservice Kaffee bringen, den er trank, während er mehrere Gegenstände in einen blauen Nylonrucksack packte: zwei hochmoderne elektronische Geräte, zwei Mobiltelefone, eine Stabtaschenlampe, Werkzeug und seine 9-mm-Pistole. Als Rebecca aus dem Bad kam, trug sie Jeans, Tennisschuhe und ein Sweatshirt mit einem Foto des Weißen Hauses und der Aufschrift WASHINGTON, D.C.

»Wie sehe ich aus?« fragte sie.

»Du bist zu blond.« Delaroche griff in die Reisetasche und warf ihr eine Baseballmütze zu. »Setz die auf.«

Delaroche rief bei der Rezeption an und bat darum, den Volvo vorzufahren. Auf der Ablage des Instrumentenbretts lag ein Stadtplan für Touristen, aber Delaroche machte sich nicht einmal die Mühe, ihn auseinanderzufalten; er hatte sich das Washingtoner Straßennetz ebenso gründlich eingeprägt wie die Gewässer der Chesapeake Bay.

Er fuhr nach Georgetown hinüber und lenkte den Volvo durch stille, baumbestandene Straßen. Mit seinen Gehsteigen aus roten Klinkersteinen und den eleganten Stadthäusern galt dieser Stadtteil als das beste Wohnviertel der Hauptstadt, aber Delaroche, der Amsterdamer Giebelhäuser und Grachten gewöhnt war, erschien das alles recht prosaisch.

Delaroche fuhr nach Westen weiter, bis er die Wisconsin Avenue erreichte. Dort bog er nach Süden ab, begleitet von dem wummernden Beat der Rapmusik aus dem goldfarbenen BMW hinter ihm. Als er auf die N Street abbog, blieb das verrückte Treiben auf der Wisconsin Avenue allmählich hinter ihnen zurück.

Das Stadthaus der Osbournes war leer, wie Delaroche vermutet hatte. Botschafter Cannon würde morgen nachmittag aus London kommend in Washington eintreffen. Am Abend würde er für Freunde und Angehörige eine Dinner Party geben. Am nächsten Tag würde er an der Nordirlandkonferenz im Weißen Haus teilnehmen und abends die Empfänge besuchen, die von den Konferenzteilnehmern gegeben werden würden. Das alles stand im Dossier des Direktors.

Delaroche parkte in der nächsten Seitenstraße, der Thirty-third Street. Er hängte sich eine Kamera um, spazierte mit Rebecca am Arm die ruhige Straße entlang und blieb ab und zu stehen, um die eleganten Stadthäuser zu betrachten, aus deren Fenstern Licht auf die Straße fiel. Eigentlich wie in Amsterdam, sagte er sich – die Leute ließen ihre Vorhänge offen, so daß Vorbeigehende in die Häuser sehen und die Besitztümer abschätzen konnten.

Er war schon einmal hier gewesen; er kannte die Probleme, die einen Mann wie ihn in der N Street erwarteten. Hier gab es keine Cafés, in denen man längere Zeit bei einem Kaffee sitzen konnte, keine Geschäfte, in denen man Einkäufe vortäuschen konnte, keine Plätze oder Parks mit Bänken, auf denen man als Zeitungsleser nicht weiter auffiel – nur große, teure Stadthäuser mit Alarmanlagen und neugierigen Nachbarn.

Sie gingen am Haus der Osbournes vorbei. Auf der anderen Straßenseite parkte eine schwarze Limousine, in der ein Mann in einem beigen Trenchcoat saß und den Sportteil der *Washington Post* las. Soviel zu der Theorie des Direktors, daß der Botschafter während seines Aufenthalts in Washington leicht zu ermorden sein müßte, dachte Delaroche. Obwohl der Mann noch nicht einmal einen Fuß in die Stadt gesetzt hatte, wurde das Haus schon bewacht.

Delaroche blieb an der nächsten Straßenecke stehen, um das Haus zu fotografieren, in dem John F. Kennedy als Senator von Massachusetts gewohnt hatte. Hier in Georgetown lebten einige Minister, deren Häuser unter ständiger Überwachung standen. Die Leibwächter von

Männern wie dem Außenminister oder dem Verteidigungsminister, in deren Amtsbereich nationale Sicherheitsfragen fielen, hatten möglicherweise sogar einen ständig besetzten Posten in einer benachbarten Wohnung. Aber Delaroche war davon überzeugt, daß Douglas Cannons Personenschutz lediglich aus dem Mann in dem beigen Trenchcoat bestand – zumindest vorläufig.

Er ging mit Rebecca auf der Thirty-first Street einen halben Straßenblock weit nach Süden, bis sie die Einmündung der hinter dem Haus der Osbournes vorbeiführenden schmalen Gasse erreichten. Ein Blick in die halbdunkle Gasse bestätigte seine Vermutung: Die Rückseite des Hauses schien tatsächlich nicht bewacht zu werden.

Delaroche gab Rebecca eines der Mobiltelefone. »Du bleibst hier. Ruf mich an, falls du was Verdächtiges siehst. Bin ich in zehn Minuten nicht wieder da, fährst du ins Hotel zurück. Melde ich mich nicht innerhalb einer halben Stunde, rufst du den Direktor an und verlangst, aus Washington rausgeholt zu werden.«

Rebecca nickte wortlos. Delaroche wandte sich ab und ging die Gasse entlang davon. Er blieb hinter dem Haus der Osbournes stehen, sah sich um, kletterte rasch über die mit Efeu bewachsene Mauer und sprang in einen gepflegten Garten, der einen kleinen Swimmingpool umgab. Er sah nach oben und verfolgte das von einem an der Mauer stehenden Telefonmast wegführende Kabel bis zu der Stelle, wo es das Haus erreichte. Er durchquerte den Garten, kniete vor dem Telefonschaltkasten an der Rückwand des Hauses nieder und holte Werkzeug und die kleine Stabtaschenlampe aus seinem Rucksack. Er hielt sie mit den Zähnen, während er den Deckel des Schaltkastens abschraubte und die ins Haus führenden Leitungen kurz studierte.

Ins Haus führten zwei Leitungen, aber Delaroche

konnte nur eine anzapfen. Vermutlich diente die eine für Telefongespräche, während die andere für ein Faxgerät oder Modem installiert war. Er griff nochmals in seinen Rucksack und holte ein kleines elektronisches Gerät heraus. War es an die Telefonleitung der Osbournes angeschlossen, sendete es ein HF-Signal, das von Delaroches Mobiltelefon empfangen wurde, so daß er die Telefongespräche der Osbournes mithören konnte. Delaroche brauchte nur zwei Minuten, um das kleine Gerät anzuklemmen und den Deckel des Schaltkastens wieder zuzuschrauben.

Das zweite Gerät war leichter zu installieren, weil es sich an der Außenseite jedes Fensters anbringen ließ. Es war ein Abhörmikrofon, das die Schwingungen, in die Schallwellen die Scheibe versetzten, in ein Audiosignal zurückverwandelte. Delaroche brachte den selbstklebenden Sensor am unteren Rand eines Wohnzimmerfensters an. Dort war er außen durch einen Zierstrauch und innen von der Lampe auf einem Beistelltisch verdeckt. Die dazugehörige Umwandler- und Senderkombination versteckte er unter einem Gebüsch im Garten.

Delaroche ging über den Rasen zurück. Er warf seinen Rucksack auf die Mauer, kletterte hinauf und sprang auf der anderen Seite hinunter. Die beiden Geräte, die er hier installiert hatte, besaßen eine wirksame Reichweite von zwei Meilen, so daß er Osbournes Haus von seinem Hotelzimmer am Dupont Circle aus überwachen konnte.

Rebecca wartete am Ende der Gasse auf ihn.

»Komm, wir hauen ab«, sagte er.

Er nahm ihre Hand und ging mit ihr zu dem schwarzen Volvo zurück.

Delaroche saß vor dem Empfänger im Format eines Schuhkartons und testete das Signal des Minisenders, den er in Osbournes Garten versteckt hatte. Rebecca war im Bad. Er hörte, wie Wasser ins Waschbecken lief. Sie war seit über einer Stunde dort drinnen. Schließlich hörte das Wasserrauschen auf, und sie kam in einem Hotel-Bademantel und mit einem turbanartig um den Kopf gewickelten Handtuch heraus. Sie zündete sich eine seiner Zigaretten an und fragte: »Funktioniert das Ding?«

»Das Sendersignal kommt an, aber ob das Mikrofon richtig arbeitet, weiß ich erst, wenn jemand im Haus ist.«

»Ich hab' Hunger«, sagte sie.

»Laß dir vom Zimmerservice etwas bringen.«

»Ich möchte ausgehen.«

»Es ist besser, wenn wir hier bleiben.«

»Ich bin zehn Tage lang auf Schiffen und Booten eingesperrt gewesen. Ich will mal wieder ausgehen.«

»Zieh dich an, dann führe ich dich aus.«

»Mach die Augen zu«, forderte sie ihn auf, aber Delaroche stand auf und drehte sich nach ihr um. Er streckte eine Hand aus und zog an dem Handtuch um ihren Kopf. Ihr Haar war nicht mehr strohig blond; es war jetzt schwarz und glänzte feucht. Plötzlich stimmte es wieder mit ihren Gesichtszügen überein – mit ihren grauen Augen, ihrem blassen makellosen Teint, ihrem ovalen Gesicht. Er sah, daß sie eine bemerkenswert schöne Frau war. Aber dieser Anblick machte ihn auch zornig; liebend gern hätte er sich mit einer Flasche Elixier ins Bad zurückgezogen, um nach einer Stunde mit seinem früheren Gesicht herauszukommen.

Sie schien seine Gedanken zu erraten.

»Du hast Narben«, sagte sie und ließ eine Fingerspitze über seinen Unterkiefer gleiten. »Woher sind die?«

»Ist man zu lange in diesem Geschäft, kann ein Gesicht eine Belastung werden.«

Ihr Finger glitt höher und berührte die Kollagen-

Implantate unterhalb der Backenknochen. »Wie hast du vor der Operation ausgesehen?« fragte sie.

Delaroche zog die Augenbrauen hoch und dachte kurz über ihre Frage nach. Wie soll man sein eigenes Aussehen beschreiben können? dachte er. Behauptete er, ein schöner Mann gewesen zu sein, bevor Maurice Leroux sein Gesicht zerstört hatte, konnte sie ihn für einen Lügner halten. Er setzte sich an den Schreibtisch, griff nach einem Blatt Hotelbriefpapier und einem Bleistift.

»Geh für ein paar Minuten raus«, sagte er.

Rebecca verschwand wieder im Bad, schloß die Tür hinter sich und schaltete den Fön ein. Er arbeitete so rasch, daß der Bleistift förmlich übers Papier flog. Als er fertig war, begutachtete er sein Selbstporträt so leidenschaftslos, als sei dieses Gesicht ein Produkt seiner Phantasie.

Er schob das Blatt Papier unter der Badezimmertür hindurch. Der Fön hörte zu heulen auf. Rebecca kam heraus und hielt das Blatt mit Delaroches früherem Gesicht in ihren Händen. Sie sah erst ihn, dann das Selbstporträt an. Sie küßte sein Porträt und ließ es achtlos zu Boden fallen. Dann küßte sie Delaroche.

»Wer ist sie gewesen, Jean-Paul?«

»Wer?«

»Die Frau, an die du gedacht hast, während du mich geliebt hast?«

»Ich habe an dich gedacht.«

»Nicht die ganze Zeit. Aber ich bin dir deswegen nicht böse, Jean-Paul. Schließlich ...«

Sie beendete ihren Satz nicht. Delaroche fragte sich, was sie hatte sagen wollen. Sie lag auf dem Rücken, ihr Kopf ruhte auf seinem Magen und ihr schwarzes Haar bedeckte seine Brust. Das Licht der Straßenbeleuchtung fiel durch die offenen Vorhänge auf ihren langen Körper. Ihr Gesicht war gerötet, aber der Rest ihres Körpers war weiß. Dies war die Haut einer Frau, die nur selten in die Sonne gekommen war; Delaroche bezweifelte, daß sie Großbritannien jemals verlassen hatte, bevor sie ins Ausland hatte flüchten müssen.

»Ist sie schön gewesen? Und lüg mich nicht mehr an.«
»Ja«, sagte er.
»Wie hat sie geheißen?«
»Astrid.«
»Astrid wie?«
»Astrid Vogel.«
»Ich erinnere mich an eine Astrid Vogel, die Mitglied der Rote-Armee-Fraktion gewesen ist«, sagte Rebecca. »Sie hat Deutschland verlassen und ist untergetaucht, nachdem sie einen deutschen Polizeibeamten erschossen hatte.«

»Das ist meine Astrid gewesen«, sagte Delaroche und fuhr mit einem Finger den Umriß von Rebeccas Brust nach. »Aber sie hat den deutschen Polizeibeamten nicht erschossen. *Ich* habe ihn erschossen. Astrid hat nur den Preis dafür bezahlt.«

»Du bist also Deutscher?«
Delaroche schüttelte den Kopf.
»Was bist du sonst? Wie heißt du wirklich?«
Er ignorierte ihre Frage. Als seine Finger von ihrer Brust über den Rippenbogen nach unten glitten, reagierte Rebeccas Unterleib unwillkürlich auf die Berührung und zog sich ein. Delaroche streichelte die weiße Haut ihres Bauchs und ihrer Oberschenkel. Schließlich nahm sie seine Hand und führte sie zwischen ihre Beine. Ihre Augen schlossen sich. Ein Windstoß bewegte die Vorhänge, und sie bekam plötzlich eine Gänsehaut. Sie wollte die Bettdecke über sich ziehen, aber Delaroche schob sie fort.

»Einige Sachen auf dem Hausboot in Amsterdam haben einer Frau gehört«, sagte sie leise und ohne die Augen zu öffnen. »Astrid hat auf diesem Boot gelebt, stimmt's?«
»Ja, das hat sie.«
»Hast du dort mit ihr gelebt?«
»Für kurze Zeit.«
»Habt ihr euch in dem Bett unter dem Oberlicht geliebt?«
»Rebecca...«
»Schon gut«, sagte sie. »Das kränkt mich nicht.«
»Ja, das haben wir getan.«
»Was ist aus ihr geworden?«
»Sie ist ermordet worden.«
»Wann?«
»Letztes Jahr.«
Rebecca schob seine Hand beiseite und setzte sich ruckartig auf. »Wie ist das passiert?«
»Wir sind wegen eines Auftrags hier in Amerika gewesen, und die Sache ist schiefgegangen.«
»Wer hat sie ermordet?«
Delaroche zögerte einen Augenblick. Er hatte schon zuviel preisgegeben, das wußte er, aber aus irgendeinem Grund hatte er den Wunsch, ihr noch mehr zu erzählen. Vielleicht hatte Wladimir recht gehabt. *Ein Mann, der Gespenster sieht, kann nicht länger wie ein Profi agieren...*
»Michael Osbourne«, sagte er. »Oder vielmehr seine Frau.«
»Warum?«
»Weil wir hergeschickt worden waren, um Michael Osbourne zu liquidieren.« Er machte eine Pause, in der sein Blick über ihr Gesicht glitt. »In dieser Branche kann immer mal etwas schiefgehen.«
»Warum solltest du Osbourne liquidieren?«

»Weil er zuviel über eines der Unternehmen der Gesellschaft gewußt hat.«
»Welches Unternehmen?«
»Den Abschuß von TransAtlantic Flight 002 letztes Jahr.«
»Ich dachte, das Flugzeug sei von arabischen Terroristen, von dem Schwert von Gaza, abgeschossen worden.«
»Es ist im Auftrag des amerikanischen Rüstungsindustriellen Mitchell Elliott abgeschossen worden. Die Gesellschaft hat dafür gesorgt, daß das Schwert von Gaza verdächtigt wurde, damit Elliotts Firma der amerikanischen Regierung ein neues Raketenabwehrsystem verkaufen konnte. Osbourne hat diesen Zusammenhang vermutet, deshalb hat der Direktor mich beauftragt, alle Beteiligten zu beseitigen – auch Osbourne.«
»Wer hat die Maschine tatsächlich abgeschossen?«
»Ein Palästinenser namens Hassan Mahmoud.«
»Woher weißt du das?«
»Weil ich dabeigewesen bin. Weil ich ihn nach dem Abschuß liquidiert habe.«

Sie wich vor ihm zurück. Delaroche sah wirkliche Angst in ihren Augen und fühlte die Matratze leicht beben – Rebecca zitterte. Sie zog die Decke bis unters Kinn hoch, um ihren Körper vor ihm zu verbergen. Er starrte sie völlig ausdruckslos an.

»Mein Gott«, sagte sie, »du bist ein Ungeheuer!«
»Warum sagst du das?«
»In dem Flugzeug haben über zweihundert unschuldige Menschen gesessen!«
»Und was ist mit den unschuldigen Menschen, die bei euren Anschlägen in Dublin und London umgekommen sind?«
»Wir haben nicht für Geld gemordet«, fauchte sie.
»Ihr hattet eure Sache«, sagte er verächtlich.

»Allerdings!«

»Eine Sache, die ihr für gerecht haltet.«

»Eine Sache, von der ich *weiß*, daß sie gerecht ist«, sagte sie. »Aber du ermordest jeden, wenn dir nur genug Geld dafür geboten wird.«

»Gott, du bist wirklich ein dämliches Weibsstück, was?«

Sie versuchte ihn zu ohrfeigen, aber er fing ihre Hand ab und hielt sie fest.

»Warum ist die Gesellschaft deiner Ansicht nach bereit, euch zu helfen?« fragte Delaroche sie. »Weil sie an die heiligen Rechte der Protestanten in Nordirland glaubt? Natürlich nicht. Sondern weil sie glaubt, damit ihre eigenen Ziele zu fördern. Weil sie glaubt, dadurch Geld verdienen zu können. Die Geschichte ist über euch hinweggegangen, Rebecca. Die Protestanten haben Nordirland lange beherrscht, aber ihre Zeit ist um. Noch so viele Bombenanschläge, noch so viele Morde können die Uhr nicht wieder zurückdrehen.«

»Warum hast du diesen Auftrag übernommen, wenn du das glaubst?«

»Ich glaube überhaupt nichts. Dies ist mein Beruf. Ich habe in der Vergangenheit im Namen aller aussichtslosen Sachen Europas gemordet. Deine ist die vorerst letzte ...«

Er ließ sie los, und Rebecca wich vor ihm zurück. Sie rieb ihre Hand, als habe sie etwas Ekliges angefaßt.

»Hoffentlich die allerletzte.«

»Ich hätte neulich in Amsterdam weitergehen sollen.«

»Wahrscheinlich hast du recht. Aber jetzt bist du hier, dir bleibt nichts anderes übrig, als dich mit mir abzufinden, und wenn du meine Anweisungen genau befolgst, hast du sogar eine Überlebenschance. Du wirst Nordirland nie wiedersehen, aber wenigstens am Leben bleiben.«

»Irgendwie bezweifle ich das«, widersprach sie. »Du bringst mich um, wenn diese Sache vorbei ist, nicht wahr?«

»Nein, ich bringe dich nicht um.«

»Wahrscheinlich hast du auch Astrid Vogel ermordet.«

»Ich habe Astrid nicht ermordet, und ich ermorde auch dich nicht.«

Er zog die Bettdecke weg, so daß ihr Körper wieder dem von draußen hereinfallenden Licht ausgesetzt war. Er streckte ihr seine Hand hin, aber sie griff nicht danach.

»Nimm meine Hand«, forderte Delaroche sie auf. »Ich tue dir nichts. Ich gebe dir mein Wort darauf.«

Sie ergriff widerstrebend seine Hand. Er zog sie an sich und küßte sie. Rebecca sträubte sich zunächst noch; dann gab sie nach, erwiderte seinen Kuß und zerkratzte ihm die Haut, als ertrinke sie in seinen Armen. Als sie ihn in ihren Körper einführte, erstarrte sie plötzlich und starrte Delaroche mit animalischer Direktheit an.

»Ich mag dein anderes Gesicht lieber«, erklärte sie ihm.

»Ich auch.«

»Vielleicht können wir nach dieser Sache zu dem Arzt gehen, der dich operiert hat, damit er dir dein früheres Gesicht wiedergibt.«

»Das geht leider nicht«, sagte er.

Sie schien genau zu verstehen, was er meinte.

»Wenn du mich nicht ermorden willst«, fuhr sie fort, »warum hast du mir dann deine Geheimnisse erzählt?«

»Das weiß ich selbst nicht recht.«

»Wer bist du, Jean-Paul?«

36

Washington

Am nächsten Morgen flogen Michael und Elizabeth mit Maggie und den Kindern von New York nach Washington. Auf dem National Airport trennten sie sich. Michael wurde von einem Chauffeur ins Weiße Haus gefahren, um William Bristol, dem nationalen Sicherheitsberater, einen Vortrag über Nordirland zu halten; Elizabeth, Maggie und die Zwillinge stiegen in ein Taxi, um sich nach Georgetown fahren zu lassen.

Elizabeth war seit über einem Jahr nicht mehr in ihrem aus roten Ziegeln erbauten Stadthaus in der N Street gewesen. Sie liebte dieses alte Haus, aber als sie die Stufen zur Haustür hinaufstieg, wurde sie plötzlich von schlimmen Erinnerungen überwältigt. Sie dachte an den langen Kampf mit ihrem eigenen Körper, um Kinder zu bekommen. Sie dachte an den Nachmittag, an dem Astrid Vogel hier war, um sie als Geisel zu nehmen, damit der Attentäter namens Oktober ihren Mann ermorden konnte.

»Ist Ihnen nicht gut, Elizabeth?« fragte Maggie.

Elizabeth überlegte, wie lange sie so dagestanden haben mochte – mit dem Schlüssel in der Hand, aber nicht imstande, die Haustür aufzusperren.

»Nein, nein, mir fehlt nichts, Maggie. Ich habe nur an etwas gedacht.«

Die Alarmanlage zirpte, als Elizabeth die Haustür aufstieß. Sie gab den Ausschaltcode ein, und das Zirpen verstummte. Obwohl Michael ihr Haus in eine Festung verwandelt hatte, würde sie sich hier nie mehr wirklich sicher fühlen.

Sie half Maggie, die Zwillinge ins Kinderzimmer zu bringen, und trug dann ihren Koffer nach oben ins Schlafzimmer. Als sie eben ihre Sachen aufhängen wollte, wurde an der Haustür geklingelt. Sie ging nach unten und sah durch den Spion in der Tür. Draußen stand ein großer braunhaariger Mann, der einen grauen Anzug und einen beigen Trenchcoat trug.

»Ja, bitte?« fragte Elizabeth durch die Sprechanlage.

»Mein Name ist Brad Heyworth, Mrs. Osbourne. Ich bin der zur Bewachung Ihres Hauses eingeteilte DSS-agent.«

Elizabeth öffnete die Tür. »Diplomatic Security Service?« fragte sie überrascht. »Aber mein Vater kommt erst in sechs Stunden aus London an.«

»Wir überwachen dieses Haus schon seit einigen Tagen, Mrs. Osbourne.«

»Warum?«

»Seit dem Vorfall in England sind wir besonders vorsichtig.«

»Sind Sie allein?«

»Vorläufig ja, aber sobald der Botschafter eintrifft, sind wir zu zweit.«

»Das ist beruhigend«, sagte sie lächelnd. »Wollen Sie nicht hereinkommen?«

»Nein, danke, Mrs. Osbourne, mein Platz ist draußen.«

»Kann ich Ihnen etwas anbieten?«

»Nein, danke«, sagte er. »Ich wollte nur sagen, daß wir in der Nähe sind.«

»Danke, Agent Heyworth.«

Elizabeth schloß die Tür und schaute dem DSS-Mann nach, wie er die Treppe hinunterging und wieder in seinen Wagen stieg. Sie war froh, daß er da war. Sie ging wieder hinauf, setzte sich in Michaels ehemaligem Arbeitszimmer an den Schreibtisch und führte mehrere kurze Telefongespräche: mit dem Partyservice Ridgewell's, einer Agentur für Hausangestellte und ihrer Anwaltskanzlei in New York, um sich sagen zu lassen, wer alles für sie angerufen hatte. Dann verbrachte sie eine weitere Stunde damit, diese Leute zurückzurufen.

Maria, die Putzfrau, kam mittags. Elizabeth schlüpfte in einen bunten Jogginganzug aus Nylon und trat aus dem Haus. Sie lief die Stufen hinunter, winkte Brad Heyworth zu und trabte auf dem Klinkergehsteig der N Street davon.

Im Hotel Embassy Row hatte Delaroche das Schild *Bitte nicht stören* vor die Tür gehängt und doppelt abgesperrt. Seit fast eineinhalb Stunden hatte er Elizabeth Osbourne belauscht: wie sie telefonierte, mit den Zwillingen und dem Kindermädchen redete, mit dem zur Bewachung ihres Hauses eingeteilten DSS-Agenten sprach.

Er hörte eine Putzfrau namens Maria kommen, die mit starkem spanischem Akzent sprach – Südamerika, vermutete Delaroche: Peru, vielleicht Bolivien. Und er hörte Elizabeth Osbourne ankündigen, sie gehe jetzt joggen und sei in einer Stunde zurück. Er fuhr zusammen, als sie beim Verlassen des Hauses die Tür ins Schloß warf.

Ein paar Minuten später erschreckte ihn ein lautes Heulen, das wie ein Düsentriebwerk klang. Der Lärm war so ohrenbetäubend, daß Delaroche den Kopfhörer abnehmen mußte. Im ersten Augenblick fürchtete er, in Osbournes Haus habe sich irgendeine Katastrophe ereignet. Aber dann wurde ihm klar, daß das nur Maria gewesen war, die mit ihrem Staubsauger in die Nähe des Fensters gekommen war, an dessen Scheibe er das Mikrofon geklebt hatte.

Douglas Cannon hatte zu seiner Dinner Party ursprünglich nur einen intimen Kreis von acht Personen einladen wollen, aber als Folge des Attentatsversuchs in Hartley Hall war daraus eine Abendgesellschaft für fünfzig Gäste geworden mit Essen vom Partyservice, gemieteten Tischen und Stühlen und einigen Studenten in blauen Blazern, die die Autos der Gäste in den umliegenden Straßen parkten. So konnte man in Washington berühmt werden. Douglas hatte über zwanzig Jahre in dieser Stadt gelebt und gearbeitet, aber erst der Anschlag hatte ihn zu einem Star gemacht. CIA und britischer Geheimdienst hatten zu dieser plötzlichen Berühmtheit des Botschafters beigetragen, indem sie Geschichten über seine Gelassenheit unter feindlichem Feuer verbreitet hatten, obwohl Douglas zum Zeitpunkt des Überfalls auf Hartley Hall längst friedlich im Winfield House geschlafen hatte. Douglas hatte diese gut ausgedachte Kriegslist bereitwillig mitgemacht. Tatsächlich empfand er ein gewisses kindliches Vergnügen dabei, die Washingtoner Medienbarone irrezuführen.

Die Gäste trafen kurz nach sieben Uhr ein. Unter ihnen waren zwei alte Freunde des Botschafters aus dem Senat und mehrere Abgeordnete. Die Washingtoner Bürochefin von NBC brachte ihren Mann mit, der Bürochef von CNN war. Cynthia Martin kam allein; Adrian Carter kam in Begleitung seiner Frau Christine. Um Michael zu schützen, der nicht als CIA-Offizier enttarnt werden sollte, behaupteten Cynthia und Carter, sie bearbeiteten im Außenministerium mit Nordirland zusammenhängende Fragen. Carter wollte Michael kurz unter vier Augen sprechen, daher gingen sie in den Garten und blieben am Swimmingpool stehen.

»Wie ist's dir heute morgen mit Bristol ergangen?« fragte Carter.

»Er schien beeindruckt«, antwortete Michael. »Beckwith hat auch einen Augenblick den Kopf zur Tür reingesteckt.«

»Tatsächlich?«

»Er hat gesagt, er sei mit dem Ergebnis des Unternehmens Kesselpauke zufrieden, und der Friedensprozeß sei wieder ins richtige Gleis gekommen. Du hast recht, Adrian – ihm liegt wirklich sehr viel daran.« Michael zögerte kurz. »Damit bin ich offiziell nicht mehr für Nordirland zuständig?«

»Sobald die Delegationen abreisen, löst Cynthia dich ab, und du wirst in die Abteilung Naher Osten zurückversetzt.«

»Wenn's eine Konstante in der Agency gibt, dann ist das der Wechsel«, sagte Michael. »Aber ich wüßte trotzdem gern, warum Monica ausgerechnet jetzt beschlossen hat, die Karten neu zu mischen und mich nicht mehr nach Oktober fahnden zu lassen.«

»Aus ihrer Sicht ist der Fall Oktober abgeschlossen. Selbst wenn Oktober noch leben und arbeiten sollte, würde er nach Monicas Überzeugung weder Amerikaner noch amerikanische Interessen gefährden – und erscheint deshalb nicht auf dem Radarschirm der Zentrale.«

»Bist du ihrer Meinung?«

»Natürlich nicht, und das habe ich ihr auch gesagt. Aber *sie* ist die Direktorin und entscheidet letztlich, wer unsere Zielpersonen sind.«

»Ein echter Kerl würde an deiner Stelle zurücktreten.«

»Manche von uns haben nicht die finanzielle Flexibilität, um mutige moralische Positionen zu vertreten, Michael.«

Elizabeth erschien in der Terrassentür.

»Kommt ihr bitte wieder herein?« fragte sie. »Schließlich habt ihr oft genug Gelegenheit, miteinander zu reden.«

»Wir kommen gleich«, sagte Michael.

»Übrigens noch etwas«, sagte Adrian, als Elizabeth wieder hineingegangen war. »Ich habe von der kleinen Porträtsitzung gehört, die du neulich mit Morton Dunne im OTS veranstaltet hast. Was zum Teufel hast du damit bezweckt?«

»Vor ein paar Wochen ist in Paris ein Schönheitschirurg namens Maurice Leroux ermordet worden.«

»Und?«

»Ich habe mir überlegt, ob Oktober sich vielleicht einer Gesichtsoperation unterzogen hat.«

»Und danach den Chirurgen ermordet hat, der ihn operiert hat?«

»Richtig, das habe ich mir überlegt.«

»Hör zu, Michael – Monica hat dir ein anderes Aufgabengebiet zugewiesen. Ich will keine Recherchen auf eigene Faust mehr erleben. Kein Surfen durch Ermittlungsakten, keine privaten Nachforschungen. Was dich betrifft, ist Oktober tot.«

»Du willst mir doch nicht etwa drohen, Adrian?«

»Doch, das will ich.«

Delaroche setzte seinen Kopfhörer ab und zündete sich eine Zigarette an. Das Stimmengewirr der Gäste war zuviel für sein Mikrofon, so daß er nur noch ein gleichmäßiges Summen hörte, das gelegentlich durch unverständliche Satzfetzen oder lautes Lachen unterbrochen wurde.

Er schaltete den Kassettenrecorder aus und nahm seine 9-mm-Beretta aus dem samtgefütterten Edelstahletui. Während er die Pistole zerlegte und alle Teile mit einem weichen Tuch abwischte, dachte er darüber nach, wie er den Botschafter und Michael Osbourne erschießen würde.

37

Washington

»Alles Gute zum Sankt-Patricks-Tag!« sagte Präsident James Beckwith, als er am folgenden Morgen im Rosengarten des Weißen Hauses ans Rednerpult trat, flankiert vom irischen Premierminister Bertie Ahern und dem britischen Außenminister Robin Cook. Hinter dem Präsidenten standen die Führer der nationalistischen und unionistischen Parteien in Ulster – darunter Gerry Adams von der Sinn Fein und David Trimble von der Ulster Unionist Party, der De-facto-Premierminister Nordirlands.

»Wir haben uns heute nicht zu einer Krisensitzung, sondern zu einer Feier versammelt«, fuhr Beckwith fort. »Wir feiern das gemeinsame Erbe, das uns verbindet, und wollen unsere Verpflichtung erneuern, in Nordirland einen friedlichen Wandel herbeizuführen.«

Douglas Cannon saß seitlich von ihm zwischen hohen Beamten des Weißen Hauses und des Außenministeriums, die an der Konferenz teilnehmen würden. Er beteiligte sich an dem höflichen Applaus.

»Letzten Monat hat eine Gruppe loyalistischer Gewalttäter – die sogenannte Ulster Freedom Brigade – versucht, den amerikanischen Botschafter in Großbritannien, meinen alten Freund und Kollegen Douglas Cannon, zu ermorden«, fuhr Beckwith fort. »Das war wirklich das letzte Aufbäumen derer, die Nordirlands Probleme mit Gewalt statt mit Kompromissen lösen wollen. Sollte jemand an unserem Engagement für den Frieden zweifeln, fordere ich ihn auf, nur eines zu bedenken: Botschafter Douglas Cannon ist heute unter uns, während die Ulster Freedom Brigade nur mehr eine unschöne Erinnerung ist.«

Beckwith drehte sich nach rechts, lächelte Douglas zu und begann zu applaudieren. Gerry Adams, David Trimble, Bertie Ahern, Robin Cook und alle übrigen Anwesenden schlossen sich ihm an.

»Und jetzt müssen Sie uns bitte entschuldigen – wir haben zu arbeiten«, sagte Beckwith.

Er trat vom Rednerpult zurück, bedeutete den Politikern mit ausgebreiteten Armen, ins Oval Office vorauszugehen, und ignorierte die Fragen, die das Pressekorps des Weißen Hauses ihm zurief.

Als Douglas am Spätnachmittag in die N Street zurückkam, wurde er von Michael und Elizabeth erwartet.

»Wie hat's geklappt?« fragte Michael.

»Besser als erwartet. Da die Ulster Freedom Brigade jetzt ausgeschaltet ist, glaubt Gerry Adams, daß die IRA ernstlich über eine Außerdienststellung nachdenken wird.«

»Was ist unter ›Außerdienststellung‹ zu verstehen?« fragte Elizabeth.

»Daß die IRA ihre Waffen abgibt, ihre Terroristenzellen und ihre Kommandostruktur auflöst.«

»Nach unseren Schätzungen hat allein die IRA hundert Tonnen Waffen und zweieinhalb Tonnen Semtex gelagert«, sagte Michael. »Und dazu kommen die Bestände protestantischer paramilitärischer Gruppen. Deshalb ist es so wichtig, den Friedensprozeß in Gang zu halten.«

»Es sind in kürzester Zeit bemerkenswerte Fortschritte erzielt worden, aber der Friedensprozeß kann immer noch scheitern. Sollte es dazu kommen, wären Gewalttätigkeiten ungeahnten Ausmaßes zu befürchten.« Douglas sah auf seine Uhr. »Jetzt beginnt der anstrengende gesellige Teil. Der Empfang der Sinn Fein im Mayflower, der Empfang der Ulster Unionist Party im Four Seasons und der Empfang der Briten in ihrer Botschaft.«

»Was zum Teufel ist das?« fragte Elizabeth, als sie sich für die Empfänge umzogen.

»Meine Dienstwaffe, eine Browning-Pistole mit fünfzehn Schuß im Magazin.«

Michael steckte die Pistole in das Schulterhalfter und zog sein Jackett darüber.

»Warum trägst du eine Waffe?«

»Weil mir damit wohler ist.«

»Daddy wird heute abend die ganze Zeit von einem DSS-Agenten begleitet.«

»Man kann nie zu vorsichtig sein.«

»Gibt's irgendwas, das du mir verschwiegen hast?«

»Mir ist nur wohler, wenn dein Vater wieder in London ist, wo er von Marineinfanteristen und Beamten der Special Branch beschützt wird, die einen Attentäter auf hundert Schritte zwischen die Augen treffen können.«

Er strich sein Jackett glatt.

»Wie sehe ich aus?«

»Wundervoll.« Sie schlüpfte in ihr Kleid und kehrte ihm den Rücken zu. »Zieh mir den Reißverschluß hoch. Wir sind schon spät dran.«

Im Hotel Embassy Row setzte Delaroche seinen Kopfhörer ab. Er schaltete den Empfänger aus und verstaute ihn in der Reisetasche. Dann steckte er seine 9-mm-Beretta ins Schulterhalfter und baute sich vor dem Wandspiegel auf, um seine Erscheinung zu begutachten. Er trug einen grauen, einreihigen Geschäftsanzug, den er hier gekauft hatte, ein weißes Hemd und eine gestreifte Krawatte. Im rechten Ohr trug er einen Ohrhörer aus durchsichtigem Plastikmaterial, wie ihn Sicherheitsbeamte in aller Welt benützten.

Er studierte sein Gesicht, fixierte es im Spiegel und sagte: »Diplomatischer Sicherheitsdienst, Ma'am. Leider gibt's ein kleines Sicherheitsproblem.« Delaroche sprach mit ausgeprägt amerikanischem Akzent, den er von der Tonbandstimme eines Schauspielers gelernt hatte, die er sich auf See immer wieder angehört hatte. Er wiederholte diese Worte mehrmals, bis sie ganz natürlich klangen.

Rebecca kam aus dem Bad. Sie trug ein dunkelgraues Kostüm, dazu schwarze Strümpfe und schwarze Pumps. Delaroche gab ihr eine geladene Beretta und zwei Reservemagazine, die sie mit der Waffe in ihrer schwarzen Umhängetasche verstaute.

Er hatte den Volvo in der Twenty-second Street in der Nähe der Massachusetts Avenue geparkt. Hinter dem Scheibenwischer klemmte ein Strafmandat. Delaroche warf es zusammengeknüllt in den Rinnstein und setzte sich ans Steuer.

Die Limousine hielt vor dem Hotel Mayflower in der Connecticut Avenue. Ein uniformierter Portier riß die Türen auf, und Douglas, Michael, Elizabeth und ein DSS-Agent stiegen aus. Sie betraten das Hotel und durchquerten die prächtige Hotelhalle, um in den Ballsaal zu gelangen. Gerry Adams sah Douglas hereinkommen und löste sich sofort aus einer Gruppe irischstämmiger Amerikaner, die gekommen waren, um ihn anzuhimmeln und ihm alles Gute zu wünschen.

»Danke, daß Sie gekommen sind, Botschafter Cannon.« Adams sprach mit dem starken Akzent der Einwohner West Belfasts. Er war groß, hatte einen schwarzen Vollbart und trug eine Nickelbrille. Obwohl er robust wirkte, litt er unter den Nachwirkungen jahrelanger Haft und eines Mordanschlags der UVF, der ihn beinahe das Leben gekostet hätte. »Mit Ihrem Besuch erweisen Sie uns eine große Ehre.«

»Danke für die Einladung«, sagte Douglas höflich, indem er Adams die Hand schüttelte. »Ich darf Ihnen meine Tochter und ihren Mann vorstellen: Elizabeth und Michael Osbourne.«

Adams musterte Michael prüfend und schüttelte ihm ohne große Begeisterung die Hand. Während Douglas und er sich kurz über die heutigen Gespräche im Weißen Haus unterhielten, gingen Elizabeth und Michael ein paar Schritte weiter, damit die beiden ungestört waren.

Dann legte Adams Michael plötzlich ohne Vorwarnung eine Hand auf die Schulter und sagte: »Haben Sie einen Augenblick Zeit für mich, Mr. Osbourne? Es geht um eine ziemlich wichtige Sache.«

Delaroche parkte in Georgetown an der Ecke Prospect/Potomac Street und stieg aus. Rebecca rutschte nach links und ließ das Fahrerfenster herunter. Delaroche beugte sich zu ihr hinunter. »Noch Fragen?«

Rebecca schüttelte den Kopf. Delaroche gab ihr einen Briefumschlag.

»Falls etwas schiefgeht – falls mir etwas zustößt oder wir getrennt werden –, fährst du dorthin. Ich komme nach, sobald ich kann.«

Er wandte sich ab und betrat einen Sandwichshop, in dem es von Studenten aus Georgetown wimmelte. Er kaufte sich einen Kaffee und eine Zeitung und setzte sich damit an einen Fenstertisch.

Rebecca war bereits nach Osten in Richtung Stadtmitte unterwegs.

»Bitte nehmen Sie Platz, Mr. Osbourne«, sagte Gerry Adams. Er hatte Michael in einen großen Raum neben dem Ballsaal geführt. Seine beiden Leibwächter, die ihn nie aus den Augen ließen, entfernten sich außer Hörweite. Adams schenkte zwei Tassen Tee ein. »Milch, Mr. Osbourne?«

»Danke.«

»Ich habe eine Nachricht für Sie – von Ihrem Freund Seamus Devlin.«

»Devlin ist *nicht* mein Freund«, erwiderte Michael energisch.

Die Leibwächter kamen einen Schritt näher, um sich davon zu überzeugen, daß es kein Problem gab. Gerry Adams bedeutete ihnen mit einer Handbewegung, sie sollten wie zuvor Abstand halten.

»Ich weiß, was in jener Nacht in Belfast passiert ist«, fuhr er fort. »Und ich weiß, warum es passiert ist. Wäre die IRA nicht gewesen, wären wir nicht in unserer heutigen Lage – kurz vor einem dauerhaften Frieden in Nordirland. Die IRA ist eine professionell arbeitende Organisation, die man nicht unterschätzen darf. Das sollten Sie berücksichtigen, wenn Sie und Ihre britischen Freunde wieder mal versuchen, einen Spitzel anzuwerben.«

»Ich dachte, Sie hätten eine Nachricht für mich.«

»Sie betrifft diese Person, die Eamonn Dillon vor seiner Ermordung ausspioniert hat – Rebecca Wells.«

»Was ist mit ihr?«

»Sie hat sich nach dem Überfall auf Hartley Hall nach Paris abgesetzt.« Adams hob seine Teetasse, um Michael spöttisch zuzuprosten. »Das war klasse Arbeit, Mr. Osbourne.«

Michael äußerte sich nicht dazu.

»Wells hat in Montparnasse bei einem schottischen Söldner namens Roderick Campbell gelebt. Nach Devlins Erkenntnissen haben Campbell und sie einen Killer gesucht, der Ihren Schwiegervater töten soll.« Michael setzte sich ruckartig auf. »Wie zuverlässig ist seine Quelle?«

»Solche Einzelheiten habe ich mit Devlin nicht besprochen, Mr. Osbourne. Aber sie haben selbst erlebt, wie er arbeitet. Er ist kein Mann, der leichtsinnig unbewiesene Behauptungen aufstellt.«

»Wo ist Rebecca Wells jetzt?«

»Sie hat Paris vor einigen Wochen Hals über Kopf verlassen. Devlin ist es nicht gelungen, sie wieder aufzuspüren.«

»Was ist mit Roderick Campbell?«

»Er ist mit einer jungen Frau in seiner Wohnung erschossen worden.« Adams genoß es sichtlich, Michael etwas ihm Neues zu erzählen. »Auf den High-Tech-Monitoren im Zentrum für Terrorismusbekämpfung ist das vermutlich nicht aufgetaucht.«

»Haben Wells und Campbell es geschafft, einen Killer anzuheuern?«

»Das weiß Devlin nicht, aber an Ihrer Stelle würde ich den Botschafter weiterhin gut bewachen, wenn Sie wissen, was ich meine. Für alle am Friedensprozeß Beteiligten wäre es ein schwerer Schlag, wenn es einem Killer gelänge, Ihren Schwiegervater jetzt umzulegen.« Adams stellte seine Teetasse ab, um zu signalisieren, ihr Gespräch sei beendet. »Devlin hofft, daß damit etwaige Irritationen wegen Kevin Maguire ausgeräumt sind.«

»Devlin kann mich mal!«

Adams grinste. »Ich werd's ihm ausrichten.«

Rebecca Wells saß einen halben Straßenblock vom Haupteingang des Hotels Mayflower entfernt am Steuer des Volvos. Sie beobachtete, wie Botschafter Cannon und das Ehepaar Osbourne in Begleitung des DSS-Agenten aus dem Hotel kamen. Sie ließ den Motor an und tippte eine Kurzwahlnummer in ihr Mobiltelefon.
»Ja?«
»Sie verlassen jetzt die erste Zwischenstation und fahren zur zweiten.«
Die Verbindung wurde unterbrochen.
Rebecca fuhr an und ordnete sich in den Abendverkehr auf der Connecticut Avenue ein.

»Seit wann bist du so gut mit Gerry befreundet?« erkundigte sich Elizabeth.
»Wir verkehren in ähnlichen Kreisen.«
»Was hat er gewollt?«
»Er hat sich dafür entschuldigt, was mir in Belfast passiert ist.«
»Hast du seine Entschuldigung angenommen?«
»Nicht wirklich.«
»Und das war alles?«
»Das war alles.«
Douglas ergriff das Wort. »Also gut, wir überschreiten jetzt die Glaubensgrenze. Ab ins Four Seasons zu Drinks mit den Protestanten!«
»Glaubst du, daß diese Leute jemals *gemeinsame* Empfänge geben werden?« fragte Elizabeth.
»Das werden wir nicht mehr erleben«, sagte Michael.

Eineinhalb Stunden später parkte Rebecca Wells den Volvo in einem mit Bäumen bestandenen Teil der Massachusetts Avenue in Upper Northwest Washington. Auf der gegenüberliegenden Straßenseite stand der weitläufige Komplex der britischen Botschaft. Von ihrem Standort aus konnte sie den Vorplatz der Residenz des Botschafters überblicken. Die ersten Gäste verließen den Empfang.

Rebecca öffnete den Brief, den Delaroche ihr gegeben hatte, und las ihn im schwachen Lichtschein der Straßenbeleuchtung. Dann faltete sie ihn zusammen und steckte ihn wieder ein. Sie erinnerte sich an jenen eisigen Nachmittag am Strand in Norfolk – an den Nachmittag, an dem sie nach Schottland gefahren war, um Gavin Spencer und die Waffen abzuholen. Kaum zu glauben, daß dieser Tag, seit dem soviel passiert war, nur einen Monat zurücklag. Sie erinnerte sich an die eigenartige, heitere Zufriedenheit, die sie empfunden hatte, während sie an dem einsamen Strand unterwegs gewesen war. Sie wäre am liebsten für immer dort geblieben. Und jetzt bot dieser Mann ohne Vergangenheit – dieser gedungene Killer, der sie geliebt hatte, als sei ihr Körper aus Glas – ihr einen Zufluchtsort am Meer an.

Sie sah gerade noch rechtzeitig auf, um zu sehen, wie Douglas Cannon und das Ehepaar Osbourne die Residenz des britischen Botschafters verließen. Sie tippte erneut die Kurzwahlnummer ein und wartete auf die Stimme des Mannes, den sie nur als Jean-Paul kannte.

Delaroche beendete das kurze Gespräch mit Rebecca Wells und verließ den Sandwichshop. Er ging auf der Potomac Street rasch nach Norden, bis er die N Street erreichte. Das Haus der Osbournes war zwei Straßenblocks weit entfernt. Er bewegte sich jetzt langsamer, schlenderte die stille Straße hinunter und achtete instinktiv auf irgendwelche Anzeichen für eine verstärkte Überwachung.

Er mußte im exakt richtigen Moment eintreffen. Der DSS-Agent, der Douglas Cannon begleitete, würde seinen Kollegen die unmittelbar bevorstehende Rückkehr des Botschafters über Funk melden. Bekam er keine Antwort, würde er mißtrauisch werden. Deshalb ließ Delaroche sich auf seinem Weg die N Street entlang viel Zeit.

Er erkannte die beiden DSS-Agenten, die ihren neutralen Dienstwagen gegenüber dem Haus der Osbournes geparkt und die vorderen Fenster geöffnet hatten. Einer von ihnen, der Mann am Steuer, sprach in ein Handfunkgerät. Delaroche vermutete, daß er mit seinem Kollegen in der Limousine des Botschafters sprach.

Delaroche näherte sich dem Wagen und blieb neben dem Fahrerfenster stehen.

»Entschuldigung«, sagte er. »Wie komme ich zur Wisconsin Avenue?«

Der Agent am Steuer zeigte wortlos nach Osten.

»Danke«, sagte Delaroche.

Dann griff er unter seinen Regenmantel, zog die Beretta mit Schalldämpfer heraus und schoß beide Agenten mehrmals in die Brust. Er öffnete die Fahrertür und drückte die Leichen in die Fußräume vor den Sitzen. Er betätigte die Fensterheber, zog den Zündschlüssel ab, schloß die Tür und aktivierte die Zentralverriegelung.

Das alles hatte nicht einmal eine Minute gedauert. Er warf die Autoschlüssel über die Hecke des nächsten Vorgartens und überquerte die Straße zum Haus der Osbournes. Er stieg die wenigen Stufen hinauf, klingelte an der Haustür und atmete dabei mehrmals tief durch, um seine Nerven zu beruhigen. Wenig später hörte er drinnen Schritte, die sich der Tür näherten.

»Wer ist da?«

Eine Frau, die mit englischem Akzent sprach – Maggie, das Kindermädchen.

»Diplomatischer Sicherheitsdienst, Ma'am«, sagte Delaroche. »Leider gibt's ein kleines Problem.«
Die Haustür ging nach innen auf, und Maggie stand leicht verwirrt vor ihm. »Was ist passiert?«
Delaroche trat über die Schwelle und schloß die Tür hinter sich. Seine Hand bedeckte Maggies Mund mit eisernem Griff, erstickte ihren Schrei und zog ihr Gesicht dicht an seines heran. Mit der anderen Hand drückte er die Beretta an ihre Wange.
»Ich weiß, daß Kinder im Haus sind, und will ihnen nichts tun«, flüsterte er in amerikanisch gefärbtem Englisch. »Aber wenn Sie meine Befehle nicht genau befolgen, schieße ich Sie ins Gesicht. Haben Sie verstanden?«
Maggie nickte mit entsetzt aufgerissenen Augen.
»Okay, dann kommen Sie mit nach oben.«

Der Abend war ohne Zwischenfälle verlaufen, wie Michael es erwartet hatte, aber als ihre Limousine die Massachusetts Avenue entlangraste, hallte Gerry Adams' Warnung in seinen Ohren wider. Falls es Rebecca Wells gelungen war, einen Killer anzuheuern, bedeutete das eine neue, eine andere Gefahr für Douglas' Sicherheit. Ein allein arbeitender Attentäter würde weit schwieriger zu identifizieren und aufzuhalten sein als ein Mitglied irgendeiner der bekannten paramilitärischen Organisationen. Michael beschloß, Douglas zu informieren, sobald sie zu Hause waren. Seine Aktivitäten und öffentlichen Auftritte in London würden eingeschränkt werden müssen, bis diese Gefahr abgewendet war – oder bis Rebecca Wells gefaßt war.
Die Limousine bog auf die Wisconsin Avenue ab und fuhr nach Süden in Richtung Georgetown weiter. Elizabeth lehnte ihren Kopf an Michaels Schulter und schloß die Augen.

Douglas legte seinem Schwiegersohn eine Hand auf den Arm und sagte: »Hör zu, Michael, ich habe ein schlechtes Gewissen, weil ich etwas versäumt habe, das ich hätte tun sollen. Ich habe mich nie bei dir bedankt.«
»Wovon redest du?«
»Ich habe mich nie dafür bedankt, daß du mir das Leben gerettet hast. Hättest du den Fall nicht übernommen, wärst du nicht nach Nordirland gegangen und hättest dein Leben riskiert, wäre ich jetzt sehr wahrscheinlich tot. Ich habe früher natürlich nie Gelegenheit gehabt, dich in Aktion zu beobachten. Aber jetzt weiß ich, daß du ein *hervorragender* CIA-Offizier bist.«
»Oh, vielen Dank, Douglas. Dieses Lob aus dem Mund eines alten Liberalen, der die Agency haßt, ist besonders wertvoll.«
»Willst du weiter dort arbeiten, auch wenn die Sache mit Nordirland jetzt vorbei ist?«
»Wenn meine Frau mir verspricht, sich nicht von mir scheiden zu lassen«, antwortete Michael. »Monica Tyler will, daß ich mich wieder um das Schwert von Gaza kümmere. Die Agency hat Hinweise auf geplante Anschläge erhalten.«
»Was für Hinweise?«
»Reisen bekannter Agenten, abgefangene Mitteilungen, solche Dinge.«
»Irgend etwas in England?«
»England kommt immer in Frage. Dort sind sie gern aktiv.«
»Ich erinnere mich an den Anschlag in Heathrow.«
»Ich auch«, sagte Michael knapp.
Douglas lehnte sich zurück und schloß die Augen, während die Limousine durch die stillen Wohnstraßen von Georgetown fuhr. »Wann wird das enden?« fragte er.
»Wann wird was enden?«

»Terrorismus. Morde an Unschuldigen als Form der politischen Aussage. Wann wird das enden?«

»Wenn es auf der Welt keine Menschen mehr gibt, die sich unterdrückt genug fühlen, um nach einer Bombe oder Waffe zu greifen. Wenn es keine religiösen oder ethnischen Fanatiker mehr gibt. Wenn es keine Verrückten mehr gibt, die ihren Kick daraus beziehen, Blut zu vergießen.«

»Dann lautet die Antwort auf meine Frage vermutlich *niemals*. Dieser Wahnsinn wird *niemals* enden.«

»Du bist der Historiker. Im ersten Jahrhundert haben die Zeloten mit Terrorakten gegen die römischen Besatzer des Gelobten Landes gekämpft. Im zwölften Jahrhundert hat eine Gruppe schiitischer Moslems, die sogenannten Assassinen, Terrorakte gegen die sunnitische Führung in Persien verübt. Dieses Phänomen ist keineswegs neu.«

»Und jetzt hat es Amerika erreicht: das World Trade Center, Oklahoma City, der Olympiapark in Atlanta.«

»Terroranschläge sind billig, verhältnismäßig einfach durchzuführen und erfordern nur eine Handvoll entschlossener Täter. Das haben zwei Verbrecher namens Timothy McVeigh und Terry Nichols bewiesen.«

»Dieser Anschlag ist mir immer noch ein Rätsel«, sagte Douglas. »Hundertachtundsechzig Menschen in Sekundenbruchteilen tot.«

»Hört endlich auf, ihr beiden«, sagte Elizabeth und öffnete die Augen, als die Limousine vor ihrem Haus hielt. »Schluß jetzt mit dieser Diskussion. Ihr deprimiert mich.«

Delaroche stand im ersten Stock des Hauses an einem Fenster mit Blick auf die N Street, als er die Limousine vorfahren hörte. Er schob den Vorhang etwas zur Seite und sah auf die Straße hinunter. Cannon und das Ehepaar Osbourne kamen nach Hause.

Er ließ den Vorhang wieder zurückfallen, ging den Korridor entlang zur Treppe und warf im Vorbeigehen einen Blick ins Schlafzimmer der Osbournes. Maggie lag mit Paketband gefesselt und geknebelt auf dem Fußboden.

Delaroche ging rasch die Treppe hinunter und blieb in der dunklen Eingangshalle des Hauses stehen. Alles würde ganz einfach sein, sagte er sich – wie in einer Schießbude auf dem Rummelplatz –, und dann hatte er's hinter sich. Alles hinter sich.

38

Washington

Rebecca Wells bog hinter der Limousine in die N Street ab und folgte ihr zwei Blocks weit, bis sie bremste und hielt. Vor dem Haus der Osbournes gab es keine Parkplätze, deshalb blieb der Fahrer einfach mitten auf der Straße stehen und schaltete seine Warnblinkanlage ein. Rebecca griff in ihre Umhängetasche und zog die 9-mm-Beretta mit Schalldämpfer heraus.

Jean-Pauls Anweisungen gingen ihr erneut durch den Kopf. *Ich erledige die beiden Männer im Wagen und gehe dann ins Haus,* hatte er ihr am Abend zuvor flüsternd erklärt, während der Fernseher in ihrem Hotelzimmer mit voller Lautstärke lief. *Du wartest, bis alle ausgestiegen sind. Dann erschießt du den letzten DSS-Mann, und ich übernehme den Botschafter und Michael Osbourne.*

Sie fragte sich, ob sie die Kraft haben würde, ihren Auftrag auszuführen. Und dann dachte sie an Gavin Spencer und Kyle Blake und die Männer, die in Hartley Hall ihr Leben gelassen hatten, weil Michael Osbourne und sein Schwiegervater sie in eine Falle gelockt hatten. Sie überprüfte ihre Waffe und überzeugte sich davon, daß sie durchgeladen war.

Eine der Türen der Limousine wurde geöffnet, und der DSS-Agent stieg aus. Er ging vorn um den Wagen herum und hielt die hintere linke Tür gegenüber dem Haus der Osbournes auf. Michael Osbourne stieg als erster aus. Er sah sich auf der Straße um. Sein Blick ruhte kurz auf dem Volvo, bevor er sich abwandte. Der Botschafter folgte ihm, und zuletzt kam Elizabeth Osbourne. Rebecca öffnete ihre Tür.

Michael wandte sich an den DSS-Agenten und fragte: »Wo sind Ihre beiden Kollegen?«
Der DSS-Agent hob sein Sprechfunkgerät und murmelte einige Worte hinein. Als er keine Antwort bekam, befahl er laut: »Zurück in den Wagen! Sofort!«
In diesem Augenblick stieg Rebecca Wells aus dem schwarzen Volvo. Sie stützte beide Arme aufs Wagendach und schoß auf den DSS-Agenten, sorgfältig einen Schuß nach dem anderen abgebend – so wie Jean-Paul es sie gelehrt hatte.

Michael hörte keine Schüsse, sondern nur das Zersplittern der Heckscheibe der Limousine und das Einschlagen der 9-mm-Geschosse, die den Kofferraum durchschlugen. Statt wieder in die Limousine zu steigen, wie der DSS-Agent ihnen befohlen hatte, hatten Michael, Elizabeth und Douglas sich instinktiv auf die Straße geworfen.

Michael hatte das Gefühl gehabt, mit der Frau in dem Volvo Kombi stimme etwas nicht, aber er hatte zu langsam begriffen, daß sie tatsächlich Rebecca Wells sein könnte. Während er jetzt über Elizabeth und Douglas kauerte, gingen ihm blitzartig die letzten Sekunden im Leben des DSS-Agenten durch den Kopf. Der Agent hatte versucht, seine Kollegen zu rufen, aber keine Antwort bekommen. Weil jemand anders sie bereits ermordet hat, dachte Michael. Dann erinnerte er sich an Gerry Adams' Warnung, Rebecca Wells sei auf der Suche nach einem Profikiller gewesen, um Douglas liquidieren zu lassen. Vermutlich war ihr angeheuerter Killer hier irgendwo in der Nähe.

Michael zog seine Pistole. Der Chauffeur war noch im Auto in Deckung gegangen. Michael stieß Elizabeth und Douglas an. »Los, ins Auto!«

Elizabeth kroch auf den Rücksitz der Limousine. Einer der Schüsse traf den Kopf des DSS-Agenten, und ein Schauer aus Blut und Gehirnmasse regnete durch die zersplitterte Heckscheibe. Elizabeth starrte Michael hilflos an und versuchte, sich das Blut aus dem Gesicht zu wischen.

Dann riß sie plötzlich entsetzt die Augen auf und kreischte: »Michael! Hinter dir!«

Michael fuhr herum und sah eine Gestalt, die auf den Stufen vor ihrer Haustür stand. Der Mann riß den rechten Arm hoch und gab zwei Schüsse ab. Die Pistole mit Schalldämpfer war nicht zu hören; daß er schoß, zeigten nur die Flammenzungen des Mündungsfeuers.

Selbst im schwachen Lichtschein der Straßenbeleuchtung von Georgetown wußte Michael, daß er diese Art zu schießen schon einmal gesehen hatte.

Der Mann auf den Stufen vor seiner Haustür war Oktober.

Sein erster Schuß prallte als Querschläger vom Wagendach ab. Der zweite traf Douglas im Rücken, als er sich in den Wagen stürzte. Er brach vor Schmerzen aufstöhnend über Elizabeth zusammen.

Michael zielte auf Oktober, gab mehrere Schüsse ab und trieb ihn dadurch ins Haus. In der ruhigen Wohnstraße klang sein durchschlagkräftiger Browning wie Artillerie.

»Los! Los!« brüllte er den Chauffeur an. »Bringen Sie sie weg!«

Der Chauffeur setzte sich auf und gab Gas.

Das letzte, was Michael sah und hörte, war Elizabeth, die etwas durchs zerschossene Heckfenster kreischte.

»Die Kinder, Michael!« rief sie verzweifelt. »Die Kinder!«

Michael warf sich zwischen zwei geparkte Fahrzeuge, so daß er zumindest für einige Sekunden lang vor Rebecca Wells und Oktober sicher war. Er sah, daß Oktober wieder ins Freie trat. Michael gab mehrere Schüsse ab. Oktober verschwand wieder im Haus. Dann begannen Autofenster um ihn herum zu zersplittern. Die Frau schoß auf ihn.
In vielen Häusern entlang der Straße brannte jetzt Licht. Michael drehte sich um und sah Rebecca Wells hinter der offenen Tür des Volvos stehen und übers Autodach hinweg schießen. Er überlegte, ob er ihr Feuer erwidern sollte. Aber wenn er sie verfehlte, konnte sein Schuß eines der Nachbarhäuser treffen und einen Unbeteiligten, der aus der Tür getreten war, um zu sehen, was auf der Straße los war, tödlich verletzen.
Er zielte auf sein eigenes Haus. Bitte, lieber Gott, laß die Kinder oben im Kinderzimmer sein! dachte er. Und dann schoß er auf Oktober, bis das erste Magazin leer war.
Michael hörte die erste Sirene, während er sein Magazin wechselte. Wahrscheinlich hat jemand wegen der Schießerei die Polizei angerufen, dachte er. Oder vielleicht hat der DSS-Mann noch Alarm schlagen können, bevor er erschossen worden ist. Jedenfalls hörte Michael jetzt das Heulen mehrerer näher kommender Sirenen, das mit jeder Sekunde lauter wurde.
Oktober erschien in der Haustür und winkte Rebecca zu.
»Hau ab!« brüllte er. »Verschwinde von hier!«
Der erste Streifenwagen erschien in der N Street.
Oktober gab zwei Schüsse auf ihn ab, die ihn jedoch verfehlten. »Los, Rebecca! Hau endlich ab!«

Michael lud seine Pistole erneut durch und schoß viermal auf Oktober.

Rebecca Wells stieg in den Volvo, gab Gas und röhrte an der Stelle vorbei, wo Michael zwischen zwei Autos in Deckung lag. Oktober erschien ein letztes Mal vor der Haustür und schoß mehrmals in Michaels Richtung; dann machte er kehrt und verschwand im Haus.

Michael sprang auf, hetzte über die Straße und polterte mit dem Browning in den ausgestreckten Armen die Stufen zur Haustür hinauf. Als er die Tür erreichte, sah er Oktober, der im Wohnzimmer mit einem Stuhl eine der abgesperrten Terrassentüren einschlug.

Oktober drehte sich ein letztes Mal um und hob seine Waffe. Michael hörte nichts, aber er sah die Pistolenmündung Feuer spucken. Als er zurückwich und sich außen an die Hauswand lehnte, spürte er, wie innen Kugeln in den Verputz einschlugen. Als das Feuer aufhörte, trat Michael in die Tür und gab drei weitere Schüsse ab, während Oktober durch den Garten rannte und über die Mauer kletterte.

Michael, der jeweils zwei Stufen auf einmal nahm, rannte ins Kinderzimmer hinauf. Die Zwillinge weinten in ihren Betten, waren aber unversehrt.

»Maggie?«

Aus dem Elternschlafzimmer drangen ein Poltern und erstickte Schreie. Er rannte den Flur entlang und knipste das Licht im Schlafzimmer an. Maggie lag gefesselt und geknebelt auf dem Fußboden.

»Ist er allein gewesen, Maggie? Ein einzelner Täter?«

Sie nickte.

»Bin gleich wieder da!«

Michael rannte die Treppe hinunter und kam unten an, als ein Beamter der Metropolitan Police mit schußbe-

reitem Revolver das Haus betrat. Er zielte auf Michael und rief: »Halt, stehenbleiben! Weg mit der Waffe!«
»Ich bin Michael Osbourne, und dies ist mein Haus.«
»Wer Sie sind, ist mir scheißegal! Weg mit der Waffe! Aber sofort!«
»Verdammt, ich bin Botschafter Cannons Schwiegersohn und arbeite bei der CIA! Weg mit Ihrem Revolver!«
Der Polizeibeamte zielte mit seine Dienstwaffe weiter auf Michaels Kopf.
»Mein Schwiegervater ist getroffen worden«, sagte Michael hastig. »Beide Schützen sind geflüchtet – ein Mann zu Fuß und eine Frau in einem schwarzen Volvo Kombi. Meine Kinder und das Kindermädchen sind oben. Gehen Sie rauf und helfen Sie ihr. Ich bin gleich wieder da.«
»Hey, kommen Sie zurück!« rief der Polizeibeamte ihm nach, als Michael die Eingangshalle durchquerte und durch die zersplitterte Terrassentür verschwand.

Delaroche war nicht nach Washington gekommen, um sich von Michael Osbourne in eine Schießerei verwickeln zu lassen. Wenn auf engstem Raum geschossen wurde, konnte jeder einen Zufallstreffer abbekommen, und Delaroche hatte keine Lust, sein Leben zu riskieren, um Osbourne vielleicht doch noch zu erledigen. Außerdem hatte er sein Primärziel – Botschafter Cannon – mit einem guten Schuß in den Rücken getroffen. Mit etwas Glück würde diese Verletzung sich als tödlich erweisen. Trotzdem war er wütend, daß es ihm wieder nicht gelungen war, Osbourne zu erledigen.
Er streifte den beigen Regenmantel ab, während er die Gasse entlangspurtete. Als er die Thirty-fourth Street erreichte, trat er auf die Fahrbahn, so daß ein Collegestudent, der mit einem silbergrauen Saab unterwegs war,

scharf bremsen mußte, um ihn nicht zu überfahren. Delaroche hob seine Beretta und zielte auf die Windschutzscheibe.

»Raus aus dem verdammten Wagen!«

Der Student stieg mit erhobenen Händen aus und trat zur Seite. »Nimm ihn dir, du Wichser. Er gehört dir.«

»Hau ab!« Delaroche machte eine drohende Bewegung mit seiner Pistole, und der Student rannte davon.

Delaroche setzte sich ans Steuer.

»Fick dich ins Knie, du verdammtes Arschloch!« brüllte der Student aus sicherer Entfernung.

Delaroche fuhr los. Er wußte, daß er Georgetown so schnell wie möglich verlassen mußte, und raste durch die Thirty-fourth Street zur M Street. Gelang es ihm, die Francis Scott Key Bridge nach Arlington zu überqueren, verbesserten seine Fluchtchancen sich erheblich. Dort konnte er den George Washington Parkway, die I-395 oder die I-66 erreichen und Washington binnen weniger Minuten meilenweit hinter sich lassen.

Die Ampel an der M Street sprang von Gelb auf Rot, als Delaroche sie erreichte. RECHTS ABBIEGEN BEI ROT VERBOTEN, warnte ein Schild. Er überlegte, ob er trotzdem abbiegen sollte, aber Ruhe und Besonnenheit auf der Flucht hatten sich bisher immer bewährt, und er beschloß, auch diesmal nicht überstürzt zu handeln.

Er trat auf die Bremse und kam zum Stehen.

Dann sah er auf seine Armbanduhr und zählte die Sekunden.

Als Michael Osbourne über die Gartenmauer kletterte, hörte er am Ende der Gasse einen Mann lauthals fluchen. Im nächsten Augenblick heulte ein Motor auf, und ein Auto fuhr mit quietschenden Reifen davon. Den Geräuschen nach vermutete Michael, war der Fahrer zur

M Street unterwegs. Und er vermutete auch, daß der Fahrer Oktober war, der zu flüchten versuchte. Er spurtete die Thirty-third Street entlang, bog an der M Street rechts ab und lief weiter.

Delaroche entdeckte Osbourne, der mit einer Pistole in der Hand die M Street entlangrannte und erschrockene Passanten auseinandertrieb. Delaroche drehte langsam den Kopf, sah wieder nach vorn und wartete darauf, daß die Ampel auf Grün umsprang.

Seine Beretta lag auf dem Beifahrersitz. Delaroche umfaßte sie mit der rechten Hand und legte seinen Zeigefinger an den Abzug. Vielleicht bekomme ich doch noch eine Chance, den Auftrag auszuführen, dachte er.

Osbourne erreichte die Kreuzung. Er stand mit der Waffe in der Hand direkt vor dem Saab auf dem Fußgängerübergang und starrte die Thirty-fourth Street hinunter. Er atmete schwer und suchte seine Umgebung mit hastigen Blicken ab.

Delaroche nahm langsam die Beretta vom Beifahrersitz und legte sie auf seinen Schoß. Er überlegte, ob er durch die Windschutzscheibe schießen sollte, entschied sich dann aber doch dagegen. Selbst wenn es ihm gelungen wäre, Osbourne zu treffen, wäre sein Fluchtfahrzeug dann beschädigt gewesen. Er streckte die linke Hand aus, drückte auf eine Taste in der Armlehne und ließ das Fahrerfenster herunter, als die Ampel auf Grün umsprang.

Hinter ihm standen mehrere Wagen, deren Fahrer jetzt hupten, weil sie nicht sahen, daß mitten auf der Kreuzung ein Mann mit einer Pistole stand.

Delaroche blieb unbeweglich sitzen und wartete darauf, daß Osbourne die Initiative ergriff.

Michael stand nach Atem ringend und mit jagendem Herzen auf der Kreuzung, ohne auf die Kakophonie aus Autohupen zu achten. Er musterte die Gesichter in den wartenden Autos: ein Mann Anfang vierzig in einem silbergrauen Saab, zwei reiche Studenten in einem roten BMW, ein Patrizierehepaar aus Georgetown in einem nagelnden Mercedes Diesel und ein Pizza-Hut-Ausfahrer.

Alle hupten, nur der Mann am Steuer des Saabs nicht. Michael musterte ihn prüfend. Der Mann war ziemlich häßlich: schwere Hängebacken, quadratisches Kinn, breite, flache Nase. Dieses Gesicht kannte Michael von irgendwoher, aber ihm fiel nicht ein, wo er es gesehen hatte. Er starrte den Mann an, während vor seinem inneren Auge die Gesichter aus seiner Vergangenheit wie auf einem Bildschirm auftauchten – manche scharf und klar, manche unscharf und verschwommen. Dann wußte er plötzlich, wo er dieses Gesicht gesehen hatte: auf Morton Dunnes Computerbildschirm im OTS.

Michael zielte auf Oktobers Gesicht.

»Aussteigen! Sofort!«

39

Washington

Die riesige Kreuzung vor der Zufahrt zur Key Bridge ist eine der belebtesten und chaotischsten in ganz Washington. Autoströme von der turmhoch aufragenden Brücke, der M Street und dem Whitehurst Freeway treffen an diesem einen Punkt zusammen. Im morgendlichen und abendlichen Berufsverkehr stehen auf dieser Kreuzung die Pendler im Stau; nachts sorgen Autofahrer, die in die Restaurants und Nachtclubs von Georgetown unterwegs sind, für regen Verkehr. Über allem steht die durch *Der Exorzist* berühmt-berüchtigt gewordene schwarze Steintreppe – trostlos, mit Graffiti bedeckt und nach Urin stinkend, weil betrunkene Studenten aus Georgetown es für einen alten Brauch halten, dort im Vorbeigehen zu pinkeln.

Aber daran dachte Delaroche nicht, als er am Steuer des Saabs sitzend in die Mündung von Michael Osbournes Browning starrte. Als Osbourne ihm auszusteigen befahl, trat Delaroche das Gaspedal durch und warf sich nach rechts auf den Beifahrersitz.

Michael gab mehrere Schüsse auf die Windschutzscheibe ab, als der Wagen mit aufheulendem Motor auf ihn zuraste; dann brachte er sich mit einem Hechtsprung in Sicherheit.

Delaroche setzte sich hinters Steuer, bekam den Wagen wieder unter Kontrolle und raste in Richtung Key Bridge davon.

Michael wälzte sich beiseite, um nicht von dem Auto erfaßt zu werden, und richtete sich auf einem Knie auf.
Er zielte aufs Heck des davonrasenden Saab und versuchte, das wilde Hupen um sich herum zu ignorieren.
Er hatte nur noch acht Schuß in seiner Pistole und kein Reservemagazin.
Er gab alle acht Schuß ab, bevor Delaroche auf die Zufahrt zur Brücke einbiegen konnte.
Sieben durchschlugen den Kofferraum und blieben im Rücksitz stecken.
Der achte traf den Benzintank, und der Saab explodierte.

Delaroche hörte die Explosion und spürte sofort die Hitze des brennenden Benzins. Um ihn herum bremsten andere Autos mit quietschenden Reifen. Ein junger Mann, der ein Sweatshirt der Redskins trug, kam angerannt und wollte Delaroche zu Hilfe kommen. Aber als er mit der Beretta auf seinen Kopf zielte, ergriff der junge Mann die Flucht und rannte in Richtung Francis Scott Key Park davon.
Delaroche sprang aus dem Wagen und sah Michael Osbourne, der auf ihn zugerannt kam.
Er hob seine Beretta und gab drei Schüsse ab.
Michael Osbourne ging hinter einem der stehenden Wagen in Deckung.
Delaroche setzte sich in Richtung Key Bridge in Bewegung, aber ein Auto, dessen Fahrer den mitten auf der Kreuzung stehenden brennenden Wagen ignorierte, raste auf ihn zu. Delaroche konnte vor dem Aufprall nur noch hochspringen und wurde über die Windschutzscheibe geschleudert.
Dabei verlor er die Beretta, die scheppernd auf die Gegenfahrbahn rutschte.

Als Delaroche den Kopf hob, sah er Michael Osbourne auf sich zurennen. Er kam auf die Beine und versuchte wegzulaufen, aber sein rechter Knöchel gab nach, so daß er auf den Asphalt zurücksackte.

Er rappelte sich erneut auf und zwang sich, in Bewegung zu bleiben. Sein Knöchel fühlte sich an, als rieben sich dicht unter der Haut scharfkantige Glassplitter aneinander. Trotzdem schaffte Delaroche es, den Gehsteig der Key Bridge zu erreichen.

Dort stand ein Mann mit einem billigen Mountain Bike, der das Schauspiel neugierig beobachtete.

Delaroche setzte den Mann mit einem Handkantenschlag außer Gefecht und riß ihm das Mountain Bike weg.

Er schwang sich in den Sattel und versuchte in die Pedale zu treten, aber als er seinen rechten Fuß belastete, schrie er vor Schmerz auf. Also strampelte er nur mit dem linken Fuß, während der rechte lediglich die Kreisbewegung der Pedale mitmachte.

Er sah über die Schulter zurück. Michael Osbourne rannte hinter ihm her. Delaroche strampelte schneller, aber wegen seines Knöchelbruchs und der schlechten Qualität des Mountain Bikes schmolz sein anfänglicher Vorsprung stetig zusammen. Delaroche fühlte sich völlig hilflos. Er hatte keine Waffe und als Fluchtfahrzeug nur ein minderwertiges Fahrrad. Und er war verletzt, was noch schlimmer war. Delaroche fühlte plötzlich nur noch Wut – Wut auf seinen Vater und Wladimir und alle anderen im KGB, die ihn zu einem Leben als Killer verdammt hatten. Wut auf sich selbst, weil er sich zu diesem Auftrag hatte zwingen lassen. Wut, weil es ihm wieder nicht gelungen war, Osbourne zu erledigen. Er fragte sich, woher Osbourne seine Identität gekannt hatte. Hatte Maurice Leroux ihn verraten, bevor er ihn in jener Nacht in Paris erschossen hatte? Hatte der Direktor ihn verraten? Oder hatte er die Intelligenz und den Einfallsreichtum dieses CIA-Offiziers, der sich geschworen hatte, ihn zu vernichten, erneut unterschätzt? Daß die Sache so endete – mit Delaroche auf einem klappernden Fahrrad, während Osbourne ihn zu Fuß verfolgte –, war fast lachhaft. Er war sich darüber im klaren, daß seine Fluchtchancen mit jeder Minute geringer wurden, selbst wenn es ihm gelingen sollte, Osbourne auch diesmal abzuhängen. Er drehte sich nochmals um und sah, daß Osbourne den Abstand zwischen ihnen weiter verringert hatte. Er zwang sich dazu, mit beiden Beinen zu strampeln und die Schmerzen im rechten Knöchel zu ignorieren, während er überlegte, was er zu tun bereit war, um lebend von der Brücke herunterzukommen.

Michael steckte den Browning in sein Schulterhalfter und spurtete über die Brücke, wobei er kräftig mit den Armen pumpte. Einige Augenblicke lang hatte er wieder das Gefühl, an den Leichtathletik-Jugendmeisterschaften von Virginia teilzunehmen – am Endlauf über eine Meile. In der letzten Runde hatte Michael sich durch ein brillantes taktisches Manöver hinter den bis dahin Führenden geschoben, um ihn auf den letzten hundert Metern überholen zu können. Aber als sie auf die Zielgerade einbogen, hatte ihm der Mut gefehlt, die Schmerzen zu ertragen, die nötig gewesen wären, um hier zu siegen. Der Rücken des anderen Jungen hatte ihn förmlich hypnotisiert – das Flattern seines Trikots im Wind, die sehnigen Muskeln seiner Schultern –, während er seinen Vorsprung stetig vergrößerte und das Zielband vor ihm zerriß. Und er erinnerte sich an seinen Vater, der über seine Niederlage so wütend gewesen war, daß er Michael nach dem verlorenen Rennen nicht einmal getröstet hatte.

Der Abstand zu Oktober betrug nur noch zehn Meter. Michael war fast eine Meile gelaufen, seit er aus dem Haus gestürmt war. Seine Beine waren schwer, seine Muskeln waren von dem endlos langen Sprint verkrampft. Seine Arme brannten, und er schmeckte bei jedem Atemzug kupfrigen Blutgeschmack im Mund. Er hatte Oktober über viele Jahre hinweg mit Hilfe aller materiellen und technischen Ressourcen der Agency verfolgt, aber letztlich lief doch alles auf einen verzweifelten Spurt über die Key Bridge hinaus. Aber diesmal würde er die Schmerzen nicht scheuen. Diesmal würde er sich nicht vom Rücken seines Gegners hypnotisieren lassen. Michael brüllte mit in den Nacken geworfenem Kopf wie ein verwundetes Tier und krallte mit beiden Händen in die Luft, als wolle er sich damit vorwärtsziehen.

Oktobers Vorsprung betrug kaum noch eineinhalb Meter.

Michael setzte zu einem verzweifelten Sprung an und brachte ihn krachend zu Fall.

Oktober blieb auf dem Rücken liegen, und Michael hockte auf seinem Bauch.

Michael schlug ihm zweimal mit der Faust ins Gesicht, wobei Delaroche eine blutende Platzwunde am linken Backenknochen erlitt. Dann umschloß er mit beiden Händen seinen Hals und begann ihn zu würgen.

Er war wie von Sinnen und zu keinem klaren Gedanken mehr fähig, während er Oktober die Luftröhre zusammendrückte und ihn wild anbrüllte. Trotzdem blieb der Gesichtsausdruck des Killers merkwürdig gelassen. Seine blauen Augen glitten über Michael hinweg, und auf seinen Lippen erschien ein vages Lächeln.

Michael merkte, daß Oktober überlegte, wie er ihn am besten ermorden konnte. Er drückte noch fester zu. Oktober griff plötzlich mit der linken Hand in Michaels Haare. Er riß Michaels Kopf zu sich herunter und rammte seinen rechten Daumen in Michaels linke Augenhöhle. Michael schrie vor Schmerzen auf und lockerte seinen Würgegriff um Oktobers Hals. Der Attentäter gebrauchte seine Handkanten als Schlagwerkzeuge, die Michaels Schläfen zweimal rasch nacheinander trafen. Michael wäre beinahe ohnmächtig geworden. Er schüttelte den Kopf, um wieder klar denken zu können, und merkte dann, daß er auf dem Rücken lag. Oktober hatte es irgendwie geschafft, sich unter ihm herauszuwinden. Michael rappelte sich mühsam auf. Oktober stand bereits – breitbeinig, mit erhobenen Händen, Michael starr fixierend. Im nächsten Augenblick holte er wie ein Kickboxer mit einem Fuß aus und traf Michael mit einem gewaltigen Tritt seitlich am Kopf.

Michael torkelte vom Gehsteig rückwärts auf die Fahrbahn – vor einen heranrasenden städtischen Bus. Der Busfahrer hupte gellend. Mit einem Riesensatz war Michael wieder auf dem Gehsteig und sprang Oktober in die Arme.

Der Attentäter duckte sich, nützte Michaels Schwung aus und hievte ihn übers Brückengeländer.

Delaroche wartete auf das Geräusch, mit dem Michaels Körper über dreißig Meter tiefer ins Wasser klatschen würde, aber es blieb aus. Er trat vor und sah nach unten. Michael hatte es geschafft, sich mit einer Hand an die untere Querstrebe des Brückengeländers zu klammern. Michael, der Blut am Mund hatte, starrte zu Delaroche hinauf.

Am einfachsten wäre es gewesen, so lange auf seine Hand zu treten, bis er loslassen mußte, aber aus einem nicht erklärlichen Grund schreckte Delaroche davor zurück. Er hatte immer rasch und lautlos gemordet; er war aus dem Nichts aufgetaucht und nach der Tat spurlos verschwunden. Einen Mann auf solche Weise umzubringen, kam ihm irgendwie barbarisch vor.

Er beugte sich übers Geländer und sagte: »Lassen Sie mich laufen, dann helfe ich Ihnen.«

»*Fuck you*«, sagte Michael mit einer Grimasse.

»Das ist nicht gerade clever von Ihnen.« Delaroche griff durch die Stangen des Brückengeländers und bekam Michaels linkes Handgelenk zu fassen. »Greifen Sie nach oben, nehmen Sie meine Hand.«

Michael spürte, daß seine Hand zu erlahmen begann.

»Sie haben vorhin meinen Schwiegervater ermordet«, sagte er. »Sie haben versucht, meine Frau und mich zu ermorden. Sie haben Sarah ermordet.«

»Nicht ich habe sie ermordet, Michael. Das waren andere Leute. Ich habe nur als Waffe gedient. Ich bin für ihren Tod genausowenig verantwortlich wie Sie für den Tod von Astrid Vogel.«

»Wer hat Sie angeheuert?« fragte Michael heiser.

»Das ist nicht weiter wichtig.«

»Für mich schon! Wer hat Sie angeheuert?«

Aber Michaels Griff wurde merklich schwächer.

Delaroche war niedergekniet und umklammerte seinen linken Arm mit beiden Händen.

Michael griff mit der rechten Hand unter seine Jacke, zog die Pistole und zielte auf Delaroches Kopf. Delaroche, der Michaels Handgelenk umklammert hielt, starrte die Waffe an. Dann lächelte er plötzlich und fragte: »Sie kennen die Fabel von dem Frosch und dem Skorpion, die den Nil überqueren?«

Natürlich kannte Michael diese Fabel; wer jemals im Nahen Osten gelebt oder gearbeitet hat, kannte sie. Ein Frosch und ein Skorpion begegnen sich am Nilufer, und der Skorpion bittet den Frosch, ihn schwimmend ans andere Ufer zu bringen. Der Frosch weigert sich, weil er fürchtet, der Skorpion könnte ihn stechen. Der Skorpion verspricht ihm, er werde ihn nicht stechen, weil das töricht wäre und sie dann beide ertrinken würden. Der Frosch sieht die Logik dieser Aussage ein und erklärt sich bereit, den Skorpion über den Nil zu bringen. Mitten im Fluß sticht der Skorpion den Frosch. »Jetzt ertrinken wir beide!« ruft der Frosch, während das Skorpiongift ihn zu lähmen beginnt. »Warum hast du das getan?« Daraufhin antwortet der Skorpion lächelnd: »Weil dies der Nahe Osten ist.«

»Ich kenne die Fabel«, sagte Michael.

»Wir bekämpfen uns seit zu vielen Jahren. Vielleicht können wir einander helfen. Rache ist nur etwas für Wilde. Wie ich gehört habe, sind Sie erst vor kurzem in Nordirland gewesen. Sehen Sie sich an, was durch Racheakte aus diesem Land geworden ist.«

»Was wollen Sie?«

»Ich erzähle Ihnen, was Sie so brennend interessiert – wer mich angeheuert hat, Douglas Cannon zu ermorden, wer mich angeheuert hat, damit ich die Spuren im Fall des Abschusses der TransAtlantic-Maschine verwische, wer mich angeheuert hat, Sie zu liquidieren, weil Sie zuviel wußten.« Er machte eine Pause. »Außerdem sage ich Ihnen, wer aus der Führung der Agency mit diesen Leuten zusammenarbeitet. Im Gegenzug garantieren Sie mir meine persönliche Sicherheit und freien Zugang zu meinen Bankkonten.«

»Ich bin nicht befugt, einen Deal dieser Art abzuschließen.«

»Vielleicht nicht befugt, aber *befähigt*.«
Michael gab keine Antwort.
»Sie wollen nicht sterben, ohne die Wahrheit erfahren zu haben, nicht wahr, Michael?«
»*Fuck you!*«
»Sind wir uns also einig?«
»Woher wissen Sie, daß ich Sie nicht verhaften lasse, sobald Sie mich raufgezogen haben?«
»Weil Sie ein Ehrenmann sind.« Delaroche schüttelte Michael und fragte: »Sind wir uns also einig?«
»Okay, Scheißkerl, wir sind uns einig.«
»Also gut. Lassen Sie die Pistole in den Fluß fallen und greifen Sie nach meiner Hand, bevor Sie uns noch beide in den Tod reißen.«

40

Washington · Dulles International Airport

»Das Geschoß hat Botschafter Cannon mehrere Rippen gebrochen und den linken Lungenflügel kollabieren lassen«, sagte der Arzt im George Washington University Hospital, ein absurd jung aussehender Chirurg namens Carlisle. »Aber falls keine ernstlichen Komplikationen auftreten, ist er bald wieder auf den Beinen, glaube ich.«
»Kann ich zu ihm?« fragte Elizabeth.
Carlisle schüttelte den Kopf. »Er ist jetzt im Aufwachraum, und er sieht ehrlich gesagt nicht besonders aus. Am besten versuchen Sie, es sich hier gemütlich zu machen. Wir holen Sie, sobald er ansprechbar ist.«
Der Arzt ging hinaus. Elizabeth setzte sich, aber schon nach wenigen Minuten ging sie wieder ruhelos in dem kleinen privaten Wartezimmer auf und ab. Auf dem Gang vor der Tür hielten zwei Beamte der Metropolitan Police Wache. Elizabeth trug einen hellblauen OP-Kittel, weil ihr Kleid durch Blutflecken, die von ihrem Vater und dem DSS-Agenten stammten, verdorben war. Maggie und die Kinder waren in einem anderen Raum. Maggie hielt sich bemerkenswert, fand Elizabeth. Obwohl sie von einem Attentäter bedroht und mit Paketband gefesselt worden war, weigerte sie sich, Liza und Jake von Kinderschwestern des Krankenhauses betreuen zu lassen. Jetzt brauchte Elizabeth nur noch eines: Sie mußte die Stimme ihres Mannes hören.

Seit ihrer alptraumhaften Flucht aus der N Street war über eine Stunde vergangen. Die Polizeibeamten hatten ihr gesagt, was sie wußten. Beim Auftauchen der ersten Streifenwagen waren die Terroristen geflüchtet, und Michael war am Leben gewesen. Aber dann war er durch den Garten hinter dem Haus verschwunden, und seither hatte ihn niemand mehr gesehen. Elizabeth schloß die Augen und zitterte vor Angst. Michael, dachte sie, wenn du lebst, meld dich bitte!

Es war elf Uhr. Sie schaltete den Fernseher ein und zappte sich durch die Programme. Das Attentat auf Douglas Cannon war die Sensation des Abends – sämtliche Lokalsender und alle Kabelkanäle berichteten ausführlich darüber. Aber kein Wort über Michael. Sie zündete sich eine Zigarette an und ging nervös auf und ab, während sie rauchte.

Eine Krankenschwester kam vorbei, klopfte an und streckte den Kopf zur Tür herein.

»Tut mir leid, Ma'am, aber hier ist Rauchverbot.«

Elizabeth sah sich nach etwas um, in dem sie ihre Zigarette ausdrücken konnte.

»Die können Sie mir mitgeben, Mrs. Osbourne«, sagte die Krankenschwester freundlich. »Kann ich Ihnen irgend etwas bringen?«

Elizabeth schüttelte den Kopf.

Als die Krankenschwester das Wartezimmer verließ, klingelte ihr Mobiltelefon.

Sie holte es aus ihrer Umhängetasche, schaltete es ein und meldete sich.

»Hallo?«

»Ich bin's, Elizabeth. Sag' kein Wort, hör nur zu.«

»Michael«, flüsterte sie.

»Mir geht's gut«, sagte er. »Ich bin unverletzt.«

»Gott sei Dank!«

»Wie geht's Douglas?« fragte er.
»Er ist sofort operiert worden. Der Arzt meint, daß er die Operation gut überstanden hat.«
»Wo sind die Kinder?«
»Auch hier im Krankenhaus«, antwortete Elizabeth.
»Wann sehe ich dich wieder?«
»Vielleicht morgen. Ich muß zuerst noch etwas erledigen. Ich liebe dich.«
»Michael, wo bist du?« fragte sie, aber die Verbindung war bereits unterbrochen.

Rebecca Wells stellte den Volvo auf dem Flughafen-Parkplatz für Langzeitparker ab und fuhr mit einem Pendelbus zum Terminal. Dort warf sie die Autoschlüssel in einen Abfallkorb und verschwand auf der Toilette. In einer der WC-Kabinen vertauschte sie ihr strenges Kostüm gegen verwaschene Jeans, einen Pullover und Cowboystiefel aus Wildleder. Dann steckte sie ihr Haar am Kopf fest, setzte eine blonde Perücke auf und begutachtete ihre Erscheinung in einem der Spiegel über den Waschbekken. Diese Verwandlung hatte keine fünf Minuten gedauert. Sie war jetzt Sally Burke aus Los Angeles und konnte sich mit einem Reisepaß und einem kalifornischen Führerschein ausweisen.

Sie ging durchs Terminal zum Air-Mexico-Schalter und buchte einen Flug nach Mexico City mit der letzten Maschine. Die nächsten drei Tage würden schwierig werden. Von Mexiko aus würde sie kreuz und quer durch Mittel- und Südamerika reisen und dabei täglich ihre Pässe und Identitäten wechseln. Dann würde sie von Buenos Aires nach Europa zurückfliegen.

Sie setzte sich in den Wartebereich am Flugsteig und wartete darauf, daß ihr Flug aufgerufen werden würde. Sie versuchte die Augen zu schließen, aber wenn sie das tat, erschien vor ihrem inneren Auge immer wieder das Bild, wie der Kopf des DSS-Agenten in einem Schauer aus Blut zerplatzte.

Der CNN Airport Channel brachte die neueste Meldung über den Attentatsversuch:

> *Die Ulster Freedom Brigade hat soeben die Verantwortung für den Mordversuch an Botschafter Douglas Cannon übernommen. Die beiden Attentäter, ein Mann und eine Frau, sind weiterhin flüchtig. Nach Auskunft der Ärzte im George Washington University Hospital ist Cannons Zustand ernst; seine Verletzungen sollen jedoch nicht lebensbedrohend sein ...*

Rebecca sah wieder weg. Wo zum Teufel steckst du, Jean-Paul? dachte sie. Dann zog sie den Brief heraus, den er ihr vor vier Stunden gegeben hatte und las ihn noch einmal. Fahre dorthin. Ich komme nach, sobald ich kann.

Ihr Flug wurde aufgerufen. Sie warf Jean-Pauls Brief in den nächsten Papierkorb und ging zum Flugsteig.

41

WASHINGTON

»Wie soll ich Sie nennen?«
»Ich benütze viele Namen, aber da ich die meiste Zeit als Jean-Paul Delaroche gelebt habe, halte ich mich für ihn.«
»Soll ich Sie also Delaroche nennen?«
»Wenn Sie wollen«, antwortete Delaroche und zog mit einer sehr französischen Geste die Mundwinkel nach unten.

Trotz der späten Stunde herrschte auf dem Capital Beltway noch reger Verkehr – die letzte Welle des abendlichen Washingtoner Berufsverkehrs. Michael bog auf die Interstate 95 ab und fuhr in Richtung Baltimore nach Norden. Der Ford, in dem sie saßen, war ein Leihwagen, den Michael auf dem National Airport gemietet hatte, nachdem sie mit einem Taxi von der Key West Bridge geflüchtet waren. Der Taxifahrer hatte sich zuerst geweigert, seine Tür zwei Männern in Anzügen zu öffnen, die aussahen, als seien sie in eine üble Schlägerei verwickelt gewesen. Dann hatte Delaroche ihm ein dickes Bündel Zwanziger gezeigt, und der Fahrer hatte gesagt, falls sie zum Mond wollten, könne er sie bis zum Morgen hinbringen.

Delaroche saß auf dem Beifahrersitz und hatte seinen dick verbundenen Fuß aufs Instrumentenbrett hochgelegt. Er rieb sich vorsichtig den Knöchel und machte ein Gesicht, als fühle er sich von ihm im Stich gelassen. Dann zündete er sich nonchalant die nächste Zigarette an. Falls er besorgt oder ängstlich war, ließ er sich nichts davon anmerken. Er öffnete sein Fenster einen Spaltbreit, um den Rauch abziehen zu lassen. Im Wagen stank es plötzlich nach frischer Jauche.

Nach Sarahs Ermordung hatte Michael jahrelang versucht, sich ein Bild von ihrem Mörder zu machen. Nun sah er, daß er ihn sich größer vorgestellt hatte, als er tatsächlich war. In Wirklichkeit war Delaroche eher klein und kompakt, aber mit den Muskeln eines durchtrainierten Weltergewichtlers. Michael hatte seine Stimme erst einmal gehört – in Cannon Point, in jener Nacht, in der Delaroche versucht hatte, ihn zu ermorden –, aber während er ihm jetzt zuhörte, wurde ihm klar, daß dies ein Mann mit vielen Facetten war. Delaroches Akzent wechselte ständig: mal sprach er mit französischem, dann wieder mit deutschem oder griechischem Akzent. Aber er sprach nie wie ein Russe, so daß Michael überlegte, ob der andere seine Muttersprache überhaupt beherrsche.

»Die Pistole ist übrigens leer gewesen.«

Delaroche seufzte schwer, als langweile ihn ein ausnehmend einfallsloses Fernsehprogramm.

»Alle CIA-Offiziere tragen als Dienstwaffe einen Browning mit fünfzehn Schuß im Magazin«, sagte er. »Nach dem Nachladen haben Sie drei Schüsse durch die Haustür auf mich abgegeben, vier durch die Windschutzscheibe und acht aufs Heck des Saabs.«

»Warum haben Sie mich nicht einfach von der Brücke stürzen lassen, wenn Sie gewußt haben, daß die Pistole leer war?«

»Weil ich praktisch keine Chance zur Flucht gehabt hätte, selbst wenn ich Sie erledigt hätte. Ich bin verletzt. Ich habe keine Waffe, kein Fahrzeug und kein Mobiltelefon. Sie sind meine einzige noch verbliebene Waffe gewesen.«

»Wie zum Teufel meinen Sie das?«

»Ich habe etwas, das Sie wollen, und Sie haben etwas, das ich will. Sie wollen wissen, wer mir den Auftrag erteilt hat, Sie zu liquidieren, und ich will Schutz vor meinen Feinden, damit ich in Frieden leben kann.«

»Wieso glauben Sie, daß ich die Absicht habe, mich an diese Vereinbarung zu halten?«

»Wer auf eigenen Wunsch aus der CIA ausscheidet, beweist damit, daß er Prinzipien hat. Und wer auf Wunsch des Präsidenten wieder zur CIA geht, beweist damit, daß er Ehre besitzt. Ihr Ehrgefühl ist Ihr schwacher Punkt. Wieso haben Sie sich überhaupt für dieses Leben entschieden, Michael? Hat Ihr Vater Sie dazu gedrängt?«

Aha, dachte Michael, Delaroche hat mich offenbar so genau studiert wie ich ihn.

»Ich bezweifle, daß ich an Ihrer Stelle ähnlich gehandelt hätte«, sagte Michael. »Ich glaube, ich hätte Sie von der Brücke stürzen lassen und den Anblick Ihrer flußabwärts treibenden Leiche genossen.«

»Das ist nichts, worauf Sie stolz sein können. Sie sind ein anständiger Mensch, aber auch sehr emotional – und dadurch leicht manipulierbar. Das hat auch der KGB erkannt, als er Sarah Randolph auf Sie angesetzt und mir dann befohlen hat, sie vor Ihren Augen zu ermorden.«

»*Fuck you!*« knurrte Michael. Er war versucht, zu halten und Delaroche zu verprügeln. Dann erinnerte er sich an die Schlägerei auf der Brücke und dachte daran, wie mühelos Delaroche ihn beinahe mit bloßen Händen umgebracht hätte.

»Michael, fahren Sie bitte etwas langsamer, damit Sie uns nicht beide umbringen. Wohin fahren wir überhaupt?«

»Was ist mit Ihrem Gesicht passiert?« wollte Michael wissen, ohne auf Delaroches Frage einzugehen.

»Als Sie Interpol auf mich angesetzt und mein Phantombild verbreitet haben, mußte ich mich operieren lassen.«

»Von wem haben Sie erfahren, daß eine Interpol-Fahndung nach Ihnen läuft?«

»Eins nach dem anderen, Michael.«

»Sind Sie von Maurice Leroux operiert worden?«

»Ja«, sagte Delaroche. »Woher wissen Sie das?«

»Der britische Geheimdienst hat gewußt, daß Leroux manchmal Leute wie Sie operiert hat. Haben *Sie* ihn ermordet?«

Delaroche gab keine Antwort.

»Verschönert hat er Sie nicht gerade«, stellte Michael fest. »Sie sehen schlimm aus.«

»Das weiß ich«, sagte Delaroche kalt, »und dafür mache ich Sie verantwortlich.«

»Sie sind ein Mörder. Sie tun mir nicht leid, nur weil Ihre Gesichtsoperation mißglückt ist.«

»Ich bin kein Mörder, ich bin ein Attentäter. Das ist etwas anderes. Früher habe ich für mein Land getötet, aber seit mein Land nicht mehr existiert, töte ich für Geld.«

»Nach meinen Begriffen sind Sie damit ein Mörder.«

»Wollen Sie etwa behaupten, in Ihrer Organisation gäbe es keine Männer dieser Art? Auch Sie haben Ihre Attentäter, Michael. Versuchen Sie also bitte nicht, aus moralisch überlegener Position zu argumentieren.«

»Wer hat Sie für den Mord an Douglas Cannon engagiert?«

»Wohin bringen Sie mich?«

»An einen sicheren Ort.«

»Doch hoffentlich nicht in ein sicheres Haus der CIA?«

»Wer hat Sie für den Mord an Douglas Cannon engagiert?«

Delaroche sah eine Weile aus seinem Fenster, dann holte er tief Luft, als wolle er tauchen und lange unter Wasser bleiben.

»Am besten fange ich wohl von vorn an«, meinte Delaroche schließlich. Er wandte sich vom Fenster ab und sah zu Michael hinüber. »Seien Sie geduldig, dann erfahren Sie alles, was Sie wissen wollen.«

Delaroche sprach, als erzähle er das Leben eines Fremden, nicht sein eigenes. Fehlte ihm einmal der richtige Ausdruck im Englischen, wechselte er in eine der anderen Sprachen über, die Michael wie er beherrschte: Spanisch, Italienisch oder Arabisch. Vor kaum zwei Stunden hatte er kaltblütig zwei DSS-Agenten ermordet, aber soweit Michael das beurteilen konnte, litt er unter keinen Nachwirkungen dieser Morde. Michael hatte erst einen Mann getötet – einen Terroristen des Schwerts von Gaza auf dem Flughafen Heathrow – und war danach wochenlang von Alpträumen heimgesucht worden.

Er erzählte Michael von dem Mann, den er nur als Wladimir gekannt hatte. Sie hatten in Moskau in einer geräumigen KGB-Wohnung gelebt und fürs Wochenende und Ferienaufenthalte eine hübsche Datscha unweit der Stadt zur Verfügung gehabt. Delaroche wurde damals mit seinem Taufnamen Nikolai und seinem Vatersnamen Michailowitsch angesprochen. Er durfte keinerlei Kontakte zu anderen Kindern haben. Er ging nicht in die normalen staatlichen Schulen; er gehörte keinem Sportverein und keiner der Jugendorganisationen der Partei an. Er durfte die Wohnung nie ohne Begleitung Wladimirs verlassen. War Wladimir einmal krank oder zu müde, schickte er einen finsteren Schläger namens Boris mit, der den Jungen begleitete.

Schon frühzeitig begann Wladimir, ihn Sprachen zu

lehren. *Eine weitere Sprache zu beherrschen, heißt eine weitere Seele zu haben,* pflegte Wladimir zu sagen. *Und in dem Leben, das du führen wirst, Nikolai Michailowitsch, wirst du in der Tat viele Seelen brauchen.* Während Delaroche das sagte, zog er die Schultern hoch und legte sein Gesicht in Falten, so daß er wie ein alter Mann aussah. Michael, der ihn beobachtete, staunte über die Leichtigkeit, mit der er sich in einen anderen Menschen verwandelte. Als er mit Wladimirs Stimme sprach, klang sein Tonfall erstmals russisch.

Manchmal sei ein großer, mürrischer Mann, der Anzüge aus dem Westen trug und Westzigaretten rauchte, auf Besuch gekommen, berichtete Delaroche weiter. Er begutachtete den Jungen wie ein Bildhauer ein im Entstehen begriffenes Werk. Erst viele Jahre später erfuhr Delaroche, wer der große Mann gewesen war: Michail Woronstow, Leiter der Ersten Hauptabteilung des KGB – und sein Vater.

Im August 1968 wurde er als Sechzehnjähriger in den Westen geschickt. Er flüchtete als angebliches Kind tschechischer Dissidenten aus der Tschechoslowakei nach Österreich. Nach einiger Zeit in österreichischen Auffanglagern gelangte er nach Paris, wo er als obdachloser Straßenjunge hauste, bis die Kirche sich seiner annahm.

In Paris entdeckte er sein Talent für die Malerei. Wladimir hatte nie zugelassen, daß der Junge sich mit etwas anderem als Sprachen und den für seinen zukünftigen Beruf nötigen Fertigkeiten beschäftigte. *Für frivolen Zeitvertreib bleibt keine Zeit, Nikolai Michailowitsch,* pflegte der Alte zu sagen. *Es ist ein Wettlauf gegen die Uhr.* Aber in Paris verbrachte Delaroche seine Nachmittage in den Museen, wo er die Werke großer Meister studierte. Er besuchte einige Zeit lang eine Kunstschule und konnte sogar ein paar seiner Werke verkaufen. Dann tauchte ein gewisser Michail Arbatow in Paris auf, und Delaroches Laufbahn als Killer begann.

»Arbatow war mein Führungsoffizier«, berichtete Delaroche. »Anfangs bin ich für internationale Aufgaben eingesetzt worden – zur Liquidierung von Dissidenten, potentiellen Überläufern und dergleichen. Später habe ich andere Aufträge erhalten.«

Michael zählte die Attentate auf, die Delaroche seines Wissens verübt hatte: auf den spanischen Minister in Madrid, den Polizeipräfekten von Paris, den BMW-Direktor in Frankfurt, den PLO-Funktionär in Tunis und den israelischen Geschäftsmann in London.

»Der KGB wollte die terroristischen und nationalistischen Bewegungen im Bereich der NATO und ihrer Verbündeten für seine Zwecke ausnützen«, sagte Delaroche. »Die IRA, die Rote-Armee-Fraktion, die Roten Brigaden in Italien, die Basken in Spanien, die Action Directe in Frankreich und so weiter. Ich habe auf beiden Seiten des politischen Spektrums getötet, nur um Chaos zu verursachen. Und ich habe natürlich weit mehr Attentate verübt, als die eben aufgezählten.«

»Und als die Sowjetunion zusammengebrochen ist?«

»Da sind Arbatow und ich plötzlich arbeitslos gewesen.«

»Also haben Sie sich selbständig gemacht?«

Delaroche nickte und rieb sich vorsichtig den Knöchel.

»Arbatow hatte erstklassige Verbindungen und war außerdem ein erfahrener Verhandler. Er hat als mein Agent fungiert, Angebote geprüft, Honorare ausgehandelt ... solches Zeug. Den Reinertrag meiner Arbeit haben wir uns geteilt.«

»Und dann ist die Sache mit dem Abschuß der Trans-Atlantic-Maschine passiert.«

»Das ist der größte Zahltag meines Lebens gewesen – eine Million Dollar in bar. Aber ich habe das Verkehrsflugzeug nicht abgeschossen. Das hat der palästinensische Psychopath Hassan Mahmoud getan.«

»Sie haben Mahmoud nur liquidiert.«

»Ganz recht.«

»Und Sie haben dafür gesorgt, daß seine Leiche gefunden wurde, damit wir annahmen, das Schwert von Gaza habe diesen Anschlag verübt.«

»Ja.«

»Und dann sind Sie von den Leuten, die das Verkehrsflugzeug *wirklich* abgeschossen hatten, dafür engagiert worden, die übrigen Beteiligten wie Colin Yardley in London und Erik Stoltenberg in Kairo zu beseitigen.«

»Und anschließend Sie.«

»Wer hat Sie engagiert?« fragte Michael. »In wessen Auftrag sollten Sie mich ermorden?«

»Diese Leute bilden eine Vereinigung, die sich ›Gesellschaft für internationale Entwicklung und Zusammenarbeit‹ nennt«, begann Delaroche. »Sie besteht aus Geheimdienstoffizieren, Waffenhändlern, Geschäftsleuten und Gangsterbossen, die versuchen, Einfluß auf das Weltgeschehen zu nehmen, um Geld zu verdienen und ihre eigenen Interessen zu schützen.«

»Ich kann nicht glauben, daß es eine Organisation dieser Art wirklich gibt.«

»Das Flugzeug ist nur deswegen abgeschossen worden, damit eines der Mitglieder, der amerikanische Rüstungsindustrielle Mitchell Elliott, Präsident Beckwith von der Notwendigkeit eines Raketenabwehrsystems überzeugen konnte.«

Michael hatte Elliott verdächtigt, in die Tragödie um den Flugzeugabschuß verwickelt gewesen zu sein; er hatte seinen Verdacht der CIA-Führung sogar schriftlich mitgeteilt. Trotzdem wurde ihm jetzt fast übel, als Delaroche seinen Verdacht bestätigte. Er spürte, daß sein Hemd ihm schweißnaß am Körper klebte.

»Sie haben gewußt, daß Sie der Wahrheit zu nahe waren«, fuhr Delaroche fort. »Sie sollten zum Schweigen gebracht werden – deswegen bin ich engagiert worden, um Sie zu beseitigen.«

»Woher haben sie von meinem Verdacht gewußt?«

»Sie haben eine Quelle in Langley.«

»Hat diese Gesellschaft einen Führer?«

»Er wird Direktor genannt. Alle nennen ihn nur so. Er ist Engländer. Er hat ein jamaikanisches Mädchen namens Daphne. Mehr weiß ich nicht über ihn.«

»Sie sind auch der Mann gewesen, der Achmed Hussein in Kairo erschossen hat.«

Delaroche wandte sich ruckartig nach links und funkelte Michael an.

»Die Gesellschaft hat dieses Attentat für den Mossad verübt. Woher wissen Sie, daß ich es ausgeführt habe?«

»Hussein ist von den Ägyptern überwacht worden. Als ich mir das Attentat auf einem Videofilm angesehen habe, ist mir die Narbe an der rechten Hand des Attentäters aufgefallen. Da habe ich gewußt, daß Sie noch leben und wieder arbeiten. Daraufhin haben wir Interpol alarmiert.«

»Von dem Alarm haben wir sofort erfahren«, sagte Delaroche, indem er seinen rechten Handrücken anstarrte. »Der Direktor hat ausgezeichnete Verbindungen zu den westlichen Geheim- und Sicherheitsdiensten, aber von der Interpol-Sache hat er von seiner Quelle in Langley erfahren.«

»Warum ist die Gesellschaft in Nordirland aktiv geworden?«

»Weil sie befürchtet, das dortige Friedensabkommen könnte schlecht fürs Geschäft sein. Der Exekutivausschuß der Gesellschaft ist letzten Monat auf Mykonos zusammengetreten. Auf dieser Sitzung hat die Gesellschaft beschlossen, Ihren Schwiegervater und Sie zu liquidieren – und der Auftrag ist an mich gegangen.«

»Ist die Frau in dem Volvo Rebecca Wells gewesen?«

»Ja.«

»Wo ist sie jetzt?«

»Das gehört nicht zu unserem Deal, Michael.«

»Warum sollte ich liquidiert werden?«

»Der Direktor hat viel Geld in mich investiert und wollte es nicht verlieren. Er hat Sie als Bedrohung gesehen.«

»Hat seine Quelle aus Langley an der Besprechung auf Mykonos teilgenommen.«

»Alle sind auf Mykonos dabeigewesen.«

Es war nach fünf Uhr morgens, als Michael und Delaroche die Kleinstadt Greenport auf Long Island erreichten. Sie fuhren durch menschenleere Straßen und parkten an der Anlegestelle der Autofähre. Das Schiff lag sicher an der Pier vertäut; es würde erst in einer Stunde zu seiner ersten Fahrt über den Sund nach Shelter Island ablegen. Michael telefonierte aus der Telefonzelle neben dem kleinen Holzhäuschen, in dem die Fahrkarten verkauft wurden.

»Scheiße, wo steckst du?« fragte Adrian Carter. »Die ganze Stadt ist auf der Suche nach dir.«

»Ruf mich von einer Telefonzelle aus unter folgender Nummer an...«

Die zehnstellige Zahl, die er Carter nannte, hatte keinerlei Ähnlichkeit mit der richtigen Rufnummer dieser

Telefonzelle. Michael benützte einen primitiven Schlüsselcode, den Carter und er schon vor hundert Jahren im Außendienst gebraucht hatten: rückwärts, die erste Ziffer um eins vermehrt, die zweite um zwei vermindert, die dritte um drei vermehrt und so weiter. Er mußte die Nummer nicht wiederholen, denn Carter war wie er selbst mit einem perfekten Gedächtnis geschlagen.

Michael hängte ein und rauchte eine Zigarette, während er darauf wartete, daß Carter sich anzog und zur nächsten Telefonzelle fuhr. Bei der Vorstellung, wie Carter sich einen Mantel über seinen Schlafanzug zog, mußte Michael grinsen. Fünf Minuten später klingelte das Telefon.

»Würdest du mir freundlicherweise verraten, was zum Teufel hier vorgeht?«

»Das erzähle ich dir, wenn du herkommst.«

»Wo bist du?«

»Shelter Island.«

»Verdammt, was machst du dort? Bist du in diese Schießerei auf der Key Bridge verwickelt gewesen?«

»Nimm das nächste Flugzeug, Adrian. Ich brauche dich.«

Carter zögerte einen Augenblick. »Gut, ich komme, so schnell ich kann – aber wehe, wenn deine Story nichts taugt!«

Als Michael zum Auto zurückkam, war Delaroche verschwunden, aber er entdeckte ihn einen Augenblick später. Delaroche lehnte an einem rostigen Maschendrahtzaun und starrte über den Sund zu der niedrigen, dunklen Silhouette von Shelter Island hinüber.

»Erzählen Sie mir, was Sie vorhaben«, sagte Delaroche.

»Wenn Sie Ihr Geld und Ihre Freiheit behalten wollen, müssen Sie für Ihr Abendessen singen.«

»Was soll ich für Sie tun?«

»Mir helfen, die Quelle in Langley zu vernichten.«

»Sie wissen, wer der Informant ist?«

»Ja, das weiß ich«, antwortete Michael. »Und es handelt sich um keinen *Er*. Die Quelle ist Monica Tyler.«

»Ich weiß nicht genug, um Monica Tyler zu vernichten.«

»Doch, das wissen Sie.«

Delaroche starrte weiter übers schwarze Wasser. »Das alles hätten wir auch anderswo besprechen können, Michael. Warum haben Sie mich ausgerechnet hierher gebracht?« Aber Delaroche erwartete nicht wirklich eine Antwort, und Michael gab auch keine. »Eines muß ich noch wissen. Ich muß wissen, wie Astrid gestorben ist.«

»Elizabeth hat sie erschossen.«

»Wie?«

Als Michael es ihm erzählte, schloß er die Augen. So standen sie nebeneinander, beide an den Zaun geklammert, als die ersten Männer der Fährenbesatzung zur Arbeit kamen. Ein paar Minuten später sprangen die Dieselmotoren an und ließen das Schiff an seinem Liegeplatz erzittern.

»Diese Sache ist nie persönlich gewesen«, sagte Delaroche schließlich. »Immer nur geschäftlich. Verstehen Sie, was ich damit sagen will, Michael? Immer nur geschäftlich.«

»Sie haben mir und meiner Familie Höllenqualen verursacht, und das verzeihe ich Ihnen nie. Aber ich verstehe, was Sie meinen. Ich verstehe jetzt alles.«

42

SHELTER ISLAND, NEW YORK

Als sie am Tor von Cannon Point vorfuhren, trat ein junger Wachmann namens Tom Moore aus dem Wachhäuschen. Moore war ein ehemaliger Ranger der U.S. Army mit breiten, muskulösen Schultern und kurzgeschnittenem blonden Haar.

»Entschuldigen Sie, daß ich nicht angerufen habe, Tom.«

»Kein Problem, Mr. Osbourne«, antwortete Moore. »Wir haben von der Sache mit dem Botschafter gehört, Sir. Natürlich drücken wir ihm alle die Daumen. Hoffentlich werden diese Schweinekerle bald geschnappt. Das Radio meldet, daß sie spurlos verschwunden sind.«

»So sieht's leider aus. Das hier ist ein Freund von mir«, sagte Michael und nickte zu Delaroche hinüber. »Er bleibt für ein paar Tage.«

»Ja, Sir.«

»Bitte kommen Sie mittags ins Haus rauf, Tom. Ich muß was mit Ihnen besprechen.«

»Ich will nichts damit zu tun haben«, sagte Adrian Carter. »Übergib den Fall der Abteilung Spionageabwehr. Jesus, von mir aus kannst du ihn dem FBI übergeben, das ist mir egal. Aber sieh zu, daß du ihn loswirst, weil er jeden ins Unglück reißt, der sich damit befaßt.«

Carter und Michael waren entlang der Strandmauer mit Blick über den Sund unterwegs: mit gesenkten Köpfen und tief in den Jackentaschen vergrabenen Händen wie ein Suchtrupp, der eine Leiche sucht. Der Morgen war windstill und kalt, das Wasser stahlgrau. Carter trug dieselbe dicke Daunenjacke wie an jenem Nachmittag im Central Park, an dem er Michael bekniet hatte, in die Agency zurückzukommen. Eigentlich rauchte er nicht mehr, aber nach der Hälfte von Michaels Bericht hatte er eine Zigarette geschnorrt und mit gierigen Zügen geraucht.

»Sie ist die Direktorin der Central Intelligence Agency«, sagte Michael. »Die Spionageabwehr untersteht ihr. Und was das FBI betrifft... wer zum Teufel will es in diese Sache hineinziehen? Sie geht nur uns etwas an. Das Bureau würde uns die Geschichte noch jahrelang unter die Nase reiben.«

»Du hast wohl vergessen, daß Jack the Ripper dort oben dein *einziger* Zeuge ist?« fragte Carter, indem er zum Haus hinübernickte. »Du mußt doch zugeben, daß er ein gewisses Glaubwürdigkeitsproblem hat. Hast du wenigstens mal daran gedacht, er könnte die ganze Geschichte nur erfunden haben, damit du ihn nicht verhaftest?«

»Er hat nichts erfunden.«

»Woher willst du das wissen? Diese ganze Sache mit einem Geheimorden, der gegen den Weltfrieden arbeitet, kommt mir wie echter Bockmist vor.«

»Jemand hat diesen Mann letztes Jahr damit beauftragt, mich zum Schweigen zu bringen, weil ich im Fall TransAtlantic der Wahrheit gefährlich nahe gewesen bin. In der Agency haben nur zwei Leute von meinem Verdacht gewußt – du und Monica Tyler.«

»Na und?«

»Warum hat Monica mich letztes Jahr überhaupt aus der Agency gedrängt? Warum hat sie mir die Zuständigkeit für den Fall Oktober eine Woche vor dem Anschlag auf Douglas entzogen? Und das ist noch nicht alles. Delaroche hat gesagt, der Exekutivausschuß der Gesellschaft habe Anfang März auf Mykonos getagt. Monica ist zu dieser Zeit in Europa gewesen, um an einer regionalen Sicherheitskonferenz teilzunehmen. Nach der Konferenz hat sie sich zwei Tage freigenommen und ist spurlos untergetaucht.«

»Jesus, Michael, ich bin Anfang dieses Monats auch mal in Europa gewesen!«

»Ich glaube, daß Delaroche die Wahrheit sagt, Adrian. Und du glaubst es auch.«

Sie verließen den Park von Cannon Point und gingen auf der Shore Road in Richtung Dering Harbor weiter.

»Würde die Geschichte öffentlich bekannt, wären die Folgen für die Agency katastrophal.«

»Ganz recht«, bestätigte Michael. »Die Agency würde Jahre brauchen, um sich von einem Schlag dieser Art zu erholen. Ihr Ruf in Washington – und sogar weltweit – wäre praktisch ruiniert.«

»Was hast du also vor?«

»Ich will Monica mit den Beweisen konfrontieren und ihren Rücktritt erzwingen, bevor sie noch mehr Schaden anrichten kann. An ihren Händen klebt Blut, aber wenn wir die Sache öffentlich abhandeln, liegt die Agency bald in Trümmern.«

»Aus der Führungsetage kriegst du Monica höchstens mit einer Ladung Dynamit raus.«

»Wenn's sein muß, stelle ich den Aktenkoffer mit Dynamit selbst dort ab.«

»Warum zum Teufel hast du mich in die Sache hineingezogen?«

»Weil du der einzige bist, dem ich vertraue. Du bist mein Führungsoffizier gewesen, Adrian. Und du wirst immer mein Führungsoffizier sein.«

Sie blieben an der Brücke über die schmale Bucht stehen, an deren Ende Dering Harbor lag. Jenseits der Brücke erstreckte sich ein mit Schilf bewachsenes Gelände mit einzelnen kahlen Bäumen. Auf der Brücke stand ein kleiner, sehniger Mann vor einer Staffelei und malte. Er trug fingerlose Wollhandschuhe und einen abgewetzten Troyer, der ihm mehrere Nummern zu groß war.

»Wundervoll«, sagte Carter, während er das angefangene Bild begutachtete. »Sie sind sehr talentiert.«

»Oh, sehr freundlich von Ihnen, Mr. Carter«, antwortete der Maler mit starkem Akzent.

Carter wandte sich an Michael. »Das kann doch nicht dein Ernst sein!«

»Adrian Carter, ich darf dir Jean-Paul Delaroche vorstellen. Du kennst ihn vermutlich besser unter dem Namen Oktober.«

Tom Moore erschien mittags im Haus.

»Sie wollten mich sprechen, Mr. Osbourne?«

»Bitte kommen Sie rein, Tom. In der Küche gibt's frischen Kaffee.«

Michael schenkte ihnen Kaffee ein, dann saßen sie sich an dem kleinen Tisch in der Küche gegenüber.

»Was kann ich für Sie tun, Mr. Osbourne?«

»Heute abend findet hier eine Besprechung statt, von der ich eine Aufzeichnung brauche – optisch und akustisch«, begann Michael. »Lassen die Überwachungskameras sich entsprechend umstellen?«

»Ja, Sir«, sagte Moore ausdruckslos.

»Können Sie aufzeichnen, was die Kameras aufnehmen?«

»Ja, Sir.«

Adrian Carter kam mit Delaroche herein.

»Gibt's hier im Haus irgendwelche Mikrofone?«
»Nein, Sir. Ihr Schwiegervater hat uns die Benützung von Mikrofonen strikt verboten. Er hält das für einen unzulässigen Eingriff in seine Privatsphäre.« Auf Moores breitem Gesicht erschien ein jungenhaftes Grinsen. »Er kann sich kaum mit den Kameras abfinden. Vor seiner Abreise nach London hab' ich ihn dabei ertappt, wie er eine abmontieren wollte.«
»Wie lange würden Sie brauchen, um Mikrofone und einen Kassettenrecorder zu beschaffen?«
Der junge Wachmann zuckte mit den Schultern. »Höchstens ein paar Stunden.«
»Können Sie sie unsichtbar anbringen?«
»Bei den Mikrofonen ist das leicht, weil sie relativ klein sind. Problematisch sind nur die Kameras. Das sind normale Überwachungskameras von der Größe eines Schuhkartons.«
Michael fluchte halblaut vor sich hin.
»Aber ich habe eine Idee.«
»Ja, Tom?«
»Die Kameras haben Objektive mit ziemlich langer Brennweite. Wenn die Besprechung im Wohnzimmer stattfände, könnte ich Kameras am Rand des Rasens aufstellen und Aufnahmen durch die Fenster machen.«
Michael nickte lächelnd. »Gute Idee, Tom!«
»Wie man Aufklärungsmittel richtig einsetzt, habe ich bei den Rangers gelernt. Sie müssen nur dafür sorgen, daß die Vorhänge offen bleiben.«
»Das kann ich nicht garantieren.«
»Schlimmstenfalls bleibt Ihnen der Tonbandmitschnitt als Beweismittel.«
Delaroche wandte sich an den Wachmann. »Haben Sie außer dem Museumsstück, das Sie tragen, noch andere Waffen?«

Moore trug einen Revolver Smith & Wesson Kaliber achtunddreißig.

»Ich mag diese *Museumsstücke*, weil sie keine Ladehemmung kennen«, sagte Moore und schlug auf den Revolverhalfter. »Aber ich könnte wahrscheinlich ein paar Pistolen besorgen.«

»Was für Pistolen?«

»Colt Fünfundvierziger.«

»Keine Glock oder Beretta?«

»Sorry«, sagte Moore sichtlich perplex.

»Ein oder zwei Colts wären gut«, entschied Carter.

»Ja, Sir«, antwortete Moore. »Wollen Sie mir nicht verraten, was hier läuft?«

»Kommt nicht in Frage.«

Delaroche folgte Michael die Treppe ins Schlafzimmer hinauf. Michael trat an den Einbauschrank, öffnete die Tür und griff nach einer kleinen Schachtel auf dem obersten Regal. Er klappte sie auf und nahm eine Beretta heraus.

»Die haben Sie beim letzten Besuch hier verloren, glaube ich«, sagte Michael, als er Delaroche die Waffe gab.

Delaroches vernarbte rechte Hand schloß sich um den Pistolengriff, und sein Zeigefinger glitt reflexartig in den Abzugbügel. Michael lief ein kalter Schauder über den Rücken, als er sah, wie selbstverständlich Delaroche mit der Beretta umging.

»Wo haben Sie die her?« fragte Delaroche.

»Ich habe sie am Ende unseres Bootsstegs aus dem Wasser geangelt.«

»Wer hat sie restauriert?«

»Ich.«

Delaroche blickte von der Pistole auf und starrte Michael an. »Warum zum Teufel haben Sie das getan?«

»Das weiß ich selbst nicht recht. Wahrscheinlich wollte ich eine greifbare Erinnerung daran haben, wie's damals wirklich gewesen ist.«

Delaroche hatte noch immer ein 9-mm-Magazin in der Tasche, mit dem er die Waffe jetzt lud.

»Wenn Sie wollen, können Sie Ihren Auftrag damit doch noch ausführen, nehme ich an.«

Delaroche gab Michael die Beretta zurück.

An diesem Nachmittag betrat Michael um vier Uhr Douglas' Arbeitszimmer, nahm den Telefonhörer ab und wählte die Nummer von Monica Tylers Büro in der Zentrale. Carter, der an einem anderen Apparat mithörte, hielt vorsichtshalber die Sprechmuschel zu. Monicas Sekretärin sagte, Direktor Tyler sei in einer wichtigen Besprechung und dürfe nicht gestört werden. Michael sagte, es handle sich um einen Notfall, und wurde daraufhin mit Tweedledee oder Tweedledum verbunden − er wußte nie genau, wer von den beiden wer war. Dann mußte Michael die üblichen zehn Minuten warten, während Monica aus ihrer Besprechung geholt wurde.

»Ich weiß alles«, sagte Michael ohne weitere Vorrede, als Monica sich endlich meldete. »Ich weiß über die Gesellschaft Bescheid, und ich weiß über den Direktor Bescheid. Ich weiß über Mitchell Elliott und den Fall TransAtlantic Bescheid. Und ich weiß, daß Sie versucht haben, mich liquidieren zu lassen.«

»Michael, sind Sie jetzt völlig übergeschnappt? Um Himmels willen, wovon reden Sie?«

»Ich biete Ihnen eine Chance, diese Affäre unauffällig zu bereinigen.«

»Michael, ich weiß nicht...«

»Ich erwarte Sie im Haus meines Schwiegervaters auf Shelter Island. Aber kommen Sie allein − ohne Leibwächter, ohne Mitarbeiter. Seien Sie bis zehn Uhr hier. Sind Sie bis dahin nicht hier oder sehe ich etwas, das mir nicht gefällt, rufe ich das FBI und die *New York Times* an und erzähle alles, was ich weiß.«

Er legte auf, ohne ihre Antwort abzuwarten.

Eine halbe Stunde später klingelte das abhörsichere Telefon im Arbeitszimmer der Londoner Villa des Direktors. Er saß in einem Ohrensessel am Kamin, hatte die Füße auf der Ottomane hochgelegt und arbeitete einen Aktenstapel durch. Daphne kam lautlos herein und nahm den Hörer ab.

»Picasso ist am Apparat«, meldete Daphne. »Die Angelegenheit sei dringend, sagt sie.«

Der Direktor nahm den Hörer entgegen. »Ja, Picasso?«

Monica Tyler berichtete ihm gelassen von dem Anruf, den sie vorhin von Michael Osbourne erhalten hatte.

»Ich vermute, daß er seine Informationen von Oktober hat«, sagte der Direktor. »Sollte meine Vermutung zutreffen, hat Osbourne nicht allzuviel in der Hand, glaube ich. Oktober weiß nur sehr wenig über die allgemeine Struktur unserer Organisation und ist nicht eben ein glaubwürdiger Zeuge. Er ist ein Mann, der für Geld mordet – ein Mann ohne Moral und ohne Loyalität.«

»Ich stimme Ihnen zu, Direktor, aber ich glaube, wir sollten über diese Bedrohung nicht nur diskutieren.«

»Das habe ich auch nicht vor.«

»Sehen Sie eine Möglichkeit, die beiden zu liquidieren?«

»Das kostet Zeit.«

»Und wenn ich Oktober einfach verhafte?«

»Dann posaunen Osbourne und er die Geschichte in die Welt hinaus.«

»Ich höre mir gern an, was Sie vorzuschlagen haben.«

»Wissen Sie, wie man Poker spielt?« fragte der Direktor.
»Buchstäblich oder im übertragenen Sinn?«
»Tatsächlich ein bißchen von beidem.«
»Ich verstehe, was Sie meinen, glaube ich.«
»Hören Sie sich an, was Osbourne zu sagen hat, und wägen Sie Ihre Optionen nüchtern ab. Ich brauche Sie nicht daran zu erinnern, daß Sie bei Ihrer Aufnahme in die Gesellschaft einen Treueschwur geleistet haben. Nichts ist wichtiger, als diesen Schwur zu halten.«
»Ja, ich verstehe, Direktor.«
»Vielleicht bietet sich Ihnen eine Gelegenheit, diese Sache selbst aus der Welt zu schaffen.«
»So etwas habe ich noch nie getan, Direktor.«
»Das ist leichter, als Sie vielleicht glauben, Picasso. Ich warte auf eine Nachricht von Ihnen.«

Er gab Daphne den Hörer zurück und sah sie an.
»Ruf bitte sofort die Mitglieder des Exekutivausschusses und die Abteilungsleiter an. Ich muß jeden einzelnen dringend sprechen. Wir könnten gezwungen sein, unsere Aktivitäten für einige Zeit einzustellen, fürchte ich.«

Monica Tyler legte den Hörer auf und starrte kurz aus ihrem Fenster zum Potomac hinüber. Dann durchquerte sie das Zimmer und blieb vor einer Radierung von Rembrandt stehen – einer Landschaft, die sie in New York für ein kleines Vermögen ersteigert hatte. Ihr Blick glitt über das gerahmte Blatt: die Wolken, das aus einer Hütte fallende Licht, der leichte Wagen mit ausgespannten Pferden auf der Wiese daneben. Sie faßte nach dem Rahmen und zog daran. Der Rembrandt ließ sich an seinem Scharnier zur Seite klappen und gab den dahinter verborgenen kleinen Wandsafe frei.

Ihre Finger bedienten die Einstellräder so automatisch,

daß ihre Augen die Zahlen kaum wahrnahmen. Sekunden später war der Safe offen. Sie nahm einige Gegenstände heraus: einen großen Umschlag mit hunderttausend Dollar in bar, drei auf verschiedene Namen lautende gefälschte Reisepässe dreier Staaten und ein halbes Dutzend auf diese Namen ausgestellte Kreditkarten.

Und zum Schluß eine Browning-Pistole, Monicas Dienstwaffe.

Vielleicht bietet sich Ihnen eine Gelegenheit, diese Sache selbst aus der Welt zu schaffen.

Monica zog sich um und vertauschte ihr Chanelkostüm gegen Jeans und einen Pullover. Die Gegenstände aus dem Safe kamen in ihre schwarze Umhängetasche. Zuletzt packte sie eine kleine Reisetasche mit allem, was sie für eine Übernachtung brauchte.

Sie nahm die schwarze Tasche über die Schulter, griff hinein und umfaßte den Griff des Browning; wie alle CIA-Angehörigen hatte sie eine Schießausbildung erhalten. Draußen auf dem Flur wartete einer ihrer Leibwächter.

»Guten Abend, Direktor Tyler.«

»Guten Abend, Ted.«

»Zurück in die Zentrale, Direktor?«

»Nein, zum Hubschrauberlandeplatz.«

»Zum Hubschrauberlandeplatz? Uns hat niemand gesagt, daß Sie heute noch ...«

»Schon in Ordnung, Ted«, unterbrach sie ihn gelassen. »Das ist eine private Sache.«

Der Sicherheitsbeamte musterte sie prüfend. »Ist irgendwas nicht in Ordnung, Direktor Tyler?«

»Nein, Ted, alles ist bestens.«

43

Shelter Island, New York

Michael Osbourne hielt nervös auf dem Rasen Wache. Er trank Adrian Carters miserablen Kaffee und rauchte seine eigenen miserablen Zigaretten, während er auf und ab marschierte. Gott, heute nacht ist's wirklich verdammt kalt! dachte er. Er sah erneut nach Westen, wo Monica herkommen mußte, aber dort waren nur eine bleiche schmale Mondsichel und zahllose flimmernde Sterne zu sehen.

Michael sah auf seine Armbanduhr: 21.58 Uhr. Monica kommt eben nie pünktlich, dachte er. »Monica kommt noch zu ihrer eigenen Beerdigung zehn Minuten zu spät«, hatte Carter einmal gewitzelt, als sie in Monicas Vorzimmer hatten warten müssen. *Vielleicht kommt sie überhaupt nicht,* sagte er sich, *oder vielleicht hoffe ich nur, daß sie nicht aufkreuzt.* Vielleicht hatte Adrian recht. Vielleicht war es am besten, er vergaß die ganze Sache, verließ die Agency – diesmal endgültig – und blieb mit Elizabeth und den Kindern auf Shelter Island. *Und was dann? Soll ich mich bis ans Ende meiner Tage ängstlich umsehen müssen, während ich darauf warte, daß Monica und ihre Freunde einen weiteren Killer, einen weiteren Delaroche auf mich ansetzen?*

Er sah nochmals auf seine Armbanduhr. Früher hatte die Uhr seinem Vater gehört: ein deutsches Fabrikat, groß wie ein Silberdollar, wasserdicht, staubdicht, stoßfest, kinderfest und schwach leuchtend. Ideal für einen Spion. Diese Uhr war das einzige Erbstück, das Michael nach dem Tod seines Vaters an sich genommen hatte. Er trug sie sogar an dem originalen Fixoflex-Uhrenband, das in der Haut seines Handgelenks kleine rechteckige Vertiefungen zurückließ. Manchmal sah er auf die Uhr und stellte sich vor, wie sein Vater in Moskau, Rom, Wien oder Beirut auf einen Agenten gewartet hatte. Er fragte sich, was sein Vater von dieser Sache gehalten hätte. *Er hat mir früher nie erzählt, was er denkt,* sagte Michael sich. *Warum sollte sich das geändert haben?*

Er hörte ein dumpfes Wummern, das von einem anfliegenden Hubschrauber hätte stammen können, aber es kam aus dem Nachtclub in Greenport jenseits des Wassers, in dem die Band ein weiteres gräßliches Stück begann. Michael dachte an sein zusammengewürfeltes Einsatzteam: Jean-Paul Delaroche, sein Feind, sein lebender Beweis für Monica Tylers Verrat, der darauf wartete, auf die Bühne gerufen zu werden, um danach sofort wieder abzutreten. Tom Moore, der im Gästehaus vor seinen Monitoren saß und nicht ahnte, daß ihn der Schock seines Lebens erwartete. Adrian Carter, der ruhelos hinter ihm auf und ab ging, eine Zigarette nach der anderen von ihm schnorrte und sich wünschte, er wäre woanders.

Michael hörte das Knattern der Hubschrauberrotoren, bevor die Maschine in Sicht kam. Einen Augenblick lang glaubte er, es kämen zwei, drei oder sogar vier Hubschrauber. Er griff instinktiv nach der Pistole, die Tom Moore ihm besorgt hatte, aber Sekunden später erkannte er die Lichter eines einzelnen Hubschraubers, der Shelter Island über Nassau Point und Great Hog Neck anflog, und merkte, daß dies nur eine vom Nachtwind verursachte akustische Täuschung gewesen war.

Er erinnerte sich an jenen Morgen vor zwei Monaten, an dem der Hubschrauber mit Präsident James Beckwith an Bord auf derselben Route nach Shelter Island gekommen war und damit den Anstoß zu den Ereignissen gegeben hatte, die ihn jetzt hierher geführt hatten.

Die Szenen zogen vor seinem inneren Auge vorbei, während der Hubschrauber näher kam.

Adrian Carter im Central Park, wie er ihn zum Zurückkommen überredete.

Kevin Maguire an einen Stuhl gefesselt, und Seamus Devlin lächelnd vor ihm stehend. *Ich habe Maguire nicht auf dem Gewissen.* Sie *haben ihn umgebracht.*

Preston McDaniels, zermalmt von den Rädern eines U-Bahnzugs der Elendslinie.

Delaroche, der lächelnd übers Geländer der Key Bridge auf ihn herabsah. *Sie kennen die Fabel von dem Frosch und dem Skorpion, die den Nil überqueren?*

Geheimdienstarbeit funktioniert gelegentlich so, hatte sein Vater immer behauptet – wie es die Chaostheorie behauptet. Ein Windhauch streicht über einen Teich und bewegt einen Schilfhalm, von dem eine Libelle auffliegt, die dabei einen Frosch erschreckt und so weiter und so weiter, bis auf der anderen Seite der Erde und viele Wochen später ein Taifun eine Philippineninsel verwüstet.

Über der Southold Bay ging die Maschine allmählich tiefer. Michael sah auf die Armbanduhr seines Vaters: 22.06 Uhr. Der Hubschrauber flog niedrig über den Shelter-Island-Sund und Dering Harbor an und landete auf der weiten Rasenfläche vor Cannon Point. Die Triebwerke verstummten pfeifend, und der Rotor hörte auf, sich zu drehen. Die Tür ging auf, und ein Besatzungsmitglied klappte eine kleine Treppe aus. Monica Tyler stieg mit einer schwarzen Umhängetasche über ihrer Schulter aus und marschierte resolut aufs Haus zu.

»Bringen wir diesen Unsinn möglichst schnell hinter

uns«, forderte sie Michael auf, als sie an ihm vorbeistapfte. »Sie wissen, daß ich sehr beschäftigt bin.«

Monica Tyler ging sonst nie auf und ab, aber an diesem Abend tat sie es. Sie machte einen Rundgang durch Douglas Cannons Wohnzimmer wie eine Politikerin, die eine Wohnwagensiedlung nach einem Tornado besichtigt – ruhig, stoisch, mitfühlend, aber sorgfältig darauf bedacht, nicht in Unrat zu treten. Sie blieb gelegentlich stehen, betrachtete mal stirnrunzelnd den Sofaüberwurf mit Blumenmuster und verzog mal das Gesicht beim Anblick des rustikalen Teppichs vor dem Kamin, in dem ein Feuer brannte.

»Sie haben irgendwo Kameras, nicht wahr, Michael?« fragte sie in einem Tonfall, der eher wie eine Feststellung klang. »Und natürlich auch Mikrofone.« Sie setzte ihren rastlosen Rundgang durchs Zimmer fort. »Es stört Sie doch nicht, wenn ich die Vorhänge zuziehe, Michael? Ich habe nämlich auch diesen kleinen Lehrgang auf der ›Farm‹ absolviert, wissen Sie? Ich bin vielleicht kein erfahrener Geheimdienstler wie Sie, aber die Grundlagen unserer Arbeit sind mir trotzdem geläufig.« Sie zog demonstrativ die Vorhänge zu. »So«, sagte sie dabei, »das ist viel besser.«

Dann setzte sie sich: eine arrogante, widerspenstige Zeugin, die auf dem Zeugenstuhl Platz nimmt. Monica schlug die Beine übereinander, ließ ihre langen Hände auf dem verwaschenen Baumwollstoff ihrer Jeans ruhen und fixierte Michael mit eisigem Blick. Die prosaische Umgebung beraubte sie aller Möglichkeiten physischer Einschüchterung. Hier gab es keinen goldenen Füllfederhalter, den sie wie ein Stilett führen konnte, keine attraktive Sekretärin, die ein Gespräch unterbrach, das überraschend eine unangenehme Wendung genommen hatte, keinen Tweedledum und Tweedledee, beide wachsam wie Dobermänner, mit ihren an sich gedrückten Ledermappen und abhörsicheren Mobiltelefonen.

Delaroche betrat das Wohnzimmer. Er rauchte eine Zigarette. Monica funkelte ihn verächtlich an, denn Tabak gehörte wie persönliche Illoyalität zu den vielen Dingen, die sie nicht ausstehen konnte.

»Dieser Mann heißt Jean-Paul Delaroche«, erklärte Michael ihr. »Wissen Sie, wer er ist?«

»Ich nehme an, daß er ein ehemaliger KGB-Mörder mit dem Decknamen Oktober ist, der jetzt als international tätiger Berufskiller arbeitet.«

»Wissen Sie, warum er hier ist?«

»Vermutlich, weil er's gestern abend fast geschafft hätte, Ihren Schwiegervater zu ermorden, obwohl wir uns alle Mühe gegeben haben, ihn daran zu hindern.«

»Welches Spiel spielen Sie, Monica?« fragte Michael scharf.

»Das wollte ich eben *Sie* fragen.«

»Ich weiß alles«, sagte er, jetzt wieder ruhiger.

»Glauben Sie mir, Michael, Sie wissen keineswegs alles. In Wirklichkeit wissen Sie praktisch nichts. Aber eines sollten Sie wissen: Ihre kleine Eskapade hat eines der wichtigsten Unternehmen, das die Central Intelligence Agency gegenwärtig durchführt, schwer gefährdet.«

Im Wohnzimmer war es still geworden, nur das Kaminfeuer knackte und prasselte wie Gewehrfeuer. Draußen bewegte der Wind die Zweige der winterkahlen Bäume, von denen einer an der Hauswand scharrte. Ein Lastwagen brummte die Shore Road entlang, und irgendwo kläffte ein Hund.

»Wenn Sie den Rest hören wollen, müssen Sie Ihre Mikrofone stillegen«, sagte Monica.

Michael machte keine Bewegung. Monica griff nach ihrer Handtasche, als wolle sie aufstehen und gehen.

»Also gut«, sagte Michael. Er stand auf, trat an Douglas' Schreibtisch und zog eine der Schubladen auf. Sie enthielt ein etwa fingerlanges Mikrofon. Michael hielt es hoch, damit Monica es sehen konnte.

»Ausstecken«, verlangte sie.

Er zog das Mikrofon vom Kabel ab.

»Jetzt noch das Reservemikrofon«, sagte Monica. »Sie sind zu paranoid, um sich nur auf eines zu verlassen.«

Michael trat an die Bücherwand, nahm einen Proustband heraus und holte das zweite Mikrofon dahinter hervor.

»Stillegen«, verlangte Monica.

Delaroche sah zu Michael hinüber. »Sie hat eine Waffe in der Tasche.«

Michael trat an den Sessel, in dem Monica Tyler saß, griff in ihre Umhängetasche und zog den Browning heraus.

»Seit wann tragen CIA-Direktoren Waffen?«

»Wenn sie sich bedroht fühlen«, antwortete Monica.

Michael überzeugte sich davon, daß die Pistole gesichert war, bevor er sie Delaroche zuwarf.

»Also gut, Moncia, fangen wir endlich an.«

Adrian Carter neigte von Natur aus dazu, sich leicht Sorgen zu machen – ein Charakterzug, der irgendwie mit der Aufgabe kollidierte, Agenten zu Unternehmen loszuschicken und auf ihre Rückkehr zu warten. In früheren Jahren hatte er sich viele schlaflose Nächte um die Ohren geschlagen, während er auf Michael Osbourne gewartet hatte. Besonders gut erinnerte Carter sich an zwei endlose Nächte, die er 1985 in Beirut verbracht hatte, als er auf Michaels Rückkehr von einem Agententreff im

Bekaa-Tal gewartet hatte. Damals hatte er befürchtet, Michael sei als Geisel genommen oder ermordet worden. Erst als er schon hatte aufgeben wollen, war Michael mit Staub bedeckt und nach Ziegen stinkend wieder in Beirut aufgekreuzt.

Trotzdem war das alles nichts gewesen im Vergleich zu dem Unbehagen, das Carter jetzt empfand, während er zuhörte, wie sein Agent es mit der Direktorin der Central Intelligence Agency aufnahm. Als sie verlangte, Michael solle das erste Mikrofon ausstecken, machte Carter sich noch keine großen Sorgen – schließlich hatten sie zwei installiert, und ein erfahrener Agent wie Michael würde das zusätzliche As, das er im Ärmel hatte, nie rausrücken.

Gleich darauf hörte er, wie Monica verlangte, er solle auch das zweite stilllegen; dann folgten kratzende und scharrende Geräusche, als Michael es hinter den Büchern hervorholte. Da die Tonübertragung ausfiel, tat Carter das einzige, was ein guter Führungsoffizier in dieser Lage tun konnte.

Er zündete sich die nächste von Michaels Zigaretten an und wartete.

»Kurz nach meiner Ernennung zur DCI hat sich ein Mann bei mir gemeldet, der sich als ›der Direktor‹ bezeichnet hat.« Sie sprach wie eine erschöpfte Mutter, die einem Kind, das nicht einschlafen will, ein Märchen erzählt. »Er hat mir die Mitgliedschaft in einem Eliteklub angetragen – einer internationalen Vereinigung von Geheimdienstangehörigen, Finanziers und Geschäftsleuten mit dem Ziel, die globale Sicherheitslage zu verbessern. Das ist mir verdächtig erschienen, deshalb habe ich den Vorfall unserer Spionageabwehr als potentiellen Anwerbeversuch einer feindlichen Organisation gemeldet.

Die Spionageabwehr hat geglaubt, es könnte operativ

nützlich sein, zum Schein auf das Angebot des Direktors einzugehen, und ich bin derselben Ansicht gewesen. Vor Beginn dieses Unternehmens habe ich noch die Zustimmung des Präsidenten eingeholt. Danach habe ich mich insgesamt dreimal mit dem Direktor getroffen – zweimal in Skandinavien, einmal im Mittelmeerraum. Beim dritten Treffen sind wir uns einig geworden, und ich bin der Gesellschaft für internationale Entwicklung und Zusammenarbeit beigetreten.

Die Tentakeln der Gesellschaft reichen sehr weit. Sie ist in globalem Maßstab in Geheimunternehmen verwickelt. Ich habe sofort begonnen, Informationen über ihre Mitglieder und Unternehmen zu sammeln. Dieses Material ist zum Teil von der Agency ›gewaschen‹ worden, und wir haben entsprechende Abwehrmaßnahmen ergriffen. In anderen Fällen haben wir es für unumgänglich gehalten, Unternehmen der Gesellschaft weiterlaufen zu lassen, weil prompte Gegenmaßnahmen meine Stellung innerhalb der Gesellschaft hätten gefährden können.«

Michael beobachtete Monica, während sie sprach. Sie wirkte ruhig, gefaßt und völlig rational, als verlese sie auf einer Aktionärsversammlung eine vorbereitete Erklärung. Er empfand Hochachtung vor ihr; sie war eine begnadete Lügnerin.

»Wer ist der Direktor?« fragte Michael.

»Das weiß ich nicht, und ich vermute, daß Delaroche es auch nicht weiß.«

»Haben Sie gewußt, daß er im Auftrag der Gesellschaft meinen Schwiegervater ermorden sollte?«

»Aber natürlich, Michael«, sagte sie und kniff verächtlich die Augen zusammen.

»Was sollte dann der ganze Zauber neulich beim Mittagessen? Warum haben Sie mir die Zuständigkeit für den Fall Oktober entzogen?«

»Weil der Direktor mich dazu aufgefordert hat«, antwortete sie ausdruckslos, um dann hinzuzufügen: »Ich will's Ihnen erklären, Michael. Er hat geglaubt, Delaroche könne seinen Auftrag leichter ausführen, wenn Sie nicht mehr mit seinem Fall befaßt seien. Also habe ich Sie abgelöst und zugleich unauffällig Maßnahmen ergriffen, um die Sicherheit Ihres Schwiegervaters zu garantieren. Leider sind diese Maßnahmen nicht erfolgreich gewesen.«

»Warum ist er in Washington nicht unter verstärkten Schutz gestellt worden?«

»Weil der Direktor mir versichert hat, Delaroche werde nicht auf amerikanischem Boden operieren.«

»Warum haben Sie mich nicht eingeweiht?«

»Weil wir nicht wollten, daß Sie durch unüberlegtes Handeln den Erfolg unseres Unternehmens gefährden. Unser Ziel war, Delaroche aus seinem Versteck zu locken, um ihn endgültig beseitigen zu können – ihn gewissermaßen vom Markt zu nehmen. Wir wollten verhindern, daß Sie ihn abschrecken, indem Sie Ihren Schwiegervater in einen Tresor sperren und den Schlüssel wegwerfen.«

Michael sah zu Delaroche hinüber, der energisch den Kopf schüttelte.

»Sie lügt«, stellte er fest. »Der Direktor hat mir in den USA alles zur Verfügung gestellt: Fahrzeug, Waffen, alles. Er hat entschieden, dieses Attentat in Washington ausführen zu lassen, weil er wußte, daß Botschafter Cannon dort verwundbarer sein würde als in London. Um die Wirkung auf den Friedensprozeß zu verstärken, sollte es mit der Nordirlandkonferenz zusammenfallen.« Er machte eine kurze Pause, sah zu Monica hinüber und wandte sich dann wieder an Michael. »Sie lügt sehr gut, aber sie lügt.«

Monica ignorierte ihn geflissentlich.

»Deswegen wollten wir Delaroche nicht einfach nur verhaften, Michael. Weil er lügen würde. Weil er Geschichten erfinden würde. Weil er alles mögliche behaupten würde, nur um seine Haut zu retten.« Sie sah rasch zu Delaroche hinüber, bevor sie sich wieder auf Michael konzentrierte. »Und das Problem ist, daß Sie ihm glauben. Wir wollten ihn eliminieren, weil wir befürchtet haben, im Fall einer Verhaftung werde er zu solchen Tricks greifen.«

»Das sind keine Tricks«, widersprach Delaroche. »Das ist die Wahrheit.«

»Sie hätten Ihre Rolle besser spielen sollen, Michael. Sie hätten sich einfach für den Mord an Sarah Randolph rächen und ihn umlegen sollen. Aber jetzt haben Sie alle reingeritten – die Agency und sich selbst.«

Monica stand auf, um zu signalisieren, daß das Gespräch beendet war.

»Wenn die Sache für Sie damit erledigt ist, bleibt mir nichts anderes übrig, als mit meinem Verdacht zur Spionageabwehr und zum Bureau zu gehen«, erklärte Michael.

»Dann verbringen Sie die beiden nächsten Jahre unter dem CIA-Äquivalent der chinesischen Wasserfolter. Und dann befaßt der Senat sich mit Ihnen. Allein die Anwaltshonorare werden Sie ruinieren. Sie erhalten niemals wieder ein staatliches Amt, und die gesamte Wall Street meidet Sie wie die Pest. Dann sind Sie erledigt, Monica.«

»Sie haben keine Beweise, und niemand wird Ihnen glauben.«

»Botschafter Cannons Schwiegersohn behauptet, die Direktorin der Central Intelligence Agency sei an einem Mordkomplott gegen ihn beteiligt gewesen. Das ist eine verdammt tolle Story. In ganz Washington gibt's keinen Reporter, der sich nicht darauf stürzen würde.«

»Und Sie kommen wegen Verrats von Dienstgeheimnissen vor Gericht.«

»Das riskiere ich.«

Adrian Carter betrat den Raum. Monicas Blick streifte ihn, bevor sie sich wieder an Michael wandte.

»Eine Hexenjagd würde die Agency vernichten, Michael. Das dürften Sie selbst am besten wissen. Ihr Vater ist damals von Angletons Jagd auf Maulwürfe erfaßt worden, nicht wahr? Das hätte seine Karriere fast ruiniert. Ist das Ihre Methode, Ihren Vater an der Agency zu rächen? Oder sind Sie noch immer sauer auf mich, weil ich die Unverschämtheit besessen habe, Sie einmal vom Dienst zu suspendieren?«

»Sie sollten sich davor hüten, mich gegen Sie aufzubringen, Monica.«

»Was müßte ich also tun, um Sie daran zu hindern, diesen erlogenen Vorwurf gegen mich zu erheben?«

»Sie stellen nach Ablauf einer gewissen Zeit Ihr Amt zur Verfügung. Und bis dahin tun Sie genau das, was Adrian und ich Ihnen sagen. Und Sie helfen mir, die Gesellschaft zu zerschlagen.«

»Gott, sind Sie naiv! Die Gesellschaft kann niemand zerschlagen. Kontrollieren kann man sie nur, indem man ihr angehört.« Sie sah zu Delaroche hinüber. »Was haben Sie mit *ihm* vor?«

»Um Delaroche kümmere ich mich«, sagte Michael knapp.

Er griff in seine Jackentasche und holte eine Tonkassette heraus.

»Die habe ich heute besprochen und ein halbes Dutzend Kopien davon angefertigt«, erklärte er Monica. »Sie enthält eine ausführliche Schilderung Ihrer Rolle in der Gesellschaft, einschließlich des Abschusses der TransAtlantic-Maschine und des versuchten Attentats auf meinen

Schwiegervater. Die Kopien sind schon in sicheren Händen. Sollte Adrian, Delaroche, mir oder meinen Angehörigen etwas zustoßen, werden sie dem FBI und der *New York Times* zugeschickt.«

Michael steckte die Kassette wieder ein.

»Jetzt sind Sie am Zug, Monica.«

»Ich habe der Agency sechs Jahre meines Lebens gewidmet«, antwortete sie. »Ich habe alles in meinen Kräften Stehende getan, um ihr Überleben zu sichern und sie vor Männern wie Ihnen zu schützen – vor Dinosauriern, die nicht genügend Weitblick haben, um zu erkennen, daß der Agency auch in unserer modernen Welt eine Rolle zukommt. Das Spiel ist an Ihnen vorbeigegangen, Michael, und Sie sind zu dämlich, es auch nur zu merken.«

»Sie haben die Agency als persönliches Spielzeug benützt, um Ihre eigenen Interessen zu fördern, aber jetzt nehme ich sie Ihnen wieder weg.«

Sie nahm ihre Tasche, drehte sich um und verließ den Raum.

»Sie sind am Zug, Monica«, wiederholte Michael, aber sie ging einfach weiter. Keine Minute später hörten sie wieder Triebwerke aufheulen. Als Michael auf die Veranda trat, sah er gerade noch, wie Monicas Hubschrauber vom Rasen abhob und über den nächtlichen Sund davonflog.

Den nächsten Tag verbrachten sie mit warten. Carter stand mit einem Fernglas um den Hals auf der Veranda und starrte wie ein Grenzposten an der Berliner Mauer über den Sund hinaus. Michael patrouillierte ums Haus, marschierte über steinige Strände und die umliegenden Wälder und hielt Ausschau nach dem Aufmarsch feindlicher Truppen. Die ganze Zeit über sah Delaroche ihnen nur zu: ein leicht verwirrter Augenzeuge des Chaos, das er verursacht hatte.

Carter hielt telefonisch Verbindung mit der Zentrale. Was hört man von Monica? fragte er scheinbar nebenbei am Schluß jedes Gesprächs. Im Lauf des Tages wurden die Antworten immer interessanter. Monica hat sämtliche Termine abgesagt. Monica hat sich in ihrem Büro eingeigelt. Monica nimmt keine Anrufe an. Monica ist auf Tauchstation gegangen. Monica verweigert jegliche Nahrungsaufnahme. Nach Art von Spionen diskutierten Michael und Carter über die Bedeutung dieser Berichte. Setzte Monica die Kapitulationsurkunde auf – oder bereitete sie einen Gegenangriff vor?

Nachmittags fuhr Carter zum Einkaufen ins Dorf. Delaroche, der auf einem Hocker saß, weil er mit seinem geschwollenen Knöchel nicht stehen konnte, kochte für sie. Sie tranken eine Flasche Wein, dann noch eine. Delaroche sorgte für Unterhaltung. Er hielt ihnen einen zweistündigen Vortrag über Ausbildung, Fertigkeiten, Aufgabenstellung, Legenden, Waffenkunde und Einsatztaktik. Er verriet nichts, was gegen ihn hätte verwendet werden können, aber er schien es zu genießen, einen winzigen Bruchteil seiner Geheimnisse preiszugeben. Er sprach nicht über Sarah Randolph, Astrid Vogel oder die Nacht vor einem Jahr, in der Michael und er sich hier in Cannon Point gegenseitig angeschossen hatten. Während er sprach, saß er sehr still, hatte die Hände auf dem Tisch liegen und bedeckte seine Rechte mit der Linken, um die häßliche Narbe zu verbergen, die Michael auf seine Spur gebracht hatte.

Carter stellte die Fragen, weil Michael in Gedanken bereits woanders war. Oh, er hört trotzdem zu, sagte Carter sich – Michael, das menschliche Diktiergerät, das drei Gespräche gleichzeitig aufnehmen und sie eine Woche später fehlerlos wiedergeben kann –, aber in Wirklichkeit denkt er über ein anderes Problem nach. Dann wechselte Carter ins Russische über, das Michael nicht gut sprach, und die beiden Männer beendeten ihre Unterhaltung, ohne daß er sich weiter daran beteiligte.

In der Abenddämmerung machten Michael und Delaroche einen Spaziergang. Michael, der frühere Leichtathletikstar, hatte Delaroches Knöchel dick bandagiert. Carter blieb im Haus; er wäre sich vorgekommen, als belausche er ein sich streitendes Liebespaar, und das wollte er nicht. Trotzdem konnte er dem Drang nicht widerstehen, die beiden von der Veranda aus zu beobachten. Das tat er nicht als Voyeur, sondern nur als Führungsoffizier, der auf seinen Agenten und alten Freund achtete.

Michael und der humpelnde Delaroche gingen die Strandmauer zum Bootssteg entlang. Als es dunkler wurde, konnte Carter sie nicht mehr unterscheiden, so ähnlich waren die beiden Männer sich in Größe und Körperbau. Dabei wurde ihm klar, daß sie in vieler Beziehung zwei Hälften eines einzigen Mannes darstellten. Jeder hatte Charakterzüge, die beim anderen zwar vorhanden, aber erfolgreich unterdrückt waren. Wären sie in andere Lebensumstände hineingeboren worden, hätten sie ohne weiteres die Rollen tauschen können: Jean-Paul Delaroche, CIA-Offizier; Michael Osbourne, Berufskiller.

Erst nach langer Zeit – nach einer Stunde, schätzte Carter, weil er komischerweise vergessen hatte, sich den Beginn ihres Gesprächs zu notieren – kamen Michael und Delaroche zurück.

Sie blieben bei Michaels Leihwagen stehen und sahen sich über die Motorhaube hinweg an. Carter konnte die beiden noch immer nicht voneinander unterscheiden. Während der eine eindringlich zu sprechen schien, kickte der andere mit der Schuhspitze lässig Kieselsteine weg. Als ihr Gespräch zu Ende war, streckte der eine, der Steine weggekickt hatte, seine Hand über die Motorhaube aus, aber der andere weigerte sich, sie zu ergreifen.

Delaroche zog seine Hand zurück und stieg ein. Er fuhr durch das bewachte Tor hinaus und raste in der Dunkelheit davon. Michael Osbourne ging langsam ins Haus.

April

44

Washington · Wien · Südinsel, Neuseeland

Botschafter Douglas Cannon wurde an einem außergewöhnlich heißen Vormittag in der zweiten Aprilwoche aus dem George Washington University Hospital entlassen. Nachts hatte es geregnet, aber am frühen Vormittag glitzerten die Pfützen in hellem Sonnenschein. Vor dem Haupteingang warteten nur eine Handvoll Reporter und Kameramänner, denn die Washingtoner Medien scheinen unter kollektiver Vergeßlichkeit zu leiden, und eigentlich interessierte sich niemand für einen alten Mann, der ein Krankenhaus verließ. Trotzdem schaffte Douglas es, »in die Nachrichten zu kommen«, wie die Fachleute sagen, indem er laut verlangte, selbst gehen zu dürfen, statt in einem Rollstuhl hinausgeschoben zu werden – sogar so laut, daß es die Reporter draußen hörten. »Ich hab' einen Schuß in den Rücken gekriegt, verdammt noch mal, nicht in die Beine«, knurrte Cannon. Mit dieser Bemerkung wurde er dann in den Abendnachrichten zitiert – zum großen Entzücken des Botschafters.

Er verbrachte die beiden ersten Wochen seiner Rekonvaleszenz in der N Street, bevor er zu seinem Landsitz nach Cannon Point zurückkehrte. Eine kleine jubelnde Menge winkte und johlte, als Douglas' Wagen durch Shelter-Island-Heights fuhr. In Cannon Point blieb er für den Rest des Frühlings. Seine Leibwächter begleiteten ihn auf Wanderungen entlang der steinigen

Flutlinie in der Upper Beach und auf den Wanderpfaden der Mashomack Preserve. Im Juni fühlte er sich wieder kräftig genug für einen Segeltörn auf der *Athena*. Obwohl er das Ruder Michael überließ, blaffte er Befehle und kritisierte das seglerische Können seines Schwiegersohns so drastisch, daß Michael drohte, ihn vor Plum Island über Bord zu werfen.

Alte Freunde drängten Douglas, von seinem Posten in London zurückzutreten; selbst Präsident Beckwith hielt das für die beste Lösung. Aber er kehrte Ende Juni nach London zurück und bezog wieder seine Amtsräume am Grosvenor Square. Am 4. Juli, dem amerikanischen Unabhängigkeitstag, hielt er im Londoner Parlament eine vielbeachtete Rede und reiste dann nach Belfast, wo er als Held empfangen wurde.

Am Tag seines Besuchs in Belfast gaben die britischen und amerikanischen Sicherheits- und Geheimdienste das Ergebnis ihrer gemeinsamen Ermittlungen bekannt. Ihr Bericht über den Anschlag der Ulster Freedom Brigade in Washington auf Botschafter Cannon kam zu dem Schluß, daß an dem Attentat zwei Terroristen beteiligt gewesen waren: eine Frau namens Rebecca Wells, die schon an dem Überfall auf Hartley Hall beteiligt gewesen war, und ein bisher nicht identifizierter Mann, offenbar ein professioneller Killer, den die Gruppe zu ihrer Unterstützung angeheuert hatte.

Trotz weltweiter Fahndung befanden sich beide Terroristen weiter auf freiem Fuß.

Wenige Stunden nach Cannons Ankunft in Nordirland detonierte vor einem Belfaster Supermarkt an der Ecke Whiterock/Falls Road eine große Autobombe. Dabei gab es fünf Tote und sechzehn zum Teil schwer Verletzte. Die Verantwortung für den Anschlag übernahm die

Ulster Freedom Brigade. In derselben Nacht rächte die Irish Liberation Cell, eine bisher nicht in Erscheinung getretene republikanische Randgruppe, den Anschlag, indem sie eine riesige Lastwagenbombe zündete, die große Teile des Zentrums von Portadown verwüstete. Die Gruppe drohte mit weiteren Anschlägen, bis das Karfreitags-Abkommen zu Fall gebracht sei.

Auf den endlosen Korridoren in Langley kursierten wochenlang Gerüchte über einen Wechsel in der Führungsetage. Monica Tyler verlasse die Agency, wußte ein Gerücht. Sie bleibe für immer, wußte ein anderes. Monica sei beim Präsidenten in Ungnade gefallen. Monica sei als neue Außenministerin vorgesehen. Das Lieblingsgerücht ihrer Gegner war die Story, sie habe einen Nervenzusammenbruch erlitten. Sie leide unter Wahnvorstellungen. Sie habe in einem psychotischen Wutanfall versucht, ihre kostbare Büroeinrichtung zu zertrümmern.

Die hartnäckigen Gerüchte über Monica kamen irgendwann auch der *Washington Post* zu Ohren. Der Geheimdienstkorrespondent der Zeitung verzichtete darauf, die wildesten Geschichten wiederzugeben, die ihm zugetragen worden waren, aber er berichtete in einer Titelstory, Moncia habe das Vertrauen der meisten Mitarbeiter der Agency, der wichtigsten Leute der Geheimdienstszene und sogar des Präsidenten selbst verloren. Am selben Nachmittag sagte Präsident Beckwith bei einem Fototermin mit Schulkindern im Rosengarten des Weißen Hauses, Monica Tyler besitze nach wie vor sein »volles und uneingeschränktes Vertrauen«. Aus der Diplomatensprache in klares Englisch übersetzt besagte diese Bemerkung, daß Monica Tyler damit rechnen mußte, demnächst abgelöst zu werden.

Sie wurde mit Interviewwünschen bestürmt. *Meet the Press* wollte sie. Ted Koppel rief selbst an, um sie zu *Nightline* einzuladen. Eine Redakteurin von *Larry King Live* versuchte sogar, in Langley zu ihr vorzudringen. Monica wies alle ab. Statt dessen gab sie eine Presseerklärung heraus, in der sie betonte, sie bekleide ihren Posten auf Wunsch des Präsidenten, und wenn der Präsident dies wünsche, werde sie weiter im Amt bleiben.

Aber der Schaden war nicht mehr gutzumachen. Im sechsten Stock brach der Winter aus. Türen blieben fest geschlossen. Der Aktenfluß versiegte. Allgemeine Lähmung setzte ein. Monica sei isoliert, verlautete aus der Gerüchteküche. Monica sei noch weniger zugänglich als je zuvor. Monica sei erledigt. Tweedledum und Tweedledee ließen sich selten sehen; tauchten sie einmal auf, schlichen sie wie scheue Grauwölfe durch die Flure. Irgend etwas müsse passieren, besagten die Gerüchte. So könne es nicht weitergehen.

Im Juli rief Monica Tyler schließlich alle Mitarbeiter im Auditorium zusammen und gab ihren Rücktritt zum 1. September bekannt. Sie teile ihren Entschluß frühzeitig mit, sagte sie, damit Präsident Beckwith – den sie zutiefst bewundere und für den zu arbeiten ihr eine Ehre gewesen sei – genügend Zeit habe, einen passenden Nachfolger für sie zu finden. Inzwischen würde es Veränderungen in der Führungsspitze geben: Adrian Carter sei der neue Exekutivdirektor. Cynthia Martin werde als Carters Nachfolgerin die Leitung der Terrorismusbekämpfung übernehmen. Und Michael Osbourne sei der neue stellvertretende Direktor der Operationsabteilung.

Im Herbst tauchte Monica Tyler unter. Ihre alte Firma wollte sie wiederhaben, aber sie sagte, sie brauche etwas Zeit für sich selbst, bevor sie in ihre Tretmühle in der Wall

Street zurückkehre. Sie begann zu reisen; regelmäßige Meldungen über ihren jeweiligen Aufenthaltsort erreichten Carter und Michael in der Führungsetage in Langley. Monica sei immer allein, hieß es in den Überwachungsberichten. Keine Freunde, keine Angehörigen, keine Liebhaber, keine Hunde ... keine verdächtigen Kontakte. Sie war in Buenos Aires gesichtet worden. Sie war in Paris beobachtet worden. Sie hatte in Südafrika an einer Safari teilgenommen. Sie tauchte im Roten Meer – zur großen Überraschung der gesamten Zentrale, weil in Langley niemand auch nur geahnt hatte, daß Monica eine erfahrene Taucherin war. Ende November fotografierte ein Überwachungskünstler der CIA-Station Wien sie allein an einem Tisch in einem kleinen Café am Stephansplatz.

Am selben Abend ging Monica Tyler nach dem Abendessen durch eine schmale Gasse im Schatten des Stephansdoms in ihr Hotel zurück, als vor ihr ein Mann auftauchte. Er war mittelgroß, sportlich schlank und leichtfüßig. Irgend etwas an der Art, wie er sich bewegte – vielleicht der entschlossene Rhythmus seiner Schritte – ließ in ihrem Kopf sämtliche Alarmglocken schrillen.

Monica sah sich um und stellte fest, daß niemand in der Nähe war. Sie blieb stehen, kehrte um und ging zum Stephansplatz zurück. Der Mann, jetzt hinter ihr, schritt nur noch rascher aus. Monica rannte nicht – sie wußte, daß das zwecklos gewesen wäre –, sondern schloß einfach die Augen und ging weiter.

Der Mann kam näher, aber zunächst geschah nichts. Sie machte abrupt halt und fuhr herum, um ihn zu fragen, was er wolle. In diesem Augenblick zog der Mann eine Waffe aus dem Mantel: eine Pistole mit aufgesetztem Schalldämpfer.

»Lieber Gott, nein«, flüsterte sie, aber der Mann riß seinen Arm hoch und drückte rasch dreimal ab.

Monica Tyler brach zusammen, blieb auf dem Rücken liegen und starrte zum Turm von Sankt Stephan auf. Sie horchte auf die sich entfernenden Schritte ihres Mörders, fühlte das Blut aus ihrem Körper aufs kalte Pflaster rinnen.

Dann verschwamm der Turm des Stephansdoms, und sie starb.

In Georgetown hörte Elizabeth Osbourne das Telefon klingeln. Seit Michael stellvertretender Direktor war, waren Anrufe um vier Uhr morgens nichts Ungewöhnliches. Elizabeth hatte vormittags eine wichtige Besprechung mit einem Mandanten – sie hatte sich nach Michaels Beförderung ins Washingtoner Büro ihrer Anwaltskanzlei versetzen lassen – und mußte dazu ausgeschlafen sein. Sie schloß die Augen und versuchte nicht zu hören, was Michael in der Dunkelheit murmelte.

»Was Wichtiges?« fragte Elizabeth, als sie hörte, daß er auflegte.

»Monica Tyler ist heute nacht in Wien ermordet worden.«

»*Ermordet?* Was ist passiert?«

»Sie ist erschossen worden.«

»Wer hätte Monica Tyler ermorden wollen?«

»Monica hat viele Feinde gehabt.«

»Fährst du ins Büro?«

»Nein«, sagte er. »Ich kümmere mich morgen darum.«

Sie schloß die Augen und versuchte wieder zu schlafen, aber das gelang ihr nicht. Irgend etwas an Michaels Tonfall war beunruhigend gewesen. *Monica hat viele Feinde gehabt.* Und du hast dazugehört, dachte sie.

Irgendwann vor Tagesanbruch verließ er ihr Bett. Als

er lange nicht zurückkam, stand Elizabeth ebenfalls auf und ging nach unten. Sie fand ihn im Wohnzimmer, wo er an der Terrassentür stand und in den im Dämmerlicht liegenden Garten hinausstarrte.

»Alles in Ordnung mit dir?« fragte sie leise.

»Mir geht's gut«, sagte er, ohne sich umzudrehen.

»Gibt's irgendwas, über das du reden möchtest?«

»Nein, Elizabeth«, antwortete er. »Ich wollte nur in Ruhe nachdenken.«

»Michael, wenn du ...«

»Ich habe bereits gesagt, daß ich nicht darüber reden kann, Elizabeth. Hör also bitte damit auf.«

Er wandte sich von der Terrassentür ab und ging wortlos an ihr vorbei.

Elizabeth sah, daß sein Gesicht aschfahl war.

Die Sommerkonferenz der Gesellschaft für internationale Entwicklung und Zusammenarbeit fand dieses Jahr auf einem schloßartigen Landsitz an einem See hoch in den Bergen der neuseeländischen Südinsel statt. Der Tagungsort stand schon seit langem fest, und der zugefrorene See und die dichten Nebel des neuseeländischen Winters bildeten einen passenden Rahmen für den trübseligen Zustand der Gesellschaft nach Picassos Ableben. Mit seinen beim MI6 gesammelten Erfahrungen war der Direktor auf gelegentliche operative Fehlschläge vorbereitet, aber nichts in der Geheimdienstwelt war mit dem globalen Kahlschlag zu vergleichen, der in den Stunden nach Picassos Tod einsetzte. Über Nacht wurden alle Unternehmen eingestellt. Sämtliche Pläne für neue Aktionen wanderten stillschweigend in den Reißwolf. Nachrichtenverbindungen wurden gekappt. Zugesagte Gelder wurden zurückgehalten. Der Direktor igelte sich in seiner Villa in St. John's Wood ein, wo ihm nur

Daphne Gesellschaft leistete, und tat, was jeder gute Geheimdienstmann nach einem krassen Mißerfolg tut – er schätzte den Schaden ab. Und als er den richtigen Zeitpunkt für gekommen hielt, machte er sich still daran, seinen in alle Winde zerstreuten Geheimorden wieder zu sammeln.

Die Tagung auf der Südinsel sollte eine Art Eröffnungsparty der neuen Organisation werden. Aber der Wiederaufbau der Gesellschaft war bestenfalls zögerlich vorangekommen. Zwei Mitglieder des Exekutivausschusses machten sich nicht einmal die Mühe, an der Konferenz teilzunehmen. Einer wollte einen Stellvertreter entsenden, was der Direktor lachhaft fand. Kurz nach Eröffnung der Sitzung beantragte der Direktor in einem seltenen Anfall von Gereiztheit den Ausschluß dieser Mitglieder. Sein Antrag wurde einstimmig angenommen, was Daphne pflichtgemäß auf ihrem Stenoblock notierte.

»Punkt zwei unserer Tagesordnung betrifft das Hinscheiden Picassos«, fuhr der Direktor fort und räusperte sich dezent. »Ihr Tod ist für Sie alle bestimmt ein schwerer Schock gewesen, aber wenigstens ist sie jetzt nicht mehr in der Lage, der Gesellschaft schaden zu können.«

»Meinen Glückwunsch zu der professionellen Art, mit der Sie dieses Problem gelöst haben«, sagte Rodin.

»Nein, nein, Sie haben mich mißverstanden«, widersprach der Direktor. »Ihr Tod ist wirklich ein Schock gewesen, denn die Gesellschaft hat absolut nichts damit zu tun gehabt.«

»Und was ist mit Oktober? Er lebt doch noch, nicht wahr?«

»Davon gehe ich aus, aber ich bin mir nicht sicher. Vielleicht hält die CIA ihn versteckt. Vielleicht hat Michael Osbourne ihn ermordet und seine Tat vertuscht.

Bestimmt kann ich nur sagen, daß alle unsere Bemühungen, ihn aufzuspüren, fehlgeschlagen sind.«

»Vielleicht kann ich Ihnen behilflich sein«, schlug Monet vor, der im israelischen Mossad die Operationsabteilung leitete. »Unsere Männer haben schon oft bewiesen, daß sie flüchtige Verbrecher aufspüren können. Jemand wie Oktober dürfte nicht allzu schwer zu finden sein.«

Aber der Direktor schüttelte langsam den Kopf. »Nein«, sagte er. »Selbst wenn Oktober noch lebt, dürfte er uns meiner Meinung nach auch in Zukunft keine Schwierigkeiten machen. Am besten lassen wir die Sache auf sich beruhen, finde ich.«

Der Direktor senkte den Kopf und blätterte in seinen Unterlagen.

»Womit wir bei Punkt drei unserer Tagesordnung wären – der Situation im ehemaligen Jugoslawien. Die kosovo-albanische Befreiungsarmee UCK bittet uns um Unterstützung. Gentlemen, wir sind wieder im Geschäft.«

Epilog

Lissabon · Brélès, Bretagne

Jean-Paul Delaroche hatte sich eine kleine Wohnung in einem heruntergekommenen bernsteingelben Apartmenthaus mit Blick über den Lissabonner Hafen genommen. Er war nur einmal kurz in Lissabon gewesen, und der Ortswechsel gab seiner Arbeit neue Impulse. Tatsächlich erlebte er eine produktive Phase wie seit vielen Jahren nicht mehr. Er arbeitete jeden Tag von morgens bis zum Spätnachmittag und malte viele Ansichten von den Kirchen, den Plätzen und den Booten im Hafen. Der Besitzer einer der führenden Lissabonner Galerien sah ihn eines Tages malen und bot ihm begeistert an, seine Werke auszustellen. Delaroche nahm seine Geschäftskarte mit farbverschmierten Fingern entgegen und versprach, über den Vorschlag nachzudenken.

Nachts ging er auf die Jagd. Er stand auf seinem Balkon und suchte die Umgebung nach Anzeichen für eine Überwachung ab. Er durchstreifte stundenlang die Stadt in dem Versuch, etwaige Verfolger zu provozieren, damit sie sich zeigten. Er machte lange Radtouren über Land, um zu sehen, ob sie ihm folgen würden. Er brachte in seiner Wohnung Abhörmikrofone an, um festzustellen, ob jemand dort eindrang, während er unterwegs war. Am letzten Novembertag akzeptierte er endlich die Tatsache, daß er nicht überwacht wurde.

An diesem Abend schlenderte er zu einem guten Restaurant, um zu Abend zu essen.

Zum ersten Mal seit dreißig Jahren ließ er seine Pistole in der Wohnung.

Im Dezember mietete Delaroche einen Seat und fuhr damit nach Frankreich. Er hatte Brélès, das alte Fischerdorf an der bretonischen Küste, vor über einem Jahr verlassen und war seither nicht wieder dort gewesen. Nachdem er in Biarritz übernachtet hatte, kam er am nächsten Tag gegen Mittag in Brélès an.

Er parkte seinen Leihwagen und machte einen Rundgang durchs Dorf. Niemand erkannte ihn. In der Bäckerei würdigte Mlle. Trevaunce ihn kaum eines Blickes, als sie ihm ein Weißbrot gab. Mlle. Plauché beim Fleischer hatte früher schamlos mit ihm geflirtet; jetzt schnitt sie mürrisch den Schinken auf, packte ein keilförmiges Stück Ziegenkäse dazu und ließ ihn grußlos seines Weges ziehen.

Delaroche ging in das Café, in dem die alten Männer ihre Nachmittage verbrachten. Er fragte, ob jemand eine Irin im Dorf gesehen habe: schwarzhaarig, gute Figur, hübsch. »In dem alten Haus am Kap wohnt eine Irin«, sagte Didier, der rotgesichtige Inhaber des Geschäfts für Haushaltswaren. »Wo früher der Verrückte gelebt hat – *le Solitaire*.«

Als Delaroche so tat, als verstehe er seine letzte Bemerkung nicht, lachte Didier nur und beschrieb ihm den Weg zu dem alten Haus. Dann lud er Delaroche ein, ihnen bei Wein und Oliven Gesellschaft zu leisten. Aber Delaroche schüttelte den Kopf und sagte: *»Non, merci.«*

Delaroche fuhr die Küstenstraße entlang und parkte ungefähr hundert Meter von dem Haus entfernt in einer Kehre über dem Wasser. Er sah Rauch aus dem Kamin aufsteigen, nur um sofort vom Wind zerteilt zu werden.

Er blieb am Steuer sitzen, aß Brot, Schinken und Käse, rauchte und beobachtete das Haus und die Wogen, die sich an den Felsen brachen. Einmal sah er flüchtig ihr rabenschwarzes Haar, als sie an einem offenen Fenster vorbeiging.

Er dachte an das, was Michael Osbourne zuletzt gesagt hatte, bevor sie sich an jenem Abend auf Shelter Island getrennt hatten. *Sie hat Schlimmeres verdient,* hatte er gesagt. *Sie hätte den Tod verdient.* Osbourne war viel zu anständig – zu tugendhaft –, um Monica Tyler zum Tod zu verurteilen, aber Delaroche glaubte zu wissen, was er in diesem Augenblick wirklich dachte. Diesen geringen Preis zahlte er gern dafür, daß Osbourne ihm die Freiheit schenkte. Tatsächlich hatte es ihm sogar Spaß gemacht, denn Monica Tyler gehörte zu den widerlichsten Menschen, die ihm je begegnet waren. Und für ihre Beseitigung gab es einen weiteren Grund: Sie hatte sein Gesicht gesehen.

Rebecca trat mit verschränkten Armen auf die Terrasse, um den Sonnenuntergang zu beobachten. Will sie mich sehen? fragte Delaroche sich. Oder will sie, daß ich wegbleibe, damit sie die ganze Sache hinter sich lassen kann? Am einfachsten wäre es gewesen, umzukehren und sie zu vergessen. Nach Lissabon zurückzufahren, sich in die Arbeit zu stürzen. Das Angebot des Galeristen anzunehmen.

Er ließ den Motor an. Selbst dieses entfernte Geräusch ließ sie herumfahren und unter ihren Pullover greifen. Das kommt vom Leben auf der Flucht, dachte Delaroche. Sie fährt bei jedem unbekannten Geräusch zusammen und greift nach der Waffe. Diese Reaktion kannte er nur allzugut.

Rebecca starrte den Wagen lange prüfend an, und nach einiger Zeit verzogen ihre Lippen sich zur Andeutung eines Lächelns. Dann wandte sie sich ab und blickte wieder aufs Meer hinaus und wartete darauf, daß er zu ihr kam. Delaroche legte den ersten Gang ein und fuhr die Straße zum Haus hinunter.

Danksagungen

Obwohl *Der Botschafter* ein Roman ist, handelt das Buch offensichtlich von realen gegenwärtigen und vergangenen Ereignissen in Nordirland. Da die Engländer und die Iren in diesen Konflikt verwickelt sind, gibt es keinen Mangel an großartigen Werken über dieses Thema, aus denen ich geschöpft habe. Tatsächlich habe ich bei der Abfassung dieses Manuskripts Dutzende von Sachbüchern zu Rate gezogen. Die bemerkenswerten Werke Martin Dillons – vor allem auch *The Shankill Butchers* und *The Dirty War* – sind mir besonders nützlich gewesen; das gilt auch für Standardwerke wie *The Troubles* von Tim Pat Coogan und *The Provisional IRA* von Patrick Bishop und Eamonn Mallie. Der Versuch, Geschichte im Werden zu beobachten, kann schwierig sein, aber das World Wide Web und das Phänomen des Online-Journalismus haben mir diese Aufgabe erleichtert. Ich konnte jeden Morgen in London, Belfast und Dublin erscheinende Zeitungen lesen, um zu sehen, was in der Provinz Ulster vor sich ging. Ich möchte Martin Fletcher von der Londoner *Times* und dem gesamten Nordirland-Team der BBC meine Anerkennung für ihre hervorragende Berichterstattung über ein bemerkenswertes Jahr aussprechen.

Für dieses Buch und seinen Vorgänger *Der Maler* habe ich mehrere aktive und ehemalige CIA-Offiziere befragt. Mein besonderer Dank gilt den pflichtbewußten Mitarbeitern des CIA-Zentrums zur Terrorismusbekämpfung und des Nordirland-Teams. Sie haben geduldig so viele meiner Fragen beantwortet, wie sie durften, und mir dabei wertvolle Einblicke in ihre Arbeitsweise verschafft.

Ion Trewin von Weidenfeld & Nicolson war mein Reisegefährte in Ulster und erlaubte mir, mich in seinem Arbeitszimmer in Highgate zu etablieren. Außerdem haben er und seine Assistentin Rachel Leyshon einige ausgezeichnete Vorschläge zur Verbesserung meines Manuskripts gemacht.

Wie immer gilt mein herzlicher Dank allen bei International Creative Management – Heather Schroder, Sloan Harris und Jack Horner –, dem bemerkenswerten Team von Random House – Jeanne Tift, Tom Perry, Carol Schneider, Sybil Pincus, Sarah French, Andy Carpenter, Caroline Cunningham, Amy Edelman, Deborah Aiges und Sheryl Stebbins – und dem bei Ballantine – Linda Grey, Leona Nevler, Kimberley Hovey, Woody Tracy, Tip Tharp, Jean Fenton, Jenny Smith, Jocelyn Schmidt und George Fisher.

Und ein ganz besonderer Dank an Wanda Chappell für all ihre Hilfe und Unterstützung. Sie wird mir sehr fehlen.

Und schließlich wäre dies alles nicht möglich gewesen ohne die Freundschaft, die Unterstützung und den Enthusiasmus dreier außergewöhnlicher Menschen: meiner Agentin Esther Newberg, meines brillanten Lektors Daniel Menaker und meiner Verlegerin Ann Godoff. Ihr seid die Besten.

PIPER

Daniel Silva
Der Maler

Roman. Aus dem Amerikanischen von Wulf Berger.
488 Seiten. Geb.

Long Island, New York: Nach einer unbeschreiblichen Explosion am Himmel schwimmen nur noch vereinzelte Wrackteile einer Boeing 747 vor der Küste im Wasser. An der Unglücksstelle findet sich ein entscheidender Hinweis: eine Leiche mit einer ungewöhnlichen Schußverletzung im Gesicht. Amsterdam: Die attraktive Astrid arbeitet in einem kleinen, unauffälligen Buchladen und hat ihre dunkle Vergangenheit längst hinter sich gelassen. Doch nun ist ihr alter Freund Jean-Paul wieder aufgetaucht. Sein Markenzeichen sind drei Schüsse ins Gesicht seiner Opfer. Er bietet Astrid eine letzte große Zusammenarbeit an ... Langley, Virginia: Michael Osbourne, erfahrener CIA-Agent und Terrorismusexperte, erhält den Auftrag, die Hintergründe des eiskalt ausgeführten Anschlags zu klären. Und er glaubt, der Handschrift des Attentäters schon einmal begegnet zu sein ...

PIPER

Daniel Silva
Double Cross – Falsches Spiel

Roman. Aus dem Amerikanischen von Reiner Pfleiderer.
568 Seiten. Serie Piper 3094

Operation Mulberry: So lautet das Kodewort für die alliierte Invasion in der Normandie, das bestgehütete Geheimnis des Zweiten Weltkriegs. Catherine Blake hat den Auftrag, es zu lüften. Sie ist die Top-Spionin der deutschen Abwehr, eiskalt, gerissen und unendlich verführerisch. Perfekt getarnt und ausgebildet hat sie seit sechs Jahren auf diesen Moment gewartet. Jetzt ist er gekommen. Und mit kühler Präzision und brutaler Kaltblütigkeit geht sie auf die Jagd nach den alliierten Geheimakten ...

»›Double Cross – Falsches Spiel‹ heißt dieser Politthriller. Der Erstling des Amerikaners Daniel Silva ist einfach verblüffend gut. So oft auch schon die Nachfolge John le Carrés beschworen worden ist – diesmal stimmt der Vergleich.«
Frankfurter Rundschau

PIPER

Karin Fossum
Wer hat Angst vorm bösen Wolf

Roman. Aus dem Norwegischen von Gabriele Haefs.
320 Seiten. Geb.

Es geschieht im Niemandsland zwischen Nacht und Morgen, wo die Vögel verstummen und niemand weiß, ob sie je wieder singen werden. Errki läuft einfach los, und keiner in der psychiatrischen Anstalt von Finnemarka hält ihn auf. Errki hört Stimmen in seinem Kopf, und deshalb ist er auch der ideale Sündenbock, als man die alte Halldis Horn von einer Spitzhacke erschlagen auf ihrem einsamen Anwesen findet. Konrad Sejer aber glaubt nicht an Errkis Schuld. Aufmerksam und in seiner unaufdringlichen Beharrlichkeit geht er allen Spuren nach. Doch allein der 13jährige Kannick, ein verwahrloster Halbwaise, der großes Talent zum Bogenschützen besitzt, scheint einen Anhaltspunkt zu bieten.
In der flirrenden Hitze eines norwegischen Sommers entwickelt Karin Fossum ihren Mordfall, in dem sie die Schicksale dreier hilfloser Täter auf tragische Weise miteinander verknüpft.

PIPER

Anne Holt/Berit Reiss-Andersen
Im Zeichen des Löwen

Roman. Aus dem Norwegischen von Gabriele Haefs.
416 Seiten. Geb.

Birgitte Volter war am Ziel. Der Glaube an ihre innere Kraft hatte sie nie verlassen, und so war die kürzliche Berufung zur norwegischen Premierministerin beinah eine unausweichliche Folge ihrer Bemühungen. Doch nun liegt Birgitte Volter erschossen in ihrem Büro. Und niemand kann sich ihren Tod erklären. Es fehlt ein Motiv, und auch die Indizien sprechen eine höchst unklare Sprache. Hauptkommissarin Hanne Wilhelmsen steht vor einem Rätsel, zumal auch die Tatwaffe spurlos verschwunden ist. Einen der wenigen Anhaltspunkte bietet Benjamin Grinde, der letzte, der die Premierministerin lebend gesehen haben soll. Grinde ist Richter am Obersten Gericht und, wie sich herausstellt, ein Freund Birgitte Volters aus Kindertagen. Doch bevor Grinde wertvolle Hinweise liefern kann, nimmt er sich das Leben. Hat es möglicherweise etwas gegeben, das die beiden bis in den Tod miteinander verbunden hat?

PIPER

Jeremy Dronfield
Die Heuschreckenfarm

Roman. Aus dem Englischen von Berthold Radke.
439 Seiten. Geb.

Carole Perceval lebt zurückgezogen inmitten der weiten Moore Yorkshires. Die Ruhe und die tägliche Routine des Farmlebens sollen ihr helfen, über den schrecklichen Tod ihrer besten Freundin hinwegzukommen. Bis in einer stürmischen Nacht ein Fremder an ihre Tür klopft. Durchnäßt und verwirrt gibt er vor, sein Gedächtnis verloren zu haben und nicht zu wissen, wer er ist. Seine Hilflosigkeit und seine scheue Zurückhaltung lassen Carole ihm vertrauen. Sie gewährt dem Namenlosen, den sie schließlich Steven tauft, Unterschlupf. Nach und nach scheint seine Erinnerung zurückzukehren. Doch intuitiv beginnt Carole selbst seiner Vergangenheit auf den Grund zu gehen – und ein Jahre alter Zeitungsartikel bestätigt ihre dunkelsten Ahnungen: Stevens Auftauchen auf ihrer Farm ist kein Zufall.
»Die Heuschreckenfarm« – ein beklemmender Kriminalroman in der Tradition von Barbara Vine und Ian McEwan, psychologisch vielschichtig und mit größter erzählerischer Raffinesse inszeniert.

PIPER

Fruttero & Fruttero
Der unsichtbare Zweite

Roman. Aus dem Italienischen von Dora Winkler.
213 Seiten. Geb.

Der Parlamentsabgeordnete Slucca ist ein kleines Würstchen und weiß es. Er steht vollkommen unter der Fuchtel seines früheren Schulkameraden Migliarini, ebenfalls Politiker, der ein etwas größeres Würstchen ist – und vor allem ein Intrigant: Immer wenn er sich nicht persönlich exponieren will, schickt er Slucca vor. Doch so viele Einweihungsbänder vor unfertigen Straßen und Gebäuden der ärmste Slucca auch durchschneidet – im Rampenlicht steht Migliarini. Unermüdlich rackert Slucca sich für ihn ab, aber ihm selbst fehlt der Durchblick. Natürlich geht es bei den politischen Errungenschaften der beiden Helden überhaupt nie um Inhalte, sondern – und das läßt sich unschwer übertragen – um die Verteilung der Torte Macht und Image. Mit erfrischender Naivität erzählt Slucca hier seine Abenteuer und liefert dabei, scheinbar beiläufig, eine scharfe, witzige, böse Anaylse der italienischen Zustände.

PIPER

Dacia Maraini
Kinder der Dunkelheit

Aus dem Italienischen von Eva-Maria Wagner. 254 Seiten. Geb.

Adele Sòfia, die sympathische römische Kommissarin, sieht sich hier mit Verbrechen konfrontiert, die mehr von ihr verlangen als nur starke Nerven. Vielleicht Dacia Marainis schönstes und traurigstes Buch.
Was war der zarten, taubstummen Alicetta in der Klinik passiert, wo die beiden Pfleger sie doch so liebevoll jeden Abend badeten? Eines Morgens jedenfalls lag sie tot in ihrem Bett ... Warum glaubte niemand dem mutigen kleinen Tano, der vergeblich seinen Vater anzeigen wollte – bis sein fünfjähriges Brüderchen nackt aus dem Tiber gefischt wurde? Wie war es möglich, daß Viollca, die elfjährige Albanerin, von ihren Eltern nach Italien zum Geldverdienen geschickt wurde?
Adele Sòfia, der einfühlsamen Kommissarin, gelingt es, Licht hinter das Dunkel dieser tragischen Fälle zu bringen. Zwölf auf Polizeiberichten beruhende Kriminalgeschichten: Dacia Marainis Blick in die Abgründe der menschlichen Seele ist sachlich, engagiert und zärtlich.